Daniel Devaux

AILLEURS… MAIS À VENISE
1

Le paradoxe de Casanova

roman

ISBN : 978-2-9579087-1-4
Dépôt légal : août 2021

Édition originale parue en 2016 sous le titre
Le paradoxe de Casanova Editions Ex Æquo
Nouvelle édition

Le Chat endormi

À

Annamaria Riccardi et Fabio Balbi,
Claude et Jean-François Rottier,
Laurence, Yvette et Jacques Izambard,
Françoise et Michel Fagot,
Liliane et Jean-Louis Guilmatre,
sans qui ce livre ne serait pas…

Et à Catherine,
sans qui rien ne serait…

Remerciements

Merci à
Catherine Devaux,
Jacques Izambard
et Jean-François Rottier
pour leurs conseils et leur soutien.

J'ai aussi une pensée reconnaissante pour Giacomo Casanova, alias Chevalier de Seingalt.

Cet ouvrage de fiction emprunte sans vergogne à ses mémoires. Dans son paradis libertin, puisse-t-il sourire avec indulgence des libertés que j'ai prises avec elles.

I - Samedi 24 mai

— Quel est le motif de mon arrestation ?

L'homme qui venait de parler s'appelait Sébastien Salen. Il allait avoir cinquante-cinq ans.

Quelques heures auparavant, il se trouvait à Venise.

Une femme et deux hommes lui faisaient face.

Il n'avait jamais vu les deux hommes.

La femme s'appelait Marie Bertot. Elle savait tout ce que Salen avait vu, tout ce qu'il avait fait à Venise. Elle l'avait observé à chaque instant pendant son séjour.

C'était sa mission.

Et elle était déconcertée.

Rien n'avait été logique dans le comportement de Sébastien Salen.

Depuis son arrivée à Venise, deux semaines auparavant, il n'était pas allé une seule fois vers la Place Saint-Marc ou vers le Pont du Rialto.

Et c'était étrange, car tous les visiteurs de Venise passent dans ces endroits mythiques : les touristes s'y précipitent, évidemment, mais les habitués, les amoureux de Venise ou les personnes venues pour affaires, *tout le monde* vient au moins une fois pendant son séjour respirer l'ambiance de la Place Saint-Marc, de la *Piazzetta* et de la *Riva degli Schiavoni.*

Tout le monde, mais pas Sébastien Salen.

Il était venu à Venise dans un but particulier, Marie Bertot en avait maintenant la certitude.

Il semblait avoir préparé son voyage, car il était allé directement de l'aéroport à un appartement situé dans le *sestiere* ([1]) du *Castello,* l'un des six de Venise. Il n'avait pas quitté ce quartier, ses déplacements se limitant à aller chaque jour de son appartement aux environs du *campo* ([2]) et de l'église *San Pietro di Castello.*

Il ne prenait jamais la même voie pour ses déplacements, marchant lentement et semblant s'intéresser à tout. Les sculptures murales, nombreuses à Venise, les sols, tout était examiné longuement par Sébastien Salen. Mais c'était dans les églises que son comportement était le plus étonnant. Les peintures, sculptures, colonnes et jusqu'au moindre ex-voto, tout était étudié en détail. Les peintures surtout. Quand elles étaient à sa portée, il prenait une loupe. Pour les autres, celles qui ornaient le plafond ou qui étaient inaccessibles, il utilisait des jumelles de théâtre.

Naturellement, Marie Bertot avait recherché et noté soigneusement l'identité des rares personnes que Salen avait rencontrées. Quand c'était possible, elle les avait aussi photographiées discrètement. Elle avait évidemment aussitôt transmis ces photos à l'Agence pour identification précise des personnes et vérification de leurs antécédents judiciaires éventuels.

Elle s'était particulièrement intéressée au couple de Vénitiens propriétaires du meublé que Salen avait loué dans le quartier du *Castello,* à deux pas de l'église *San Francesco della Vigna.* Salen semblait avoir des relations très amicales avec eux. Elle les avait vus se promener ensemble, rire, aller au restaurant. C'était suffisant pour enquêter sur eux. Leurs communications téléphoniques n'avaient plus aucun secret pour elle, mais, pour le

---

1 — *Sestier : Quartier. Le fer de proue des gondoles représente notamment les quartiers de Venise.*

2 — *Place. À l'origine, un champ. A Venise, il n'y a qu'une seule piazza, la place Saint Marc, reliée au Grand Canal par la piazzetta.*

moment, Marie n'avait rien découvert d'utile. Aucune de ces personnes n'était fichée.

C'était gênant.

Car à part ce couple de Vénitiens, Marie n'avait remarqué personne qui aurait pu être utile à son enquête. Les seuls contacts de Salen étaient des commerçants, le marchand de fruits et légumes de la *salizada Santa Giustina*, l'épicerie Ortis ou un *supermercato coop*.

Elle avait été obligée d'écourter son enquête – si on pouvait appeler ça une enquête – car Salen avait soudainement décidé de rentrer en France.

Marie n'avait pas pu découvrir ce qui avait provoqué un retour de Sébastien Salen aussi rapide que l'avait été son départ.

Ça aussi, c'était contrariant.

Sébastien avait choisi la *linea blu*, la ligne bleue, de la compagnie Alilaguna à la station *Arsenale*. Prendre le bateau à la station *Arsenale* impliquait un voyage de plus d'une heure jusqu'à l'aéroport. Le transfert aurait demandé moins de temps s'il avait choisi la station *Fondamenta Nuove,* car il n'était pas nécessaire de contourner le centre historique de Venise et de faire un détour par le Lido. Les transferts sont pénibles et on choisit généralement le moyen le plus court au moment des trajets aller ou retour, pour réduire la durée du voyage.

Pas Sébastien Salen. Pour Marie Bertot, c'était étonnant, car il connaissait bien Venise, son retour semblait précipité et, *logiquement*, il aurait dû aller au plus rapide.

Alors pour quelle raison avait-il donc choisi une durée de transport plus longue ? Tout était possible. *Fondamenta Nuove* était une station importante. Il y avait généralement beaucoup de monde et Salen se sentait peut-être en insécurité dans la foule. Cela pourrait être la raison pour laquelle il avait alors préféré la petite station *Arsenale* beaucoup moins fréquentée.

Seulement deux personnes attendaient le bateau Alilaguna : Sébastien Salen et Marie Bertot. Marie était si près de lui et l'avait suivi tant de fois pendant son séjour qu'elle pensait que Salen l'avait très vraisemblablement repérée. Assise sur le même banc de bois que Salen, elle continuait à l'observer tout en paraissant plongée dans la lecture d'un magazine féminin italien ouvert sur les genoux.

Ils attendaient depuis plus d'un quart d'heure et avaient donc raté certainement de peu la précédente navette, car il en passait une toutes les trente minutes.

Marie essayait de repérer la coque jaune de la navette parmi la flottille de bateaux qui se croisaient devant eux dans une apparente anarchie.

La compagnie Alilaguna faisait la liaison entre Venise, le Lido, Murano et l'aéroport Marco Polo de Venise, situé à douze kilomètres. C'était un moyen de rejoindre l'aéroport incomparablement plus agréable que les bus bondés d'ACTV, la compagnie des transports vénitiens.

Les taxis, bien plus rapides, étaient certainement trop chers pour lui.

Le bateau accosta enfin et Marie Bertot s'arrangea pour s'asseoir derrière Salen.

Elle ne se souciait plus d'être vue ou non. Qu'il l'ait repérée n'avait aucune importance et pouvait même avoir l'avantage d'exercer une certaine pression psychologique sur Sébastien Salen. Même s'il devait savoir qu'on s'intéressait à lui, cette pression pouvait l'amener à commettre des erreurs.

Malheureusement, il ne semblait pas impressionné par cette attitude, il devait considérer qu'il ne craignait rien. Pour le moment.

À l'aéroport Marco Polo, pendant que Sébastien faisait la queue pour les contrôles de police et antiterroristes, toujours assez longs dans cet aéroport saturé, Marie avait téléphoné en France pour organiser le dispositif d'arrivée et, à Orly, à la descente de l'Airbus, deux personnes attendaient Sébastien Salen.

Ceux qui l'attendaient n'étaient pas des amis. Ils avaient présenté une carte tricolore que Sébastien n'avait pas vraiment eu le temps de consulter. Il avait pensé à quelque fonction officielle sans pouvoir dire s'ils étaient de la police ou dépendaient d'un autre service. Au fond, dans sa situation, c'était un détail. Ils avaient été convaincants et Sébastien les avait suivis. Pour tout dire, les deux policiers en uniforme qui les accompagnaient avaient compté pour beaucoup dans les arguments qui l'avaient convaincu.

Il avait cherché du regard la jeune femme qu'il avait croisée tous les jours depuis son arrivée. Une rencontre trop fréquente pour être le fait du hasard et il était trop lucide pour penser que son charme personnel était pour quelque chose dans l'intérêt qu'elle lui portait. Elle était dans l'avion d'Air France, il en était certain, et il était étonné de ne pas la voir au moment où selon toute vraisemblance, on l'arrêtait.

On lui avait assuré que ses bagages seraient récupérés par une autre équipe qui se chargerait de les lui apporter dans la journée. Il n'en doutait pas, mais il était certain aussi que ses affaires allaient être examinées attentivement avant de lui être rendues.

Depuis la création de l'Espace Schengen, il y avait moins de formalités et de contrôles à l'arrivée d'un avion. La sortie de l'aérogare avait donc été rapide et, en quelques minutes, Sébastien Salen et ses « accompagnateurs » avaient quitté l'aéroport. Ils s'étaient engouffrés à l'arrière d'une puissante voiture qui les avait emmenés rapidement dans un lieu que Sébastien ne connaissait pas.

Il n'avait rien pu voir pendant le voyage. Les vitres du véhicule étaient opaques, comme la cloison qui séparait les sièges avant de l'arrière de la voiture. Ils n'avaient pas roulé pendant plus de quarante minutes et il pensait qu'ils devaient se trouver à Paris ou dans la région parisienne. Il était possible cependant que la durée du trajet ne soit pas significative, ils avaient très bien pu multiplier les détours pour le tromper sur la distance parcourue. Il n'avait même pas pu identifier le véhicule ni voir l'immeuble où on l'avait conduit, car la voiture les avait déposés dans un garage en sous-sol.

Pendant le trajet, les inconnus avaient gardé le silence. Sébastien aussi. Les hommes étaient certainement des subalternes qui devaient ignorer à peu près tout de l'affaire et il n'y avait aucun intérêt à tenter une conversation avec eux.

Ils se trouvaient maintenant dans un local sans fenêtre, meublé pauvrement d'une table et de quatre chaises fixées au sol. Une bouteille d'eau de source dont il lut machinalement le nom, *Cristalline*, et un gobelet en plastique posés sur la table pouvaient laisser penser que, dans une certaine mesure, on s'occupait de son « bien-être ». Autre élément encourageant, il n'avait pas été menotté.

Sébastien était assis sur l'une des chaises et, derrière la table, les deux hommes qui l'avaient intercepté à l'aéroport lui faisaient face. Les policiers en uniforme attendaient dans le couloir de l'autre côté de la porte fermée.

Derrière les deux hommes, le mur avait deux portes, une à chaque extrémité de la cloison. Un grand miroir occupait tout l'espace entre ces portes. Il pensa que c'était certainement une glace sans tain permettant d'observer sans être vu. C'était moins moderne qu'une caméra mais tout aussi efficace. Et discret, car il y avait peut-être aussi un système de vidéosurveillance derrière le miroir.

Sébastien n'était pas spécialement paranoïaque ni au fait de ces choses-là, mais il se dit qu'on devait sans doute le devenir très vite.

Il avait demandé quel était le motif de son arrestation et attendait paisiblement.

C'était une question de pure forme. Sébastien savait pourquoi ils étaient là. Il aurait aimé qu'on en finisse rapidement, car on était en fin de journée et il n'avait presque rien mangé depuis le matin où il n'avait pris qu'un petit déjeuner léger. Il était fatigué et avait faim.

Il était aussi infiniment triste. Et inquiet. Pas à cause de ces types, mais parce qu'un ami très cher était parti et qu'il ne le reverrait sans doute jamais.

Avant d'entrer, Marie Bertot était restée quelques minutes derrière la glace sans tain à observer Sébastien

Salen. Il n'était pas particulièrement tendu, semblant attendre patiemment la suite des évènements.

Il avait tourné la tête vers elle quand Marie était entrée dans la pièce par l'une des portes qui encadraient la glace. Malgré son silence, elle était certaine qu'il l'avait reconnue. L'expérience, le métier. Elle savait reconnaître ce genre d'attitude d'indifférence étudiée.

La seule réaction qu'il avait eue depuis son arrivée avait été de demander pourquoi il avait été arrêté.

Marie resta quelques instants à l'observer avant de parler. Elle souriait.

— Bonjour M. Salen, avez-vous fait un bon voyage ?

Il ne répondit pas, se bornant à la regarder en silence.

— Vous n'êtes pas en état d'arrestation, Monsieur Salen. Nous avons seulement souhaité avoir un entretien avec vous, dans un endroit sûr et tranquille où nous ne serons pas dérangés. Vous serez libre de partir à la fin de notre conversation.

Sébastien ne répondit pas. Il attendait la suite. Il n'était pas dupe. Il aurait pu répliquer qu'il y avait des façons moins compliquées pour avoir une conversation que de vous embarquer dans un aéroport et de vous emmener vers une destination inconnue.

Marie continua après quelques instants.

— Nous savons un certain nombre de choses sur vous et, si vous le permettez, nous allons vérifier que nous ne commettons pas d'erreur ou que nous n'omettons rien d'important.

Malgré sa tristesse, Sébastien Salen esquissa un sourire ironique. Il permettait. Il n'avait pas vraiment les moyens de les en empêcher. La formulation était courtoise, mais son but était de lui faire percevoir l'étendue de la surveillance dont il était l'objet. Ces gens devaient tout savoir sur lui. Cette femme, jeune — il lui donnait trente-cinq ans — parlait avec assurance. Elle devait être la cheffe, à moins qu'avec ses collègues, ils ne se soient répartis les rôles du gentil flic et du méchant flic. Si c'était le cas, ça devait être elle la gentille flic.

Si ces gens-là étaient bien des flics.

— Vous vous appelez donc Sébastien Salen, vous avez près de cinquante-cinq ans. Vous êtes né et avez grandi en Normandie, dans une petite ville du Pays de Caux. Votre père était un modeste artisan. Selon les critères actuels, on peut dire que vos parents étaient pauvres, mais, à l'époque, vous n'en souffriez pas. Selon la formule, vous n'avez manqué de rien et vous étiez entouré d'affection. Vous avez eu une scolarité ordinaire. Sans vouloir vous offenser, vos études n'étaient pas brillantes et vous avez décidé très tôt de vous passer des services du ministère de l'Éducation nationale.

— Vous avez raison, mon père était maçon. Je l'aimais bien, c'était un homme bon.

— Vous avez donc arrêté vos études très tôt, mais on vous reconnaît une certaine intelligence et on vous définit comme une personne curieuse en général et qui a, en autodidacte, continuellement emmagasiné des connaissances et développé des processus de raisonnement originaux.

— C'est vous qui le dites... C'est très aimable de votre part...

Pas plus que la précédente, sa répartie qu'il voulait un peu insolente n'entraîna de réaction. Son interlocutrice continua comme s'il n'y avait pas eu d'interruption.

— Votre formation atypique et vos qualités ont attiré l'attention du professeur Jacques Cazeneuve, et vous collaborez depuis plusieurs années à tous ses projets et recherches. Vous êtes même devenus des amis très proches.

Sébastien Salen avait un peu décroché de la conversation. Elle l'ennuyait. On pouvait dire les choses comme cela, mais la réalité était bien plus étonnante et complexe. Mais, oui, on pouvait dire les choses ainsi. En réalité, Sébastien avait eu, auprès de Jacques Cazeneuve, un rôle similaire à celui qu'on attribue au Sud-Africain Hamilton Naki, le « jardinier » de Christiaan Barnard, premier chirurgien ayant réalisé une transplantation cardiaque. Il avait été engagé comme jardinier. À l'époque de l'apartheid, c'était le poste le plus élevé qu'un Noir pouvait avoir. En réalité, il aurait été l'assistant du professeur Barnard. Curieusement, cette anecdote lui était revenue à l'esprit.

Peut-être parce que lui-même était le plus proche assistant de Jacques. Mentalement, il rectifia, il *avait été* son plus proche assistant, puisque dorénavant il faudrait parler au passé. Il avait sa part dans la réussite de son ami. Dans sa perte aussi.

On continuait à lui parler, il écouta à nouveau.

— Alors vous n'ignorez pas, Monsieur Salen, la disparition du professeur Cazeneuve, il y a une quinzaine de jours. Selon nos informations, vous êtes l'une des dernières personnes, peut-être même *la dernière personne*, à l'avoir vu. Et le lendemain de cette disparition, vous abandonnez votre travail et vous allez à Venise où vous restez deux semaines...

— Vous savez aussi que deux autres membres de votre équipe, Fabio Belloni et Romain Gattier sont introuvables depuis quatre jours. C'est d'ailleurs certainement l'annonce de leur disparition qui a provoqué votre retour précipité de Venise.

Elle marqua un temps avant de poursuivre :

— Vous ne vous étonnerez donc pas que des enquêteurs souhaitent avoir une conversation avec vous...

Tout ceci était exact. Sébastien Salen savait en effet que son ami Jacques Cazeneuve avait disparu et, dans ces circonstances, il ne lui semblait pas anormal que l'État s'en occupe.

Il était maintenant surtout inquiet de la disparition de ses collègues et amis Fabio et Romain.

À l'inverse de la disparition de Jacques Cazeneuve, celle de Fabio Belloni et de Romain Gattier était pour lui totalement inexplicable.

Il pensait que ces gens s'intéressaient principalement au professeur Cazeneuve. Pour eux, le sort de Fabio et de Romain ne devait les intéresser que dans la mesure où leur absence pouvait avoir un lien avec sa disparition.

À trente-cinq ans, Jacques Cazeneuve était déjà un scientifique universellement connu et respecté. Il avait commencé sa courte carrière par des études sur la myoélectricité, la force électromotrice produite par les muscles. Les premières recherches du Professeur Cazeneuve avaient eu pour but de parvenir à commander des prothèses. Grâce à ses travaux et à ceux d'autres chercheurs, la myoélectricité était maintenant utilisée pour commander des prothèses qui remplacent des membres amputés.

Il avait ensuite orienté ses recherches vers les émissions électriques du cerveau.

Il était à l'origine d'avancées extrêmement prometteuses sur l'amplification des ondes cérébrales et la création d'interfaces neuronales directes. Officiellement, ses travaux avaient pour but de trouver le moyen de contrôler des prothèses, mais aussi — et peut-être surtout — des objets et des machines directement par la pensée. Il avait démontré qu'on pouvait déjà commander un ordinateur par ce moyen. Les milieux scientifiques pensaient que le prix Nobel lui serait attribué un jour.

Les applications potentielles de ses travaux étaient vertigineuses.

On pouvait faire un parallèle avec Internet. Ce qui n'était à l'origine qu'un moyen de communication assez rudimentaire entre ordinateurs est devenu un formidable vecteur d'échanges, d'informations et de commerce. La société en avait été changée.

Sébastien Salen pensait que les découvertes de Jacques Cazeneuve avaient des possibilités de développements aussi révolutionnaires.

En marge de l'objet officiel de ses travaux, ses recherches ne connaissaient pas de limites. Tout était envisagé. Le contrôle du cerveau lui-même était une des pistes explorées.

Naturellement, ses recherches intéressaient beaucoup de monde et même l'armée. Elles devaient aussi attirer l'attention de l'étranger, il en était conscient. La mondialisation de l'économie, sous l'impulsion des États-Unis d'Amérique qui voulaient un marché pour leur économie, mais surtout pas d'un concurrent, avait gravement affaibli l'Europe et provoqué l'émergence de nouveaux empires. Tous étaient à la recherche des avancées technologiques pouvant leur permettre d'asseoir leur hégémonie économique et politique.

Pour la France, c'était un moyen de lutter contre le déclin engagé.

Et le professeur Jacques Cazeneuve avait disparu.

Sébastien savait comment il avait disparu et pourquoi. Il savait beaucoup de choses. En vérité, personne d'autre n'en savait autant que lui sur cette disparition, car il était proche du professeur Cazeneuve quand c'était arrivé.

Son séjour à Venise était directement lié à cet évènement.

Marie Bertot avait laissé Sébastien Salen à ses pensées, sans doute pour lui faire prendre la mesure de sa situation.

— Je vais vous poser des questions, Monsieur Salen. Pesez chacune de vos réponses, elles peuvent être lourdes de conséquences.

Bigre ! On cherchait à l'impressionner mais il trouvait cela dérisoire.

Il aimait bien utiliser des formules vieillottes comme ce « bigre », ça le détendait.

Monsieur Salen, reprit Marie Bertot, messieurs Fabio Belloni et Romain Gattier ont disparu pendant votre absence. Selon vous, que leur est-il arrivé ?

— Comme vous l'avez dit, j'étais à Venise quand Claudia Belloni a signalé la disparition de Fabio et de Romain. J'ignore ce qui s'est passé.

— Et savez-vous où se trouve le professeur Cazeneuve?

D'une certaine manière, Sébastien était disposé à parler et à dire, autant que possible, la vérité. Il était persuadé que le meilleur moyen de dissimuler quelque chose d'important était de coopérer et de dire la vérité... à 90%. Les 10% restants représentant les informations importantes qu'il ne fallait en aucun cas révéler.

— Je ne sais pas non plus où se trouve Jacques Cazeneuve en ce moment continua Sébastien. Je ne lui ai pas parlé depuis le 25 avril. Il était passionné par Venise, tout le monde le sait. On plaisantait parfois là-dessus. Je pense donc qu'il est allé à Venise.

Il allait s'en tenir là, tout ce qu'il venait de dire était rigoureusement exact. *En ce moment*, il ne savait pas où se trouvait *exactement* Jacques Cazeneuve.

Cette réponse irrita Marie Bertot.

— Comment serait-il arrivé à Venise ? riposta-t-elle avec sans doute un peu trop d'agacement dans la voix. Il n'a pas quitté la France et selon les Italiens, il n'est pas à Venise ni même sur le territoire italien. Sa voiture est dans son garage. Son passeport et tous ses papiers d'identité sont dans son appartement. On ne peut même pas le localiser par son téléphone mobile qui est resté dans le laboratoire. Sa femme de ménage ne sait rien et pense qu'il est parti en voyage comme cela lui est déjà arrivé. On lui connaît une liaison intermittente avec Mei-Lin Lassire, sa collaboratrice, et nous l'avons interrogée aussi.

— Et que vous a-t-elle dit ?

Marie Bertot sourit sans rien dire. Il ne s'attendait pas vraiment à ce qu'elle réponde.

— Elle est comme moi, elle n'a rien pu vous dire.

— Mais elle sait quelque chose et vous aussi, j'en suis certaine.

Elle attendit une réaction qui ne vint pas.

— Vous êtes sous contrôle et vos amis aussi. Si le professeur Cazeneuve vous contacte ou s'il les contacte, nous le saurons. La conclusion logique est celle-ci : il est peut-être quelque part, mais sans papiers, sans argent, sans téléphone et sans voiture. Alors la question qui se pose est évidente : est-il encore vivant ?

L'intonation de la voix évoquait plus qu'une interrogation, un soupçon.

— Que voulez-vous dire par « vous êtes sous contrôle » s'insurgea Sébastien ? Vous nous faites surveiller, c'est ça ? Vous devriez savoir ce qui est arrivé à Fabio et à Romain alors !

Marie Bertot ne releva pas et revint à la charge.

— Monsieur Salen, j'insiste : le professeur Cazeneuve n'est pas plus à Venise que sur la Lune. S'il est vivant, il est à Paris. Les dernières images où il apparaît sont celles des vidéos des caméras de surveillance. On vous voit entrer tous les deux dans son laboratoire le vendredi 25 avril à 22h 18.

— Et nous en sommes ressortis ensemble quelques heures plus tard.

— Nous avons étudié les vidéos et vu en effet sortir deux personnes au petit matin, environ six heures après votre arrivée. Nous avons d'abord pensé qu'il s'agissait de vous-même et du professeur. L'ennui, c'est que ces personnes baissaient la tête et ni les caméras de surveillance ni le gardien n'ont pu observer leurs visages. Nous ne sommes donc pas certains de leur identité.

Sébastien réprima un sourire de satisfaction, ça n'avait pas été facile, mais il avait donc réussi à tromper les mesures de sécurité. Abuser le vigile n'avait pas été très compliqué, mais c'était nettement plus difficile pour les enregistrements des caméras vidéo. Ils avaient — peut-être — un soupçon, mais ils n'étaient sûrs de rien.

— Monsieur Salen reprit-elle d'un ton pressant, le professeur Cazeneuve est-il vivant ? Que pouvez-vous nous apprendre sur les circonstances de sa disparition ?

Marie avait marqué un temps avant de prononcer le mot disparition, comme pour signifier que, selon elle, il était peut-être mort. Et, par son attitude, Sébastien voyait bien qu'elle voulait lui faire comprendre qu'elle n'excluait pas du tout sa responsabilité dans cette affaire.

— J'espère qu'il est vivant dit Sébastien avec un soupir, même si je ne sais pas si lui et moi pourrons nous réunir à nouveau. J'espère aussi qu'il n'est rien arrivé à Fabio et à Romain.

Il était sincère, il espérait ardemment que son ami Jacques Cazeneuve vivait encore, au sens où on entend habituellement le mot vivant : un corps et un esprit sains.

Il ne disait pas tout à l'enquêtrice, mais tout ce qu'il lui disait était vrai.

Depuis le 25 avril, ça faisait maintenant un mois, Jacques Cazeneuve était introuvable. Il n'avait pas reparu dans son laboratoire, dans son appartement ni dans aucun des endroits où il avait l'habitude d'aller. On pouvait donc parler de disparition inquiétante.

Une disparition, c'est presque banal, il en arrive tous les jours. Elles sont parfois volontaires et ça n'émeut pas vraiment la police. Mais dans le cas de cette disparition-ci, la police était nerveuse. La Police ou quel que soit le service auquel ces gens appartenaient.

Ce qui avait pu arriver à Fabio Belloni et Romain Gattier était en revanche pour Sébastien totalement incompréhensible et il se demandait ce qui avait pu se passer.

Pour lui, c'était le moment d'en rester là. Il savait ce qui était arrivé au professeur Cazeneuve, mais il n'allait quand même pas le confier à cette femme. Son interlocutrice n'avait pas les connaissances nécessaires pour lui permettre de juger la situation dans sa globalité. Elle n'avait pas non plus le niveau hiérarchique suffisant pour lui permettre une totale autonomie de décision.

— Je suis maintenant obligé de vous dire, Mademoiselle, Madame.... Je ne connais pas votre nom.

— Je suis la capitaine Marie Bertot. J'appartiens aux services de renseignements.

— Je suis donc obligé de vous dire, Capitaine Bertot, qu'il ne m'est pas possible de vous donner davantage d'informations sur le professeur Cazeneuve. Je crains que vous ne disposiez pas des habilitations nécessaires pour cela. Le professeur Cazeneuve travaillait sur des projets de la plus haute importance. Veuillez noter que je suis prêt à converser, s'ils le souhaitent, avec le ministre de l'Intérieur, avec celui de la Défense ou même, et je pense que cela serait préférable, avec les deux.

Le moyen de gagner du temps, pensait Sébastien. Car il n'imaginait pas un instant être reçu par les ministres...

Il ne savait pas pourquoi il avait pris volontairement ce ton solennel et pédant. Pas par jeu, il n'avait pas vraiment la tête à ça. La qualité de l'instant, où tout est possible, peut-être...

À sa grande surprise, Marie Bertot, si c'était bien son nom, ne commenta pas sa déclaration, se bornant à lui signifier que l'entretien était terminé.

Sébastien ignorait qu'au même moment, un conseiller du ministre de l'Intérieur et un militaire, un général, dissimulés derrière la glace sans tain, avaient écouté attentivement tout l'entretien pendant qu'une caméra dissimulée enregistrait tout ce qui se passait et se disait dans la pièce.

— Vous pouvez rentrer chez vous, Monsieur Salen, vos bagages vous y attendent. Inutile de vous dire qu'il ne serait pas opportun d'évoquer notre rencontre auprès de quiconque. Il ne serait pas judicieux non plus de tenter de quitter le territoire national sans notre accord. Je vous laisse ma carte, vous pouvez m'appeler à n'importe quelle heure du jour ou de la nuit.

— Il ne vous reste plus qu'à signer ce document. Il indique l'heure de notre rencontre à l'aéroport de Paris-Orly, celle de votre arrivée ici et l'heure de votre départ. Il indique que vos affaires personnelles et votre téléphone mobile vous ont été restitués. Il précise aussi que vous êtes venu de votre plein gré, que vous n'avez subi aucune contrainte, et que vous êtes reparti librement.

Marie Bertot s'était exprimée sur le même ton que Sébastien quelques instants auparavant. Il se dit que cette femme devait avoir de l'humour et n'était certainement pas une imbécile.

— À vous entendre, on pourrait croire que nous sommes devenus des amis, ironisa Sébastien Salen après avoir signé le document.

— Pas tout à fait, Monsieur Salen, pas tout à fait, répondit Marie Bertot avec un sourire imperceptible, mais je suis persuadée que nous nous reverrons.

— Je vous souhaite une bonne journée se borna à déclarer Sébastien.

II - Un mois plus tôt

Le professeur Jacques Cazeneuve était satisfait.

Très satisfait.

Certes, l'aventure n'est pas exempte de risques...

La phrase qui venait de lui traverser l'esprit était un euphémisme et il en aimait bien l'adverbe désuet.

Malgré l'avenir incertain qui allait être le sien — si même il y avait un avenir pour lui — on pouvait dire qu'il était heureux.

Pour le moment, il ressentait surtout de l'excitation. L'enthousiasme d'un Jacques Cartier ou d'un Christophe Colomb s'en allant découvrir un Nouveau Monde.

Ce vendredi soir allait être extraordinaire. Il en avait presque le frisson.

Il venait de garer son véhicule sur l'espace qui lui était réservé dans le parc de stationnement du Groupement Hospitalier Jean-Martin Charcot. Exceptionnellement, il utilisait aujourd'hui un des véhicules utilitaires de service, car il avait un chargement à transporter jusqu'à son laboratoire.

Sébastien Salen, son meilleur ami et plus proche collaborateur, l'accompagnait. Il avait sorti un diable du véhicule et tous deux étaient parvenus, avec beaucoup de difficulté, à y installer un grand carton manifestement très lourd.

Ils se dirigeaient maintenant vers l'entrée du service du professeur Cazeneuve

Il savait que leur passage activait des détecteurs de proximité et fit un petit signe en passant devant la caméra de télésurveillance. Le gardien, au poste de sécurité de l'entrée principale, pouvait les voir sur ses écrans de contrôle et il voulait signifier, par ce geste, que tout était normal. C'était un ancien policier municipal à l'intellect limité mais il ne faut jamais compter entièrement sur la balourdise des gens. Il était presque vingt-deux heures et le gardien pourrait peut-être s'étonner de cette arrivée à une heure inhabituelle avec un tel chargement.

Le service était discret et son nom, l'*Annexe*, était banal. Il était situé dans des locaux dépendant du Groupe Hospitalier Charcot, mais son activité était essentiellement orientée vers la recherche.

On était là dans le domaine public et, naturellement, on n'avait rien à cacher. D'ailleurs, c'est bien connu, on n'a jamais quelque chose à cacher.

Cependant, il arrive qu'on ait parfois intérêt à la discrétion pour de multiples raisons qui peuvent être la crainte de la concurrence, un besoin de sécurité, un risque sanitaire normalement inacceptable ou, tout simplement, une utilisation discutable des ressources publiques.

Peu de personnes connaissaient l'étendue réelle des travaux effectués sous la direction du professeur Cazeneuve. Au conseil d'administration même, la majorité des membres l'ignoraient. Le président du Conseil d'administration, maire de la ville, le président de la commission médicale, le représentant de l'ordre des médecins et les autres membres du conseil ignoraient tout de la réalité. Seul, le directeur général de l'établissement en savait un peu plus sur l'activité de l'*Annexe*.

On peut considérer qu'il y a deux grandes méthodes et de nombreuses variantes pour protéger des installations sensibles.

La manière coûteuse, à l'américaine, avec barrières, zones de sécurité, matériel sophistiqué et abondant, gardes armés et chiens antipathiques. Ou l'inverse, gardes antipathiques et chiens armés prêts à « sauver le monde ». Ce qui revient au même...

Et la méthode française qui tente de compenser l'absence de financement suffisant par l'imagination, le talent et une certaine dose d'amateurisme et de naïveté. On essaie alors de faire en sorte que le site n'ait pas l'air de ce qu'il est.

L'*Annexe* avait été aménagée et était gérée à la manière française.

Son nom volontairement neutre avait donc été spécialement choisi pour ne pas attirer l'attention. Jacques Cazeneuve lui-même se plaisait à penser que d'éventuels espions n'imagineraient pas qu'un service au nom et à l'aspect aussi anodins puisse abriter des activités importantes.

Même les gardiens, ceux qui étaient visibles, avaient été sélectionnés pour leur médiocrité apparente. Ou presque.

Officiellement, le professeur Cazeneuve était un des chefs de service du Groupement hospitalier.

En dehors de l'*Annexe*, dans les locaux ordinaires du Groupement, il dirigeait en effet des recherches dont le but était de mettre au point des techniques de contrôle des prothèses par la pensée.

Cette activité officielle, réelle et très ambitieuse, avait l'avantage de permettre de dissimuler la fonction plus secrète de l'*Annexe*.

Les personnes handicapées qui venaient prêter leur concours aux recherches étaient des victimes d'accidents de la route, du travail ou d'attentats. Elles avaient connu de nombreux mois d'hospitalisation et vécu des moments terribles. Il s'agissait d'habitués, convalescents, qui venaient plusieurs fois par semaine tester et faire adapter des prothèses innovantes. Ils étaient tous sympathiques et savaient parfaitement ce qu'on attendait d'eux et ce qu'ils pouvaient espérer. Depuis leur prise en charge dans le service du professeur Cazeneuve, ils avaient l'espoir d'un retour à une vie presque normale.

Avec son caractère aimable et son goût pour l'humour, on pouvait dire que le professeur Cazeneuve était atypique.

Il était volontiers facétieux et très éloigné de nombre de ses pairs, pédants et suffisants, pleins de l'importance de ceux qui oublient que tout est éphémère et qu'ils sont, eux aussi, provisoires.

Physiquement, il était grand, le cheveu abondant et assez long, grisonnant déjà malgré ses 35 ans. Il était plutôt beau gosse et, cela se voyait, soignait son apparence. Il passait rarement inaperçu.

Pour toutes ces raisons et pour sa brillante intelligence, il était très apprécié de sa petite équipe de scientifiques.

Ce vendredi soir va réellement être exceptionnel, se disait à nouveau Jacques Cazeneuve en attendant l'ascenseur pour rejoindre l'*Annexe*. Elle se situait au-dessous du dernier sous-sol de l'un des bâtiments du Groupe hospitalier. C'était une formulation absurde, il le savait, car ce qu'on appelait le « dernier sous-sol » ne pouvait pas être réellement le dernier puisque l'*Annexe* était encore plus bas. Mais c'était comme cela que tout le monde disait. Ce qu'on nommait le « dernier sous-sol » était le niveau des caves et des locaux techniques, chauffage, fluides, etc. Logiquement, on ne pouvait pas soupçonner l'existence d'un autre niveau au-dessous de celui-là.

L'entrée de l'ascenseur menant à l'*Annexe* ressemblait plus à l'accès piétons d'un parc de stationnement souterrain qu'à celle d'un des meilleurs centres de recherche du pays. L'ascenseur était direct et ne desservait aucun des autres niveaux de l'immeuble. L'escalier de secours était aussi construit dans le même puits. Il s'agissait du seul accès au niveau ultime. Après la construction, tous les accès avec le « dernier sous-sol » avaient été remblayés puis murés.

Toujours dans le but de donner une apparence banale à l'*Annexe*, l'ascenseur était lui-même ordinaire, du même type que n'importe quel ascenseur d'hôpital, assez large pour y transporter un malade couché.

On y pénétrait assez librement. Pour ouvrir les portes, il suffisait de disposer d'une carte à puce délivrée seulement avec l'accord de Jacques Cazeneuve.

Pour descendre, il fallait ensuite poser la main sur un lecteur d'empreintes. Seules les personnes autorisées pouvaient ainsi accéder à l'annexe.

L'identification par empreintes digitales n'est pas la plus sophistiquée des méthodes de contrôles d'accès, mais elle est simple et efficace. C'est aussi la moins coûteuse et ce dernier point avait eu son importance au moment du choix.

Les deux hommes étaient parvenus, avec beaucoup d'efforts, à pénétrer dans l'ascenseur avec leur énorme carton.

Ils en prenaient grand soin, évitant de le cogner ou de le faire tomber.

C'était à l'origine un carton pour un réfrigérateur, mais ce jour-là, son contenu était très différent.

L'ascenseur s'arrêta doucement et ouvrit lentement ses portes vers l'*Annexe*. Tout en étant de dimensions relativement modestes par rapport aux unités constituant le Groupement Charcot, l'endroit était aménagé et confortable. Il y avait une cuisine, une réserve d'aliments, une salle de bains et quatre chambres. Si nécessaire, on pouvait y habiter pendant quelques jours.

Plusieurs salles constituaient le laboratoire.

La première et la plus spacieuse regroupait les appareils légers, les instruments de mesure, les ordinateurs et les bureaux des chercheurs.

Le matériel lourd, dont un scanographe et un appareil d'imagerie par résonance magnétique, occupait la seconde salle.

Les autres locaux étaient particulièrement protégés. Une lourde porte circulaire en métal en interdisait l'accès. Elle ressemblait aux portes des chambres fortes des banques et seuls, le professeur Cazeneuve et ses proches collaborateurs, pouvaient l'ouvrir. À part les chercheurs, personne ne pouvait donc entrer, à moins de détruire la porte ou le mur qui était autour.

Ces conditions de sécurité exceptionnelle avaient une justification. Cette porte devait être, à l'origine, l'entrée du premier sas d'accès à un laboratoire de sécurité maximale P4 pouvant recevoir les micro-organismes les plus pathogènes. Comme souvent, des difficultés budgétaires avaient amené les autorités à différer l'équipement et la mise en service des installations.

Alors les lieux étaient en fait seulement aménagés en unité médicale autonome. C'est là que, dans le plus grand secret, le professeur Cazeneuve avait assemblé un dispositif de son invention. Imposant, il était doté d'une sorte de caisson ressemblant étrangement à un cercueil.

Et c'est précisément dans cet endroit que Jacques Cazeneuve et Sébastien Salen entreprirent de transporter leur carton. Le professeur avait obtenu qu'il n'y ait pas de caméras de surveillance dans les locaux. Il avait eu beaucoup de mal à obtenir cette dérogation et n'y était parvenu qu'en invoquant les économies réalisées.

– Et puis, avait-il ajouté en conclusion, il sera toujours possible d'en installer ultérieurement.

Tout ce qui se passait dans ce local particulier était donc à l'abri des regards extérieurs.

Les deux hommes se regardèrent en silence, conscients de la gravité de l'instant.

Une étape importante de l'opération à venir était réussie.

Le plus difficile restait à faire.

Le professeur Cazeneuve et son adjoint, Sébastien Salen étaient, semblait-il, seuls dans l'*Annexe*.

III - Quatre ans auparavant...

Ce qui allait se passer cette nuit-là avait commencé quatre ans auparavant, un vendredi soir de juin.

L'équipe était la même. Les six scientifiques de ce qui ne s'appelait pas encore l'*Annexe* se réunissaient souvent. L'amitié se cultive et toutes les occasions étaient bonnes pour se retrouver autour d'un verre.

Il faisait beau ce vendredi-là et la température était agréable. On échangeait des banalités et on savourait la douceur de l'instant.

Tout le monde s'était retrouvé chez Fabio Belloni. D'origine italienne, Fabio était né à Venise quarante-deux ans plus tôt. Il avait tout du bel italien popularisé par le cinéma. Grand, beau gosse, les yeux vifs et souvent rieurs, il plaisait généralement aux femmes. Il était marié et semblait heureux avec Claudia, son épouse qui, elle, était petite et blonde, une très jolie femme. Il aimait la voile. C'était un très bon marin et il terminait souvent en tête les régates organisées sur la lagune de Venise. C'était surtout un physicien et un mathématicien de grande valeur. Il était arrivé en France et avait rejoint l'équipe depuis trois ans.

Il y avait Jacques Cazeneuve, bien sûr, toujours prêt à favoriser les liens qui soudent une équipe et la rendent plus performante. Il avait réussi à instaurer une ambiance détendue entre les six chercheurs. Il n'avait pas eu de difficultés pour y parvenir, c'était dans sa nature. À propos du groupe, on pouvait vraiment parler d'harmonie et chacun savait occuper la place qui lui revenait, selon ses compétences ou ses attributions. C'était donc réellement une équipe d'amis qui se retrouvait ce soir-là chez Claudia et Fabio.

On parlait à bâtons rompus, de tout et de n'importe quoi, comme on le fait habituellement entre amis qui se détendent après une semaine de travail.

Fabio Belloni avait fait une étude prospective sur les smartphones du futur qui, selon lui, n'auraient plus du tout l'air de smartphones. Entre autres talents, il avait celui de « comprendre » les machines et de réparer à peu près tout ce qui était susceptible de l'être. Il venait d'expliquer la réalité augmentée à Mei-Lin qui écoutait distraitement, elle avait l'esprit ailleurs.

De ses origines vietnamiennes, Mei-Lin Lassire avait gardé un prénom et la beauté gracile et délicate des filles de là-bas. Son père, ancien diplomate français, avait connu sa mère alors qu'il était en poste à Saigon, avant que la ville ne devienne Hô Chi Minh-Ville. Il avait ramené sa famille en France à la prise de la ville par les troupes de ce qu'on appelait alors le Nord-Vietnam. Neurologue respectée, Mei-Lin avait trente-huit ans et en paraissait à peine trente. Elle s'entendait très bien avec tout le monde et Sébastien Salen aimait bien sa personnalité, toute de douceur.

Jacques Cazeneuve l'appelait son Annamite ou sa Tonkinoise, selon son inspiration, en clin d'œil à ses origines. Tous les deux travaillaient souvent ensemble, leurs travaux étaient complémentaires.

Puis quelqu'un avait commencé à parler cinéma et Fabio avait demandé :

— Avez-vous vu le film de Woody Allen, « Minuit à Paris » ?

— Oui, c'est vraiment un bon film avait répondu Sébastien Salen, le seul avec Jacques qui ait vu le film. Je n'aimais pas beaucoup Woody Allen avant, mais je reconnais que j'aime bien ses films plus récents, surtout depuis qu'il ne s'attribue plus le rôle du séducteur.

— Il paraît que l'épouse d'un ancien occupant de l'Élysée joue dans le film, dit Mei-Lin.

— Oui répondit Sébastien, elle a un petit rôle.

— Saviez-vous que Woody Allen est un autodidacte dit Sébastien, s'attirant un sourire complice de Mei-Lin ?

Tout le monde savait que Sébastien l'était lui aussi. On savait aussi qu'il souffrait parfois du regard souvent condescendant des élites intellectuelles françaises sur les autodidactes.

— *Minuit à Paris* est un très joli film, avait approuvé Jacques. L'idée de voyage dans le temps qui est un peu la trame du film est intéressante et pas assez exploitée en général au cinéma.

Ils souriaient en le regardant. Ses amis connaissaient la passion de Jacques Cazeneuve pour le temps.

Il avait d'ailleurs deux passions, le temps et Venise. Il pouvait parler de l'un et l'autre sujet pendant des heures. Aujourd'hui, il s'agissait du temps....

— Évidemment, continuait-il, Woody Allen idéalise la Belle Époque, mais il a bien étudié les artistes du moment. C'est léger, créatif, brillant quoi...

— Il est lancé, on ne pourra plus l'arrêter, chuchota Mei-Lin à Sébastien qui souriait.

— Le concept de temps est passionnant, continua Jacques, reprenant son thème favori, nous n'avons pas tous la même perception du temps.

Sans même parler des autres êtres vivants ou seulement des mammifères supérieurs comme les chats, les chiens qui ont, je pense, la notion de temps, en prenant seulement les humains, je suis persuadé que chacun n'a pas la même sensation du temps qui passe.

En plus des différences individuelles, notre perception du temps change avec l'âge aussi et quelqu'un de jeune n'a pas du tout la même façon de ressentir l'écoulement des jours.

Elle change aussi avec notre état de santé. Une personne âgée et malade ne perçoit plus la fuite du temps comme nous. Et même, à âge équivalent, la perception du temps change en fonction de ce que l'on fait. Quand on s'ennuie, le temps s'écoule lentement et, à l'inverse, quand on a une activité qui nous passionne, il passe très vite.

— Donc, dit David, la perception des choses, du temps, est en quelque sorte selon toi aussi une affaire cérébrale. Veux-tu nous dire par là, Jacques, que le cerveau concourt à la « création » du temps ou plutôt à la création de la sensation de temps. Tout cela indépendamment du temps biologique, bien sûr.

David Halley avait vingt-sept ans. Le voir parler ainsi, détendu, était révélateur de l'ambiance de confiance amicale qui régnait entre eux. Car David était autiste. Il était atteint du syndrome d'Asperger et souffrait principalement d'hyperacousie. Il n'aimait donc pas le bruit et avait peur de la foule. Il n'appréciait pas beaucoup non plus qu'on le touche et avait gardé une manière de s'exprimer particulière et une certaine fragilité dans sa personnalité. Mais il avait à peu près dompté tous ses démons et réussi à faire des études brillantes.

À l'origine, il avait été recruté dans le cadre d'un programme d'aide aux personnes souffrant d'un handicap. Dans la vie, c'était plutôt David qui avait tendance à considérer que c'étaient tous les autres qui souffraient d'un handicap. Il possédait des facultés d'analyse et de synthèse impressionnantes, un sens de la logique implacable et était capable de déceler la moindre faille dans un raisonnement ou un processus. Jacques Cazeneuve puis tout le monde l'avaient pris en affection et il faisait maintenant partie de l'équipe.

— En effet, David, c'est bien ce que je veux dire.

— Mais alors, Jacques, continua David, compte tenu de l'activité de ce labo qui travaille à rendre possible la commande de prothèses médicales par la pensée, ce que tu as dit implique-t-il la possibilité de faire de même pour la perception du temps… Envisages-tu possible la manipulation du temps par la pensée ?

Jacques regardait le jeune homme sans répondre, en souriant. Il était impressionné et remerciait le hasard d'avoir entraîné David dans son équipe. Par des phrases comme celle-ci, il lançait de véritables petites bombes dans leurs modes de pensée habituels. Sa remarque était peut-être une simple boutade, mais il avait exprimé l'ébauche d'un concept.

Les autres s'étaient tus, étonnés par ce qui venait d'être dit et par les implications de l'idée exposée en une phrase par David Halley. Ils étaient tous des chercheurs et, même irréaliste, cette notion était à considérer.

— La manipulation du temps par la pensée… Hum, c'est un concept très intéressant… Que veux-tu dire, David ?

— Moi ? Mais je ne veux rien dire ! C'est une association d'idées qui m'est venue à l'esprit à cause de tes travaux et de la notion de temps qui te passionne, c'est tout !

— Hum… on pourrait envisager des tas de choses avec ton expression « la manipulation du temps par la pensée ». On peut imaginer intervenir sur la façon dont on perçoit l'écoulement du temps, sur les souvenirs et, j'ose à peine le dire pour ne pas passer pour un illuminé, le temps lui-même. Très intéressant tout ça, murmura-t-il pour lui-même, il faut que j'y réfléchisse.

La soirée avait continué, mais Jacques Cazeneuve n'était plus vraiment là. Il était présent physiquement, bien sûr, disait un mot de temps à autre, et souriait avec retard aux blagues de Fabio.

L'idée d'envisager le voyage dans le temps, même si elle devait rester un rêve, l'enthousiasmait, c'était certain. Mei-Lin qui le connaissait bien pensa qu'il devait déjà être en train d'évaluer les implications et les difficultés de l'aventure.

Devant l'inconnu, il avait la même attitude que Sébastien Salen pour lequel rien n'est a priori impossible et que tout doit être examiné.

Ce soir-là, ils étaient tous venus pour passer une soirée entre amis. On avait pour le moment remis le sujet à plus tard, mais, à voir la tête de Jacques, tout le monde savait qu'il reviendrait vite.

Comme souvent dans les réunions amicales, on avait parlé de tout : culture, économie, politique, on était prêts à refaire le monde. En paroles, ça n'est pas difficile de refaire le monde. Chacun a généralement une idée sur le sujet.

Si le thème de discussion favori du professeur Cazeneuve était le temps, celui de Sébastien Salen, ce jour-là, était la langue française et l'Europe.

Sébastien était en effet un amoureux de la langue française. Il aimait la culture européenne et avait une grande admiration pour le Québec, ce village francophone dans l'océan d'anglophonie d'Amérique du Nord. Il n'était pas particulièrement chauvin, mais un ardent partisan de la diversité culturelle et, notamment à propos des langues, il s'insurgeait constamment contre l'hégémonie de l'anglais.

Autant que possible, il avait banni l'anglais de son vocabulaire quand il s'exprimait en français, mais il tolérait l'usage du mot « week-end ». Exception étonnante quand on connaissait le soin qu'il apportait à éviter tout anglicisme. Ainsi, il n'utilisait pas de smartphone pour envoyer ses mails, mais un ordiphone pour ses courriels. Et il ne comprenait pas pourquoi tellement de gens s'obstinaient à prononcer « tchallendge » au lieu d'utiliser le mot défi beaucoup plus facile à dire.

Dans une conversation, par jeu, il s'amusait à prononcer les noms propres à la française et, parfois même, à traduire les noms des personnalités américaines. Ainsi, l'ancien Président George Bush devenait le Président Georges Brousse et l'actrice Reese Witherspoon, qu'il aimait bien, Rise Avecsacuillère !

Après l'enfance, comme tous les jeunes de l'époque, il avait grandi en admirateur béat de la culture américaine, de sa musique et de ses films.

Il savait maintenant qu'il avait été atteint par ce qu'il appelait le syndrome du colonisé. Il définissait ce terme par le fait qu'une colonisation est réussie lorsque le peuple colonisé adopte de lui-même la culture du pays colonisateur, en jugeant moderne tout ce qui vient de là-bas, et ringard ce qui vient de sa propre culture. Incontestablement, la colonisation culturelle, économique et politique de l'Europe par les États-Unis était accomplie.

Il percevait cela comme un appauvrissement.

Et, comme son ami Jacques Cazeneuve, il avait aussi une passion pour Venise.

Romain Gattier, comme toujours, était arrivé le dernier. Personne ne s'inquiétait de ses retards, car il n'arrivait jamais à l'heure. Romain était ce qu'on appelle un original, il avait toujours avec lui un bocal de sauterelles grillées qu'il faisait venir d'Amérique du Sud. Il en dégustait de temps à autre avec un air gourmand et prétendait que manger ces bestioles était bon pour le cerveau et l'aidait à réfléchir.

C'est très énergétique dit-il en présentant, sans grand succès comme d'habitude, son flacon aux collègues présents.

Comme beaucoup de *geeks*, Romain était un solitaire. À vingt-huit ans, il vivait chez sa mère. On ne lui connaissait aucune liaison stable et ses amours duraient à peu près aussi longtemps que ses voitures. Mais sous son allure particulière de marginal, c'était un informaticien de génie et un agréable collègue de travail.

Sébastien et Romain s'opposaient souvent en joutes amicales sur le sujet de l'Europe et de la mondialisation de l'économie imposée, selon Sébastien, par les États-Unis et le Royaume-Uni. Comme souvent, c'était Romain qui avait commencé la discussion.

Ils n'étaient jamais d'accord, mais chacun tentait de convaincre l'autre avec des arguments qu'ils avaient tous entendus cent fois.

À un observateur étranger à leur groupe, l'attitude de Sébastien aurait pu passer pour un anti-américanisme primaire, comme on disait jadis, et celle de Romain pour de l'angélisme naïf. Tout le monde savait que ce n'était le cas ni pour l'un, ni pour l'autre. Les choses, la vie, sont toujours plus complexes qu'elles ne le paraissent.

– C'est reparti ! avait lancé Fabio à l'attention de Mei-Lin.

La jeune femme comprit aussitôt que la discussion risquait de durer longtemps. Elle réagit :

– Et si on changeait de sujet les garçons ?

Avant d'ajouter :

– Fabio, je crois que tu es allé voir le spectacle de Fred Pellerin. C'était bien ?

La question ramena instantanément la paix entre Sébastien et Romain. Fred Pellerin était un artiste québécois extrêmement talentueux. Sébastien Salen, avec son intérêt pour le Québec, était devenu plus attentif.

Jacques avait abandonné son air songeur et tendait l'oreille.

— Oui, Claudia m'a emmené voir le spectacle de Fred Pellerin. C'était génial, mais j'aurais des difficultés à vous en parler aussi bien qu'il le mérite ! N'oubliez pas que nous sommes Italiens d'origine et que le français n'est pas notre langue maternelle. Alors, même si on se débrouille en français, nous n'en sommes pas à percevoir toutes les nuances du français québécois créatif de Fred Pellerin. David pourra mieux vous en parler que nous.

Claudia et Fabio proposaient en effet parfois à David de se joindre à eux pour aller voir un spectacle. Tous deux avaient de l'amitié pour David et savaient que, seul, il n'irait jamais dans un lieu où il y a une foule.

— Oui, continua David, Fred Pellerin est fantastique. C'est un conteur et chanteur du Québec. Il est jeune encore, et raconte des histoires de son village de Saint-Élie-de-Caxton. Il a un accent québécois et des tournures de là-bas, mais c'est très accessible.

— C'est drôle, émouvant parfois, poétique aussi ajouta Fabio, on est hors du temps...

— Ah, dit aussitôt Jacques Cazeneuve en souriant, le temps, nous y revoilà !

À son air malicieux, ses amis pensèrent qu'il avait certainement une idée en tête.

— Je suis désolé mes amis, mais je crois que je vais rentrer. Nous avons passé un moment très agréable ensemble, comme toujours, mais il se fait tard et demain, je dois revenir voir quelques petites choses. Mei-Lin, je t'emmène ?

Mei-Lin et Jacques étaient très proches. Ils étaient aussi très discrets, mais tout le monde savait qu'ils étaient amants. Eux-mêmes n'avaient jamais évoqué le sujet alors on respectait leur choix et on n'en parlait pas.

IV - Juillet de la même année

La semaine suivante avait été calme. Ils n'avaient pas vu Jacques Cazeneuve qui avait passé presque toute la semaine à Genève où il participait à un congrès de scientifiques. Il était revenu le vendredi suivant et, le soir même, il participait à la traditionnelle réunion amicale du labo.

Tout le monde s'attendait à ce que le sujet favori de Jacques revienne rapidement dans la conversation. On se demandait combien de temps il pourrait résister avant de parler du voyage dans le temps. Pour s'amuser un peu, ses amis avaient décidé de se comporter comme s'ils ne se souvenaient pas des conversations de leur dernière soirée.

Après les embrassades des retrouvailles, Romain lui avait demandé comment s'était passé son séjour à Genève.

— Très bien, oui oui, avait répondu distraitement Jacques, je vous raconterai plus tard... Manifestement, il pensait à autre chose.

Vous vous souvenez de ce dont on parlait la dernière fois...

— Pas vraiment l'avait coupé Romain avec un sourire. Une friandise Jacques ? avait-il ajouté en lui tendant son bocal de sauterelles grillées

— Non merci. On parlait du temps, voyons...

— Ah oui, le temps, était intervenu Fabio, il faisait un temps exécrable cette semaine-là, en effet...

— Mais non, voyons... Je parle du temps qui passe, pas du temps qu'il fait ! Pendant tout mon séjour, je n'ai cessé de penser à la remarque de David: la manipulation du temps par la pensée.

Ils s'étaient esclaffés devant son expression indignée à la pensée qu'ils auraient pu oublier leur conversation.

— On s'attendait bien à quelque chose comme ça, allez va, dis-nous tout...

Jacques avait ri aussi après s'être aperçu qu'ils se moquaient gentiment de lui. Mais il était passionné par le sujet alors il avait enchaîné rapidement.

— La semaine dernière, on avait évoqué le temps sous l'angle de sa perception et de la manipulation des souvenirs. C'est très intéressant et il y a sans doute des pistes à explorer, mais je voudrais d'abord, si vous êtes d'accord, qu'on s'intéresse au voyage dans le temps. Je veux parler d'un voyage réel, avec déplacement physique.

Hypothèse d'école bien sûr, avait-il ajouté en voyant leurs têtes. Vous êtes d'accord ?

Tout le monde était d'accord ! Pas seulement parce qu'il était leur chef, ce qui, il faut le reconnaître, était déjà une bonne raison pour l'écouter, mais surtout car on sentait, à sa mine des grands jours, qu'il était sur une piste. Et puis le sujet s'annonçait passionnant.

— Pour le moment, avait repris Jacques Cazeneuve, voyons cela plutôt sous l'angle littéraire, ludique, et faisons comme si on allait vraiment voyager dans le temps. On s'occupera des aspects scientifiques et techniques plus tard.

À sa façon d'en parler, il donnait l'impression qu'il s'agissait de détails provisoirement écartés...

— Mais avant, j'ai quelques réflexions à vous soumettre :

— D'abord, si le voyage dans le temps est possible, dans quelle direction voyager : le passé ou, en imaginant que c'est possible, le futur ? Quel est votre avis là-dessus ?

— Pour autant que le voyage dans le temps soit possible — ce qui reste à prouver — déclara Fabio Belloni, je pense qu'il faut envisager seulement un voyage vers le passé. Le passé a eu une réalité. Des gens sont nés, ont vécu, ont disparu. Des civilisations, des villes aussi. C'est, en quelque sorte, un « produit fini » dont la réalité ne fait pas de doute. Alors que le futur n'existe pas encore. Il n'est pas encore créé par les actions présentes. En plus, le voyage vers le futur, tout le monde se le tricote naturellement et patiemment tous les jours. Et puis, à partir d'un instant donné, il y a une multitude de futurs possibles. Donc, selon moi, il faut se concentrer sur le voyage vers le passé.

Tout le monde était d'accord avec cette analyse, on adopta donc le point de vue de Fabio.

— Mais en vous parlant comme ça, reprit-il, je crois rêver. Heureusement que nous sommes entre nous, car, si on nous entendait, on pourrait nous prendre pour des fous.

— Mais non, Fabio, tu sais bien que nous sommes des scientifiques éminents et respectés, enfin je l'espère dit Mei-Lin en souriant. Nous sommes donc tout à fait dans notre rôle en examinant des pistes nouvelles pour faire avancer la connaissance.

Bien, continua Jacques. Je suis aussi de l'avis de Fabio, je m'étais fait à peu près les mêmes remarques. Notez bien cependant que la communauté scientifique pense exactement le contraire. Il suffit pour s'en convaincre de reprendre les théories d'Einstein sur la relativité et le paradoxe des jumeaux de Langevin. Mais passons, restons-en là pour l'instant.

Une deuxième question maintenant :

Si on voyage vers le passé, quelle époque et quel lieu devons-nous nous choisir ?

— La Révolution française lança Romain. C'est une période fascinante, les idées foisonnent, la fin de la monarchie, des privilèges, l'assemblée constituante, etc. Nous avons là une quantité incroyable d'évènements majeurs que nous pourrons étudier sur place.

— À condition de veiller à ne pas attirer l'attention de Robespierre ! La guillotine ne me dit rien, dit Sébastien. Sérieusement, c'était une période de troubles où vraisemblablement tout le monde devait se méfier de tout le monde et ça me semble un peu risqué.

— Pourquoi pas la Rome antique, s'écria David. Il faut une société avancée, hiérarchisée où l'ordre règne, et suffisamment cosmopolite pour que des étrangers ne risquent pas trop de se faire remarquer avec des comportements bizarres. En plus, c'est une époque connue de tous par l'histoire, le cinéma et la littérature : revoir le film Ben-Hur et lecture conseillée des Évangiles avant de partir, les amis.

— Trop loin dans le temps, trop risqué aussi, objecta à son tour Mei-Lin en faisant une moue. Je n'ai pas tellement envie de finir esclave ou croquée par les lions au Colisée !

— Dommage, reprit David, j'aurais bien vu Fabio, centurion, aller pacifier en jupette quelque région reculée de l'empire… En plus, Fabio, Rome, c'est presque chez toi, Venise n'est pas loin…

— Justement dit Jacques Cazeneuve, Venise au XVIIIe siècle me semble, à moi, un très bon choix. À l'époque, Venise est une République sur le déclin, certes, mais encore stable et où les gens — enfin, ceux qui avaient les moyens — ne pensaient qu'à s'étourdir dans des fêtes interminables. Le port du masque, très fréquent à cette époque-là, pourrait aussi nous aider à ne pas nous faire remarquer. Et puis j'ai lu quelque part que les autorités étaient assez débonnaires et qu'on n'envoyait plus les gens croupir dans la prison des Puits ou celle des Plombs pour une broutille.

— C'était quoi ces prisons, avait demandé Romain ?

— L'antichambre de l'Enfer avait répondu Jacques Cazeneuve. Les prisons étaient près du Palais des Doges où les condamnés étaient conduits pour y entendre la sentence du juge. On les emmenait ensuite vers leurs cachots par un pont couvert, le fameux Pont des Soupirs. Tout le monde le sait maintenant, les soupirs dont il est question n'étaient pas des soupirs d'amoureux, mais les gémissements des condamnés qui voyaient l'extérieur pour la dernière fois. Très peu ressortaient de là.

Les Puits désignaient les cellules situées au niveau le plus bas. Avec la proximité de l'eau, les cellules étaient partiellement inondées à chaque marée haute et les prisonniers étaient obligés de se hisser et se maintenir comme ils pouvaient sur leurs paillasses pour ne pas se noyer. Tout cela dans l'obscurité, l'isolement, les rats, le froid et l'humidité permanente. Les malheureux ne résistaient généralement pas très longtemps à ce régime carcéral.

La prison des Plombs, par contraste, était relativement plus confortable. Les cellules étaient dans les combles, juste sous les toits qui étaient en plaques de plomb, d'où le nom des cellules. Là, les prisonniers étaient au sec, mais un peu trop, sans doute. L'été, la chaleur et les odeurs épouvantables, les rats énormes et les puces rendaient les conditions de détention pénibles, mais c'était quand même mieux que les Puits.

On en sortait parfois mais, torture subtile, le condamné ne savait jamais pour combien de temps il était emprisonné. On ne lui notifiait pas la durée de sa peine. Elle pouvait être de quelques mois, quelques années ou toute la vie. Les détenus dans les Plombs étaient généralement des aristocrates ou des religieux. Ils recevaient un petit pécule et ils avaient la possibilité de commander leurs repas et leurs boissons à l'extérieur. Les gardiens les leur apportaient une fois par jour, tôt le matin.

On connaît l'histoire d'un prisonnier célèbre des Plombs : Casanova. Il y est resté un peu plus d'un an et s'est évadé.

Tout cela est passionnant, mais revenons à notre sujet... Je préférerais le XVIIIe siècle qui est encore assez proche de nous pour que les mœurs ne soient pas trop éloignées des nôtres. En plus, et c'est très important, Venise a relativement peu changé au cours des derniers siècles. Même si, et c'est dommage, Napoléon Bonaparte a modifié plusieurs quartiers de la ville comme une partie de la Place Saint-Marc et la queue du poisson.

— La queue du poisson ? Qu'est-ce que c'est ? demanda à nouveau Romain.

La réponse vint de Sébastien.

— Venise a la forme d'un poisson. Jacques voulait dire que Bonaparte a ordonné de profondes modifications dans la partie de la ville qui correspond à la queue du poisson. C'est l'origine des *Giardini* où se trouvent plusieurs des pavillons nationaux de la Biennale de Venise.

Jacques Cazeneuve reprenait déjà :

— Venise reste globalement très proche de ce qu'elle était au XVIIIe siècle. C'est un avantage pour se repérer dans la cité et c'est aussi un atout pour y arriver sans dommages en cas de voyage temporel. Nous choisirons donc Venise. En plus, j'adore cet endroit, c'est une raison supplémentaire. Et la meilleure de toutes les raisons, dit-il en riant, c'est que c'est moi le patron.

Tout le monde souriait aussi, heureux de voir Jacques Cazeneuve de très bonne humeur.

Il continua plus sérieusement.

— Pour l'élaboration d'une technique permettant le voyage en pensée dans le passé, nous ne partons pas de rien. Nous travaillerons à partir des travaux que nous avons réalisés et développés pour le contrôle mental des prothèses. Et qui sait jusqu'où nous mènera ce voyage, avait-il ajouté plus bas d'un air sibyllin.

Toute l'équipe le regardait sans un mot, étonnée par ce qu'il venait de dire.

— Eh bien, oui, avait-il repris, satisfait de son effet en voyant leurs têtes, tout est possible. Pourquoi pas aussi un voyage réel, physique ? Des scientifiques sont bien en train de travailler à supprimer la mort. Je sais, ça a l'air fou, mais il y a réellement des gens qui travaillent dessus. Alors pourquoi pas un voyage dans le temps ? Mais passons, revenons à notre affaire...

En premier, reprit-il, il faut déterminer un moyen de localisation dans l'espace et dans le temps pour nous permettre d'arriver à l'endroit et au moment voulus. C'est assez facile à partir de la situation des astres dans le ciel. La position des étoiles que nous voyons correspond à un lieu donné et à un instant donné. Par exemple, nous sommes en France, en banlieue parisienne, ce 23 juin et il est 22h30. La position des étoiles au-dessus de nous est unique. Le ciel correspond à ce jour, à cette heure et cet endroit précis. La mécanique céleste, la course des étoiles est connue depuis longtemps et déterminer la position des étoiles au-dessus de Venise le 23 juin 1750, pour rester dans notre exemple, n'est plus qu'une affaire de puissance de calcul d'ordinateurs. Nous sommes bien sûr équipés ici, à l'*Annexe*, pour effectuer ces calculs.

Il nous reste à imaginer puis à réaliser un dispositif qui asservisse le déplacement — notre voyage dans le temps et l'espace — à la place des étoiles le jour choisi.

Abasourdis, ses amis le regardaient sans prononcer un mot. Leurs visages exprimaient de l'admiration mais aussi, comme chez Romain, de l'incrédulité. David Halley, lui, était littéralement bouche bée.

Jacques Cazeneuve s'aperçut de l'effet causé par ses paroles et concéda :

— Évidemment, c'est le plus difficile qui reste à faire : réaliser notre « machine à voyager dans le temps » ! En attendant, tu peux fermer ta bouche, David, dit-il en riant.

Notez bien, les amis, que si nous parvenons à réaliser un tel dispositif, on pourra se déplacer dans le temps, mais aussi dans l'espace !

— Que veux-tu dire ? avait demandé Mei-Lin qui semblait complètement dépassée. Sa formation médicale ne l'avait pas préparée à de tels concepts.

— Je veux dire que si tu peux régler ton dispositif pour te transférer d'ici à Venise le 23 juin 1750, tu te seras déplacée dans le temps, jusqu'en 1750, et dans l'espace, jusqu'à Venise. Dans cette hypothèse, rien ne t'empêche de régler ta machine pour te transférer à Venise à la date d'aujourd'hui, il te suffit de connaître les caractéristiques du ciel au jour et à l'endroit où tu veux aller.

— Nous venons d'imaginer un nouveau moyen de transport, mes amis! Le transport instantané. Autrement dit, la téléportation chère aux auteurs de science-fiction de la grande époque.

Tout le monde faisait maintenant *comme si* on allait tenter de voyager *réellement* dans le temps.

— Nous en sommes quand même encore loin, avait ensuite tempéré avec regret Jacques Cazeneuve.

— Pour autant que ce soit possible, ce qui reste à prouver, la question de l'énergie est cruciale avait souligné Sébastien Salen qui avait écouté son ami en silence.

— Oui, c'est là qu'est l'os, hélas avait répliqué en riant Jacques, citant une réplique de Bourvil dans un vieux film...

On s'était séparés dans la bonne humeur, comme toujours, mais ce soir-là peut-être avec encore plus d'enthousiasme que d'habitude. La passion de Jacques Cazeneuve était communicative. Le rêve et l'imagination qui occupaient les esprits allaient en empêcher plus d'un de dormir.

Plusieurs des membres de l'équipe prenaient quelques jours de congé et l'activité de l'*Annexe* allait connaître un certain ralentissement jusqu'à la fin de ce mois de juillet. Les travaux de routine allaient continuer avec ceux qui restaient et l'on se reverrait tous ensemble à la fin du mois d'août.

V – Août

Ce mois d'inaction ne convenait pas du tout à Jacques Cazeneuve.

Il savait bien qu'au mois d'août, la France s'arrête. Les Français sont en congés et, sauf dans le secteur du tourisme, de nombreuses entreprises sont fermées et les administrations fonctionnent au ralenti.

Mais Jacques, passionné par son sujet et littéralement excité par les perspectives qu'il entrevoyait, avait besoin d'agir.

Il avait commencé à lire tout ce qui s'était écrit sur le sujet et envisageait sérieusement la possibilité de voyager réellement dans le temps.

Il connaissait les théories exprimées par Einstein sur la relativité générale et il savait que les lois actuelles de la physique n'interdisaient pas le voyage dans le temps.

C'était l'élément très positif de l'affaire. Mais il n'ignorait pas non plus qu'Einstein lui-même avait considéré que le voyage dans le temps ne se concevait que vers le futur. Tel qu'il avait été envisagé, il nécessitait des vitesses considérables et d'énormes quantités d'énergie pour les atteindre.

Pas vraiment encourageant !

Secrètement, il ne lui déplairait pas d'être le premier chercheur à parvenir à infirmer une théorie d'Einstein.

Mais il avait encore en tête la remarque de Sébastien et savait qu'elle était juste. Sans aucun doute, ce besoin d'énergie était une sérieuse difficulté. Pour autant qu'une telle entreprise soit réalisable, naturellement.

Jacques Cazeneuve, lui, voulait aller dans le passé et ne disposait pas d'énormes quantités d'énergie pour y parvenir. D'ailleurs, personne ne devait, sur la planète, disposer de suffisamment d'énergie pour vérifier le paradoxe des jumeaux, ni la technologie pour le faire.

C'est Paul Langevin, un physicien français, qui a émis cette hypothèse des jumeaux. L'un d'eux est dans une fusée qui fait un aller-retour dans l'espace à la vitesse de la lumière alors que l'autre jumeau reste sur la Terre. Le jumeau voyageur, lorsqu'il reviendra, sera plus jeune que son frère resté sur la Terre.

Outre le problème de l'énergie, envisager d'atteindre la vitesse de la lumière était tout simplement irréaliste, insensé même. Pour Cazeneuve il fallait trouver autre chose.

Il avait son idée sur le moyen de voyager dans le temps. Une idée basée sur le *Trou de ver*, version Hendrik Lorentz. Et, c'était certain, il faudrait de l'énergie. Peut-être moins, de façon moins démesurée, mais il en faudrait quand même beaucoup. Jacques allait utiliser cette pause estivale pour organiser la suite.

Il fallait d'abord faire le point. Il aurait besoin d'un laboratoire bien équipé. L'idéal serait d'être près d'une centrale électrique, car il est toujours compliqué de transporter de fortes puissances sur une longue distance. Les recherches qu'il avait envie d'entreprendre n'auraient rien d'officiel et un endroit discret, où on ne pose pas trop de questions, serait parfait.

C'était le moment de mettre à profit quelques relations utiles...

Beaucoup de choses ne verraient pas le jour sans les relations et les réseaux qu'on se crée au cours de la vie. Souvent, ils participent à la réussite.

La notoriété comportait des avantages, le professeur Jacques Cazeneuve avait ses entrées au ministère de la Recherche.

Jacques avait bien conscience qu'il lui fallait s'adresser au niveau le plus élevé pour ne pas s'engluer dans les méandres de l'administration à la française et s'épuiser en démarches interminables.

Il lui faudrait rester discret. Il justifierait sa demande en prétextant des recherches sur la bionique, la myoélectricité et la commande des prothèses.

Il mettrait en avant de nouvelles pistes nécessitant des études et des expérimentations coûteuses, certes, mais extrêmement prometteuses.

L'idéal serait de faire travailler une partie de l'équipe dessus pour que lui-même puisse effectuer tranquillement ses propres recherches sur le voyage temporel.

Pour celles-ci, il aurait besoin des compétences techniques de Fabio Belloni et de la créativité de David Halley.

Mei-Lin Lassire et Romain Gattier, eux, pourraient être chargés de la bionique et des prothèses.

Enfin, Sébastien Salen serait l'élément médian, intervenant dans les deux domaines.

Jacques pourrait ainsi se consacrer entièrement à son projet même si, bien sûr, il lui faudrait certainement intervenir ponctuellement dans toute l'activité du labo.

Cela lui paraissait la meilleure façon d'utiliser leur petite équipe.

Six personnes, c'était peu, mais cela permettait d'espérer garantir la confidentialité de l'entreprise.

Il avait espéré obtenir rapidement un rendez-vous avec Marc-Antoine Morisse, le directeur de la Recherche au ministère de l'Éducation, mais celui-ci était en déplacement à la Martinique. Il mit à profit la dizaine de jours d'attente avant la rencontre avec le haut fonctionnaire pour commencer des recherches sur le sujet. Ça ne fut pas une perte de temps, bien loin de là....

De la part d'un énarque, l'accueil de Marc-Antoine Morisse avait été très cordial. Convenu et sans chaleur, mais cordial.

— Bonjour professeur, que me vaut le plaisir de votre visite ?

— Une visite intéressée, je le crains. Vous allez certainement me trouver gourmand.

Le sourire étudié de Marc-Antoine Morisse — que tout le monde au ministère appelait MAM — se crispa imperceptiblement. Mais des années de haute fonction publique lui avaient appris la conduite à tenir en entretien.

— Dites toujours...

Morisse attendait ce que Cazeneuve allait dire. Comme beaucoup de ceux qui venaient jusqu'à lui, il allait certainement quémander des crédits, MAM en était persuadé. D'un autre côté, il lui fallait écouter son visiteur. Le professeur était brillant, respecté, et il avait la faveur des autorités. S'en faire un obligé et si possible un allié, ne nuirait pas à sa carrière, bien au contraire. En tout cas, il ne fallait pas s'en faire un ennemi.

— Allez-y, parlez cher professeur, continua-t-il en voyant que Cazeneuve attendait un encouragement supplémentaire.

— Alors voilà ce qui m'amène... Je suis sur le point de pouvoir faire avancer de façon significative les interfaces entre le système nerveux et les prothèses. Une révolution en fait : je pense pouvoir permettre la commande de prothèses directement par la pensée. C'est une affaire de temps et de financement, vous devez bien l'imaginer, poursuivit Jacques Cazeneuve. C'est pour cela que j'ai besoin de votre aide.

« Nous y voilà », pensa MAM...

— Que voulez-vous précisément, Professeur ?

— Il me faut un environnement tranquille. J'ai pensé à un labo suffisamment vaste et entièrement équipé dans le périmètre d'un hôpital, avec entrée autonome et contrôle d'accès. Je souhaite aussi une possibilité d'hébergement dans l'unité, pour six personnes, notre effectif. Il faudra aussi tenir compte des patients qui viendront participer à nos travaux en testant nos prothèses.

Enfin, il est probable que nous aurons ponctuellement un besoin très important d'énergie électrique. Pas de manière régulière ni fréquente, mais il est indispensable que nous disposions de cette facilité. L'idéal serait donc que nos installations se trouvent à proximité d'une centrale électrique pour éviter les difficultés de transport de l'énergie.

— Vous aviez raison, Professeur Cazeneuve, vous êtes gourmand, en effet.

Marc-Antoine Morisse était ennuyé. Bercy venait encore – c'était la deuxième fois cette année – de diminuer l'enveloppe budgétaire de la Recherche.

– Vous n'ignorez pas, Professeur, que tout l'effort financier de l'État porte sur la réduction de la dette. Les possibilités de s'écarter de cet objectif sont très faibles. Ne vous est-il pas possible...

Jacques Cazeneuve le coupa, il ne supportait pas l'arrogance de ces hauts fonctionnaires et n'était pas venu pour marchander.

– Laissez-moi vous expliquer... La réussite de mes recherches aurait des effets considérables dans tous les domaines... Le prestige de la recherche française, naturellement... Et imaginez les retombées financières des brevets que nous pourrions déposer pour nos prothèses évoluées ! Mais si ce que je vous demande vous semble, à vous, impossible, n'en parlons plus... Le Président m'avait dit de m'adresser à vous... Je lui dirai qu'il s'est trompé...

Il avait menti de façon éhontée, mais MAM ignorait qu'il n'avait jamais rencontré le Président.

– Je vous laisse, j'ai un rendez-vous à la télévision. Quarante minutes d'émission consacrée aux travaux de mon équipe. Je vais sans doute devoir expliquer que nous ne serons pas financés.

– Ne partez pas si vite, Professeur, vous ne m'avez pas laissé terminer. J'étais en train de vous demander s'il vous est possible de vous satisfaire d'un laboratoire existant. Nous pourrions l'aménager selon vos directives. Que voulez-vous donc exactement, Professeur ?

– Je vous l'ai dit. Je veux un laboratoire confortable et bien équipé pour mes recherches sur les prothèses avec l'objectif d'étendre la recherche à la commande par la pensée, sans contact.

« Foutus scientifiques, toujours à quémander ! » pensait MAM qui souriait cependant toujours.

Marc-Antoine Morisse avait en réalité une solution depuis le début, mais il n'avait pas voulu donner l'impression que c'était facile...

– Je pense pouvoir vous proposer quelque chose : un laboratoire du type P4 dont l'aménagement est incomplet car les travaux ont été arrêtés à la suite de la réduction des crédits alloués à la Recherche. Mais, si vous n'avez pas besoin de cette certification P4, je pense qu'il devrait vous convenir. L'endroit est spacieux, avec la possibilité d'y habiter. En fait, c'est un ancien abri antiatomique datant de la guerre froide qui vient d'être réhabilité. C'est dans l'enceinte d'un groupe hospitalier, non loin d'une centrale nucléaire. Cela vous convient-il professeur ?

— Présenté comme vous venez de le faire, ça semble très bien. Naturellement, il me faudra visiter les lieux avant de prendre une décision.

— Vous verrez, mon cher, vous serez satisfait, conclut MAM.

Avec toujours le même sourire immuable, il prit congé sans chaleur excessive du professeur Cazeneuve en prétextant un rendez-vous urgent avec le ministre.

VI - Mars suivant

L'installation dans un laboratoire souterrain au sein du Groupement Hospitalier Jean-Martin Charcot venait de se terminer.

Jacques Cazeneuve était satisfait.

Cet ancien abri antiatomique des années 1950 avait été une aubaine. À l'époque de la Guerre froide, on craignait le feu nucléaire et des abris secrets avaient été construits en sous-sol, le plus souvent près d'établissements importants ou stratégiques.

Le fait que le laboratoire n'ait pas eu besoin d'être construit avait permis d'avancer assez rapidement. Toutefois, les aménagements, et parfois même la réalisation des appareils et des équipements, avaient quand même nécessité plusieurs mois.

Jacques avait mis à profit cette période pour commencer les études théoriques qui permettraient, il le pensait, la réalisation de son projet de voyage dans le temps.

Mais tout cela n'avait pas été facile. Paradoxalement, convaincre ses amis du bien-fondé de ces recherches avait été difficile. Passionné par son sujet, le professeur Jacques Cazeneuve s'imaginait que tous ses collaborateurs partageraient le même enthousiasme. Il se trompait.

Plusieurs de ses amis avaient en effet beaucoup de réticences à travailler dans un concept aussi transgressif que le voyage dans le temps.

Pendant plusieurs semaines, leurs réunions du vendredi soir avaient eu plus l'ambiance de débats enflammés que de soirées de détente.

Jacques Cazeneuve n'avait pas été surpris que Romain Gattier qui avait la fibre un peu écolo, ait eu des scrupules à s'engager dans ce projet.

— Vraiment Jacques, avait-il dit un soir, je me demande si c'est une aussi bonne idée que tu le crois de chercher à tripoter le temps, il avait utilisé ce mot pour dédramatiser un peu ce qu'il disait. Certaines découvertes n'apportent rien de bon à l'humanité.

Ne crois-tu pas que l'avenir de la planète serait moins incertain sans la bombe H ? avait-il ajouté. Et sans parler de la bombe, le nucléaire et ses déchets dont on ne sait que faire et qui empoisonnent tout pendant des millénaires... Fallait-il vraiment en arriver là ?

— La question ne se pose pas ainsi, Romain, avait répondu Jacques. Les hommes ont toujours cherché à améliorer la connaissance. Si quelqu'un a pu avoir une idée un jour, quelqu'un d'autre, dans un avenir proche de ce jour-là, l'aura aussi. Je suis persuadé que les découvertes sont « dans l'air du temps », le produit, à un moment donné, de l'évolution de l'humanité. Si nous, nous abandonnons la recherche, quelqu'un d'autre s'en chargera bientôt. Alors autant que ce soit notre équipe qui s'en charge.

Mei-Lin Lassire avait posé les mêmes questions que tous ceux qui ont rêvé de voyage dans le temps :

— Si je remonte le temps, il est donc possible que je rencontre un de mes ancêtres. Et si, par accident, je provoque sa mort avant qu'il ait eu des enfants, je n'existe plus puisque mes parents ne sont pas nés. Et si je n'existe plus, je ne peux aller dans le passé et tuer mon ancêtre. Mais j'existe, alors si j'existe...

Jacques avait répondu par une pirouette :

— Mais oui tu existes, Mei-Lin, et personne n'en est plus heureux que moi ! Si tu es là en ce moment, c'est que tu es le produit réel de tout un passé, de tous les passés possibles, et tout va bien. Si, par une action quelconque, peut-être insignifiante, le voyageur du temps modifie le cours de l'histoire, la vie et la société actuelle peuvent être modifiées. Nous ne connaissons que notre ligne temporelle. Alors peut-être en existe-t-il plusieurs avec des sociétés différentes ?

Mais vous avez raison et je reconnais que je n'ai pas de réponses à toutes nos questions avait-il admis. Car j'en ai moi-même aussi quelques-unes, avait ajouté Jacques Cazeneuve, devenu grave.

D'abord, nous ne savons pas si tout cela est réalisable et si nous réussirons !

Peut-être n'arriverons-nous pas à voyager vers le passé ou peut-être parviendrons-nous à voyager vers le futur et vérifier, nous aussi, le paradoxe des jumeaux de Langevin. Bien sûr, on ne peut pas voyager à la vitesse de la lumière. Mais cette théorie a depuis été validée après vérification avec des mesures très précises.

— Je plains les pauvres jumeaux qui ont servi de cobayes à Langevin ! commenta en plaisantant Sébastien Salen qui savait parfaitement qu'on avait vérifié le paradoxe de Langevin avec des horloges très précises.

— Une autre question m'est venue à l'esprit avait repris Jacques. Si le voyage dans le temps est possible, peut-être est-il envisageable seulement à partir du moment où le moyen de voyager aura été créé. Par exemple, si on invente le 1er janvier d'une année quelconque un moyen de voyager dans le temps, peut-être ne pourra-t-on jamais remonter avant ce 1er janvier là.

Les questions sont complexes et les incertitudes sont infinies, c'est certain.

Dans les questions cruciales, je vais maintenant vous parler de paramètres très importants susceptibles, pour certains, de nous amener à renoncer à tout voyage dans le temps.

En premier, nous savons, au stade où nous en sommes, qu'un voyage vers le passé, s'il est possible, nécessitera une importante quantité d'énergie.

— De ce premier point découle le second : le voyage retour sera impossible, car dans le passé, on ne pourra disposer de sources d'énergie ni de technologie d'un niveau suffisant en cas de besoin. C'est donc un voyage sans retour. Arrivé à destination, le voyageur ne pourra plus revenir. Il faut vraiment être très motivé pour accepter une telle contrainte.

Un silence total avait suivi les paroles de Jacques Cazeneuve. Tout le monde se regardait, l'air complètement abasourdi. Romain Gattier s'était remis le premier à parler, il avait l'air satisfait.

— Ah bon ! Alors il n'y a plus de problème, même en cas de réussite de ton projet, personne ne se risquerait dans une telle aventure sans retour.

Pour toute réponse, Jacques Cazeneuve avait simplement souri.

Toutes ces discussions avaient passionné les membres de l'équipe et les mois qui avaient précédé l'installation de Jacques et de ses amis dans l'*Annexe* avaient été assez mouvementés.

Tout semblait maintenant rentré dans l'ordre depuis qu'ils étaient dans leurs nouveaux locaux et chacun travaillait dans l'organisation imaginée par Jacques Cazeneuve quelques mois plus tôt.

Romain Gattier et Mei-Lin Lassire s'occupaient donc de la bionique et des prothèses avec parfois le concours de Jacques Cazeneuve. Sébastien Salen faisait la liaison avec l'autre équipe.

Celle-ci comprenait Fabio Belloni, David Halley et Jacques Cazeneuve. Officiellement, ses recherches concernaient le contrôle d'objets par la pensée. En réalité, la recherche sur le voyage dans le temps et sur le pont *d'Einstein Rosen*, le *Trou de ver* selon Lorentz, occupait la majeure partie de leur temps de travail.

Le *pont d'Einstein Rosen*, nommé *Trou de ver* par John Wheeler, était donc la grande idée du professeur Cazeneuve pour son projet de voyage dans le temps.

Les propriétés du *Trou de ver* permettraient un voyage dans l'espace et le temps et, selon l'hypothèse de Lorentz, dans les deux sens, le passé ou l'avenir.

Tout à fait ce qu'espérait Jacques.

Le Trou de ver avait des avantages. Selon Hendrik Lorentz, c'était un raccourci à travers l'espace-temps, nécessitant normalement moins d'énergie que dans les théories d'Einstein.

Mais il avait aussi des inconvénients gênants. Les *Trous de vers* sont microscopiques et instables.

Jacques Cazeneuve et son équipe s'attelaient donc à une tâche très ardue.

VII - De nos jours…

Après quatre années de travail acharné, le professeur Cazeneuve estimait qu'ils avaient réussi au-delà de toute espérance.

Il était satisfait.

Les recherches sur le voyage temporel étaient terminées. Jacques n'aimait pas ces mots pour désigner son invention, mais il ne voyait pas comment l'appeler autrement. Machine à voyager dans le temps, voyage dans le temps, etc. Tout cela lui semblait faire un peu trop Science-fiction pour paraître sérieux, mais il n'avait pas trouvé d'autre formulation.

Comme il s'y était attendu, tout avait été difficile dans ces recherches.

Très difficile…

Toute l'équipe avait été très discrète sur le sujet et pendant toute la durée de leurs travaux, il avait espéré que personne ne soupçonnerait l'étendue réelle des recherches effectuées.

Pour Jacques, l'idéal était que l'on croie que la totalité de l'équipe travaillait sur le projet de contrôle par la pensée, et pas seulement ses trois amis Fabio Belloni, Mei-Lin Lassire, Sébastien Salen et lui.

L'élaboration des appareils qu'ils avaient créés leur avait causé quelques soucis. La construction du caisson d'isolation sensorielle, notamment, avait provoqué des questions. Sa ressemblance avec un cercueil — fâcheuse, mais Jacques n'avait pas fignolé la présentation, il voulait aller vite — avait intrigué les rares visiteurs admis dans l'Annexe. Il expliquait tranquillement que le dispositif avait sa place dans le projet de contrôle par la pensée. C'était faux, naturellement, mais les questions avaient cessé.

C'est précisément le contrôle des prothèses par la pensée, devenu lui aussi une réalité, qui avait entraîné la fin des questions. C'était en soi, une avancée considérable et Jacques Cazeneuve était persuadé que personne ne pourrait imaginer qu'une si petite équipe était capable de réaliser, en même temps, deux inventions majeures.

On pouvait maintenant commander des prothèses avec l'activité électrique du cerveau. Mais grâce à l'amplification des ondes cérébrales et à la miniaturisation de l'interface, on pourrait aussi diriger, sans contact, n'importe quel appareil ou installation. Les applications étaient potentiellement infinies.

Mei-Lin et Romain Gattier étaient fiers du résultat. Ils avaient su mener leurs travaux avec Sébastien Salen en quasi-autonomie, sans trop demander l'aide du professeur Cazeneuve. Il avait ainsi pu se consacrer entièrement à ses propres recherches.

Jacques Cazeneuve avait toujours veillé scrupuleusement à informer régulièrement le ministère de l'évolution des recherches « officielles ».

Marc-Antoine Morisse était plus que satisfait. Ses sourires étaient toujours aussi peu naturels, mais le professeur Cazeneuve était devenu son « cher ami » et son interlocuteur privilégié.

— Mon cher ami, vos résultats sont positivement exceptionnels ! C'est fantastique ! On pourra commander par la pensée non seulement des prothèses, mais n'importe quoi. Vous avez été très avisé en exigeant un accès contrôlé et un environnement sécurisé. Car entre nous, mon cher ami, l'armée pourrait aussi être intéressée par votre invention et — plus ennuyeux — des puissances étrangères aussi...

— Ah ! J'allais oublier mon cher ami : le ministre va venir en personne le 22 mai, un jeudi, vous féliciter pour votre réussite.

S'il avait voulu l'impressionner, MAM allait être déçu.

— Remerciez le ministre de son amabilité et assurez-lui que je suis très sensible à l'honneur qu'il nous fait, à toute l'équipe et à moi-même en portant son attention sur nous. Dites-lui surtout qu'il ne prenne pas la peine de se déranger, son temps est trop précieux.

— Impossible, tout est déjà programmé. Et puis, j'y tiens beaucoup...

MAM était ravi. Avec un tel succès — il avait bien sûr présenté le projet comme un peu le sien — sa carrière était lancée. Il pouvait espérer une fin de parcours comme directeur d'un institut prestigieux.

Pendant que MAM rêvait à un avenir radieux, Jacques Cazeneuve réfléchissait.

Cette visite du ministre le dérangeait. Il pensait cependant qu'elle n'avait rien à voir avec ses travaux sur le déplacement temporel. Jacques en était persuadé, car il avait pris des précautions pour dissimuler ses recherches et protéger le dispositif de voyage dans le temps.

En premier, il avait convaincu ses amis de tout faire pour ne pas révéler l'existence de ces recherches. Jacques avait confiance en eux, ils étaient discrets. Malgré tout, il pensait qu'on ne peut jamais avoir une certitude absolue et qu'on ne sait jamais ce qui peut arriver sur la durée. Sans évoquer une trahison improbable pour le moment, l'un d'entre eux pourrait tout bêtement parler en dormant et révéler des informations importantes.

Ensuite, leurs ordinateurs fonctionnaient uniquement en intranet. Le niveau de protection du réseau était ce qui se faisait de mieux en antivirus et en pare-feu. Cela rendait le travail plus compliqué, mais c'était le prix à payer pour la sécurité.

Jacques Cazeneuve s'était aussi arrangé pour brouiller les pistes. Il avait établi un faux dossier de ses recherches. Lorsque tout serait au point, celui-ci remplacerait les travaux réels qui, eux, seraient détruits.

Il avait hésité longuement avant de prendre une décision aussi radicale.

Sébastien Salen y était opposé et ses raisons étaient pertinentes. Selon lui, c'était une très mauvaise idée. Un tel dossier, même complètement erroné et même farfelu, révélerait l'intérêt des scientifiques de l'*Annexe* pour les voyages dans le temps. C'était de nature à éveiller la curiosité de concurrents.

Cazeneuve considérait que leurs travaux finiraient quand même par être connus dès qu'ils les mettraient en pratique. Il pensa qu'il était préférable de donner un os à ronger aux curieux éventuels et de les mener dans une impasse. Avec ce qu'il y avait dans ce dossier, personne n'aurait jamais la moindre chance de réaliser une machine pour voyager dans le temps.

Jacques avait donc tranché. Lorsque les essais de voyage seraient terminés, il détruirait toute trace de leurs recherches et les remplacerait par le faux dossier.

Quant à la machine qu'il avait construite, les seules personnes qui pouvaient l'utiliser étaient Sébastien Salen, Fabio Belloni et lui-même. Toute autre personne qui tenterait de la mettre en service ne réussirait qu'à déclencher sa destruction.

Il avait prévu d'habiliter aussi Mei-Lin, mais elle avait refusé catégoriquement.

La douce Mei-Lin au caractère agréable et égal s'était mise en colère quand le professeur avait insisté. Rageusement, elle avait presque crié :

— Je refuse d'être associée à cette abomination !

Stupéfait par cette réaction, Jacques en avait été peiné mais n'avait pas insisté davantage. Il avait seulement échangé un regard décontenancé avec Sébastien qui assistait à la scène.

Malgré toutes ses précautions, l'annonce de la venue du ministre avait été très moyennement appréciée par Jacques Cazeneuve. Il craignait que cette visite n'attire un peu trop l'attention du vaste monde sur ses travaux.

Il avait raison.

Jacques n'aimait pas les politiciens. Il n'avait pas pu éviter la photo souvenir à côté du ministre et de quelques officiels, mais il avait finalement réussi à ne pas répondre aux questions des journalistes.

Après le départ du ministre et de ses courtisans, les deux amis s'accordaient une pause. Ils venaient de terminer leur repas de midi, près de la rivière, à *La Cantine*. C'était le nom d'un restaurant saisonnier où ils avaient un peu leurs habitudes. Ils n'avaient jamais compris comment des commerçants avaient pu nommer leur restaurant *La Cantine*. Alors que la moindre cantine est nommée restaurant scolaire ou restaurant d'entreprise, ils avaient appelé leur établissement *La Cantine*. Ça leur semblait complètement idiot.

Le restaurant se trouvait au bord de la rivière, parmi une dizaine de constructions préfabriquées semblables, louées par la ville à des restaurateurs ou des cafetiers. Ces établissements accueillaient les clients à la belle saison, d'avril à septembre et étaient démontés dès le début du mois d'octobre.

Il faisait très beau ce jour-là et ils buvaient leur café à la terrasse en savourant l'instant.

Un moment de détente bien mérité. Les recherches étaient terminées. Un prototype du dispositif qui devrait permettre d'explorer le passé avait même été réalisé.

Ils avaient parlé de tout et de rien pendant quelques instants, heureux de laisser vagabonder leurs pensées dans des futilités. Ils avaient vaguement lutiné une belle fille, assise seule à une table proche de la leur. Il faisait chaud. La fille était aimable et jolie. Un moment agréable. Puis, Jacques Cazeneuve avait déclaré :

— Les essais sont pour bientôt, Sébastien. Je suis confiant, tout ira bien.

— Bien sûr, Jacques, j'en suis convaincu moi aussi. Nous avons fait de notre mieux pour que tout fonctionne. Il n'y aura pas de problème.

— Je sais... Mais ensuite, il va nous falloir franchir le pas, mon ami. Je veux me rendre compte par moi-même.

Sébastien Salen était resté silencieux un long moment. Il s'attendait un peu à cela.

— Ça n'est pas raisonnable, Jacques, avait-il enfin murmuré. C'est l'inconnu. Même le mot « raisonnable » lui paraissait trivial dans cette situation.

— Oui, c'est vrai, avait répondu Jacques, je le sais bien, mais après ce que nous aurons réalisé, je ne pourrai pas en rester là.

Il resta un moment à regarder la rivière avant de continuer.

— Je ne peux pas m'imaginer renoncer à regarder ce qu'il peut y avoir *derrière le miroir*.

Sébastien n'avait rien à objecter à cela. Il n'avait pas répondu...

Ils avaient réalisé le tout premier essai deux mois après, avec un sujet inanimé.

Mei-Lin semblait moins nerveuse et Jacques lui avait demandé de choisir quelque chose de petit, facilement identifiable, mais absent de tout ce qu'on trouvait dans le labo, et de le placer dans *la Machine*. Il lui avait demandé expressément de ne révéler à personne, pas même à lui, de quel objet il s'agissait.

Il avait ensuite réglé l'appareil pour un retour de deux semaines dans le passé. Il n'était pas certain de la précision du dispositif de réglage par la position des étoiles, mais il pensait que deux semaines suffiraient. Elles permettraient d'établir un écart significatif, mais pas trop long, entre les positions des astres du jour de départ et du jour d'arrivée. Il avait choisi Mei-Lin, car elle avait été absente du laboratoire pendant les trois semaines qui avaient précédé l'expérience. Il n'y avait donc aucun risque d'une quelconque interférence.

Mei-Lin avait choisi un gant de cuir. C'était le début de l'hiver au moment de ce test. Il ne faisait pas encore très froid et elle n'avait pas eu besoin de mettre ses gants pour venir jusqu'au labo. Ils étaient neufs et personne ne les avait encore vus. Elle avait pris un gant, car elle pensait que c'était le genre d'accessoire que tout le monde remarque et qu'on ne jette pas tout de suite si on le trouve. Il avait aussi l'avantage d'être léger, ce qui demanderait moins d'énergie pour le transfert.

Seule devant la *Machine*, elle avait placé son gant derrière la porte puis l'avait refermée. Elle avait ensuite appelé Jacques pour lui dire qu'il pouvait engager le processus de transfert. Les réglages initiaux avaient déjà été préparés et Jacques Cazeneuve n'avait plus qu'à appuyer sur un bouton.

Il le fit sans la moindre hésitation.

Le professeur avait fixé à quinze minutes le délai pendant lequel on attendrait. Toute l'équipe était présente lorsqu'il avait ensuite ouvert la porte de la *Machine*. L'intérieur était vide.

– Mei-Lin demanda Jacques Cazeneuve, quel objet avais-tu choisi ?

– Un gant de cuir noir.

Jacques Cazeneuve eut un large sourire : l'expérience avait réussi.

Car un jour, deux semaines avant l'expérience, Sébastien avait trouvé un gant sur la table du coin détente du laboratoire.

À ce moment-là, personne ne savait que l'expérience aurait lieu, ni avec quel objet. Ils ne pourraient *reconnaître* ce gant que deux semaines plus tard. Mei-Lin était absente depuis une semaine et ne verrait pas non plus le gant.

– C'est à qui ce gant ? avait demandé Sébastien à ce moment-là.

Personne n'avait répondu.

– Quelqu'un doit avoir perdu un gant, avait-il insisté. Ses amis présents avaient jeté un bref coup d'œil avant de reprendre leurs travaux. Manifestement, l'objet n'était à personne. Sébastien était sorti, laissant le gant en évidence pour que son ou sa propriétaire le remarque en passant.

Le gant était resté quelques jours bien en vue sur le bord de la table puis, parce qu'il s'agissait visiblement d'un gant de femme, quelqu'un l'avait déposé sur une table, près du vestiaire de Mei-Lin, la seule femme de l'équipe.

Après ses trois semaines d'absence, Mei-Lin était revenue. C'était la veille du jour où l'expérience avait eu lieu. Naturellement, elle avait trouvé le gant...

Elle avait reconnu un de ses gants et ne se souvenait pas être venue à l'*Annexe* avec. Mais son précédent séjour au labo datait de trois semaines et elle avait pensé avoir oublié. Elle avait aussi été un peu étonnée de trouver ce gant sur la table alors que le second était bien rangé dans son vestiaire. Elle n'avait évidemment aucun souvenir de l'expérience qui n'aurait lieu que le lendemain.

C'est un peu plus tard dans la matinée que le professeur Cazeneuve était venu lui parler :

— Mei-Lin, j'aimerais bien faire un test de la machine demain. Pourrais-tu apporter un objet. Surtout, ne dis à personne de quoi il s'agit, c'est très important. Tu ne pourras le révéler qu'après le début de l'expérience. Essaie de trouver quelque chose de léger.

Ils s'étaient regardés, pensifs avant de se quitter. Chacun avait ressenti une étrange impression de déjà-vu, mais tous deux avaient trouvé ça absurde et ils n'avaient pas parlé. Ils n'avaient d'ailleurs plus beaucoup d'échanges. Leur union avait pris fin quelque temps après le début des recherches de Jacques sur le voyage temporel.

Mei-Lin avait décidé d'apporter le gant le lendemain pour l'expérience...

Et c'est donc le lendemain, quinze minutes après avoir actionné sa machine que Jacques Cazeneuve avait demandé à Mei-Lin ce qu'elle avait déposé dans l'appareil.

Un gant de cuir noir avait répondu la jeune femme...

Toute l'équipe entourait Mei-Lin Lassire et Jacques Cazeneuve. Les visages s'étaient illuminés en même temps.

— Ça a marché s'était écrié Sébastien Salen, c'est le gant que j'ai trouvé il y a quinze jours !

— Tu as eu une idée géniale Mei-Lin avait dit Jacques en souriant, nous allons pouvoir l'étudier et le comparer à l'autre gant, celui qui était resté chez toi.

— Eh, ce sont mes gants, vous n'allez pas me les abîmer avait plaisanté Mei-Lin !

— Je t'en offrirai d'autres !

Les gants avaient subi tous les examens et tous les traitements imaginables. Les échantillons avaient été comparés et aucune altération moléculaire n'était décelable, il n'y avait aucune anomalie de structure entre les deux gants. Ils étaient donc identiques si l'on exceptait, bien entendu, le fait que l'un était pour une main droite et l'autre pour une main gauche.

Un autre test avait été réalisé quelques jours plus tard.

Jacques Cazeneuve avait voulu réaliser ce second test avec un sujet organique. Sébastien Salen avait proposé un escargot vivant. Un *Helix aspersa,* un joli nom pour un escargot commun.

Il ne faut pas se fier aux escargots. Ce sont des animaux très lents, mais si on en quitte un des yeux pendant quelques minutes, on ne le retrouve plus, il aura parcouru une distance qu'on n'aurait pas imaginée. Heureusement, c'est un animal qui laisse des traces, il suffit de les suivre.

On avait finalement décidé de ne pas laisser l'animal libre d'aller et venir dans la machine, au risque de le perdre, et on l'avait installé dans une petite boîte transparente. On avait percé des trous pour laisser passer l'air et disposé quelques feuilles de salade et un peu de terre au fond de la boîte.

— On devrait lui donner un nom avait dit Mei-Lin, c'est un explorateur.

Par association d'idées, Sébastien pensait aux chiens envoyés dans l'espace au début de la conquête spatiale. La différence était que l'escargot, lui, avait une chance de survie...

— Que proposes-tu Mei-Lin ? Avait-il simplement demandé.

— Un nom qui est à la fois féminin ou masculin, les escargots sont hermaphrodites. Quelque chose comme Claude ou Dominique. Pourquoi pas Claude ?

La suite avait été rapide. Fabio Belloni avait déposé une goutte de peinture rouge sur la coquille de l'escargot Claude pour qu'on puisse l'identifier. L'animal et sa boîte avaient été disposés dans la *Machine*, Jacques Cazeneuve avait réglé le programme pour un voyage de sept jours. Lorsqu'il avait actionné la commande de la *Machine*, les lumières de l'*Annexe* avaient vacillé un instant. L'escargot et sa boîte étaient plus volumineux et plus lourds que le gant utilisé pour la précédente expérience et la consommation d'énergie avait été plus importante.

Quinze secondes après, Jacques avait ouvert la porte de la *Machine* et constaté que la boîte avait disparu.

Avant même d'avoir commencé cette deuxième expérience, le professeur Cazeneuve n'était pas optimiste. Car ils devraient avoir trouvé l'escargot et sa boîte depuis une semaine puisqu'il avait expédié le gastéropode sept jours dans le passé ! Et ils n'avaient rien trouvé.

Mais l'escargot Claude avait disparu, il n'était plus dans la *Machine*. Il y avait là un mystère qu'il devrait élucider avant de continuer ses expériences.

Il s'apprêtait à en parler à Sébastien et à Fabio quand un cri l'avait arrêté.

— Ah !!! Qu'est-ce que c'est que ça ?

Les cris venaient du labo principal et ils avaient reconnu la voix de David Halley.

Ils s'étaient précipités et avaient quitté la salle d'expérience pour rejoindre David.

En les voyant, David reprit, d'un air surpris et presque indigné :

— Qui a mis ce truc-là ?

Il avait tendu le bras et désignait un escargot dans une petite boîte...

Ils avaient tout de suite vu le point de peinture rouge sur sa coquille. C'était l'escargot Claude et il était vivant. Sébastien avait remarqué que les feuilles qu'il avait disposées dans la boîte étaient mangées pour la plupart. Celles qui restaient étaient fanées. Il y avait aussi beaucoup d'excréments dans la boîte. Leur quantité l'avait étonné, il ne pensait pas qu'un si petit animal pouvait produire tout cela...

Jacques l'avait regardé en souriant.

— Oui Sébastien, j'ai constaté la même chose que toi : cet animal semble avoir passé pas mal de temps dans cette boîte, plusieurs jours sans aucun doute. Or, nous l'y avons mis il y a moins d'une heure !

— Il a peut-être passé sept jours dans cette boîte, avait murmuré Sébastien pensif, mais il aurait dû réapparaître dans la pièce la semaine dernière, pas il y a quelques minutes.

Jacques Cazeneuve avait son expression des grands jours.

— J'ai peut-être une explication Sébastien, un objet ou un animal, rien ni personne ne peut être à deux endroits en même temps. Dans ce cas, il y aurait eu deux escargots et c'est impossible. Je crois que notre bestiole n'est réapparue qu'après avoir disparu de notre *Machine* en ayant vécu peut-être l'équivalent de sept jours.

— Mais où était-il, pendant ces sept jours-là ?

— C'est une bonne question, Sébastien. Tu vois, nous avons encore beaucoup de sujets de recherches....

— Et le gant de Mei-Lin, avait riposté Fabio Belloni, il a bien été en deux endroits en même temps puisque Sébastien l'a remarqué quinze jours avant que Mei-Lin ne le mette dans la *Machine*...

— Il ne peut y avoir qu'une explication. Mei-Lin avait perdu le gant et ne l'a retrouvé que peu de temps avant de le mettre dans la *Machine*. Pendant ce temps, il avait certainement disparu du vestiaire...

L'escargot Claude « pionnier de la science » avait été installé dans une sorte d'aquarium, plus grand et plus confortable que la boîte qui avait servi à son voyage temporel. Il y était resté quelques jours, le temps que l'on étudie son comportement. Tout semblait normal, il vivait une vie d'escargot sans histoire. Il mangeait bien et se baladait sur les parois de son habitation sans stress apparent.

— Voilà un escargot épanoui avait dit Jacques à Sébastien en riant.

Hélas, les meilleures choses ont une fin et l'infortuné gastéropode avait fini disséqué afin d'établir si l'expérience qu'il avait subie avait occasionné des dommages à ses organes internes. Un second escargot de la même race et de la même taille avait subi le même sort pour que l'on puisse comparer les deux sujets.

— Des victimes de la science, on devrait pouvoir faire autrement, avait dit Romain Gattier dont la sensibilité écolo se réveillait dans ces cas-là.

Les deux escargots étaient, si on peut dire, en bonne santé au moment de leur mort. Leur sacrifice avait permis d'établir que l'expérience de voyage dans le passé n'avait pas entraîné de modification du comportement ni des organes de l'escargot. Ceux-ci étaient dans un état comparable aux organes du sujet témoin.

On pouvait donc penser que le voyage temporel n'entraînait pas de modification sur les tissus vivants.

Il restait à déterminer s'il avait un effet sur les facultés mentales et intellectuelles d'un être vivant. On avait donc examiné leurs neurones avec soin. Les escargots ont des neurones géants et cette particularité de l'espèce leur vaut d'être utilisés en recherche neurologique. Les neurones de l'escargot Claude étaient normaux. Cette information n'était donc pas anecdotique, mais l'escargot n'étant pas particulièrement connu pour ses capacités intellectuelles, on ne pouvait pas extrapoler sur le sujet.

Au fil des semaines, la mise au point du procédé de voyage dans le passé avait entraîné la mort d'un certain nombre de bestioles. De quelques souris aussi. Le professeur Cazeneuve avait eu de la répugnance à les sacrifier après les avoir utilisées. Le regard désapprobateur de Romain Gattier n'y était pour rien. Il n'aimait tout simplement pas infliger ce genre de traitement à des mammifères.

On avait utilisé uniquement des animaux de petite taille, car Fabio avait constaté que la quantité d'énergie utilisée pour le voyage dans le temps augmentait avec la taille du sujet. Pour ne pas attirer l'attention, il ne fallait pas qu'il y ait des pics de consommation électrique trop fréquents.

VIII - Vendredi 25 avril

C'était le soir et toute l'équipe de l'*Annexe* était réunie.

On terminait habituellement la semaine autour d'un verre de Spritz. Jacques Cazeneuve aimait ce cocktail élaboré avec du Prosecco et de l'Apérol. Tout cela lui rappelait Venise.

Mais ce soir-là, il avait apporté du Champagne.

Le professeur Cazeneuve, habituellement enjoué et enclin à plaisanter, était grave quand il s'était levé pour prendre la parole.

— Mes amis, je voudrais vous dire quelques mots, mais rassurez-vous, je ne vous ferai pas un long discours...

— Il y a des évènements marquants dans une vie de scientifique. Ceux que nous vivons sont exceptionnels. Vous avez réalisé une avancée majeure dans le domaine de la commande par la pensée. La commande de prothèses aujourd'hui, mais demain beaucoup d'autres objets pourront être dirigés par la seule pensée. C'est un travail remarquable. David et Romain, c'est votre succès. Vous avez réussi pratiquement seuls, car j'ai souvent eu besoin de Sébastien qui n'a pas pu travailler avec vous pendant ce temps.

Ils l'écoutaient en silence, un peu étonnés de son ton cérémonieux. Ils avaient du mal à reconnaître leur ami dans ce discours qui manquait de la légèreté qui le caractérisait habituellement.

— Nous avons aussi terminé les recherches sur le voyage dans le temps. Elles nous ont permis de faire des découvertes fantastiques.

La première est d'avoir démontré que le voyage dans le passé est possible.

Ensuite l'utilisation de la position des astres pour déterminer le moment d'arrivée dans le passé s'est révélée totalement fiable.

Nous avons vu aussi que les êtres vivants semblent pouvoir effectuer ce voyage sans dommage apparent.

Et nous pensons qu'un objet ou un être vivant ne peut pas être en deux endroits au même moment.

Voilà quelques-uns des points positifs qu'on peut citer. Il y a cependant aussi des éléments qui le sont beaucoup moins, avait-il ajouté avec un sourire en coin.

Le problème majeur, c'est qu'on ne peut pas revenir d'un voyage vers le passé. C'est un aller sans retour !

On ne peut même pas envisager de revenir vers le présent par la bonne vieille méthode naturelle, le vieillissement normal. On aurait pu imaginer faire un voyage de trente ans dans le passé et, à condition d'être encore jeune et de rester vivant, vieillir tranquillement pendant trente ans et parvenir au point de départ. Mais, outre que cette méthode « naturelle » n'était possible que pour des voyages vers un passé récent, nous avons découvert qu'un « voyageur » ne peut pas se trouver « en double » à un moment de l'échelle de temps.

Ce retour impossible, au fond, est certainement une bonne chose, car c'est un élément très dissuasif qui découragera certainement beaucoup de candidats potentiels. Dans le cas, naturellement, où nos découvertes seraient rendues publiques…

Il y a aussi toutes les questions que nous nous étions posées au début de nos conversations sur le sujet et notamment les risques de modification de l'évolution normale des choses.

Enfin, le besoin d'énergie élevé est une inconnue pour de gros volumes, c'est-à-dire des objets ou des êtres plus gros que des souris.

Dans les semaines qui viennent, nous allons mettre de côté ces travaux sur le voyage temporel et nous consacrer tous au contrôle par la pensée. Les possibilités sont fantastiques elles aussi. Imaginez des explorations spatiales commandées par la pensée. Plus besoin d'embarquer des êtres humains avec tout ce que cela représente en poids d'équipements, d'eau et de nourriture pour maintenir la vie dans l'espace. Vous voyez que nous avons encore beaucoup de travail intéressant devant nous.

Mais pour le moment, je pense que nous avons tous bien mérité quelques jours de vacances. J'ai bien envie, pour ma part, de passer quelque temps à Venise alors ne vous étonnez pas si vous ne me voyez pas dans les prochains jours.

Merci encore, mes amis, nous pouvons être fiers de ce que nous avons accompli, avait-il conclu en levant son verre. Quoi que l'avenir nous réserve, je veux que vous sachiez que je garderai toujours le souvenir de chacun d'entre vous. Et chacune aussi, ajouta-t-il en regardant Mei-Lin gravement. Rien de tout cela n'aurait été possible sans vous.

Je bois à notre amitié qui nous a permis de réaliser, ensemble, quelque chose d'exceptionnel.

— À l'amitié, avait répondu chacun des cinq autres membres de l'équipe.

Ils étaient tous un peu déconcertés par la gravité inhabituelle de Jacques Cazeneuve.

La soirée s'était poursuivie comme beaucoup d'autres avant elle. On avait vidé quelques bouteilles de champagne en bavardant. On avait essayé d'échanger des propos sur des sujets légers, mais le cœur n'y était pas. Tout le monde pensait aux remarques et à l'attitude de Jacques Cazeneuve.

Lui-même avait peu participé aux conversations ce soir-là. En se levant pour se préparer à partir, Mei-Lin lui en avait fait la remarque en lui demandant si tout allait bien.

— Tout va bien Mei-Lin. Un peu de fatigue après tout ça, avait-il répondu avec un geste large qui semblait englober une infinité de choses. L'explication avait semblé la satisfaire.

— Ne vous dérangez pas, je suis pressée, avait-elle dit en faisant à tous un signe de la main avant de s'éloigner rapidement.

Jacques l'avait regardée avec tristesse. Mei-Lin avait tellement changé ! Elle était devenue froide, taciturne, et il ignorait pourquoi. Sa gaîté aussi avait disparu.

Au début, il avait tenté de lui parler pour essayer de comprendre ce qui n'allait pas. La froideur de sa réponse l'avait atteint :

— Tout va bien. J'ai beaucoup de travail à l'hôpital en ce moment. D'ailleurs, je vais aller m'installer dans mon appartement, je serai plus proche de mes patients, plus efficace.

Et elle avait aussitôt parlé d'autre chose pour bien signifier que le sujet était clos. Ce jour-là avait été celui de leur rupture. Mei-Lin avait continué de venir à l'Annexe et leurs relations s'étaient apaisées, ils n'étaient plus que des collègues. Leur aventure avait été brève et intense. Tout en elle lui plaisait. S'il était resté plus longtemps avec Mei-Lin, il serait tombé tout à fait amoureux et n'aurait pas eu le courage de partir.

Car Jacques Cazeneuve allait partir. Il avait pris sa décision, mais il ne voulait rien dire à ses amis. Ils essaieraient tous de le dissuader de le faire et cela rendrait la séparation trop pénible. Déjà, cette soirée avait été difficile, plus qu'il ne l'aurait cru. Il avait pensé que son enthousiasme pour son projet atténuerait la peine de la séparation. Il n'en était rien. Il allait quitter des gens qu'il aimait.

David et Romain étaient partis en même temps que Mei-Lin. Ils n'étaient plus que trois Fabio Belloni, Sébastien Salen et lui-même.

— Les amis leur avait dit doucement Jacques, je vais essayer de me rendre compte par moi-même de ce qu'est le voyage dans le temps.

Fabio et Sébastien s'étaient regardés avant de se tourner vers Jacques.

Sébastien était plus que réservé sur ce sujet. Selon lui, c'était suicidaire. Il allait parler quand Jacques qui connaissait son sentiment là-dessus le coupa :

— Souviens-toi, Sébastien, nous en avons déjà parlé. Avoir fait ces recherches et réussi la mise au point d'un appareil n'aurait aucun sens si on ne l'utilisait pas.

L'intéressé allait répondre, mais Fabio l'avait devancé.

— Mais tu es bien conscient, Jacques, que celui d'entre nous qui fera ce test n'aura à peu près aucune possibilité de revenir ici. En admettant qu'il survive au transfert. C'est très probablement un voyage sans retour. Comment choisiras-tu ton cobaye ? Tu te vois, Jacques, demander à l'un d'entre nous d'être volontaire ?

— Bien sûr que non Fabio, avait répondu Jacques Cazeneuve en souriant. Je ne demanderai rien à personne, je serai le sujet de l'expérience.

S'il avait voulu provoquer un effet de surprise en annonçant son intention de cette façon, il avait réussi.

— Si tu voyais ta tête, Fabio s'était-il exclamé en riant !

Sébastien Salen n'avait pas réagi aussi vivement que Fabio. Il était persuadé que Jacques avait cette idée en tête depuis longtemps. Il comprenait son ami. Mais il désapprouvait.

— C'est une idée folle, Jacques, avait-il dit. Tu es l'un des plus grands scientifiques de ce pays, le patron de l'*Annexe*, un site sensible, tu viens de rencontrer le ministre... Imagine le bruit que ferait ta disparition...

— Une fois disparu, ça me serait complètement égal avait répondu Jacques. Mais tu as raison sur ce point Sébastien, on pourrait vous poser des questions embarrassantes et tout cela pourrait finalement vous nuire. Il faut donc organiser mon départ. Je vais avoir besoin de votre aide.

— Tu ne manques pas d'air s'était écrié Sébastien ! Tu nous demandes de t'aider pour ce qui équivaut à un suicide.

Jacques avait souri sans rien dire. Ils allaient protester et tenter de le persuader de renoncer, mais il savait bien que finalement, ses deux amis allaient l'aider.

Il les connaissait bien, il saurait imposer sa volonté.

IX - Le départ...

Les convaincre avait été moins facile qu'il ne le pensait, mais Jacques y était parvenu.

Il restait maintenant à préparer son transfert. Comme il l'avait révélé quand ils avaient parlé pour la première fois de voyage dans le temps, il irait à Venise au milieu du XVIIIe siècle.

— Ne soyez pas tristes voyons, il ne s'agit pas d'un suicide ! Je suis emballé à l'idée de voir la Sérénissime au temps de Casanova et de la République. Il est probable, c'est vrai, que mon voyage sera sans retour et je continuerai sans doute ma vie là-bas. Mais ça me conviendra tout à fait. Vous savez combien j'aime Venise. L'idée d'y vivre à cette époque me plaît, tout simplement.

Et puis je me sens à l'étroit dans ce monde. Les surprises sont rarement bonnes, l'intolérance progresse, le communautarisme aussi. Il y a des jours où tout me pèse et j'en viens à ne même plus supporter les informations. Le politiquement correct m'exaspère. J'entendais ce matin un journaliste parler du travail de deuil et du devoir de mémoire! Insupportable ! J'ai connu des deuils comme tout le monde, c'était une douleur, un état, pas un « travail » ! Et pour le « devoir » de mémoire, imaginez-vous quand vous étiez ados, on vous aurait parlé de « devoir de mémoire », vous vous seriez enfuis ! Et je ne vous parle même pas de la politique et de l'économie. Ni, bien sûr, du terrorisme...

— Tu pourrais vivre à Venise, mais au XXIe siècle, intervint Fabio, et si tu veux changer de continent, tu peux émigrer au Québec, tu aimes bien ce pays aussi...

— Ça ne changerait pas grand-chose, c'est la société actuelle qui me déprime. La mondialisation et la financiarisation de l'économie me révoltent. Non, c'est décidé, je pars !

— As-tu pensé à tout ce que tu laisseras ici, si tu pars avait continué Fabio.

— Pas « si » je pars... Je pars, c'est décidé !

Je n'ai pas d'attache ni de famille, mes parents sont morts et je n'ai pas de frère ni de sœur. Je n'ai même plus Mei-Lin. J'ai toujours beaucoup d'affection pour elle, mais nous avons rompu, vous le savez bien. La vie est ainsi. Vous êtes les seuls, mes amis. Il m'est difficile aussi de vous quitter, c'est vrai. Vous m'avez fait hésiter dans ma résolution, mais c'est décidé, je pars.

J'ai loué un garage pour trois mois à ton nom, Sébastien, et j'y ai entreposé quelques objets auxquels je tenais. Je ne voulais pas qu'ils restent dans mon appartement. Il sera certainement examiné par les autorités après mon départ. Ce que j'ai mis dans ce garage est pour toi et pour tous nos amis. Vous en ferez ce que vous voulez, maintenant ils vous appartiennent. Voici le contrat de location, l'adresse et la clé du garage.

Pour revenir à mon départ, si je vis le reste de mon existence à Venise, j'essaierai de laisser des traces de mon passage pour que vous puissiez voir que le voyage s'est bien passé.

C'est la suite de l'expérience en quelque sorte. Je choisirai des lieux qui existent encore aujourd'hui. Je connais suffisamment la Venise actuelle pour reconnaître les constructions qui existaient déjà quand je les verrai vers 1750. Je commencerai par des tableaux dans les églises et je mettrai mes initiales dans une peinture par exemple ou sur une petite sculpture comme on en voit beaucoup. Je commencerai par le *Castello*, vers *San Pietro, San Martino* ou *San Francesco della Vigna*. J'irai ensuite vers *Santa Maria Formosa* et *San Giovanni in Bragora*. Vous n'aurez qu'à aller à Venise et chercher ces traces. Vous rencontrerez certainement des difficultés, il faut en être conscient : les tableaux pourront avoir été copiés et l'original se trouver dans un musée comme Le Louvre. Je pense, par exemple au tableau de Véronèse, *les noces de Cana*. Il ornait le monastère de *San Giorgio Maggiore,* mais il est maintenant au Louvre et c'est une copie qui a été mise à sa place dans le monastère.

Ne vous limitez pas à ces églises, je ferai comme je pourrai, en voyant les lieux et en choisissant les endroits qui me sembleront proches en apparence à ceux que je connais de nos jours. Un jeu de piste pendant des vacances, avait-il dit en souriant.

— Ouais, mais nous, ça ne nous amuse pas avait grommelé Fabio...

— Maintenant, je vais vous expliquer mon plan pour vous permettre de ne pas être trop inquiétés après mon départ. Je ne vais pas vous raconter d'histoires, la police interrogera certainement tout le monde. Le mieux, c'est que vous ne disiez rien aux autres membres de l'équipe. C'est d'ailleurs pour cela que j'ai attendu qu'ils soient partis pour vous parler. Moins on en sait, moins on en dit. Donc, voici ce que nous ferons.

Nous allons sortir maintenant tous les trois normalement. On pourra même bavarder dans l'entrée pour que la sécurité nous remarque et se rende compte que nous sommes bien partis. Nous prendrons la camionnette de service que j'ai garée sur mon emplacement près de l'entrée. J'ai pris l'habitude de l'utiliser depuis une semaine pour moins attirer l'attention que si je l'avais prise aujourd'hui seulement.

Nous irons ensuite chez moi où Fabio, qui est à peu près de ma taille s'habillera avec mes vêtements. J'ai mis de côté un grand carton dont j'ai renforcé le fond avec du contreplaqué. Nous le mettrons dans la camionnette et Fabio ira s'installer dans le carton. Puis nous reviendrons à l'*Annexe*, Sébastien et moi. Nous sortirons le carton du véhicule, Fabio sera à l'intérieur, et nous l'emporterons dans le labo.

Nous serons donc deux à entrer, avec un carton. Il contiendra Fabio, mais personne ne le verra.

— Vous savez, je suis lourd. Et puis j'espère que ton carton est solide, confortable et climatisé, avait demandé Fabio.

C'était seulement pour dire quelque chose, il n'avait pas vraiment le cœur à plaisanter. Ses deux amis non plus, mais ils sourirent aussi.

— Le carton a des poignées, sois sans crainte. Quelques minutes après notre arrivée, Fabio et toi Sébastien, vous ressortirez tous les deux normalement. Fabio sera habillé comme je le suis habituellement et on croira que c'est moi. Enfin, je l'espère... Vous devrez faire attention à ne pas lever la tête pour que votre visage n'apparaisse pas dans le champ des caméras de surveillance et c'est tout. Si tout se passe bien, on croira que je serai ressorti avec toi, Sébastien, alors que je serai parti à Venise en 1755.

Fabio tourna la tête vers Sébastien. Il semblait aussi peu enthousiaste que lui.

— Si plus tard il y a des questions, Sébastien, tu pourras répondre que nous sommes ressortis ensemble et que nous avons poursuivi notre route chacun de notre côté, précisa Jacques.

Ils avaient fait comme leur ami leur avait demandé.

Tout s'était passé comme prévu et ils étaient arrivés sans trop de difficultés dans l'*Annexe*. Ils allaient maintenant entrer dans l'unité médicale du laboratoire. C'était l'endroit le plus sécurisé et le plus difficile d'accès, mais, grâce à l'insistance de Jacques Cazeneuve, il n'y avait pas de caméras de surveillance. Les vigiles avaient longuement plaisanté entre eux sur ce sujet, en affirmant que le professeur voulait avoir un coin tranquille pour lutiner tranquillement la petite Eurasienne.

Fabio allait enfin pouvoir sortir de sa boite.

Ils avaient couché le carton sur le côté pour lui permettre de sortir plus facilement. Il était sorti à quatre pattes, un peu rouge et en sueur, car il avait eu chaud dans cet espace confiné, mais tout allait bien.

Il ne restait plus qu'à suivre le plan.

Sébastien allait bientôt ressortir de l'*Annexe*, accompagné de Fabio habillé des vêtements de Jacques Cazeneuve. Par chance, le vigile de service n'était pas le plus malin du lot. Logiquement, il devrait penser qu'il s'agissait des mêmes personnes.

— Merci très sincèrement mes amis, avait dit simplement Jacques Cazeneuve. Il était grave, ses deux compagnons aussi.

Ne soyez donc pas tristes, c'est une belle aventure que je me prépare à vivre. Une grande première. À part quelques escargots baveux, mais pas bavards, personne n'a jamais vécu cela.

Aucun de ses deux amis n'avait souri à cette plaisanterie qui leur avait semblé dérisoire.

— Rendez-vous compte ! insistait Jacques Cazeneuve, si tout se passe bien, je vais vivre à Venise avant la chute de la République ! J'ai toujours été frappé par les effets du temps. Pensez à tout ce qui est arrivé et à tout ce qui a été oublié sur une période de cent ans par exemple. Il y a cent ans, c'était l'époque de la Grande Guerre, la France était essentiellement rurale, il n'y avait pas d'eau courante et pas de distribution électrique hors de quelques grandes villes. Or, cent ans, c'est maintenant la durée d'une vie humaine. Pas pour tout le monde, je vous l'accorde, mais beaucoup de gens ont une mémoire de soixante-dix ans et parfois plus.

Il avait continué de parler longuement. Plus que nécessaire. Ses amis, eux, l'écoutaient sans dire un mot. Ils voyaient bien que l'émotion l'étreignait et étaient eux aussi désemparés.

— Tout cela me fascine avait enfin dit jacques Cazeneuve puis il s'était tu un long moment.

Sébastien pensait que cet instant si particulier allait bientôt se terminer. C'était une fin, il avait conscience d'être à la fin d'un monde. Il pensait à la mort. En général, il ne la trouvait pas vraiment triste. C'était une étape de la vie, il se trouvait seulement que c'était la dernière. Pour lui-même, il ne la craignait pas vraiment. Il était terrorisé par l'idée de dépendance et par la souffrance, mais pas par la mort.

Mais ce que projetait son ami était pire que la mort. C'était l'inconnu et il était effrayé comme on ne l'est que dans l'enfance, quand la terreur peut être absolue.

Il cherchait désespérément une lueur d'espoir. Le moment présent n'avait rien de prévisible ni même d'inéluctable. Jacques Cazeneuve pourrait renoncer à son projet. C'était improbable, mais possible, espérait-il quand la voix de Jacques avait interrompu le cours de ses pensées.

— Je crois que c'est maintenant le moment de nous dire adieu. Il faut me laisser partir mes amis, je vous le redis, ne soyez pas tristes. C'est un moment exaltant pour moi, je pars pour un voyage lointain et voilà tout.

Ils l'avaient aidé à se préparer. Jacques était entré dans le dispositif destiné à focaliser l'énergie sur son corps pour le transfert.

Tout cela ressemblait beaucoup trop à un sarcophage, pensait Fabio. C'était absurde, un mauvais film de science-fiction ou un cauchemar, il allait se réveiller et ils finiraient la soirée en buvant un verre.

Mais ça n'était pas un rêve. Jacques avait serré une dernière fois la main de ses deux amis et les avait pressés de partir. Le jour allait se lever dans deux ou trois heures, et il voulait que tout soit terminé avant l'heure de la reprise d'activité dans l'*Annexe.*

Il avait besoin de programmer la machine. Il avait bien envisagé de prendre un sédatif pour diminuer son état de vigilance et faciliter le passage, mais il avait abandonné l'idée. Il n'avait déjà pas beaucoup dormi la nuit précédente et ça n'était pas le moment d'avoir des réactions ralenties à l'arrivée.

Dans vingt minutes, la machine entrerait en action.

Sébastien et Fabio s'étaient comportés comme convenu, restant la tête baissée en passant sans se presser devant les caméras de surveillance.

Ils venaient d'arriver devant le véhicule qui les avait amenés quand les lumières s'étaient éteintes soudainement. Toutes. Celles de l'entrée de l'*Annexe*, du Groupe hospitalier Jean-Martin Charcot, de l'avenue toute proche et même celles de la ville voisine dont on ne voyait plus le halo lumineux au loin.

Quelques secondes plus tard, les lumières de l'hôpital s'étaient rallumées. Le groupe électrogène du Groupe Hospitalier avait vraisemblablement rempli son rôle. Mais tout le reste, la ville et la route, était resté dans le noir.

Fabio et Sébastien s'étaient regardés. Ça n'était pas une coïncidence. Le besoin trop important d'énergie avait privé tout le secteur d'électricité. Cela signifiait que l'expérience avait eu lieu et que leur ami était parti. Où qu'il était mort.

Ils avaient eu beaucoup de mal à ne pas se précipiter vers l'unité médicale du laboratoire. Mais Jacques Cazeneuve leur avait fait promettre de ne pas revenir avant le lendemain quoi qu'il arrive. Malgré leurs inquiétudes sur son sort, ils avaient respecté sa volonté et étaient rentrés chez eux. Ils reviendraient à l'*Annexe* le lendemain matin.

Mais pour eux la nuit serait blanche.

X - Ailleurs...

Jacques Cazeneuve se réveillait.

Enfin, c'est ce qu'il lui semblait. Il était à peu près certain d'être conscient, mais il se sentait affreusement mal.

Sa tête surtout. Machinalement, il leva le bras pour toucher l'endroit douloureux et eut la sensation, sans vraiment s'y arrêter, que sa main n'avait pas l'aspect auquel il était habitué. Elle lui semblait plus grande et la peau plus foncée.

La prise de conscience de ce fait n'alla pas au-delà. Terminant le geste interrompu, il se toucha le crâne. Là aussi, il avait eu la vague impression que ses cheveux ne lui appartenaient pas, il semblait y en avoir beaucoup plus.

D'une certaine manière, tout ceci était rassurant, il percevait des sensations, donc il était conscient. Il avait dû se cogner et cela expliquait le mal de tête et ce qui devait être un peu de confusion passagère. Soudain, il se rappela qu'il était en train de mener une expérience. Il se dit que cet état de malaise était peut-être la conséquence de cette expérience. Quelle que soit la cause de ce malaise, il n'avait pas de blessure apparente et tout cela s'arrangerait certainement bientôt.

Il voulut se lever, mais tout semblait mouvant autour de lui. Peut-être était-il réellement malade, après tout, pensa-t-il puis il s'aperçut que les vertiges n'étaient pas provoqués par son état de santé, mais par les mouvements de l'endroit où il se trouvait. Il pensa à une embarcation. Tiens, se dit-il, un bateau... Pourquoi pas ? Il n'avait pas envisagé cette éventualité, mais, en effet, pourquoi pas un bateau...

En baissant la tête, il s'aperçut qu'il était habillé d'une manière qui lui semblait très inconfortable. Le XVIIIe siècle ! se dit-il en voyant les dentelles de sa chemise et ses bas blancs. L'expérience a donc réussi, c'est fantastique ! Einstein avait tort, on peut remonter le temps !

Mais comment pouvait-il être habillé de la sorte ? Normalement, il devrait être complètement nu. C'était ainsi, il n'y pouvait rien, cela résultait du moyen utilisé pour se rendre à ce moment et à cet endroit qui, normalement, devait être Venise. Avant de partir, cette perspective l'ennuyait beaucoup. C'était embêtant et cela pouvait être très dérangeant, peut-être même dangereux. Alors, découvrir qu'il était habillé était une bonne chose, même s'il ne comprenait pas comment c'était possible. Il faudra vérifier si cet imprévu ne présente pas de gros inconvénients, pensa-t-il en regardant autour de lui.

Il était allongé sur des coussins, dans une sorte d'alcôve et, auprès de lui dormait une très jeune femme habillée – ou plutôt déshabillée — richement de brocart d'argent, elle aussi à la mode du XVIIIe siècle. Sa poitrine était *découverte* de dentelles et de bijoux. L'ordre de sa toilette était en effet quelque peu malmené. L'expression lui était venue à l'esprit et il se surprit à sourire en se disant que l'ambiance le faisait penser d'une manière un tantinet vieillotte.

Il faisait froid. Il prit une sorte de manteau de fourrure qui se trouvait là et en couvrit la jeune femme.

Jacques se demandait qui elle était. À en juger par sa mise, elle devait être riche. Il ne la connaissait évidemment pas et se demandait s'il avait été le responsable de son désordre vestimentaire. Il aurait bien aimé, mais, hélas, n'en avait aucun souvenir et en éprouvait du regret, l'inconnue était vraiment très belle. Il attendrait qu'elle se réveille pour essayer de lui parler.

Il était donc sur un bateau, manifestement une embarcation légère. En guise de fenêtres, deux ouvertures étaient pratiquées face à face de chaque côté du petit habitacle, mais un rideau tamisait la lumière venant de l'extérieur. Jacques le souleva et constata aussitôt qu'il se trouvait dans une gondole et que ce qu'il avait pris pour une alcôve était en réalité un *felze.* C'était une sorte de petite cabine permettant d'isoler les passagers de la pluie, du soleil et surtout des regards indiscrets. On n'en utilisait plus au XXIe siècle où les gondoles servent uniquement à promener les touristes, mais il en avait vu sur les tableaux de Canaletto.

La gondole était à quai, amarrée près d'un pont et un peu à l'écart des autres bateaux. Il observa l'extérieur par l'ouverture du *felze* et il reconnut immédiatement l'immense basilique *San Giovani e Paolo* que les Vénitiens appellent familièrement *San Zanipolo* et, juste à côté, la *Scuola* (3) *grande di San Marco*. À l'époque que Jacques venait de quitter, c'était l'entrée de l'hôpital de Venise. Au temps de la République sérénissime, c'était le siège d'une puissante confrérie.

Il était bien à Venise, sa méthode de localisation par la position des étoiles était donc suffisamment précise.

Il y avait vraiment beaucoup de monde sur le *campo*, devant l'église, il se réfugia à l'intérieur de la gondole, et remit vivement le rideau qui le préservait des regards extérieurs.

L'habit qu'il portait, la tenue de la jeune femme et ce qu'il avait pu voir brièvement au-dehors, tout semblait indiquer qu'il était au XVIIIe siècle.

Il avait programmé la machine pour arriver à Venise en 1755. Il lui faudrait trouver un moyen de vérifier qu'il était bien arrivé cette année-là. Il était « parti » en juin et s'imaginait « arriver » aussi en été, mais le froid qu'il ressentait prouvait que c'était l'hiver ou le début du printemps. La différence de saison ne lui paraissait pas alarmante et devait résulter d'une marge d'imprécision dans le calcul de la position des astres. Il décida de négliger ce point pour le moment.

Le processus était, semble-t-il, une réussite : il s'était endormi en France au XXIe siècle et il venait de se réveiller à Venise, sans dommage apparent, au XVIIIe siècle. Et, surtout, il était le premier à avoir réussi à voyager dans le

---

3 — *Scuola : Confréries, associations d'entraide des membres des corporations.*

temps, pour autant que cette expérience puisse être nommée ainsi.

Il se rappelait les débats interminables avec ses amis quand il s'était agi de choisir le lieu et l'époque de ce voyage dans le temps…

Il fallait choisir une ville qui ait très peu changé. Or, toutes les villes ont été profondément modifiées au cours du temps. Sauf, dans une certaine mesure, Venise.

La Sérénissime a changé aussi, bien sûr, au cours des derniers siècles, mais de nombreux endroits restent très proches de l'état qu'ils avaient deux cents ans auparavant.

Le choix de Venise étant arrêté, il avait fallu déterminer une époque pas trop lointaine, afin que la psychologie et les croyances de la population ne soient, si possible, pas très éloignées des nôtres.

Le XVIIIe siècle avait été retenu. Il avait décidé d'essayer, si tout se passait comme prévu, d'arriver vers 1755. À cette époque, La République de Venise était sur le déclin et ses habitants étaient plus occupés à s'étourdir dans de nombreuses fêtes plutôt qu'à rêver de conquêtes et de leur gloire passée.

Mais il avait hésité, car c'était avant les destructions ordonnées par Napoléon Bonaparte après qu'il ait mis fin à la République de Venise. À cause de lui, certains quartiers de la ville avaient changé. Finalement, le choix du XVIIIe siècle avait été un compromis.

Jacques Cazeneuve revint à ses préoccupations actuelles.

Pour le moment, il fallait tenter d'établir des relations de confiance avec la jeune femme.

Il lui fallait surtout maintenant accorder toute son attention à son environnement immédiat.

Car dans cette ville et à cet instant, TOUT était inconnu pour lui, TOUT pouvait représenter un danger et sa vie pouvait être menacée.

La jeune femme dormait toujours profondément. Il ne semblait pas y avoir d'autres occupants dans la gondole.

L'odeur l'envahit soudainement. Elle était certainement déjà présente, mais il venait juste de la percevoir. Un mot lui vint à l'esprit : pestilentiel. C'était une odeur abominable qui semblait devoir être composée de toutes les immondices possibles et imaginables.

Avec seulement l'eau des puits et l'eau de la lagune, sans assainissement, il n'osait même pas imaginer les conditions de vie et d'hygiène des gens d'ici. Il savait qu'à l'époque, le centre historique de Venise comptait deux-cent-mille habitants, sans compter les îles de la lagune.

La sensation de froid devenait plus vive. Il en déduisit que sa perception du monde qui l'entourait revenait graduellement. En tout cas, son cerveau fonctionnait à nouveau à peu près normalement.

L'impression étrange qui l'avait effleuré à son « réveil » revint. Il l'avait écartée à ce moment-là, mais elle avait dû être perçue suffisamment préoccupante par son subconscient pour revenir au moment où il semblait avoir retrouvé toutes ses facultés.

Le processus était une réussite, se disait-il quelques instants auparavant. Il avait maintenant un doute. Peu après son réveil, il avait perçu des informations qui ne l'avaient pas alarmé. Il avait été un peu étonné, mais sans plus.

Maintenant, il prenait conscience que quelque chose était anormal. Il aurait dû arriver complètement nu. C'était une contrainte qui résultait du choix qu'il avait fait pour remonter le temps. Il ne maîtrisait pas tous les aspects du processus, mais il pensait qu'il devait y avoir une dissociation moléculaire puis une reconstitution. Il avait donc choisi de voyager nu, sans aucun vêtement ni accessoire afin d'éviter que les molécules de ses habits n'interfèrent avec ses propres molécules vivantes. Plus jeune, il avait vu le film *La Mouche* de David Cronenberg et avait été très impressionné par la mésaventure arrivée au personnage du chercheur. Pour éviter tout risque inutile, la Machine avait été stérilisée et aucun être vivant n'était à l'intérieur lorsque Jacques y était entré nu.

Il était donc tout à fait exclu qu'il se retrouve en ce moment habillé entièrement et avec recherche. L'habit dont il était vêtu était confectionné avec des tissus précieux et devait certainement coûter cher.

C'était totalement anormal.

Il se rappela soudain que sa main lui avait semblé étrange, plus grande et plus foncée. Un regard fut suffisant pour le confirmer, ses deux mains étaient en effet plus grandes et plus foncées que dans sa mémoire.

Il lui fallait un miroir. Tout de suite !

La jeune femme dormait toujours. En tâtonnant autour d'elle à la recherche de quelque chose pouvant lui être utile, il découvrit un miroir, un face-à-main. Il s'empressa de se regarder.

Il lui fallut quelques secondes pour admettre ce qu'il voyait et que son cerveau recommence à fonctionner. Le choc l'avait submergé. Le reflet dans le miroir était celui d'un inconnu, pas le sien, pas celui de Jacques Cazeneuve. Prononcer mentalement son nom le rassurait. Un peu...

S'attardant à examiner le visage dans le miroir, il lui trouva le teint hâlé, le cheveu foncé, et le nez aquilin.

C'était une impression étrange de *se regarder* dans un miroir et de *voir* un autre visage que le sien.

Son esprit de scientifique essayait d'analyser la situation. Ça l'aidait un peu, mais c'était terrifiant et il en avait presque le vertige. Il ne comprenait pas et, pour lui, c'était pire que tout. Il avait besoin de s'asseoir et se laissa tomber sur les coussins près de la jeune femme. Il était comme au bord d'un gouffre.

Comment trouver des réponses à des questions aussi *anormales* que celles-ci :

Qui était cet inconnu dont, de toute évidence, la conscience et les pensées de Jacques Cazeneuve *habitaient* le corps ?

Et qu'était-il arrivé à son propre corps ?

Hélas, il n'avait pas vraiment d'espoir à ce sujet. Il pensait que son corps avait cessé d'exister au moment du transfert.

Il avait fait un choix raisonné en faisant ce voyage. Il savait que c'était sans possibilité de retour.

Il avait pourtant subi un choc, car la réalité d'une situation est tout à fait différente de son acceptation théorique.

Il prenait conscience de la disparition de son corps et qu'il s'était « installé » dans celui d'un étranger.

Il était prêt à se faire une raison à propos de ce changement de corps. La situation aurait pu être bien pire, car, par chance, il n'avait pas hérité de celui d'un vieillard ou d'un malade. Ce corps lui semblait en bonne santé et à peu près de l'âge du sien.

Mais il y avait quand même une question importante :

Qu'était devenu l'esprit de l'inconnu dont il occupait le corps ?

Plus important encore, l'esprit et la personnalité de cet inconnu pouvaient-ils ressurgir ?

Et si ce moment arrivait, que deviendrait la personnalité de Jacques Cazeneuve ?

Peut-être cesserait-il d'exister aussi soudainement qu'il avait pris conscience dans ce corps ci ?

Il se demandait qui était ce personnage. Ses vêtements avaient l'air d'être ceux d'un homme aisé, mais qu'en était-il réellement ?

Il avait vraiment conscience de ce corps. Ses sens fonctionnaient normalement, il sentait les odeurs fétides de l'extérieur, pouvait bouger, penser...

Le plus urgent était de trouver de quoi vivre : un asile, des vêtements de rechange et de quoi manger et boire.

Pour le moment, l'urgence absolue était de réveiller la fille et de lui parler pour essayer d'obtenir des informations utiles.

Il réfléchissait à toutes les autres priorités : ne pas se faire remarquer. Il fallait éviter d'attirer l'attention.

Cela risquait d'être difficile.

Il aurait besoin de communiquer et sans doute de donner des explications aux autorités de cette république de Venise.

Jacques connaissait suffisamment l'histoire de la Sérénissime pour savoir que la république n'était pas vraiment une démocratie avec sa police secrète et la délation organisée.

À plusieurs endroits de la ville, une *bocca di leone*, sorte de boîte aux lettres, servait à recevoir les dénonciations des citoyens. La missive devait être signée et gare à celui qui était visé par la dénonciation ou, en cas de fausse déclaration, à son auteur. La façade de la boîte avait une tête de lion et la fente destinée à recevoir les plis en était la bouche. Jacques ignorait seulement si cette pratique avait encore cours au XVIIIe siècle. Il pensait que la Sérénissime était devenue plus débonnaire, en ce siècle libertin, mais rien n'était moins sûr. Car sans aucun doute, le Conseil des Dix, chargé de veiller à la sécurité de l'État, existait toujours. Et il risquait de s'intéresser à lui.

Quand le choix de Venise avait été fait, il avait tenté d'apprendre le dialecte vénitien et connaissait quelques expressions en italien, mais il savait qu'il n'était pas vraiment doué pour les langues. Il jugea préférable de s'exprimer en français. Au XVIIIe siècle, le français était la langue universelle pour les personnes instruites et il devrait pouvoir se faire comprendre. Le fait qu'il n'y ait au moment aucun conflit ou différend entre la République de Venise et la France devrait faciliter les choses.

Il revint rapidement à l'essentiel : d'abord réveiller la fille.

– Réveillez-vous belle amie lui murmura-t-il doucement contre la joue.

Il supposait que pour s'être trouvés ainsi dans une gondole, ils devaient être proches. Il espérait aussi que la tournure de sa phrase ressemblerait suffisamment au style XVIIIe pour donner le change.

La *belle amie* s'obstinait à dormir. Jacques hésita puis lui caressa doucement les épaules en lui donnant quelques baisers.

Cette méthode se révéla très supérieure à la précédente, car la belle inconnue remua. Elle commençait à se réveiller et ouvrit les yeux.

– Giacomo, dit-elle avec un beau sourire en s'étirant. *Amore* !

Cette réaction le rassura. La fille connaissait sa figure, enfin celle de son hôte, et leurs relations semblaient des meilleures.

– *Parla francese, amore,* dit-il en souriant lui aussi.

— Ah toujours ta marotte du français, répondit-elle en français avec un léger accent, mais tu as raison Giacomo, comme cela la plupart des gens ne peuvent pas nous comprendre et ne pourront rien répéter de ce qu'on dit.

Tout va bien, pensait Jacques, elle connaît le français.

Le prénom qu'elle lui donnait, Giacomo, l'amusait. Il était facile à retenir, c'était le sien en version italienne.

— Je me suis endormie, s'écria-t-elle, surprise. Pourquoi sommes-nous arrêtés Giacomo ? Je suis peut-être en retard... Je dois maintenant m'habiller sans tarder en religieuse et regagner le couvent.

Jacques Cazeneuve, en amoureux de Venise, connaissait l'histoire de la République. Il savait que le XVIIIe siècle y était particulièrement libertin, mais se trouver aux côtés d'une religieuse alanguie et à demi nue était déconcertant. L'idée que cette femme superbe allait revêtir des habits de nonne et bientôt rentrer au couvent était étrange et assez excitante.

— Giacomo, *caro ti*, je dois rentrer vite maintenant, ou on saura que je suis sortie et je ne pourrai plus te voir. Demande aux *barcarols* de nous mener rapidement et discrètement vers le couvent.

Elle se faisait pressante :

— S'il te plaît, demande-leur de faire vite.

La perspective du départ de cette femme et de se retrouver seul l'angoissait et il cherchait désespérément une idée quand elle le rappela :

— N'oublie pas ta *bauta* (4), on pourrait te reconnaître, dit-elle en désignant une cape noire, un tricorne et un masque blanc posés sur un fauteuil. En les mettant, il remarqua quelques vêtements masculins. Des habits de rechange, les siens probablement.

Il se souvenait avoir lu quelque part que les Vénitiens avaient pris l'habitude de se dissimuler pendant plusieurs mois de l'année pour leurs rencontres galantes. Heureuse coutume ! Il revêtit le déguisement. C'était psychologique,

---

4 — *Bauta : Vêtement utilisé pendant le carnaval comprenant la larva, un tricorne noir et une cape noire, le tabarro.*

mais il était soulagé de pouvoir se cacher derrière le masque.

Il sortit par la porte du *felze* et fut surpris de voir que l'embarcation était plus longue qu'il ne pensait. Les deux gondoliers ou marins qui attendaient près de leur embarcation se retournèrent en le voyant. Ils le regardèrent et semblaient attendre des ordres.

Il rassembla ses connaissances de l'italien :

— *Portaci dalla Signora. Sai dove andare ?* (5)

— À *Santa Maria degli Angeli* dit l'un d'eux, l'air surpris par la question ou par son accent.

Jacques avait pris un ton légèrement autoritaire, mais sans excès, qui lui paraissait correspondre, à cette époque, aux caractéristiques des rapports entre personnes de statut social différent. Apparemment, les deux hommes avaient accepté cette attitude sans la trouver anormale.

Il était satisfait par la réponse du gondolier. C'était enfin une information, il savait où résidait la belle : le couvent de *Santa Maria degli Angeli*. Mais où diable était donc ce fichu couvent dont il n'avait jamais entendu le nom auparavant ?

— Bien, faites vite et vous aurez une récompense. Ensuite, vous me conduirez chez moi.

— *Ca'Bragadin* ou au *Casino* ? demanda l'un des deux hommes. Le second avait déjà sauté dans l'embarcation et était prêt pour le départ.

La question le déconcerta et il fit de son mieux pour cacher sa surprise.

— *Ca'Bragadin* ! répondit-il en espérant qu'il avait fait le bon choix.

Il avait déjà lu quelque part le nom de Bragadin. Le gondolier avait dit « Ca'Bragadin ». C'était donc le nom d'une maison. Le fait que le nom de Bragadin lui paraisse vaguement familier signifiait peut-être qu'il s'agissait du nom d'une famille ayant laissé une trace dans l'histoire de

---

5 — *Conduisez-nous chez Madame. Vous savez où aller ?*

Venise. Peut-être même s'agissait-il d'un palais ? Et puis il ne pensait pas que Giacomo habitait à demeure dans un *casino*...

En bon connaisseur de Venise, il savait qu'au XVIIIe siècle, les casinos n'étaient pas les établissements de jeux que nous connaissons de nos jours. Il s'agissait de petits appartements utilisés par les nobles ou les bourgeois vénitiens pour y recevoir leurs maîtresses ou leurs amis. Des sortes de garçonnières où on faisait la fête, l'amour et où on jouait au Pharaon, le jeu de cartes à la mode en ce temps-là.

En tout cas, les deux gondoliers n'avaient pas bronché non plus quand il leur avait dit de le ramener chez lui. Son hôte avait donc un domicile. C'était rassurant.

Il était resté à découvert sur la gondole pendant que la *belle amie* s'habillait en religieuse à l'abri du *felze*. Il observait les environs. Il lui fallait rester le plus longtemps possible avec cette jeune femme, elle semblait bien le connaître et, pour le moment, elle était la seule personne avec laquelle il pouvait communiquer.

Il devait absolument obtenir plus d'informations et se constituer des repères dans ce monde complètement différent du sien. Elle allait rentrer dans son couvent. Son couvent ! Il ignorait son nom et, sans le connaître, il ne voyait pas comment la retrouver après son départ.

Il ne connaissait même pas son propre nom, ou plutôt celui de son hôte. Il savait que son prénom était Giacomo, c'était ainsi que la jeune femme l'avait appelé.

Il ne pouvait quand même pas lui demander comment elle s'appelait, ni quel était son propre nom !

Compliqué...

Il avait remarqué que la gondole qui avait emprunté le *rio dei Mendicanti* s'éloignait maintenant de *Fondamenta Nuove* en direction de la lagune nord. Il connaissait bien ce secteur de Venise pour y être venu plusieurs fois au XXIe siècle, mais il ne reconnaissait pas du tout l'île vers laquelle ils se dirigeaient. C'était l'île la plus proche et il s'agissait vraisemblablement de l'île de *San Michele* ou de celle de *San Cristoforo della Pace*. Très proches l'une de l'autre, elles étaient séparées par un canal. Celui-ci avait été comblé après 1800 et les deux îles avaient été réunies pour constituer le cimetière de Venise. Jacques - Giacomo pensa un moment qu'ils allaient accoster sur l'île de *San Michele,* mais la gondole continua vers Murano.

Il avait le temps de retourner voir sa belle amie.

Aussitôt franchie la porte du *felze*, il s'arrêta surpris.

Dieu qu'elle est belle, se dit-il, pensant aussi que décidément, l'ambiance l'amenait à utiliser des expressions d'un autre âge ! Les religieuses qu'il avait pu croiser dans sa vie auparavant étaient généralement âgées et habillées de manière assez peu affriolante.

Sa belle compagne était superbe. Sa robe blanche était courte et laissait voir la cheville. C'était, pour l'époque, d'un érotisme torride. Une large ceinture de tissu noir mettait en valeur un décolleté profond, des épaules et des bras nus. Évidemment, l'été souvent chaud à Venise justifiait des vêtements légers, mais une telle élégance chez une religieuse lui semblait presque inconcevable. Elle avait même des fleurs piquées sur la ceinture et au creux des seins. C'était fascinant. Elle couvrit ses épaules et ses bras d'un châle léger avant de revêtir un grand manteau pour se protéger du froid.

Les deux gondoliers étaient robustes et apparemment motivés par sa promesse d'un pourboire, car ils étaient déjà arrivés à Murano.

L'île lui semblait très différente de celle qu'il connaissait. De nombreux palais ornaient le grand canal. Ils étaient beaucoup plus nombreux que dans son souvenir lorsqu'il était venu séjourner à Venise au XXIe siècle.

Ils s'arrêtèrent non loin d'un mur d'enceinte percé d'une petite porte. Ça devait être le couvent *Santa Maria degli Angeli*. À son époque, ce couvent n'existait plus et beaucoup de palais avaient disparu, détruits au moment où Napoléon avait envahi et mis fin à la République de Venise.

Elle l'embrassa longuement avant de s'écarter. Son sourire était triste.

— Aide-moi s'il te plaît Giacomo.

Sa *belle amie* avait relevé son manteau et sa robe pour éviter d'en mouiller le bas en quittant le bateau. Il l'aida à monter sur le rivage en faisant bien attention à ce qu'elle ne touche pas l'eau froide de la lagune. Elle se retourna et lui donna rendez-vous pour le lendemain. Avant qu'il ait pu répondre, elle s'enfuit en courant jusqu'à la petite porte qu'elle ouvrit avec sa clé.

L'instant d'après, elle avait disparu et il se retrouvait seul avec ses deux gondoliers.

Les deux hommes semblaient avoir une certaine habitude de ce qui venait de se passer, car la gondole repartit aussitôt vers Venise, sans qu'il ait besoin de se manifester. Ça l'arrangeait...

Jacques Cazeneuve se réfugia sous le *felze* pour se reposer un peu, le stress l'avait épuisé. Il voulait aussi réfléchir à l'attitude à adopter et surtout rester à l'écart des deux hommes. Il ne voulait pas attirer leur attention avec un comportement forcément atypique.

Sa *belle amie* lui avait donné rendez-vous pour le lendemain. Il ne pouvait pas espérer de meilleur mentor pour son adaptation à ce monde nouveau.

Elle avait fait place nette. Que c'était irritant de ne pas pouvoir lui donner un nom ! Ses affaires n'étaient plus là, il pensa qu'elle les avait rangées dans une espèce de coffre, derrière le lit défait. En s'allongeant, il remarqua qu'il était encore chaud et pouvait percevoir le léger parfum de la jeune femme. Il se demandait presque s'il n'était pas en train de rêver. Il lui arrivait trop de choses, trop vite, trop fort... Il avait besoin d'un moment pour se détendre.

Il était resté plusieurs minutes, un peu déconnecté de la réalité présente, écoutant distraitement les bruits ambiants, le clapotis de l'eau et le glissement de la gondole, les cris des mouettes et des hirondelles. Tous ces sons avaient un effet légèrement hypnotique dû, sans doute, à sa fatigue. Un peu de l'air frais de la lagune entra et lui fit du bien. Ils revenaient vers *Fondamenta Nuove* que l'on voyait au loin.

Soudain, il prit conscience qu'il n'entendait aucun bruit de moteur. Au XXIe siècle, Venise est toujours une ville où il n'y a pas de voitures et où les seuls bruits de moteur sont ceux des bateaux, *vaporetti*, taxis et services publics. Hors des grands canaux règnent le calme et la tranquillité, troublés seulement le soir près des cafés par les conversations souvent passionnées des clients au sujet des exploits des équipes de foot...

Aujourd'hui, il n'y avait pas les bruits des moteurs des vaporetti et les seuls sons qu'il entendait étaient d'origine naturelle. Les mouvements étaient lents et tous les bateaux allaient à peu près à la même allure. Aucun taxi ne filait dans le chenal pour doubler les transports publics à grande vitesse. D'ailleurs, il n'y avait même pas de chenal et de nombreuses embarcations peuplaient la lagune.

L'air aussi paraissait plus transparent et propre. L'odeur désagréable qu'il avait perçue à son éveil dans ce siècle avait disparu. Une senteur d'épices, évoquant l'Orient, l'avait remplacée.

Il distinguait nettement la ligne des Dolomites. Il avait rarement vu cette chaîne de montagnes lors de ses précédents voyages à Venise dans ce qui était maintenant une autre vie. Seules les fumées des fours à bois des verreries assombrissaient quelque peu le ciel au-dessus de Murano, mais cela restait très localisé.

Tout à ses pensées, il n'oubliait cependant pas d'observer l'extérieur par les ouvertures latérales du *felze*.

Il y avait une telle quantité d'embarcations sur la lagune nord qu'il en était stupéfait. Puis il se souvint que le *ponte dela Libertà*, le pont de la Liberté reliant Venise à la *Terraferma* ne sera construit qu'en 1930. Au milieu du XVIIIe siècle où il se trouvait maintenant, Venise intra-muros, avec ses presque deux-cent-mille habitants, était trois fois plus peuplée que dans les années deux-mille et cela expliquait le nombre de bateaux sur la lagune nord.

Ils avaient atteint *Fondamenta Nuove* et il était étonné de voir que la gondole était revenue sur le *rio dei Mandicanti* d'où ils étaient partis deux heures auparavant. Ça devait être le milieu de la matinée et il voyait beaucoup de monde sur les quais.

Il se demandait où était son domicile, cette *Ca'Bragadin*. Il avait demandé aux gondoliers de l'emmener chez lui et il était curieux et pressé d'y arriver. Il espérait qu'ils avaient bien compris sa demande et qu'ils ne l'avaient pas tout simplement ramené au point de départ. Jacques - Giacomo avait faim et commençait à se demander comment il allait pouvoir payer tout ce dont il allait avoir besoin, à commencer par les deux hommes dans la gondole. Il pensa à explorer les différentes poches de son habit et découvrit une bourse qui contenait plusieurs pièces d'or et d'argent. Il se demanda combien de temps ce pécule pourrait l'aider.

Il prit le temps de faire un paquet des différents vêtements qu'il avait rassemblés sur l'un des fauteuils. Il avait l'intention de les emporter avec lui.

La gondole avait maintenant quitté le *rio dei Mendicanti* par la droite, vers le *Rio di Santa Marin.* Elle s'engagea ensuite dans le *Rio di San Lio,* puis s'arrêta peu de temps après, à la porte d'eau d'un palais qui lui parut immense. Jacques savait depuis ses précédents séjours à Venise — dans ce qui était une vie antérieure — que les rez-de-chaussée des palais servaient d'entrepôts dont l'accès extérieur donnait sur un canal. La porte d'eau était en quelque sorte l'accès livraisons.

Les deux marins avaient amené la gondole tout contre les marches, devant la porte, et attendaient manifestement qu'il se décide à quitter le bateau. Il n'y avait pas d'erreur possible sur la destination car cette porte était le seul endroit qui s'offrait à lui.

Il devait donc habiter là...

Il sortit une pièce d'argent de « sa » bourse, celle qu'il avait trouvée dans les vêtements qu'il portait, et la donna au plus proche des deux hommes. Ils parurent très satisfaits de ce pourboire.

En hésitant, son paquet de vêtements sous le bras, il sauta sur l'espace étroit, de la largeur d'une marche, qui permettait d'aller de la maison au canal.

D'un mouvement du pied prenant appui sur le mur du palais, le plus jeune des gondoliers relança l'embarcation. Elle s'éloignait lentement pendant que l'aîné lui demanda s'ils devaient venir le chercher le lendemain.

— Oui, j'ai rendez-vous à Murano.

Il leur précisa l'heure de son rendez-vous et l'homme lui répondit qu'ils viendraient le chercher une heure avant.

Il se trouvait devant une porte à deux battants peinte en vert. Pour Jacques, elle ressemblait à une porte-cochère, mais, évidemment, il n'y avait pas de cochers à Venise. C'était donc une porte d'eau et elle était fermée.

XI - L'attente...

Après avoir aidé leur ami Jacques dans ses préparatifs de voyage vers le passé, Sébastien Salen et Fabio Belloni avaient quitté l'*Annexe* vers deux heures ce matin-là.

Fabio était habillé comme l'était Jacques à son arrivée et, suivant les recommandations de son ami, il avait évité de montrer son visage dans le champ des caméras de surveillance. Il fallait donner l'impression que Jacques Cazeneuve était ressorti avec Sébastien et donc qu'il ne restait personne dans l'*Annexe.*

Ils savaient qu'il y avait un problème, sans doute grave. Une énorme panne électrique était survenue peu après qu'ils aient quitté leur ami Jacques. Ils n'avaient aucun doute, la panne devait venir de l'*Annexe*, la coïncidence était trop grande.

Il fallait cependant faire comme si tout était normal, c'était la consigne du professeur, et ils avaient décidé de faire ce qui était convenu : rentrer chez eux après une nuit de travail.

Ils s'étaient séparés depuis moins de dix minutes et Sébastien Salen était encore dans sa voiture quand le téléphone avait sonné. Il s'y attendait et il n'avait pas été surpris en voyant l'origine de l'appel sur l'écran du tableau de bord. Il avait recherché une place pour se garer avant de répondre. À cette heure de la journée, il avait trouvé facilement, mais ça n'était pas vraiment nécessaire, la communication n'avait pas été longue.

L'appel venait du service de sécurité du Groupement hospitalier Jean-Martin Charcot.

– Monsieur Salen, pourriez-vous revenir le plus vite possible à l'*Annexe*, s'il vous plaît, c'est une urgence code trois avait dit une voix qu'il ne connaissait pas.

— Je viens tout de suite, avait-il répondu laconiquement en faisant demi-tour.

— Merci avait dit la voix, puis on avait raccroché.

L'échelle utilisée pour quantifier le niveau des urgences allait du code 0 — urgence modérée, au code 5 — urgence absolue. Le niveau 5 devait correspondre à quelque chose d'ingérable, une sorte d'annonce de fin du monde : la destruction des installations, la dissémination d'organismes très pathogènes ou de substances létales en grande quantité dans l'atmosphère. Par bonheur, le code 5 n'avait encore jamais été utilisé.

Le code 3 signifiait un problème technique potentiellement très sérieux, mais n'entraînant pas de danger pour la vie humaine.

Il était arrivé rapidement devant l'*Annexe* où un homme l'attendait. Il s'appelait Jean Trandé. C'était le chef de la sécurité de tout le site, un ancien militaire.

— Bonjour Monsieur Salen, nous avons cherché à joindre le professeur Cazeneuve, mais il est absent et nous n'avons pas pu le contacter. Dans la procédure de gestion des crises, vous êtes juste après le professeur, c'est pour cela qu'on vous a appelé.

— Que s'est-il passé ? avait demandé Sébastien Salen.

— Nous aimerions bien le savoir et nous comptons sur vous pour nous le dire, Monsieur Salen, avait répondu Trandé avant d'ajouter :

— En quelques mots, voici le problème : une activité de vos laboratoires a entraîné une très forte demande d'énergie. Celle-ci a excédé les capacités des installations, provoquant une coupure d'alimentation de l'*Annexe* et une coupure d'électricité en chaîne dans un large périmètre, incluant la ville voisine.

Il s'exprimait avec une précision toute militaire. En d'autres circonstances, ça aurait amusé Sébastien...

— Les systèmes de sécurité ont isolé le secteur à l'origine de la panne — votre laboratoire — et le groupe électrogène « temps zéro » de l'hôpital a pris le relais pour l'alimentation du groupe hospitalier. Des équipes de techniciens sont déjà au travail pour rétablir l'électricité dans tout le secteur touché. Ils prévoient plusieurs heures de travail avant un retour à la normale. D'ici là, le Groupe Hospitalier continuera à fonctionner sur le groupe électrogène. L'*Annexe* est alimentée aussi puisque le ou les dispositifs à l'origine de la panne ont été isolés automatiquement.

— Comment une telle panne est-elle possible ? avait demandé Sébastien. Ce site a été implanté précisément ici, à proximité d'une centrale permettant de lui fournir, si nécessaire, de grandes quantités d'énergie.

— Certes Monsieur Salen, de grandes quantités, mais pas instantanément. Un délai est nécessaire pour faire face à une telle demande et vous devez signaler vos besoins avant. Ça n'a pas été fait et la demande d'énergie n'était pas grande, mais colossale.

— Mais je ne vais pas vous ennuyer avec ça, Monsieur Salen, je verrai directement avec le professeur Cazeneuve quand je pourrai le joindre. Je vous ai demandé de venir pour que vous puissiez vérifier que l'*Annexe* est toujours opérationnelle et si cette panne a provoqué des dommages importants. Je vous demande aussi de vérifier que les dispositifs directement responsables de la coupure sont bien déconnectés et ne risqueront pas de provoquer une nouvelle panne à leur remise en service éventuelle.

— J'y vais avait lancé Sébastien en se dirigeant vers l'entrée de l'*Annexe*.

Fabio Belloni était là et l'attendait. Sébastien lui avait téléphoné dès qu'il avait reçu l'appel du chef de la sécurité. Pour de multiples raisons, il préférait être accompagné pour entrer dans les laboratoires et évaluer les dommages éventuels. Avant toute chose, il fallait vérifier ce qui était arrivé à leur ami Jacques Cazeneuve et s'il était parti comme il le souhaitait.

À l'entrée, tout semblait normal. C'était presque déconcertant. Le gardien de la veille avait fini son service et le nouveau les salua sans paraître leur accorder beaucoup d'attention.

Ils ne constatèrent rien de très anormal non plus dans les deux premiers laboratoires. Plusieurs appareils s'étaient mis en veille, mais jusque-là, rien de grave.

Il fallait maintenant franchir la porte blindée pour pénétrer dans la partie ultra-sécurisée. Les voyants allumés indiquaient qu'elle était toujours alimentée en électricité et le dispositif d'ouverture fonctionnait normalement. C'était déjà ça....

Fabio et Sébastien se demandaient ce qu'ils allaient découvrir derrière la porte. Aucun des deux n'en parlait, mais ils redoutaient de trouver le corps sans vie de leur ami.

Si Jacques Cazeneuve avait disparu, comme les objets et petits animaux utilisés lors de leurs expérimentations, cela permettrait d'espérer qu'il était quelque part dans le passé et peut-être même à Venise au XVIIIe siècle comme il le souhaitait.

Sébastien irait alors à Venise. Il essaierait de découvrir les marques que Jacques avait l'intention de laisser sur des tableaux ou des monuments.

N'importe où ailleurs dans le monde, l'idée aurait été absurde. Rien ne dure plus de deux-cent-cinquante ans. Après une période aussi longue, ce qui n'a pas été détruit est altéré, modifié ou restauré. Mais à Venise, Jacques Cazeneuve avait considéré qu'ils avaient une petite chance de pouvoir communiquer à travers les siècles. À sens unique.

Il avait donc prévu de privilégier les églises, les monuments et les tableaux sur lesquels il essaierait de graver ou de peindre ses initiales.

Il choisirait prioritairement des tableaux qu'il avait vus dans les églises ou au musée de l'*Accademia* et qu'il pourrait retrouver au XVIIIe siècle. Ainsi, il serait certain de pouvoir transmettre une information vers son futur, le présent de son ami Sébastien.

Celui-ci dut s'y reprendre à deux fois pour exécuter la procédure d'ouverture de la porte blindée, l'inquiétude le rendait presque fébrile.

La porte s'ouvrit lentement, avec un chuintement comme d'habitude. Avant même l'ouverture complète, l'anomalie était évidente : l'endroit, habituellement éclairé automatiquement dès l'ouverture de la porte, était presque dans le noir. Seuls les voyants d'alarme clignotaient frénétiquement et les éclairages de sécurité au plafond diffusaient une pauvre lumière rouge insuffisante et lugubre.

Une odeur caractéristique d'ozone révélait aussi l'accident électrique qui avait provoqué la panne du secteur tout entier.

Sébastien eut un instant d'hésitation qu'il mit à profit pour observer de l'entrée tout ce qu'il pouvait distinguer. Sans remarquer quoi que ce soit d'anormal, il pénétra dans un premier laboratoire, suivi par Fabio. Aucun d'eux ne parlait. Non seulement il n'y avait pas vraiment de commentaire à faire, mais il fallait rester discrets. Ils respectaient la volonté de Jacques Cazeneuve qui souhaitait que ses travaux ne soient pas révélés à la communauté scientifique.

Ils n'avaient aucune raison de s'attarder devant des appareils inertes, et pour certains hors d'usage, et se dirigèrent vers le laboratoire du fond, là où ils avaient dit adieu à Jacques Cazeneuve.

La porte en était close, mais l'ouverture ne posa aucune difficulté. Ils constatèrent que l'intérieur était plongé dans le noir complet, sans la moindre lueur. Ils s'étaient évidemment munis de lampes torches et explorèrent l'endroit avec inquiétude.

Il n'y avait personne.

Ce simple fait aurait dû les tranquilliser, car si Jacques avait disparu, c'est qu'il *devait* être dans le passé. En tout cas, il n'était plus dans le présent.

Paradoxalement, ils n'avaient pas été rassurés. L'étrangeté de la situation, peut-être. Le sarcophage dans lequel le professeur Cazeneuve s'était allongé était vide. L'amplificateur d'ondes cérébrales et l'ordinateur étaient à l'arrêt, sans dommage apparent. Hormis l'absence d'éclairage et l'aspect inerte de tous les appareils électroniques, tout avait l'air normal. On aurait dit qu'il ne s'était rien passé.

Pourtant, le professeur Cazeneuve n'était plus là.

Les deux amis se regardaient, déconcertés.

— Tout a l'air normal dit ostensiblement Sébastien.

En principe, on ne pouvait pas les entendre puisque le professeur Cazeneuve avait toujours refusé micros et caméras de surveillance dans cette partie du labo, mais mieux valait quand même rester prudents.

— Oui, en effet avait répondu Fabio qui s'était mis à penser qu'ils avaient l'air de lire de mauvais dialogues d'un film raté.

— On peut essayer de rétablir l'électricité partout....

— Oui, on va seulement isoler cet appareil avait répondu Sébastien en montrant le « sarcophage ».

En ouvrant la trappe donnant accès aux branchements, ils avaient découvert l'explication de l'absence d'énergie dans le laboratoire. La pièce maîtresse du dispositif, celle qui était le cœur de la machine à voyager dans le temps, avait fondu. Les câbles d'alimentation électrique et les fusibles de protection aussi. L'origine de la gigantesque panne était là.

Ils avaient rétabli l'électricité sans difficulté dans tous les laboratoires à l'exception, bien sûr, de la machine du professeur Cazeneuve.

Ils ne s'étaient pas attardés ensuite à l'*Annexe*. Jean Trandé, le chef de la Sécurité, avait été satisfait d'apprendre que tout risque de nouvelle panne était écarté. C'était le début du week-end. Il allait continuer à chercher de joindre le professeur Cazeneuve en lui téléphonant deux ou trois fois, puis il allait rentrer chez lui préparer ses prochaines vacances aux Antilles.

Sébastien et Fabio disposaient donc d'un peu de temps. On ne rechercherait pas activement le professeur avant un jour ou deux.

Sur le parc de stationnement d'un supermarché, désert à cette heure-là, ils avaient évoqué la conduite à tenir au cours des tout prochains jours.

La première question qu'ils s'étaient posée était celle-ci : devaient-ils tout révéler aux autres membres de l'équipe ? Fabio Belloni y était favorable, mais Sébastien Salen était contre. Pour lui, il fallait d'abord respecter la volonté de leur ami Jacques Cazeneuve. S'il l'avait voulu, il aurait associé toute l'équipe aux préparatifs de son départ, mais ça n'avait pas été le cas. Il considérait aussi que Mei-

Lin, David et Romain, en ignorant ce qui s'était passé auraient un comportement plus naturel si une enquête était ouverte et s'ils étaient interrogés. Fabio s'était finalement rallié à ce point de vue et il ne dirait rien à ses amis lorsqu'il retournerait travailler le lundi suivant.

Sébastien, lui, allait agir comme si Jacques Cazeneuve était bien à Venise au XVIIIe siècle. Car enfin, on n'avait pas retrouvé le corps de Jacques ! Il était bien quelque part ! Alors pourquoi pas à Venise ? Il allait essayer de trouver rapidement un vol et rechercher des traces du passage de son ami. Il irait observer les églises et les monuments pour rechercher les initiales de son ami « J.C. » suivi d'un numéro séquentiel. Jacques avait eu des scrupules à la pensée de dégrader ou d'altérer des œuvres d'art, mais il avait estimé que ses interventions seraient réparables.

En d'autres circonstances, aller à Venise aurait été un plaisir pour Sébastien. Cette fois, c'était un devoir aux allures de pèlerinage.

Il était rentré directement chez lui. Il lui fallait rechercher avec son ordinateur un vol pour Venise, avec un départ le lendemain si possible. Il avait hésité entre plusieurs compagnies et avait fini par choisir EasyJet. Les sièges de cette compagnie à bas coût étaient étroits, mais sur un trajet Orly-Venise, ça n'était pas gênant. Et puis il en appréciait l'accueil et le sourire du personnel. Il arriverait à l'aéroport Marco Polo de Venise vers 16h et pourrait disposer de quelques heures avant la fin de la journée.

Il lui restait plusieurs choses à faire avant son départ.

En premier, il lui fallait trouver un logement pour son séjour et il décida de téléphoner à un couple de Vénitiens qu'il connaissait. Ils avaient un studio meublé qu'ils louaient aux touristes dans le quartier du Castello. Les gens qui venaient là s'y trouvaient bien, ils aimaient Venise et revenaient souvent dans cet appartement.

Il espérait qu'il serait libre et saisit son téléphone.

Paola et Matteo, son mari, étaient adorables et pour Sébastien, c'était toujours un plaisir d'échanger des idées avec eux. Il aimait leur regard sur la politique, la société et le cinéma. Ils parlaient parfaitement français, avec un léger accent qu'il trouvait séduisant. Il avait vaguement essayé, sans succès, d'apprendre l'italien. Pourtant, il trouvait que c'était une très belle langue et elle était proche du français comme les autres langues latines. Pendant quelque temps il avait pensé qu'il n'était pas assez persévérant puis s'était fait une raison, il n'était pas doué pour les langues.

— *Buongiorno* Paola, comment vas-tu ?

Ils se connaissaient bien. Quand il séjournait à Venise, au moins une fois par an, Sébastien venait toujours chez eux. Il en avait parlé à Jacques Cazeneuve et, lui aussi, avait adopté leur adresse.

L'échange avait été chaleureux, comme d'habitude, mais il n'avait pas le temps ce jour-là de s'attarder. Paola avait tout de suite pensé qu'il avait l'intention de venir.

— Tu viens à Venise ? avait dit Paola.

— Oui, demain. Est-ce que ton appartement est libre ?

— Il n'est pas occupé, mais il n'est pas libre non plus. Mattéo est en vacances cette semaine et il en profite pour réaliser quelques travaux d'aménagement.

— Tu sais, Paola, je serai très souvent au-dehors et n'aurai vraiment besoin de l'appartement que le matin, et en fin de journée pour dormir. Si ça vous paraît possible que je l'occupe dans ces conditions, moi ça me convient tout à fait.

— Je vais en parler à Matteo et voir où il en est. Le souci, avec les travaux, c'est qu'il y a parfois beaucoup de poussière et ça risque d'être désagréable. Enfin, demain viens directement à la maison et on trouvera toujours une solution. Ça nous fait toujours très plaisir de te revoir. Tu seras seul ? Tu viens comment de l'aéroport ?

— Oui, je serai seul, je t'expliquerai. Je prendrai le bateau Alilaguna à l'aéroport et je descendrai à la station *Ospedale* pour arriver plus vite. Je devrais être chez toi vers 17 h. Je t'enverrai comme d'habitude un message de l'aéroport pour t'annoncer mon arrivée et je te téléphonerai quand je serai en bas de l'appartement.

— Alors à demain. Ciao !

— Je t'embrasse...

Faire sa valise ne lui prendrait pas longtemps et il s'en occuperait plus tard.

Le plus urgent était de s'occuper de son chat.

Il se dirigea vers la maison voisine distante de quelques dizaines de mètres de la sienne. Un jardin reliait les deux propriétés, sans même une clôture pour les délimiter.

Il s'entendait bien avec Caroline Lambert, sa voisine. Très indépendants tous les deux, ils vivaient séparément, mais se retrouvaient souvent. Au point que Sébastien avait envisagé de lui proposer de vivre ensemble. Mais, il hésitait devant la perspective de perdre une forme de liberté, n'avait jamais franchi le pas, et n'avait rien dit à Caroline. Il ne savait pas si, de son côté, l'idée lui aurait plu.

Elle l'avait vu arriver et l'attendait à l'entrée.

— Tu viens boire un verre, Sébastien ? Un petit Spritz à l'Apérol comme tu aimes ?

— Je suis venu aussi pour ça, lui lança-t-il avec un sourire complice avant de continuer :

— Je suis obligé de partir une semaine à Venise. Un travail urgent. Je ne peux vraiment pas te proposer de m'accompagner, mais ça n'est que partie remise, on pourra y aller ensemble un peu plus tard. Pourrais-tu t'occuper de Pépin pendant mon absence ?

Pépin était son chat siamois. Il voulait un nom commençant par « P ». Il avait hésité entre Poutine et PolPot. Le Bestiau, comme il l'appelait parfois aussi, s'était finalement appelé Pépin. Un nom de tyran aurait pu convenir aussi, car Pépin en était un. Il avait toujours besoin de quelque chose, spécialement quand Sébastien était occupé : envie de sortir ou de rentrer, cinquante fois par jour. Ou alors il avait faim et, même s'il y avait quelque chose dans son assiette, il voulait autre chose parce que c'était l'heure où, d'habitude, il lui donnait quelque chose à manger... Un adorable tyran ! Les Siamois sont des chats de caractère, spécialement les Siamois « de type ancien » comme Pépin, parfois un peu teigneux, mais très affectueux.

— Bien sûr, Sébastien, je vais m'occuper de Pépin. Mais la prochaine fois, tu m'emmènes à Venise.

— C'est promis !

XII - Venise 1755

Devant la porte d'eau fermée, Jacques Cazeneuve hésitait. Il fallait entrer, il n'avait pas d'autre choix, car il était coincé entre le palais et le *rio San Lio*.

Il se demandait quelle attitude adopter lorsqu'il allait rencontrer quelqu'un. Car il y avait du monde dans ce palais, c'était certain. Peut-être même y avait-il quelqu'un derrière cette porte ?

Il était un peu inquiet. Objectivement, il y avait des éléments positifs. Les gondoliers l'avaient amené directement ici quand il leur avait demandé de le conduire chez lui. Sa présence ne devrait donc étonner personne.

Mais il y avait aussi des difficultés. Il parlait très mal l'italien et il ne connaissait personne. Il ne pouvait quand même pas demander leurs noms à tous ceux qu'il allait rencontrer ! Pire — si c'était possible — il ne connaissait rien des usages de la société vénitienne du XVIIIe siècle. La vie en société est pleine de codes, de non-dits dont on n'a pas vraiment conscience. Tout ce qu'il allait dire ou faire risquait de sembler étrange aux yeux des gens.

De toute manière, il ne pouvait pas rester là indéfiniment, devant cette porte fermée. Il se lança et poussa la porte. Il fut surpris de voir qu'elle s'ouvrait sans difficulté.

Il lui fallut quelques instants pour s'habituer à la pénombre. Malgré les quatre larges baies — deux de chaque côté de la porte — qui laissaient entrer la lumière, l'endroit paraissait sombre par rapport à l'extérieur ensoleillé.

L'espace devant lui était vaste et semblait désert. Il paraissait presque vide à cause de l'immensité du lieu, mais de nombreux ballots occupaient à peu près le tiers de cette cave. Ils étaient recouverts de bâches et il ne pouvait pas identifier leur contenu. Il voyait aussi de grands panneaux de bois peint qui ressemblaient à des décors de théâtre. Près de la porte, il y avait trois gondoles, dont l'une en mauvais état, et ce qui lui parut être deux énormes lanternes semblables à celles qu'il y avait avant, au XXIe siècle, sur la *Riva degli Schiavoni*. L'étrangeté de ses pensées « avant au XXIe siècle » le fit frissonner. Ou alors c'était la fraîcheur humide des lieux.

Un espace était resté libre et formait une sorte d'allée. Il avança et parvint au bas d'un large escalier dont il gravit lentement les marches. Il n'y avait pas d'autre issue. Il se retrouva sur un vaste palier devant une cloison et une porte à double battant. Après une hésitation, il tenta de l'ouvrir, mais elle était fermée et visiblement solide. À sa droite, un fauteuil et une table sur laquelle il y avait une petite cloche. Il imagina qu'elle était là, à disposition des visiteurs, pour signaler leur présence.

En évitant de penser à ce qui pourrait suivre, il prit la cloche et la secoua énergiquement.

Quelques instants après, il entendit des pas pressés se rapprocher de la porte. Elle s'ouvrit sur un personnage qui s'écarta pour le laisser passer en s'inclinant légèrement. Il était correctement habillé, mais beaucoup moins richement vêtu que lui. Un domestique, se dit Jacques Cazeneuve qui lui fit un petit signe de tête en réponse. L'homme n'avait pas l'air étonné de le voir et se disposait manifestement à repartir vers d'autres occupations sans plus s'occuper de lui. Jacques l'arrêta. Son attitude qu'il interprétait comme bienveillante l'avait décidé :

— Puis-je vous prier de porter ceci à mon appartement ? lui demanda-t-il en lui présentant le paquet de vêtements qu'il avait emportés du bateau.

Jacques lui avait parlé en français. C'était tout ou rien. Si c'était bien un domestique, s'il comprenait le français, et si lui-même habitait bien ici, tout allait bien se passer. Cela faisait beaucoup de conditions !

Il n'osait imaginer ce qui pourrait se passer dans le cas contraire...

Il en était là de ses pensées quand, sans prononcer un seul mot, son interlocuteur prit le paquet qu'il lui tendait et tourna les talons.

Jusque-là, tout va bien, pensa-t-il : il habitait bien dans ce palais.

Jacques attendit quelques instants puis le suivit. Il n'avait que ce moyen pour essayer de découvrir, sans le demander, l'endroit où il habitait. Il essayait d'avoir l'air détaché.

Très tendu depuis qu'il était entré dans cet étage du palais, il n'avait pas regardé autour de lui, car toute son attention était captée par l'homme qui le précédait. Celui-ci ne semblait pas s'étonner du fait qu'il lui avait confié un paquet à porter alors qu'il le suivait. C'était donc certainement un domestique. Il devait avoir une certaine habitude du comportement et des caprices des maîtres, comme on disait alors.

Il commençait à se détendre légèrement et regarda autour de lui. Il était impressionné par la richesse baroque de l'endroit et, en d'autres circonstances, aurait bien aimé s'attarder pour admirer les nombreux tableaux, meubles et objets qu'il y avait là. Ils traversèrent plusieurs pièces qui lui semblèrent immenses, mais son « guide » marchait vite et il n'avait pas le temps d'admirer les lieux. Ils ne rencontrèrent personne, ce qui lui convenait parfaitement.

Ils arrivèrent devant une porte semblable à toutes celles qu'ils avaient franchies. Après l'avoir ouverte, le serviteur s'effaça pour le laisser passer. Ils se trouvaient dans une pièce plus petite que les vastes salles qu'ils avaient traversées.

Jacques pensa que c'était peut-être là son appartement. Le domestique avait continué vers une porte donnant accès à une sorte de pièce de service. Il ouvrit enfin un placard et y déposa le paquet que Jacques lui avait confié. Manifestement, ce serviteur connaissait bien les lieux et, s'il s'agissait de l'appartement de Jacques, il n'avait, semble-t-il, aucun secret pour lui.

Après avoir fini son travail, il lança un regard interrogatif à Jacques Cazeneuve, une manière de lui demander s'il avait encore besoin de quelque chose avant de se retourner vers la porte.

Il allait partir, Jacques l'arrêta. Il avait vraiment très faim.

— J'aimerais manger quelque chose, pensez-vous que c'est possible ou dois-je ressortir ?

Il n'était pas certain que la manière dont il s'exprimait était celle qui convenait à l'époque, mais il se sentait las. La faim, le stress... Il ignorait de quand datait le dernier repas de ce Giacomo dont il occupait le corps.

— Ces messieurs ont terminé, mais je peux, si vous le souhaitez, aller voir la cuisinière et vous apporter un repas.

Il parlait avec un accent, mais son français était parfait.

Jacques se demanda qui étaient les messieurs dont parlait ce domestique. Il n'avançait pas vite, il n'arrivait pas à obtenir les informations dont il avait le plus besoin : qui habitait ici ? Lui-même habitait-il vraiment ici ? Avait-il un moyen de subsistance et y avait-il pour lui un risque à rester dans ce palais ? Rien n'était simple et les incertitudes étaient innombrables.

Il devait poser des questions. Elles étaient nombreuses et il lui fallait inventer une histoire qui puisse être à peu près crédible.

Le serviteur l'observait, il devait attendre une réponse à sa proposition d'aller lui chercher un repas. Il voyait que Jacques réfléchissait et s'en étonnait peut-être, mais, poliment, n'en disait rien. Il n'avait pas l'air très loquace, mais lui semblait sympathique. Il avait une physionomie ouverte et des yeux francs...

Jacques se lança :

— Mon comportement vous semble peut-être étrange, mais j'ai eu une sorte de malaise cette nuit. Je suis revenu à moi, comme vous le voyez, mais j'ai tout oublié de la vie que je menais jusqu'à ce moment-là. Ce sont deux marins qui m'ont conduit ici après que je leur ai demandé de m'emmener chez moi. Puis-je vous poser quelques questions, même si elles vous étonnent ?

La réaction de son interlocuteur fut une surprise pour Jacques. Au lieu d'avoir l'air étonné par ce qu'il venait de dire, il semblait rassuré comme si c'était quelque chose de normal, ou plutôt de connu.

C'était bien ça, le domestique continuait :

— Ah oui, il vous est arrivé la même chose qu'à Monsieur Bragadin !

— Qui est Monsieur Bragadin ? Et qu'est-il arrivé ? demanda Jacques un peu rassuré et satisfait de cette réaction.

Le serviteur resta quelques instants sans voix. Il semblait trouver inconcevable qu'il ne connaisse pas Monsieur Bragadin.

— La famille Bragadin est l'une des toutes premières de Venise. La maison Bragadin est l'une des quatre qui ont fondé l'abbaye *San Giorgio Maggiore* en l'an 800. C'est une famille très respectée.

Monsieur Matteo Bragadin a eu une crise d'apoplexie il y a quelques années et c'est vous-même qui lui avez sauvé la vie ! Vous étiez près de lui quand c'est arrivé et vous êtes allé chercher un chirurgien qui lui a pratiqué une saignée, ce qui l'a sauvé. Il vous en a été très reconnaissant et vous considère comme son fils. Vous habitez donc ici, Monsieur Bragadin est mon maître et c'est le propriétaire de ce *palazzo* !

Il s'interrompit subitement comme si une idée importante venait de lui traverser l'esprit.

— Mais vous-même avez aussi besoin d'une saignée s'écria-t-il ! Je cours chercher le chirurgien et je vais informer Monsieur Bragadin !

— Non non, mon ami, rien ne presse ! Vous voyez, je vais très bien, j'ai seulement besoin que vous m'aidiez à retrouver la mémoire ! J'ai même perdu le souvenir de votre nom, pouvez-vous me le rappeler ?

Si Jacques pensait rassurer son interlocuteur, c'était raté. Il voyait aussi qu'il avait l'air un peu peiné qu'il ait oublié son nom.

— Je m'appelle Marcello, Monsieur. Marcello Rizzi et je suis à votre service.

— J'en suis très heureux, Marcello. Ainsi, j'habite dans ce palais ?

— Oui Monsieur, ici même. Nous sommes dans votre appartement. Monsieur Bragadin l'a mis à votre disposition.

— Monsieur Bragadin habite aussi dans ce palais ?

— Si Signore, et Messieurs Dandolo et Barbaro, deux amis de Monsieur Bragadin, demeurent ici aussi où ils ont un appartement comme vous. Tout le monde s'inquiétait, car vous manquez rarement le repas de midi.

Dandolo... Jacques connaissait ce nom, c'était le nom d'un doge de Venise. Il faudrait qu'il demande plus tard à Marcello si l'actuel M. Dandolo était un descendant de ce personnage. Maintenant, le nom de Bragadin évoquait vaguement quelque chose pour lui mais celui de Barbaro lui était complètement inconnu.

— Pouvez-vous me dire quels sont mes moyens de subsistance, Marcello ? Vous avez certainement remarqué que je parle volontiers le français. Est-ce que j'ai une activité quelconque avec la France ?

— Oh non, Monsieur, le Conseil ne permettrait pas à un habitant de ce palais d'avoir des relations avec un pays étranger. Vous parlez le français comme beaucoup de patriciens de Venise. Comme je vous l'ai dit, Monsieur Bragadin pense qu'il vous doit la vie et vous chérit comme son fils. Il vous alloue une pension pour vivre, les repas au palais, une gondole, et me demande d'être à votre service.

— Et que dois-je faire en retour ?

— Tous les devoirs d'un fils, vous le considérez comme un père et vous lui prédisez l'avenir quand il le demande.

Marcello Rizzi semblait prendre très à cœur son rôle d'assistant de mémoire. Il donnait beaucoup d'informations, mais Jacques pensa avoir mal entendu la fin, un effet de la fatigue sans doute.

— Qu'avez-vous dit ? Pouvez-vous répéter ce que vous venez de dire ?

— Je disais que vous chérissez Monsieur Bragadin comme un père et que vous utilisez l'ancienne science de la cabale qui vous a été révélée par un ermite, comme vous le lui avez dit. Monsieur Bragadin vous prie souvent de l'aider dans la conduite de sa vie et de ses affaires en interprétant les nombres et en lui révélant l'avenir.

Il avait donc bien entendu !

C'en était trop pour le moment. Il était épuisé et il s'occuperait de cette absurdité plus tard. Pour le moment, il fallait qu'il se repose.

— Marcello, je suis très fatigué. Un effet de mon malaise sans doute, j'ai besoin de dormir un peu. Nous reprendrons notre conversation plus tard...

Marcello Rizzi avait l'air un peu inquiet en le regardant. Il devait vraiment avoir l'air fatigué.

— Votre lit est fait, Monsieur, la chambre est à côté. Votre chambre est en ordre, le vase de nuit est vide et propre. Dois-je vous aider à retirer vos vêtements ?

Malgré sa grande lassitude — il en serait presque venu à croire à son malaise supposé — l'évocation le fit sourire. Un vase de nuit ! Il ne pensait pas qu'un jour il entendrait ces mots et vivrait cette réalité.

— *Grazie, Marcello, va bene.*

— Donnez-moi seulement votre perruque alors, je vais la mettre sur la boule.

Une perruque ! Avec précaution, il prit à pleine main les cheveux du haut de son crâne et tira doucement. La perruque se souleva sans difficulté. Elle était à catogan et poudrée. Une sensation de fraîcheur à la tête lui fit porter la main sur son crâne. Il était rasé !

Tout cela faisait beaucoup. Il n'eut même pas la volonté de se diriger vers le grand miroir qui ornait un des murs de la chambre et il se laissa tomber sur le lit. Il eut à peine le temps de voir Marcello Rizzi s'en aller sans bruit et le sommeil l'envahit.

Jacques se réveillait. Il ne pensait pas avoir dormi très longtemps, mais il se sentait un peu mieux.

Il entendait des voix et des bruits de pas rapides. Il percevait aussi un tintement d'objets métalliques s'entrechoquant. C'était certainement cela qui l'avait réveillé. Il se tourna vers la porte et remarqua deux hommes assis près du lit. Ils le regardaient avec inquiétude. Au même moment, deux autres personnes entrèrent dans la chambre. C'est la place publique ici, pensa Jacques qui aimait se réveiller tranquillement. Ça le mettait de mauvaise humeur, mais, par prudence, il se tut.

Il reconnut « son » serviteur, Marcello Rizzi, et un inconnu. Il pensa aussitôt qu'en tout et pour tout, il « connaissait » seulement deux personnes dans ce monde : sa belle amie et Marcello. Il ne comptait pas les deux gondoliers qu'il ne reconnaîtrait vraisemblablement pas. Les deux hommes assis près de son lit se levèrent. Jacques remarqua qu'ils étaient richement vêtus. À l'attitude du plus âgé, il se dit qu'il était peut-être le maître des lieux.

Le personnage qui venait d'entrer, accompagné de Marcello Rizzi était plutôt terne et insignifiant. Vêtu de noir, grand et sec, il avait l'air austère et l'attitude de quelqu'un qui se croit important, Jacques le trouvait ridicule. Il portait une sorte de sacoche en cuir marron. Quand il la posa, Jacques reconnut les bruits métalliques qui l'avaient tiré de son sommeil.

— Giacomo, mon fils, dit le plus âgé des hommes bien habillés, tu es malade ?

Il l'avait appelé son fils, c'était donc bien Monsieur Bragadin comme Jacques l'avait pensé. Il devait avoir à peu près soixante ans. Il avait l'air affable et soucieux.

— Je suis venu aussitôt que je l'ai su. Ce bon Marcello est allé chercher Maître Britta, le chirurgien qui m'a traité il y a quelques années. Il va te faire une saignée. Tu dois souffrir du même mal que moi. C'est un signe du Ciel que ce soit à mon tour de t'aider.

Le chirurgien avait déjà sorti ses bistouris et des coupelles certainement destinées à recueillir le sang. Tout cela devait être plein de microbes et de germes pas très sympathiques. À cette époque, on ne savait encore rien de l'asepsie. L'idée de se faire inciser dans ces conditions ne lui plaisait pas du tout.

Considérant que l'homme qui venait de parler devait être Monsieur Bragadin, Jacques prit un ton familier pour lui répondre, en espérant ne pas faire d'erreur.

— Merci mon cher Père pour votre grande bonté, mais je n'ai nullement besoin ni envie d'une saignée. Je suis tout à fait rétabli.

— Allons mon garçon, dit celui qui n'avait encore rien dit, c'est pour ton bien !

Jacques pensa à tous les gens, à travers l'histoire, qui étaient morts « pour leur bien ».

— Croyez bien que mon inclination serait d'obéir à vos ordres, mais je ne le peux pas. La science que vous connaissez m'a révélé, par l'interprétation des nombres, qu'une saignée en ce moment me serait fatale.

— Ah, mon Fils, c'est la Providence qui t'a réveillé au moment où arrivait le chirurgien ! s'écria Monsieur Bragadin. Sans elle, je lui aurais demandé de pratiquer la saignée même si tu étais resté endormi.

Le chirurgien s'insurgea, il s'était senti blessé dans la haute idée qu'il avait de lui-même.

— Excellence, la saignée est bénéfique dans tous les cas et votre protégé risque le trépas si nous attendons trop longtemps ! C'est très fréquent, beaucoup de décès arrivent lorsqu'on a trop tardé à faire une saignée. Elle améliore les humeurs et guérit même les hémorragies par le resserrement des vaisseaux.

Bigre, pensait Jacques, c'est le genre de gars qui vous remonte le moral ! Il ne faut pas tomber malade ici... Traiter une hémorragie par une saignée, c'est original...

Le spectacle de la bêtise l'avait toujours mis mal à l'aise.

— Ne vous tourmentez pas, Maître Britta, intervint Monsieur Bragadin, tout ira bien. Merci d'être venu si vite. Marcello va vous raccompagner, vous lui indiquerez le montant de votre note et il vous réglera. Au revoir mon ami.

La mine renfrognée de Britta s'adoucit lorsqu'il s'entendit appeler « ami » et il partit sans rien dire avec Marcello, après avoir salué avec obséquiosité les deux patriciens, mais sans un regard pour Giacomo.

— Allons mon cher Giacomo, si cela ne te fatigue pas trop, peux-tu nous raconter ce qui t'est arrivé ?

Il lui fallait trouver une histoire crédible, dans une formulation qui convienne...

— Cela me sera très difficile, car je n'en ai aucun souvenir précis. J'étais en bonne compagnie et nous étions dans une gondole après une très bonne soirée et une nuit délicieuse. Ma belle amie s'était endormie. J'ai dû perdre conscience et je me suis réveillé tôt ce matin, j'avais perdu la mémoire. Elle revient progressivement et je vais beaucoup mieux. Je vous demande de me pardonner si mon comportement vous semble parfois inexplicable ou incohérent, c'est involontaire.

— Tu étais donc avec Marina... Qu'a-t-elle fait quand c'est arrivé ?

Jacques était très heureux de l'information que Monsieur Bragadin venait de lui révéler. Sa belle amie s'appelait donc Marina...

— Elle ne s'est aperçue de rien et je ne lui ai rien dit pour ne pas l'alarmer. Elle était endormie quand j'ai perdu conscience et dormait toujours quand je suis revenu à moi. Je l'ai reconduite à Murano et les deux barcarols m'ont emmené ici. Puis j'ai vu Marcello...

Il s'arrêta soudainement de parler. Il supposait que le mot barcarol désignait des gondoliers ou des marins, mais il se demandait comment ce mot qui ne faisait pas partie de son vocabulaire avait pu lui venir à l'esprit. Peut-être l'avait-il déjà entendu...

— Tout va bien mon fils ? demanda Monsieur Bragadin, soucieux en le voyant s'arrêter subitement de parler.

— Oui, oui mon cher Père répondit Jacques encore troublé par tout ce que pouvait impliquer l'utilisation de ce simple mot.

Le retour de Marcello Rizzi, portant un plateau chargé de nourriture, créa une diversion qui survint à point. Il n'avait aucune envie de s'appesantir sur son état de santé ni d'expliquer toutes ses réactions.

Il avait besoin d'être seul et il espérait que ses deux visiteurs s'en iraient et le laisseraient se restaurer en paix.

— Je vous ai apporté un plat de *sarde in saor*, du pain et du vin de Candie ([6]).

---

[6] — *Sarde in saor : plat typique vénitien, à base de sardines. La Candie est l'ancien nom de la ville d'Héraklion, puis celui de la Crète.*

Marcello se tourna vers Bragadin avec une mimique d'excuse en disant :

— C'est tout ce qui restait. La cuisinière est allée voir son père qui est malade et je n'ai pas pu trouver la fille de cuisine, elle doit être cachée quelque part avec un galant.

— Oui, hélas ! dit Bragadin. Le père de Caterina est atteint d'un grave déséquilibre humoral. Les saignées sont maintenant sans effet et je crains qu'il ne puisse jamais reprendre son service ici.

Pour Jacques Cazeneuve, à eux seuls, ces quelques mots révélaient l'énormité du fossé qui le séparait de ce monde. Il était médecin de formation et il avait vaguement entendu parler de la théorie des humeurs selon laquelle la santé dépendait de l'équilibre des quatre « humeurs » du corps. Cette théorie ancienne, en vigueur jusqu'au XIXe siècle, a même été défendue au début du XXe siècle par d'éminentes personnalités comme Auguste Lumière. L'entendre évoquer au présent, de même que la saignée, était pour lui le comble de l'étrangeté.

— Nous aurons ce soir de l'esturgeon, du gibier, des truffes et du champagne avait continué Bragadin avec un sourire en le regardant. Tu prendras ton repas avec nous ?

Bigre, on ne se refuse rien ici, pensa Jacques en lui rendant son sourire. Pour le moment, il avait faim et il devait réfléchir. Il avait besoin d'être seul.

— Avec grand plaisir, répondit-il. En attendant ce soir, serais-je très impoli en vous priant de me laisser seul pendant quelques heures ? J'ai très faim et je vais dévorer ce que Marcello m'a apporté. Ensuite, je vais essayer de me reposer un moment, je suis vraiment fatigué.

Bragadin se leva aussitôt et son ami le suivit.

— Tu as raison Giacomo nous allons te laisser. Et c'est promis, pas de saignée aujourd'hui ! Je reviendrai un peu plus tard vérifier que tout va bien et Marcello te réveillera un peu avant l'heure du repas pour que tu nous rejoignes. Nous serons seulement quatre.

Jacques les vit s'en aller avec soulagement, il avait vraiment besoin de tranquillité.

La table que Marcello avait préparée pour qu'il puisse déguster son repas correspondait bien à l'idée que Jacques se faisait de la vie dans un palais. Malgré sa lassitude, il en remarqua le raffinement : porcelaine, cristal et couverts en argent. Monsieur Bragadin avait de gros moyens....

Il avait déjà eu l'opportunité de goûter des *sarde in saor* lors de ses nombreux séjours à Venise, mais il n'en avait jamais mangé d'aussi délicieuses. Les sardines étaient très fraîches et l'accompagnement parfaitement équilibré : il y avait juste ce qu'il fallait d'oignons, de vinaigre balsamique, de clous de girofle, de farine et de vin blanc.

Il se régalait, mais n'oubliait pas de réfléchir. Il recensa mentalement la situation.

D'abord, ce qu'il avait appris :

Il ne connaissait pas son nom, mais son prénom était Giacomo.

Il ne connaissait quasiment personne, mais les gens qu'il avait rencontrés étaient bienveillants et semblaient l'accepter.

Il disposait d'un appartement dans le palais et des services d'un domestique, Marcello Rizzi. En plus de cela, il était nourri et Matteo Bragadin, le maître des lieux, lui octroyait une pension pour vivre et le considérait comme son fils. La situation pourrait être pire.

En échange, lui-même devait se comporter en bon fils et être une sorte de voyant à la disposition de Bragadin.

Il avait, semblait-il, une maîtresse prénommée Marina. Elle était aussi nonne dans un couvent à Murano. Il lui fallait se faire à cette idée.

Il s'en amusa en pensant que les règles de la vie monastique ne semblaient pas aussi rigoureuses qu'à son époque. À son avis, l'Église du XXIe siècle devrait s'en inspirer pour stimuler les vocations. En matière de religion, Jacques était tolérant et même bienveillant. Lui-même était agnostique. Il était un peu anticlérical, mais pas antireligieux. Il pensait qu'une religion libérée de la compétition avec les autres croyances, telle que le christianisme — comme Européen et Français, c'était sa référence en matière de religion — était un facteur de civilisation, et de morale. Malgré son léger anticléricalisme, il avait une vague sympathie mêlée de respect pour les prêtres du XXIe siècle vivant une existence modeste de solitude et d'isolement.

En réalité, il ne pensait jamais à tout cela. Mais le contexte — une maîtresse nonne — le rendait bienveillant.

Le comportement des religieuses de Murano l'amusait vraiment. Il revint à sa préoccupation du moment.

Les éléments qu'il venait de recenser n'étaient pas négligeables. Il aurait pu être sans toit, sans possibilité de se nourrir, et même se faire tuer dès son arrivée. Il considérait qu'il avait de la chance.

Mais ce qu'il ignorait lui donnait le vertige :

Il ne connaissait pas *son propre nom,* le nom du personnage dont il *occupait* le corps.

Il avait une pension, mais ne savait pas si elle lui permettait de vivre.

Il ignorait aussi la valeur des choses, les usages et les codes que tout le monde connaissait et respectait dans une société, car chacun grandissait et évoluait avec eux.

Il n'allait pas pouvoir continuer avec l'attitude qu'il avait adoptée depuis son arrivée à Venise au XVIIIe siècle, quelques heures auparavant.

Il était dans ce siècle et ne pourrait en sortir. Pour survivre, il *devait absolument* s'adapter, c'était vital.

Mais il y avait plus grave encore.

Il n'était plus Jacques Cazeneuve, il était maintenant Giacomo, mais pour combien de temps ? Car, plus que toutes les autres, cette question le hantait : qu'était devenu l'esprit, la personnalité du véritable Giacomo ?

Était-il anéanti par un effet du transfert temporel ? Ou était-il seulement en sommeil, enfoui dans le cerveau et ressurgirait-il un jour ? Et dans ce cas, que deviendrait la personnalité de Jacques Cazeneuve ?

Ne risquerait-il pas la schizophrénie si cela arrivait ?

XIII – Sébastien

Sébastien Salen était chez lui. Il habitait à la campagne, en Normandie.

Il ne s'était pas passé plus d'une semaine depuis son retour de Venise et son interception à l'aéroport de Paris-Orly puis son « invitation » à avoir un entretien avec une nommée Marie Bertot, capitaine au service de renseignement de l'armée.

Il pensait à tout cela.

À Venise, il avait cherché les traces que Jacques Cazeneuve pourrait avoir laissées au temps de la République Sérénissime, s'il était bien arrivé comme il le voulait au XVIIIe siècle.

Il avait étudié les peintures dans plusieurs églises. Il avait observé aussi les sculptures, les passages anciens et chaque *sotoportego* (7) du quartier du Castello. Il n'aurait pas imaginé qu'il y en avait autant.

Il ne savait pas à quel moment il avait eu conscience de sa présence, mais il avait fini par trouver étrange de croiser, tous les jours, la même jeune femme blonde. Il ne lui avait pas fallu longtemps pour comprendre qu'elle était là pour lui. Elle n'avait pas particulièrement l'air d'un flic, mais ça ne voulait rien dire, il n'était pas certain de pouvoir en reconnaître un à coup sûr.

Il s'était dit que cela signifiait qu'une enquête était en cours sur la disparition de Jacques Cazeneuve.

Il n'avait pas pensé être précisément lui-même l'objet d'une enquête, car si cela avait été le cas, il aurait certainement été arrêté. Le professeur Cazeneuve était une

---

7 — *Un sotoportego est un passage couvert entre deux maisons.*

éminente personnalité scientifique et sa disparition était un évènement grave. Les enquêteurs devaient donc analyser toutes les hypothèses et exploiter toutes les pistes en gardant l'œil sur chacune des personnes proches de son ami Jacques.

Sans la moindre information sur ce qui avait pu arriver au professeur Cazeneuve, il était aussi possible qu'ils aient considéré que lui-même, son plus proche collaborateur, pouvait être en danger. Dans cette hypothèse, cette jeune femme avait peut-être été envoyée pour assurer sa protection. Il n'avait pas vraiment eu l'impression qu'elle le surveillait, mais plutôt qu'elle l'observait.

Dans tous les cas, la présence de cette fille ne l'avait pas dérangé. Il n'avait rien à cacher ni à se reprocher. Rien ni personne n'avait la moindre possibilité d'agir sur ce qui s'était passé.

Car de toute manière, le professeur Cazeneuve était hors d'atteinte. Il était en ce moment peut être vivant, mais au XVIIIe siècle. Ou il était mort.

L'expression « en ce moment » ne signifiait d'ailleurs en réalité absolument rien. Deux semaines auparavant, Jacques Cazeneuve était « parti » pour le XVIIIe siècle et, s'il avait réussi, au moment présent il était de toute façon mort depuis plus de deux siècles.

Sébastien avait pensé étendre son étude des tableaux au musée de l'*Accadémia* quand il avait reçu l'appel téléphonique de Claudia Belloni. Elle lui avait annoncé la disparition de son mari Fabio et de leur ami Romain Gattier. Il était rentré prématurément à cause de cela.

Depuis son retour, il n'y avait toujours aucune nouvelle de ses amis, leur disparition était incompréhensible. Elle était aussi inquiétante, car elle était survenue peu de jours après le départ de Jacques Cazeneuve et cela faisait une étrange coïncidence.

Son séjour à Venise n'avait duré qu'une semaine et n'avait rien donné. Il n'avait rien trouvé qui témoigne du passage de Jacques Cazeneuve aux endroits qu'il avait étudiés. Il allait devoir y retourner aussitôt que possible.

Tout cela faisait beaucoup d'inconnues...

La sonnerie du téléphone interrompit le cours de ses pensées.

C'était Claudia Belloni. Elle ne se remettait pas de la disparition de Fabio. Elle n'avait aucune nouvelle de lui depuis maintenant quatre jours. Il était parti en voiture avec Romain Gattier vers un aérodrome situé à une quarantaine de kilomètres de chez eux. Romain voulait apprendre à voler et ils avaient prévu d'aller se renseigner auprès de l'aéro-club local. Fabio était vaguement intéressé par le sujet, mais il accompagnait surtout Romain par amitié. L'*Annexe* était inaccessible depuis la disparition de Jacques Cazeneuve et il pensait que c'était bien, en mémoire de lui, que les membres de son équipe restent unis.

Ils étaient partis dans le puissant cabriolet de Romain. Il aimait les belles et grosses voitures.

Ils n'étaient jamais arrivés à destination.

En fin de journée ce jour-là, Claudia avait vainement tenté d'appeler Fabio puis Romain sur leurs téléphones mobiles.

Elle avait finalement réussi à joindre un responsable de l'aéro-club. Il n'était pas de bonne humeur d'avoir été dérangé à une heure tardive, mais il avait fini par comprendre la situation. Il avait expliqué à Claudia qu'il avait été présent toute la journée. Non, il n'avait vu personne demander des renseignements pour des leçons de pilotage. Il n'avait pas vu de cabriolet ce jour-là non plus. Il était désolé, mais c'était tout ce qu'il pouvait dire.

Après une nuit d'angoisse, elle avait appelé les autres collègues et les amis des deux hommes. Personne n'avait de nouvelles. C'était anormal. Claudia et Fabio formaient un couple heureux, il ne serait pas parti comme ça. En plus, Romain aussi était introuvable, c'était vraiment inquiétant.

Elle avait appelé Sébastien en dernier. Elle le savait à Venise et ne pensait pas qu'il saurait quelque chose, mais elle était désemparée et Sébastien était un ami, il aurait peut-être une idée à laquelle elle n'aurait pas pensé...

Sébastien se souvenait de ce moment difficile. Claudia était en larmes et il avait eu du mal à comprendre ce qui se passait. La nouvelle de la disparition de Fabio et de Romain lui paraissait totalement incompréhensible et il n'imaginait pas un instant qu'elle pouvait avoir un rapport avec Jacques Cazeneuve et lui-même, mais il était troublé.

Devant la détresse de Claudia, il n'avait pas trouvé d'autre réponse que de lui conseiller d'appeler la police pour signaler cette disparition.

Revenant au présent, Sébastien essayait à nouveau d'apaiser Claudia. L'absence de nouvelles la minait. Toutes les personnes qui ont vécu la disparition d'un être cher le savent, rien n'est pire que cette situation. On peut faire son deuil de la mort d'un proche. C'est difficile et douloureux, mais c'est quelque chose de connu. Une disparition, c'est l'horreur, on tremble pour l'être aimé, on espère ou on désespère selon l'heure. Votre imagination est votre ennemie. Dans cet inconnu, on retrouve quelque chose des terreurs de l'enfance, mais personne ne vient vous consoler. Une notion d'absolu dans l'horreur. L'Enfer.

Alors ça n'était pas facile d'aider Claudia. Il avait bien conscience que tout ce qu'il disait n'était, au fond, que banalités, mais il devait les prononcer. Malgré tout, la présence ou la voix peuvent apaiser. Elle devait ressentir la profonde amitié qui les unissait et elle finit par se calmer.

Il lui dit qu'il la rappellerait s'il apprenait quelque chose. Il finit par raccrocher, infiniment triste.

Depuis son retour, Sébastien n'était pas revenu à l'*Annexe.*

L'accès en était interdit, elle avait été mise « sous la protection » de la Justice. On cherchait à découvrir ce qui avait pu arriver au professeur Cazeneuve. Sébastien imaginait que les disques durs des ordinateurs du laboratoire étaient en train d'être examinés par les experts en informatique de la police et de l'armée. Il leur souhaitait bon courage. Accéder au mode de pensée du professeur et de son équipe n'était pas chose facile. Comprendre le moyen de voyager dans le temps était impossible. Les informations laissées par Jacques Cazeneuve étaient à dessein totalement erronées.

Il avait revu une seule fois ceux qui restaient de ses amis et collègues de l'*Annexe*. C'était le lendemain de son retour et, de toute l'équipe, il ne restait que Mei-Lin Lassire, David Halley et lui-même. Jacques était parti dans le passé et avait peut-être vécu son rêve, Fabio et Romain étaient pour le moment introuvables.

Claudia Belloni était là aussi. Elle pensait sans doute qu'avec eux elle pourrait peut-être comprendre ce qui était arrivé à Fabio.

Sébastien leur avait donné rendez-vous à Paris. Il avait choisi Montmartre et pensait que là-bas au milieu des touristes, ils pourraient parler quelques minutes sans être épiés et écoutés. Il n'avait pas l'habitude de la clandestinité et respectait seulement la volonté de Jacques Cazeneuve.

Il avait eu beaucoup de mal à convaincre Mei-Lin de venir. Sébastien n'en voyait pas la raison, mais elle semblait vouloir éviter tout contact avec ses collègues et amis. Elle avait très peu participé et était repartie la première. Il en avait été peiné et, pour tout dire, déçu.

Ils avaient beaucoup parlé de Fabio et de Romain. Personne ne comprenait ce qui avait pu se passer et tout le monde avait de la peine. Sébastien leur avait raconté son séjour à Venise et son retour insolite. Ils avaient décidé de ne pas se revoir pendant quelque temps sauf, naturellement, en cas d'élément nouveau sur Fabio et Romain, et d'éviter d'évoquer le cas de Jacques Cazeneuve au téléphone.

Sébastien voulait, autant que possible, qu'ils restent en dehors de tout ce qui concernait Jacques pour leur éviter des ennuis. Il ne se faisait cependant pas beaucoup d'illusions là-dessus. Toute l'équipe devait être sous surveillance. La recherche du professeur Cazeneuve devait mobiliser beaucoup de monde.

Il pensait à tout cela quand on sonna à la grille de son jardin.

Par le moniteur du portier vidéo, il reconnut Marie Bertot. Un homme qu'il n'avait jamais vu se tenait à ses côtés. Deux voitures étaient arrêtées derrière eux au bord de la route. C'était une route départementale à deux voies, très fréquentée avec 9000 véhicules par jour. Habituellement, aucune voiture ne prenait le risque de s'arrêter ici sur la voie. Il se demanda ce que pouvaient lui vouloir encore ces gens.

Il appuya sur le bouton de l'interphone pour entrer en contact avec elle.

— Oui ?

— Monsieur Salen, c'est le capitaine Bertot, j'ai besoin de vous parler, puis-je entrer ?

C'est une visite très officielle, pensa Sébastien, elle se présente en brandissant son grade.

Sans répondre, il actionna la télécommande de la grille dont les deux vantaux s'ouvrirent lentement.

Marie Bertot et l'homme qui l'accompagnait remontèrent à pied l'allée d'une cinquantaine de mètres conduisant à la porte d'entrée. En la regardant s'approcher, il se dit que c'était réellement une belle fille. L'une des voitures suivait lentement derrière elle. L'autre véhicule s'était avancé comme pour bloquer l'entrée de la propriété.

Il se demandait quel était le but de cette visite. La semaine écoulée depuis son retour de Venise avait été calme. La plupart du temps, il était resté chez lui à attendre des nouvelles des recherches entreprises pour retrouver ses deux amis. Le seul évènement notable avait été cette escapade à Paris.

Juste avant leur arrivée, Sébastien ouvrit la porte et sortit pour aller à leur rencontre. Avec un demi-sourire, il tendit la main à Marie Bertot.

— Bonjour... Capitaine, j'espérais bien que j'allais vous manquer. Un ami sans doute ? continua-t-il en désignant l'homme qui la suivait. Comment allez-vous... Capitaine ?

Il ne pouvait pas s'empêcher d'être ironique et avait intentionnellement marqué un temps avant de prononcer le nom de son grade. Il avait fait son service militaire une trentaine d'années auparavant comme tous les jeunes hommes de sa génération. Depuis, il avait peu d'affinités avec les militaires. Dans ses souvenirs, ils étaient beaucoup moins glamour que Marie Bertot. Pour autant que l'on puisse lui appliquer ce qualificatif.

Elle ne lui rendit pas son sourire et lui serra la main sans répondre et sans lui présenter non plus la personne qui l'accompagnait. Personne ne parla jusqu'à ce qu'ils soient entrés et que Sébastien les ait fait asseoir dans le salon. Il n'était pas particulièrement impressionné par leur attitude d'une froideur visiblement calculée. Il arrive un moment dans la vie où il est difficile de vous impressionner.

— Un café ? proposa-t-il.

Il sentit Marie Bertot hésiter puis elle accepta. Elle devait penser que ça faciliterait la suite de l'entretien. L'homme qui était avec elle ne disait rien. Le chef, c'était elle. Lui n'était là que pour la procédure ou comme garde du corps. Elle se décida à parler.

— Monsieur Salen, la situation est grave. Le professeur Cazeneuve est toujours introuvable, mais j'imagine que ce n'est pas une surprise pour vous. J'irai donc droit au but.

Le professeur Cazeneuve, vous-même et une bonne partie de l'équipe avez travaillé à un projet sur la manipulation du temps. Ce projet, vous l'avez tenu secret, au point de le cacher aux instances de l'État alors même qu'il peut avoir des implications pour la sécurité du pays.

Sébastien resta silencieux mais il accusait le coup. Ils avaient découvert la réalité des travaux de Jacques. Ennuyeux !

— Vous avez fait une erreur en vous imaginant que vous pourriez travailler sur un tel projet sans que nous le sachions. Une insulte à notre intelligence, mais surtout une erreur.

Ça m'a tout l'air d'être une engueulade, se dit Sébastien, pas vraiment impressionné. Il décida de ne pas répondre et d'attendre la suite.

— Lors de notre précédente rencontre, vous réclamiez la présence d'une autorité supérieure pour nous parler. Vous avez été entendu. M. Louis Forestier, le chef du cabinet du Premier ministre et mon supérieur, le général Boulanger, sont ici.

Elle se tourna vers la porte et, effectivement, deux hommes se tenaient là. Il ne les avait pas vus arriver et ne les avait jamais rencontrés, mais il reconnut Louis

Forestier qu'il avait déjà vu aux infos ou sur Internet. Le général lui était inconnu, il était en civil.

Elle avait marqué des points. Il était stupéfait.

Ils s'avancèrent et prirent place près de Sébastien et de Marie Bertot. L'homme qui était entré avec elle et qu'on n'avait pas jugé bon de lui présenter sortit en silence. Un garde du corps finalement, pensa-t-il.

– Monsieur Salen, le professeur Cazeneuve et vous-même avez dissimulé des informations sensibles touchant à la sécurité de l'État. C'est une faute grave. En d'autres temps, cela vous aurait valu la prison.

Le général Boulanger n'avait pas l'air de plaisanter. Pourtant, Sébastien avait du mal à prendre ce général au sérieux. On n'a pas idée de choisir la carrière militaire et d'atteindre le grade de général quand on s'appelle Boulanger ! Comment ne pas penser à ce général Boulanger, l'homme politique qui avait presque failli renverser la Troisième République. Il avait terminé sa vie en se suicidant sur la tombe de sa maîtresse. « Il est mort comme il a vécu, en sous-lieutenant », avait commenté Clémenceau qui le connaissait bien.

– En effet, intervint Louis Forestier. Vous avez cru pouvoir agir en secret, mais nous savons à peu près tout de vos agissements. Le Premier ministre également.

Mais oublions cela, Monsieur Salen. En fait, ce comportement avait quand même quelques avantages. Le général Boulanger va vous l'expliquer.

Sébastien sentit une sorte de volonté d'apaisement après les premiers propos sévères des deux hommes.

Le général Boulanger reprit la parole :

– Le service auquel appartient le capitaine Bertot est chargé de la protection des installations considérées comme sensibles. Dans la recherche, la sécurité est toujours un élément délicat. La confidentialité, le secret si vous préférez, est toujours difficile à assurer. D'une part, vous avez tous ceux qui cherchent à percer ce secret, de l'autre, les contraintes indispensables pour le garantir. Tout cela, la plupart du temps, dans l'indifférence et parfois avec une certaine opposition des personnels. Les contraintes dont je parle sont en effet souvent mal comprises et difficilement acceptées par les gens. J'ai simplifié, évidemment.

Alors quand nous avons vu que vous faisiez vous-mêmes votre affaire de la confidentialité de vos recherches, nous avons été satisfaits. Nous n'allions pas intervenir au risque d'attirer l'attention sur vous et d'affaiblir la protection du site. Nous avons seulement assuré une surveillance légère.

Mais c'était peut-être une faute, car la disparition du professeur Cazeneuve nous a pris au dépourvu. Nous n'étions pas préparés à un tel évènement. Vous ne nous avez pas aidés non plus et le capitaine Bertot a passé deux semaines à Venise à se demander ce que vous y faisiez. Car, évidemment, personne n'a pensé un seul instant que vous y étiez en vacances. Et votre départ faisait suite à une gigantesque panne d'électricité dans vos laboratoires et qui s'est étendue à toute une région. À cela s'ajoute l'absence inexplicable du professeur Cazeneuve.

Pendant votre séjour à Venise, une équipe a récupéré les ordinateurs de l'*Annexe*, comme vous l'appelez. Elle s'est ensuite employée à essayer d'accéder aux données.

Nous savions que ces données étaient cryptées. Nous n'allons pas vous reprocher cela, car il fallait évidemment les protéger. Nous regrettons quand même que vous ayez fait ça en complète autonomie, sans concertation avec nous, car nous n'avions pas la clé de décryptage. Mais nous avons des spécialistes de très haut niveau et, en matière de cryptage, vous êtes, pardonnez ma franchise, des amateurs.

Nous sommes donc parvenus à décrypter vos données et à les analyser. Malheureusement, nous ne sommes pas arrivés à les comprendre. Nos spécialistes pensent qu'il s'agit d'informations totalement erronées et destinées à tromper tous ceux qui réussiraient à y accéder. Les fichiers qui sont sur les disques durs portent la date du jour de la disparition du professeur Cazeneuve. Nous pensons maintenant que c'est le professeur lui-même qui a fait cela.

Nous avons voulu examiner les appareils qui sont dans l'Annexe, mais les dispositifs les plus importants ont fondu sous l'effet d'une forte décharge énergétique. Nos experts sont pessimistes, ils pensent ne pas pouvoir les reconstituer.

Le général regarda Louis Forestier, comme pour rechercher son accord pour continuer. C'était bien ça, Sébastien le vit hocher imperceptiblement la tête. Le général Boulanger continua :

— J'en arrive au pire, Monsieur Salen. Nous n'avons pas été les seuls à accéder aux travaux du professeur Cazeneuve. En analysant les disques durs des ordinateurs, nous avons découvert des traces d'activité d'un logiciel espion.

Venons-en maintenant à la disparition de vos deux amis. Nous pensons qu'elle est liée à celle du professeur Cazeneuve. Il ne peut pas s'agir d'une coïncidence. Leur disparition ou leur fuite quelques jours après celle du professeur et votre départ pour Venise ne peuvent pas être un effet du hasard. Il y a forcément un rapport.

Louis Forestier intervint :

— Tout cela signifie que quelqu'un — une organisation ou un état — a réussi à obtenir ces données au jour le jour et donc avant nous, intervient Louis Forestier. Nous devons découvrir qui a fait cela. En ce moment nous ignorons si Messieurs Belloni et Gattier sont victimes ou coupables dans cette affaire. Nous avons beaucoup de questions à leur poser, au professeur Cazeneuve aussi. Ainsi qu'à vous-même, nous sommes ici pour cela.

Sébastien était abasourdi. Il prit conscience qu'il devait avoir l'air complètement idiot. Son interlocuteur semblait avoir le même avis, car il eut une sorte de rictus qui pouvait passer pour un sourire, avant de continuer.

— Tout ceci est très français, Monsieur Salen. C'est typique de notre comportement qui va du génie au dilettantisme. Nous — je veux dire votre équipe — faisons parfois avancer les connaissances de l'humanité, mais avec un amateurisme certain.

Monsieur Salen, continua-t-il avec gravité, vous devez nous révéler où se trouve le professeur Cazeneuve, nous avons besoin de lui parler.

— Mais... euh... vous n'avez donc pas tout compris... s'écria Sébastien.

Il n'en revenait pas.

— Pour autant que cette affirmation puisse être vérifiée, Jacques Cazeneuve est à Venise, dans le passé, au XVIIIe siècle ! En tout cas c'était son but...

Dans l'hypothèse, évidemment, où son invention a fonctionné.

Il venait de décider de répondre à toutes leurs questions. Toute cette affaire devenait incontrôlable. Si des tiers s'étaient emparés du résultat, ou même d'une partie, des travaux de Jacques Cazeneuve, les implications pouvaient être terribles. Tout cela devenait vraiment trop grave. Après tout, ils représentaient les autorités de son pays et, dans les circonstances présentes, il considérait qu'il ne trahissait pas son ami Jacques. Et puis aussi il y avait la disparition de Fabio et de Romain.

Forestier avait raison, ça ne pouvait pas être une coïncidence.

Pendant plusieurs secondes, ses trois interlocuteurs restèrent figés. L'information devait être assimilée, ce qu'elle impliquait aussi. C'est Louis Forestier, le chef de cabinet du Premier ministre qui se reprit le premier.

— Il aurait donc réussi et tenté un voyage dans le temps ! Tout seul ?

— Et dans l'espace, acquiesça Sébastien. Oui, il était seul. Il est parti de l'*Annexe* et arrivé à Venise au XVIIIe siècle. Si tout s'est passé comme il l'espérait, naturellement.

— Vous considérez que c'est possible ?

— J'ai bien peur en effet que ça soit possible. Tous les tests que nous avons faits ont été concluants. Mais il s'agissait de tests, on n'avait pas utilisé d'êtres humains ni d'objets de la taille d'un homme.

Je ne peux rien vous dire de plus précis sur tout cela continua Sébastien, Jacques ne voulait pas que cette invention soit utilisée à des fins non pacifiques. Il a donc réalisé le « cœur » de son appareil tout seul, sans aucune aide, pour que personne ne puisse aider à une reconstruction.

Ce que vous avez retrouvé est incomplet, il manque le principal. Ce « cœur » est détruit. Lorsque je suis entré dans l'*Annexe* avec Fabio, après la grande panne d'électricité, nous avons constaté qu'il était fondu. Je pense que personne ne peut reconstituer ce que Jacques avait créé. C'était tout simplement un génie.

— Nous aurons beaucoup de questions à poser au professeur Cazeneuve quand il reviendra, reprit Forestier après un moment.

— Mais vous n'avez toujours rien compris, s'écria Sébastien ! Il ne reviendra pas !

— Pourquoi ?

La question lancée brutalement par Forestier avait claqué. Son visage était soudain devenu dur et toute affabilité avait disparu du personnage.

— Parce que c'est impossible, il ne peut pas revenir parmi nous, jamais ! Le voyage est à sens unique, du présent vers le passé. Même si le voyage de son présent vers le nôtre — qui est aussi son futur — était possible, il ne pourrait pas construire le dispositif pour cela ni surtout disposer de l'énergie nécessaire.

Sébastien s'était arrêté de parler. C'était difficile. Exprimé à haute voix, ce qu'il venait de dire ressemblait à une sentence et donnait en quelque sorte une réalité au fait qu'on ne reverrait jamais Jacques Cazeneuve.

Les autres se taisaient et assimilaient l'information. Forestier était rouge et impassible, le général Boulanger avait le visage fermé et Marie Bertot, une main devant la bouche, avait une expression horrifiée. Après quelques instants, Sébastien avait continué son explication.

— Je suis allé à Venise pour essayer de trouver des preuves de la présence de Jacques dans le passé. Il devait déposer des marques ou des signes de sa présence. En deux semaines, je n'ai rien découvert.

— Quels signes devait-il déposer ? demanda Marie.

— Ses initiales, la date du jour et les signes « + » ou « - » là où c'était possible, sur des tableaux, les pierres des constructions, etc. Il avait prévu d'utiliser le signe + quand tout allait bien et le signe – quand ça n'allait pas. Ça n'avait pas d'utilité pratique, bien sûr, car on ne pourrait rien faire pour l'aider, mais c'était une manière pour lui de conserver une sorte de lien avec nous et se sentir moins seul. Nous connaissons bien Venise, Jacques et moi. Il devait déposer ces marques sur des tableaux ou des endroits qui existent en ce moment et qu'il pourrait trouver là-bas. L'idée était que s'il en reconnaissait quelques-uns, ça prouvait qu'ils ont traversé les deux ou trois siècles sans dommage.

Pour le reste, j'ignore complètement ce qui a pu arriver à Fabio et à Romain. Ils n'ont pas pu voyager dans le temps comme Jacques, j'en suis certain. Madame Bertot a évoqué tout à l'heure une fuite. J'en suis désolé capitaine, mais c'est pour moi complètement idiot. Et vous-même avez émis l'hypothèse qu'ils pourraient avoir été des traîtres ou quelque chose comme ça. C'est une idée révoltante quand on les connaît.

Louis Forestier était resté silencieux un moment. Il réfléchissait. Les autres attendaient en silence. De toutes les émotions qui les assaillaient, l'effroi dominait.

— Si la réalité correspond à ce que vous suggérez, c'est une découverte majeure finit par dire Forestier.

Son expression ne donnait pas vraiment le sentiment qu'il s'en réjouissait.

— L'ennuyeux, c'est qu'elle est peut-être aussi en possession d'organisations ou de pays concurrents et potentiellement inamicaux. Il avait choisi soigneusement des mots aussi neutres que possible, mais il semblait lui aussi effrayé par les implications de la découverte de Jacques Cazeneuve.

À nouveau, il resta sans parler peut-être deux minutes. Cela sembla plus long aux trois autres. Le général Boulanger avait la tête baissée et le front plissé. Marie Bertot ne quittait pas Salen des yeux. Lui-même réfléchissait aussi. Il prévoyait ce qui allait suivre.

Louis Forestier s'éclaircit la gorge et reprit. Sa voix était altérée comme sous le coup d'une émotion.

— Si tout ceci est réel — et notre responsabilité est d'agir comme si c'est le cas — cela signifie que le professeur Cazeneuve peut être à un endroit qu'il aura choisi, dans le passé et à un moment qu'il aura choisi aussi. Cela signifie aussi que d'autres chercheurs, quelque part dans le monde, travaillent sur le même sujet avec des éléments volés dans les ordinateurs de l'*Annexe*. Peut-être sont-ils parvenus aussi à voyager dans le temps ?

— À condition, intervint Sébastien, que ces autres personnes aient été capables de fabriquer les installations nécessaires, ce dont je doute beaucoup.

— Pourquoi, demanda Forestier ?

— Parce que Jacques était conscient de ces risques. Il a volontairement truffé ses dossiers de fausses pistes.

— Ne sous-estimez pas l'intelligence des autres scientifiques, Monsieur Salen, intervint Marie Bertot. Le professeur Cazeneuve n'a pas pu construire les composants primaires de sa machine de ses propres mains. Il a nécessairement utilisé des pièces et des composants qu'il a achetés à des sociétés extérieures. On peut déduire beaucoup de choses à partir d'une liste d'achats.

— Rien de ce que vous venez de dire n'atténue la gravité de la situation, bien au contraire, reprit Forestier avant de poursuivre :

— Ainsi, on peut imaginer que ces personnes, au service d'un gouvernement ou d'une organisation terroriste, éventuellement mal intentionnés, pourraient agir sur le passé en éliminant un des facteurs déterminants pour notre présent. On ne verserait pas une larme, évidemment, si quelqu'un réussissait à éliminer Hitler ou Staline avant leur prise du pouvoir. Cependant, même dans ce cas, notre présent serait totalement différent. Mais qu'en serait-il si les personnalités éliminées étaient des acteurs positifs de notre civilisation ?

— C'est le paradoxe temporel, intervint Sébastien. C'est tout l'exposé du problème : si je vais dans le passé, que je rencontre mon père et que je le tue accidentellement, je n'ai pas pu naître, mais si je ne suis pas né, je n'ai pas pu remonter le temps et tuer mon père...

Personne n'a de réponse à cela. Si je peux me permettre, ajouta-t-il, il y a un petit élément positif : à cet instant, en 2015, Jacques Cazeneuve est mort depuis plus de deux siècles et le monde que nous connaissons existe toujours. Ce qui veut dire que dans le passé personne n'est intervenu pour changer le cours des choses.

Il n'ironisait plus du tout, il n'avait pas envie de plaisanter. Il se disait que dans l'affaire, Jacques et lui avaient été légers en entreprenant de telles recherches seuls, en pensant que leurs propres méthodes de sécurité seraient suffisantes. Après tout, ils étaient quand même un peu des amateurs dans ce domaine.

Il se le reprochait plus qu'il n'en voulait à Jacques Cazeneuve qui était porté par l'enthousiasme du scientifique. C'était à lui, Sébastien, de garder la tête froide. Il n'avait pas su.

Louis Forestier avait repris, avec le ton de celui qui est habitué à commander et à être obéi.

— Tout ceci est strictement confidentiel et doit le rester. Il s'agit de la sécurité nationale. Aucune information ne doit sortir sur tout ce qui va se dire, sur les décisions que nous allons prendre et sur tout ce qui a précédé. Aucune confidence en privé ou en public, aucune confidence à la presse.

— Monsieur Salen... Nous oublierons tous les manquements de votre équipe en matière de sécurité. Nous passerons aussi sur votre inconséquence en tardant de signaler la disparition du professeur Cazeneuve. Considérons que cela contribue à la discrétion nécessaire. Vous allez retourner à Venise. Avant tout, nous avons besoin de savoir si le professeur est réellement allé à Venise dans le passé. Si c'est le cas, cela démontrera la validité de ses travaux. Vous serez accompagné par le capitaine Bertot. Si le général Boulanger n'y voit pas d'inconvénient, continua-t-il en se tournant vers celui-ci. Le général s'empressa d'être d'accord avec le chef de cabinet du Premier ministre.

— Capitaine Bertot, vous rendrez compte de vos recherches tous les jours au général Boulanger personnellement. Il peut me joindre à tout moment. Dès maintenant, vous recevrez vos ordres directement du général ou du cabinet du ministre de la Défense ou de moi-même. Moins il y aura de gens informés de tout cela, mieux ça vaudra.

Il se tourna vers Boulanger.

— Général, nous resterons en contact aussi souvent que nécessaire. Nous allons informer ensemble le ministre de la Défense. J'insiste, on en dit le moins possible, il faut seulement que le capitaine Bertot ait une totale liberté d'action.

Il faut aussi retrouver Messieurs Belloni et Gattier. Ils ont très certainement des choses à nous dire. Nous allons charger tous les services de les rechercher.

Vous serez seuls, reprit-il en s'adressant à Sébastien et à Marie Bertot. Vous disposerez de moyens de communication et d'analyse sophistiqués et vous les utiliserez pour nous contacter. Vous n'utiliserez que ces appareils. Vous ne devrez pas utiliser de téléphones, portables ou non, qui ne soient pas cryptés. Il ne faut absolument pas attirer l'attention. La chance que les documents du professeur Cazeneuve n'aient pas été exploités est infime. Il ne faut pas la gâcher avec un comportement voyant qui signifierait qu'on s'occupe de quelque chose d'important.

— J'insiste sur la nécessité du secret absolu. Il y a des moments dans la vie d'une nation où l'intérêt général prime toute autre considération. Suis-je assez clair ? Des questions ?

Personne n'éprouva le besoin de parler ou de poser une question.

Il s'avança pour serrer la main de Marie Bertot et de Sébastien. Maintenant que les décisions nécessaires étaient prises, il paraissait légèrement moins tendu.

— Je vous souhaite bonne chance à tous les deux.

Bien, je vais rendre compte de tout ceci au Premier ministre. Je vais lui proposer une réunion pour parler de tout cela. Avec vous, Général, avec le ministre de l'Intérieur et moi. Je pense qu'il voudra en informer le Président.

Louis Forestier et le général Boulanger étaient partis. Sébastien Salen et Marie Bertot ne restèrent pas seuls longtemps, l'homme silencieux que Sébastien avait pris pour un garde du corps entra. C'était le genre de personne dont on a du mal à se rappeler les traits.

— Monsieur Salen, je m'appelle Jean Simon. Je suis votre cousin.

— Ah ? C'est tout ce que Sébastien trouva à dire. Il attendait la suite.

— Un cousin éloigné. Nous nous étions presque perdus de vue, mais nous nous sommes retrouvés par hasard lors d'une cérémonie en l'honneur du professeur Cazeneuve.

— Bon...

— Vous avez prévu de partir en voyage et vous m'avez proposé de passer quelques jours chez vous. J'ai accepté volontiers. Je vais m'occuper de votre chat, arroser les plantes, tondre la pelouse...

Marie Bertot intervint.

— C'est ce que Jean racontera si quelqu'un s'étonne de sa présence chez vous, il dira donc qu'il est votre cousin. Il sera là pour que tout se passe bien. Il va répondre au téléphone, récupérer le courrier et s'assurer qu'aucun inconnu ne s'intéresse à votre maison et surtout à ce qu'elle peut contenir.

— Mais... ma maison ne contient rien qui soit en rapport avec notre affaire... et puis ma voisine s'occupe très bien de mon chat...

— Peut-être bien, M. Salen... Vous le savez, moi aussi je le sais parce qu'une équipe est venue s'en assurer pendant que nous étions à Venise, mais à part nous, tout le monde l'ignore.

— Vous avez fait ça ! S'indigna Sébastien qui ajouta presque naïvement : ma voisine ne m'a rien dit.

— Elle était absente ce jour-là... Un mauvais plaisant lui avait téléphoné pour lui dire que sa mère avait eu un accident domestique...

Sébastien sentait la colère monter. Ce Jean Simon, son cousin de circonstance était tranquillement en train de se payer sa tête. Marie Bertot tenta l'apaisement.

— Des curieux beaucoup plus mal intentionnés que nos services pourraient tenter de s'introduire chez vous. Le rôle de Jean sera de les intercepter et de les neutraliser. Une équipe basée tout près d'ici viendrait ensuite récupérer ces gens pour essayer d'obtenir des informations. Cette équipe est là aussi pour prêter main-forte à Jean en cas de besoin.

— Vous ne trouvez pas que tout ça fait un peu mélo ? demanda Sébastien. Vous avez vu trop de films, murmura-t-il en remuant la tête.

— Non, ça n'est pas un mélo, c'est la réalité et elle est parfois pire, répliqua Marie Bertot en se tournant vers Jean Simon pour l'inviter à poursuivre.

— Une voiture vous attend pour vous emmener à l'aéroport de Paris-Orly reprit celui-ci. Vous devriez y être en moins de deux heures. Vous irez directement au bureau des renseignements de l'aéroport. Quelqu'un sera assis sur les sièges visiteurs. Vous attendrez que cette personne vous contacte et vous donne les cartes d'embarquement, des cartes bancaires, des espèces et tout ce qui devrait être nécessaire à votre voyage. Il y aura aussi des passeports s'ils sont nécessaires pour votre destination.

Voyant l'air étonné et plutôt excédé de Sébastien, Marie Bertot s'était rapprochée de lui pour lui glisser :

— Le travail de Jean, c'est de faire tout ce qu'il faut ici pendant votre absence et il n'est pas totalement informé de la situation.

— J'avais déjà un passeport murmura Sébastien déconcerté.

— Monsieur Salen, continua Jean Simon, vous avez une demi-heure pour faire vos bagages.

— Et Marie ? Il en avait oublié son grade...

— La valise du capitaine Bertot est déjà dans le coffre de la voiture. Vous voyagerez ensemble.

Après avoir prononcé ces mots, Jean Simon sourit. C'était inattendu. Il devait penser avoir dit quelque chose d'amusant.

— On part combien de temps ?

— Disons une semaine pour le moment. On verra selon l'évolution des choses.

Sébastien n'avait pas de temps à perdre, il lui fallait faire sa valise et expliquer deux ou trois choses à son nouveau « cousin ».

— Bien, « cher cousin ». Je pense que pour une semaine vous n'aurez pas de souci avec la maison. Les poubelles sont ramassées le jeudi matin. Les bacs sont sur le côté de la maison. Si vous voulez tondre la pelouse, ne vous gênez pas ! Mais, le plus important, c'est Pépin, mon chat.

Sébastien aimait son chat. Ils vivaient ensemble depuis quatorze ans. Il l'avait acheté, chaton, à un couple de retraités qui faisait un élevage de siamois.

— C'est un chat intelligent. Il a réussi à ne pas se faire écraser malgré les nombreuses voitures qui circulent sur cette route. C'est un vieux chat maintenant, il attrape moins de souris qu'avant. Vous vous entendrez très bien avec lui si vous lui faites des caresses de temps en temps et si vous le nourrissez trois fois par jour. Les croquettes et les boîtes de pâtée sont dans le placard de la cuisine. Si vous mangez du poulet ou du thon, donnez-lui-en un peu, il adore ça.

Vous pouvez le laisser sortir. De toute façon, vous ne pourrez pas faire autrement car il serait invivable si vous tentiez de l'en empêcher. Essayez de le faire rentrer à la maison pour la nuit, mais s'il est dehors et si vous ne le trouvez pas, ne vous en faites pas. Si vous connaissez les chats, vous savez qu'il y a des moments où ils n'ont pas envie de caresses ou d'être embêtés. Dans ce cas-là, n'insistez pas, ces siamois peuvent être teigneux. La plupart du temps, c'est un animal adorable et affectueux.

Il avait parlé assez froidement. Il appréciait modérément l'idée qu'un inconnu se balade dans sa maison pendant une semaine — ou plus — et il n'aimait pas ce type. L'idée de lui confier son chat ne lui plaisait pas non plus. Il essaya quand même de terminer par quelque chose d'aimable. Tout ce qu'il trouva fut de lui donner une tape sur l'épaule.

— Allez, « cousin », tout ira bien...

Sans s'attarder davantage avec le « cousin », il mit rapidement quelques affaires dans une valise. À chaque fois, il pestait contre son poids, vide, elle faisait presque 5 kg, mais il n'avait pas eu le temps d'en acheter une autre. Il terminait quand Marie Bertot vint le chercher. Il était temps de partir.

Deux nouveaux véhicules attendaient devant la maison, en plus de celui qui avait amené Marie Bertot et le « cousin ». L'un d'entre eux avait un gyrophare bleu. Marie Bertot se dirigea vers l'autre et invita Sébastien à monter à l'arrière puis s'installa à côté de lui. Le conducteur se contenta de leur adresser un bref signe de tête en les regardant par le rétroviseur. Le passager avant se retourna et leur serra la main avant de déclarer :

— On peut y aller.

La voiture au gyrophare bleu démarrait déjà. Ils la suivirent.

Sébastien était étonné de voir le gyrophare en action.

— Je croyais qu'on devait être discrets, bougonna-t-il, il ne manque plus que la sirène !

— Nous sommes pressés, M. Salen, nous ferons attention en arrivant à l'aéroport. De toute façon, on ne peut pas nous suivre à cette vitesse sans se faire remarquer.

C'était la première fois que Sébastien voyageait ainsi. Il trouvait cela plaisant, tout le monde s'écartait pour les laisser passer. Le conducteur de leur voiture n'était pas causant, mais il se rendait compte que c'était un professionnel du volant. Ils dépassaient largement les vitesses autorisées, mais ça n'émouvait personne.

Pendant une grande partie du voyage, ils n'avaient presque pas parlé.

Sébastien n'en avait pas eu envie. L'absence de nouvelles de ses amis Fabio et Romain l'inquiétait, l'annonce du piratage des travaux du professeur Cazeneuve et de toute l'équipe aussi.

Marie s'était finalement assoupie pendant le trajet. Ce moment d'inaction lui permettait de récupérer.

Sébastien, quant à lui, avait profité du temps disponible pour appeler ses amis vénitiens.

Il avait expliqué la situation à Paola : il revenait à Venise pour affaires, accompagné d'une jeune femme qu'il connaissait très peu. Alors même si l'appartement qu'il avait quitté une semaine auparavant était libre, il ne pouvait pas y revenir. C'était un appartement prévu pour un couple et il n'était pas certain du tout qu'il conviendrait à Marie Bertot de s'y installer avec lui.

Lui-même n'avait pas très envie non plus de cohabiter avec un capitaine des services de renseignements. Dans sa jeunesse, on détestait tout ce qui portait un uniforme ou tout ce qui évoquait l'autorité. C'était épidermique, il avait même une aversion pour les bergers allemands qu'on appelait alors « chiens policiers ». Son désintérêt pour les chiens et son amour des chats venaient peut-être de là. À l'époque, il disait qu'il préférait les chats aux chiens parce qu'il n'existe pas de chats policiers. Alors, cohabiter avec un capitaine, ça n'allait pas de soi. D'un autre côté, elle était jolie....

Sa manière de raconter tout cela avait bien fait rire Paola.

— Pas de souci, Sébastien, avait-elle répondu. L'appartement n'est pas loué, car c'est la période basse et comme je te l'avais dit il y a quelques semaines, Matteo en profite pour faire quelques travaux. C'est préférable que tu ailles ailleurs, la dernière fois, nous t'avons accueilli dans un appartement en travaux avec beaucoup de poussière, c'était certainement désagréable.

— Quelques grains de poussière n'ont pas gâché le plaisir que j'ai eu de vous revoir Matteo et toi.

Il lui avait ensuite demandé de l'aider à trouver un hôtel proche de la piazza San Marco ou vers le Castello.

En attendant qu'elle le rappelle, il feuilletait distraitement un guide sur Venise pendant que Marie Bertot, maintenant éveillée, était occupée à travailler, son ordinateur portable sur les genoux. Devant eux, le conducteur était attentif à la route et répondait souvent avec retard aux rares commentaires du passager avant.

Préoccupé par le sort de ses amis, Sébastien avait du mal à se concentrer sur son guide touristique. Il essayait de repérer les églises et les monuments qu'il n'avait pas encore visités, à la recherche de marques laissées par Jacques Cazeneuve. Il finit par abandonner son livre, de toute façon il n'avait jamais aimé lire en voiture.

Son téléphone sonna et c'était Paola, son amie vénitienne qui le rappelait. Elle leur avait trouvé un hôtel dans un ancien palais tout près de l'église San Moise et pas très loin de la place Saint-Marc. C'était parfait, de là, tous les endroits qu'il voulait explorer étaient accessibles à pied.

Marie Bertot ne s'était pas occupée de ces démarches, Sébastien ne lui avait rien demandé non plus. C'était son affaire de rechercher des traces de Jacques Cazeneuve et elle était seulement son accompagnatrice, son agente de sécurité ou sa gardienne... Ça dépendait de la façon de voir les choses, optimiste ou pas. Sébastien était généralement de nature optimiste et essayait de cultiver une forme d'insouciance alors il pensa à autre chose. Elle le regardait d'un air interrogateur et il lui expliqua :

— Nous aurons deux chambres proches l'une de l'autre dans un hôtel bien situé et à moins de cinq minutes de la place Saint-Marc. Je connais cet endroit, j'y suis allé voici une dizaine d'années. J'occupais cet hôtel avant de faire la connaissance des amis qui m'hébergent maintenant lors de mes séjours à Venise. Nous pourrons prendre les petits déjeuners à l'hôtel et nos repas à l'extérieur.

Ces recherches que nous allons faire ensemble sont à l'initiative de l'État, je pars donc du principe que c'est vous qui paierez tous les frais. Marie hocha la tête en signe d'accord et lui demanda seulement le nom de l'hôtel. Elle n'arrêtait pas d'envoyer des messages avec son téléphone sécurisé.

Ils n'étaient plus qu'à quelques kilomètres de l'aéroport de Paris-Orly. Leur vitesse avait très nettement diminué et ils respectaient maintenant les limitations. La voiture qui les avait précédés pendant la plus grande partie de voyage roulait maintenant gyrophare éteint et n'était plus systématiquement immédiatement devant eux. Les deux conducteurs s'arrangeaient pour laisser s'intercaler quelques véhicules entre les deux voitures. Celle qui emmenait Sébastien et Marie était totalement banalisée. Personne n'aurait pu soupçonner maintenant que les deux voitures formaient une sorte de convoi.

Ils étaient sur le point d'arriver à l'aéroport quand le téléphone de Marie Bertot sonna. La communication dura peu de temps, mais à son attitude – elle avait eu un regard vers lui — et aux quelques mots qu'elle prononça, il se rendit compte qu'il se passait quelque chose. Il saisissait des bribes de la conversation : que s'est-il passé ?... Quand ?... Pourquoi sommes-nous informés si tard ?... Bon, appelez-moi quand vous aurez plus d'informations. Elle se tourna vers Sébastien après avoir raccroché.

Monsieur Salen... J'ai une très mauvaise nouvelle... On vient de retrouver Fabio Belloni et Romain Gattier. Ils semblent avoir eu un accident de voiture. Ils sont morts tous les deux, la voiture a brûlé entièrement et leurs corps sont calcinés.

Sébastien avait pâli, Marie Bertot continuait...

— Ça s'est passé le jour même de leur disparition. Quand Madame Belloni a donné l'alerte, c'était déjà arrivé.

— Et on ne l'apprend que maintenant, plus d'une semaine après ! remarqua Sébastien avant de réaliser vraiment ce que Marie venait de lui apprendre.

— Oui, ça m'a choquée aussi. D'après la Gendarmerie, la voiture était dans une zone peu fréquentée. C'est un agriculteur qui l'a découverte. C'était une voiture de location et l'état des corps a rendu difficile leur identification. Nous sommes les premiers à avoir l'information. Madame Belloni n'a pas encore été avertie, les gendarmes vont s'en occuper.

Pour Sébastien c'était pire qu'un choc. Il devait avoir mal compris ce qu'elle disait. Fabio et Romain morts était quelque chose d'inconcevable. Il avait froid et se sentait misérable. Il lui fallait faire quelque chose.

— Si vous n'y voyez pas d'inconvénient, j'aimerais appeler Claudia pour lui annoncer le décès de Fabio, afin qu'elle reçoive la nouvelle de façon moins impersonnelle que par les gendarmes.

— Je pense que ça n'est pas une bonne idée Monsieur Salen. Les circonstances du décès de vos deux collègues nous amènent à nous poser beaucoup de questions. Est-ce un accident ou un assassinat ? On peut écarter la thèse du suicide, mais pas du tout celle d'un acte criminel. C'est quand même étrange que leurs décès surviennent au moment où le professeur Cazeneuve disparaît et au moment où nous découvrons que ses recherches ont été piratées.

— L'enquête continue M. Salen et à cause de cela je ne peux pas vous permettre d'appeler Madame Belloni pour le moment. C'est le bon sens. Vous n'avez aucune information à lui communiquer sur ce qui s'est réellement passé. Il est préférable de laisser les gendarmes faire cela en suivant les procédures établies dans ce genre de situation. Mais je comprends sincèrement votre souci, Monsieur Salen, dès que ça sera possible sans que cela gêne l'enquête, vous appellerez Madame Belloni.

« Elle a sans doute raison », pensait Sébastien en soupirant. Ses amis morts, l'horreur… Il avait senti un peu d'empathie dans ses derniers propos, il se décida :

— Si vous n'y voyez pas d'inconvénient, Marie… Appelez-moi Sébastien. Nous sommes partis sur des relations très distantes de par la nature de vos fonctions. Notre travail à Venise serait facilité par l'emploi de nos prénoms. Imaginez-vous en train de me dire en permanence « Monsieur Salen » et moi « Mademoiselle Bertot » à longueur de journée…

Sans lui répondre directement, Marie Bertot continuait.

— Comme on ignore pour le moment ce qui s'est passé, je vais considérer que Mme Belloni est peut-être en danger. Elle était déjà sous protection légère, comme tous les membres de votre équipe, mais je vais demander une protection renforcée.

Elle pianotait déjà sur son téléphone pour transmettre ses ordres.

— On fera en sorte qu'elle ne se rende compte de rien pour ne pas l'alarmer, je vous le promets, Sébastien…

— On fera comme vous dites, Marie, je lui téléphonerai quand vous le jugerez sans inconvénient pour elle et pour l'enquête. Il lui sourit pour signifier qu'il avait compris qu'elle acceptait la paix entre eux.

Elle passa encore plusieurs minutes au téléphone pour donner ses instructions et orienter l'enquête sur le décès de Fabio et de Romain. Elle renouvela aussi la consigne de protéger discrètement Claudia Belloni des interventions d'éventuels assassins en attendant de savoir si leur mort était d'origine criminelle.

Cela faisait beaucoup d'inconnues et elle était obligée de s'en remettre à d'autres pour essayer de les résoudre. Elle détestait ça, elle aurait aimé être plus près de l'enquête.

Très affecté par la mort de ses deux amis, Sébastien Salen était resté silencieux pendant tout le reste du voyage.

Ils étaient arrivés à l'aéroport peu après que Marie en ait terminé avec ses appels téléphoniques. La voiture de police accompagnatrice avait disparu depuis quelques minutes et ils étaient devenus un couple d'apparence ordinaire lorsqu'ils sortirent leurs valises du coffre avant de se rendre au guichet des renseignements de l'aéroport. Là, comme prévu, quelqu'un était venu les rejoindre et leur avait remis à chacun une pochette.

La suite était banale. Après un vol normal, ils étaient arrivés à l'aéroport Marco Polo à l'heure prévue. L'aéroport de Venise se situe sur la terre ferme, au bord de la lagune et il ne faut qu'une petite dizaine de minutes à pied pour aller au quai d'embarquement des bateaux navettes de la compagnie Alilaguna. Par chance, il n'y avait pas la queue au kiosque qui délivrait les billets.

Ils avaient prévu de descendre à la station *San Marco* et ils avaient donc le choix entre la ligne bleue ou la ligne rouge Alilaguna. Il y avait une rotation tous les quarts d'heure. Une navette de la ligne bleue venait d'arriver et vomissait son flot de touristes quand ils parvinrent sur le ponton d'accès. L'embarquement s'effectue par une planche installée par le personnel entre le bateau et le ponton et lorsque le vent est fort et que bateau, planche et ponton sont agités, il est parfois difficile à certaines personnes d'embarquer avec une lourde valise. Ce jour-là, aucun des passagers n'eut de difficultés.

Le voyage dure un peu plus d'une heure, car la navette dessert plusieurs stations : *Murano*, puis *Fondamenta Nuove* au nord de Venise qu'elle contourne ensuite pour aller au *Lido* avant d'arriver à la station *San Marco*. Comme son nom l'indique, celle-ci est près de la place Saint-Marc.

Par habitude, Sébastien avait choisi d'arriver à Venise par la navette Alilaguna. Il pensa soudain qu'ils auraient pu faire autrement.

— C'est idiot, dit-il à Marie, je n'y ai pas pensé, mais nous aurions pu prendre un bateau-taxi... Le voyage aurait duré beaucoup moins longtemps...

— Il aurait aussi été beaucoup moins discret ! Nous aurions été facilement repérables. Non, c'était parfait au contraire, répondit-elle.

Elle raisonnait comme si des espions étaient sur leurs traces. Quelques heures plus tôt, Sébastien aurait considéré que son comportement était paranoïaque. Maintenant, avec la mort de Fabio et de Romain, le doute s'insinuait.

La *Piazzetta* et la *piazza San Marco*, avec le *Rialto* et ses environs, sont les endroits les plus fréquentés de Venise et le trajet de quelques minutes à pied jusqu'à leur hôtel était à faire inévitablement au milieu de la foule. Avec des valises, même à roulettes, la progression est forcément lente. Il y avait deux itinéraires possibles pour aller à leur hôtel. On pouvait traverser la *Piazzetta* puis la *piazza San Marco* et, au fond, prendre la *salizada San Moïse* ou, en longeant les *Giardini passer* par la *fondamenta del Fontegheto* puis la *calle Valaresso* ([8]) et retrouver la *salizada San Moïse*. Ils choisirent la première option, par la *Piazzetta*.

Sébastien était déjà venu de nombreuses fois à Venise. Il aimait le caractère bon enfant de la foule de touristes. C'était toujours un plaisir pour lui de découvrir l'expression d'émerveillement de ceux qui découvraient la place San Marco pour la première fois.

Par chance, il ne pleuvait pas et il n'y avait pas d'*Acqua Alta*. Le trajet jusqu'à leur hôtel fut donc agréable.

L'hôtel Mauro était un ancien palais rénové avec goût. Leurs chambres étaient contiguës et situées au premier étage. Ils devaient s'installer et décidèrent de s'accorder un moment de repos et de liberté jusqu'à 19h. Leurs recherches pourraient commencer véritablement le lendemain seulement.

---

8 — *Calle : rue.*

XIV – Adaptation

Peu après son arrivée au Palais, Jacques avait échappé au remède universel de l'époque, la saignée proposée par Matteo Bragadin. Puis Marcello Rizzi le serviteur mis à sa disposition par son bienfaiteur lui avait servi un repas léger. Il s'était ensuite jeté tout habillé sur le lit et avait dormi profondément pendant quatre heures.

Le réveil avait été pénible, il avait vécu un moment de malaise intense.

Les sensations qu'il avait ressenties ressemblaient un peu aux effets du décalage horaire des voyages aériens, en pire. Rien ne lui était familier, à commencer par les draps, le lit, la chambre et l'absence totale de bruit.

Il avait d'abord été déconcerté par le silence.

En ville, le XXIe siècle est bruyant. Il y a toujours des bruits d'appareils électriques, de grondements de moteurs, de hurlements de sirènes, de sonneries de téléphones et des quantités de sons d'origine mécanique.

À Venise et dans ce palais évidemment, rien de tel. À l'endroit où il dormait, on n'entendait même pas les voix des gondoliers s'interpellant d'un bateau à un autre.

La lumière était moins vive et il pensa que la journée tirait à sa fin. Il voulut regarder l'heure à sa montre. La montre-bracelet n'était pas encore inventée et parmi les habits qu'il portait, il avait trouvé une montre fixée à une petite chaîne ornée qui se portait en haut de la culotte. On ne parlait pas encore de pantalons... Pour dormir, il l'avait posée sur un petit meuble à côté du lit et elle était arrêtée, il aurait certainement dû la remonter. Habitué aux montres à piles, il n'avait pas pensé à cette contrainte. Cette fichue montre n'était même pas capable de lui donner l'heure quand il en avait besoin !

Son téléphone à écran lui manquait, Internet lui manquait, TOUT lui manquait, il aurait aimé avoir au moins la radio pour entendre les infos, la météo, de la musique, quelque chose...

Et puis ses amis lui manquaient déjà. Il prenait conscience qu'il ne les verrait jamais plus. Une séparation aussi définitive que la mort.

Il avait travaillé toute la journée avant la nuit de son départ et n'avait pas dormi depuis son arrivée dans ce siècle. Lorsqu'il avait enfin pu prendre ce repos de quelques heures, cela devait bien faire une trentaine d'heures qu'il était éveillé.

La raison de cette dépression passagère venait sans doute de son manque de sommeil, car il était optimiste de nature et vraiment heureux à la pensée de découvrir Venise au XVIIIe siècle.

De toute manière, il n'était jamais vraiment de bonne humeur au réveil. Le matin, il ne devenait réellement sociable qu'après avoir pris son petit déjeuner ou, au moins, avoir bu quelque chose, du café de préférence.

Il se sentait sale. Il ne s'était pas lavé depuis la veille au soir et avait besoin de prendre une douche, de se raser et de changer de vêtements.

Ici, évidemment, il n'y avait pas de douche. Il chercha, sans succès, le moyen de faire quelques ablutions et dut se résoudre à appeler Marcello. Il y avait une clochette sur le petit meuble où il avait posé la montre, il s'en servit.

Marcello ne devait pas être loin, car il entra presque immédiatement.

— Bonjour Marcello. J'ai besoin de me raser et de faire une toilette...

— J'apporte tout ce qu'il faut et je vais vous raser, Signore, s'empressa Marcello.

Moins de cinq minutes plus tard, Marcello revint avec un nécessaire de toilette, une cuvette et un broc rempli d'eau. Le tout était fort joli et sans doute hors de prix, mais la quantité d'eau lui parut ridicule et tout à fait insuffisante.

— C'est tout ce que vous avez comme eau demanda-t-il ?

— C'est bien assez, Signore...

Devant l'expression de Jacques, Marcello s'empressa d'ajouter :

— Mais si ça n'est pas suffisant, j'irai en chercher davantage. Vous avez aussi les eaux de toilette et les parfums... Et puis demain matin, vous pourrez disposer de la baignoire de Monsieur Bragadin si vous le souhaitez.

Sans attendre de réponse, Maecello continua :

— Si vous voulez bien prendre place, Signore, je vais vous raser, proposa-t-il en lui désignant une porte.

Elle s'ouvrait sur une petite pièce que Jacques identifia comme un cabinet de toilette. Il y avait un grand miroir, un fauteuil et une petite table sur laquelle Marcello posa tout ce qu'il venait d'apporter. Un autre fauteuil était relégué dans un coin de la pièce.

À l'invitation de Marcello, il s'installa avec un certain malaise sur celui qui faisait face au miroir. Il n'était pas encore habitué à sa nouvelle image, à son nez busqué et surtout à voir son crâne chauve.

Comme la plupart des hommes, il se rasait lui-même, mais il avait accepté la proposition de Marcello. Il pensait qu'au XVIIIe siècle on laissait ce soin aux domestiques, quand on avait la bonne fortune d'en avoir, et il ne voulait pas apparaître trop étrange — ou étranger — en ne respectant pas les usages.

Marcello utilisait un rasoir à main. Il en affûta longuement le fil sur un cuir, avant de se pencher sur Jacques légèrement inquiet. Celui-ci tenta de se rassurer en se disant que son valet devait connaître son affaire, d'ailleurs il voyait bien qu'il était très à l'aise et rapide. Il le trouvait même un peu trop rapide à son goût — un accident est si vite arrivé — et il était un peu tendu.

Le rasage du visage et du crâne se passa finalement sans qu'il ait la gorge ou une oreille tranchée. L'impression favorable qu'il avait de Marcello s'en trouva renforcée. Il avait été efficace et attentif aux réactions de Jacques, il avait même terminé en lui massant avec délicatesse le visage et le cuir chevelu. Ensuite, Marcello était parti avec la cuvette et le broc en porcelaine qui avaient servi, en annonçant qu'il allait bientôt revenir.

À son retour, avec la cuvette propre et le broc à nouveau rempli d'eau, il demanda :

— Souhaitez-vous, Signore, que je vous aide à faire votre toilette ou voulez-vous rester seul ?

Jacques se tourna vivement vers lui. Pendant un instant, il s'était demandé si Marcello plaisantait, mais ça n'avait pas l'air d'être le cas. Debout près de lui, il attendait tranquillement la réponse.

— Merci beaucoup, mais je vais faire ma toilette seul !

En bon employé au service d'une grande maison, Marcello inclina brièvement la tête et se retira sans faire de commentaire. Juste avant de sortir, il précisa :

— Je vais préparer vos vêtements à côté, Signore, Monsieur Bragadin a demandé que le repas soit servi dans une heure.

— Pouvez-vous venir me chercher pour m'y conduire, s'il vous plaît Marcello ? Je risque de m'égarer dans le palais... Mes absences de mémoire...

— Bien sûr Signore avait répondu celui-ci avec un sourire.

Il réussit à se nettoyer à peu près correctement malgré le peu d'eau que lui avait apporté Marcello Rizzi. Celle-ci semblait être utilisée avec parcimonie. Cela avait l'air tout à fait incongru dans cette cité, tellement sous le signe de l'eau qu'une fois l'an, le doge célébrait les épousailles de Venise avec la mer en jetant un anneau nuptial dans la lagune.

Mais aucun réseau développé de distribution n'existait encore et il supposa que l'eau douce devait être apportée par des domestiques. Ils devaient la tirer des puits que l'on trouve au centre de chacun des *campi* de Venise.

Il savait que sous ces places, nombreuses à Venise, des réservoirs recueillaient l'eau de pluie. Le pavement de pierre de ces *campi*, légèrement incliné, la dirigeait par ruissellement vers ces réservoirs qui permettaient aux habitants de Venise de s'approvisionner. Un système ingénieux, car l'eau douce était rare et précieuse.

Malheureusement, il y avait un inconvénient : beaucoup de ces places étaient situées près d'une église.

Au XVIIIe siècle, les églises étaient souvent entourées du cimetière paroissial. L'île cimetière *San Michele* n'était pas encore aménagée et il fallait bien inhumer les trépassés. Comme partout en Europe, les défunts de qualité étaient ensevelis dans les églises et les morts du commun autour. Dieu reconnaissait bien sûr les siens. Il y avait cependant un inconvénient dans tout cela: la pollution. L'eau du ciel arrivait dans les réservoirs après être passée à travers des filtres de sable, mais des infiltrations, venues des cimetières et de ces morts enterrés dans un sol d'origine marécageuse, polluaient parfois cette eau. Les épidémies alors étaient graves...

Ses réflexions sur l'eau lui avaient remis en mémoire ces particularités de Venise et Jacques se dit qu'il était nettement préférable pour lui de boire du vin. L'eau devait grouiller de micro-organismes et de bestioles.

La bonne nouvelle, c'était la présence d'une baignoire dans le palais. Il y avait aussi un vase de nuit dans sa chambre et, dans le cabinet de toilette, il avait découvert que le fauteuil qu'il avait vu un peu à l'écart était en fait une chaise percée. Il avait utilisé ces deux installations et pensait que le bon Marcello se chargerait de vider leur contenu et de les nettoyer. Il espérait, sans trop y croire, que des embarcations venaient régulièrement récupérer les ordures, mais craignait quand même que certaines ne finissent dans les canaux et dans la lagune.

Il frissonna. Entre une hygiène approximative et une médecine délirante, il lui faudrait être prudent.

Sa toilette terminée, il lui fallait s'habiller. Marcello lui avait préparé des vêtements propres. Il y avait là une chemise ornée de dentelle, une culotte dont les jambes descendaient à peu près au niveau des genoux, des bas blancs et des souliers à boucles d'argent ainsi qu'une sorte de veste bleue en soie.

Jacques s'habilla comme il le put. On n'imagine pas à quel point les détails et les habitudes régissent nos vies. Les habits du XVIIIe siècle qui lui paraissaient presque naturels à porter le matin lui semblaient maintenant compliqués et mal commodes. Il n'y avait pas de sous-vêtements. La chemise était très longue et, semblait-il, à la manière dont il était vêtu à son arrivée, les longs pans en faisaient fonction...

Il y avait des dentelles et des volants aux manches. La veste était de brocart de soie, brodée avec des fils d'argent, ces vêtements étaient visiblement de prix.

Il était prêt à retrouver Monsieur Bragadin, son bienfaiteur, et ses amis. Il sonna pour appeler Marcello.

— Je suis prêt Marcello, pouvez-vous me conduire jusqu'à la salle à manger ?

— Si vous me permettez, Signore, vous n'êtes pas tout à fait prêt. Je vais chercher la poudre de Chypre et votre perruque.

Celle-ci était sur son socle depuis son arrivée dans l'appartement. Marcello alla la chercher et l'ajusta sur la tête de Jacques puis il lui mit un masque protecteur devant le visage avant de projeter de la poudre blanche parfumée sur la perruque. Jacques s'était laissé faire sans rien dire, sa capacité d'étonnement s'émoussait...

Il avait bien fait de demander à Marcello de l'accompagner vers la salle à manger, car le palais était immense. Sans son guide, il se serait égaré. En plus du sien, le palais comprenait plusieurs autres appartements dont deux étaient occupés par Marco Dandolo et Marco Barbaro. Aucune femme ne semblait habiter ici.

Il s'attentait à une salle à manger immense, à l'image du palais, mais il fut agréablement surpris de voir que le repas était servi dans une pièce de proportions modestes. N'importe où ailleurs, elle aurait semblé grande, mais dans ce palais, elle paraissait petite. Jacques trouvait le caractère baroque de la décoration et de l'ameublement un peu trop exubérant, mais il admirait les quatre superbes candélabres avec les pendentifs de cristal qui renvoyaient une lumière chaude sur les convives. Il en fit le compliment à son hôte.

— Merci mon Fils. J'aime beaucoup ces girandoles moi aussi.

Jacques en conclut que ces candélabres s'appelaient ici des girandoles.

Deux domestiques avaient fait le service. Marcello Rizzi était l'un d'eux. Jacques le connaissait seulement depuis la veille, mais le garçon lui plaisait, il était sympathique et semblait débrouillard.

Les assiettes étaient en porcelaine, les verres en cristal et les couverts en argent... Indubitablement, Matteo Bragadin avait les moyens.

À part lui-même, le maître des lieux et ses deux amis étaient les seuls convives. Ils s'étaient d'abord inquiétés de sa santé. Jacques avait essayé de les rassurer et de leur faire changer de sujet. Il ne pouvait pas leur avouer qu'il était en bonne santé et que l'amnésie dont il « souffrait » était un prétexte et ne résultait pas d'une maladie. Elle venait seulement du fait que l'esprit du corps de leur Giacomo était celui de Jacques Cazeneuve.

Ils continuèrent à parler de sa santé. Il ne réussit pas à les orienter vers un autre sujet qui lui aurait permis d'avoir des informations sur la vie à Venise.

Marco Dandolo était un homme de son temps. Il était un adepte de la *théorie des humeurs*. Selon lui, la maladie de Giacomo venait de deux des quatre humeurs qui équilibrent le corps et agissent sur la santé. Il pensait que son malaise venait de l'humeur « *sang* » et peut être aussi de la « *pituite* ». Il hésitait là-dessus et ajoutait qu'il y avait peut-être aussi un effet de la saison. Il ne pensait pas que cela ait un rapport avec l'âge, car Giacomo était encore jeune. Il excluait les deux autres humeurs, la « *bile jaune* » et « *l'atrabile* », la « *bile noire* ». De toute manière, il fallait absolument pratiquer une ou plusieurs saignées sur Giacomo, c'était le seul moyen pour qu'il recouvre un bon équilibre des humeurs. Plusieurs saignées seraient certainement nécessaires, mais il fallait faire la première le plus vite possible. À son avis, on n'avait que trop tardé.

— Oh là ! Mon cher, comme vous y allez s'écria Jacques en faisant une moue pour montrer son désaccord ! Il essayait toujours d'avoir une formulation désuète quand il parlait. Ça ne servait peut-être à rien, mais il pensait que ses propos seraient plus en rapport avec l'époque qu'un langage moderne.

Marco Dandolo était un homme charmant, mais pas de ceux qui sont à l'origine d'idées nouvelles. Il avait un peu plus de cinquante ans et était cultivé, sa maîtrise de la langue française et sa conversation en témoignaient. Mais pour Jacques, c'était déconcertant de découvrir l'obscurantisme des croyances médicales du XVIIIe siècle et c'était effrayant de s'apercevoir à quel point quelqu'un comme Marco Dandolo pouvait être rempli de certitudes.

Bien sûr, c'était l'état de la science et de la société du moment. Même au XXe et au XXIe siècle où il vivait jusqu'à ces derniers jours, Jacques savait qu'il y avait des « modes », y compris dans le monde médical. À son époque, quelques décennies avant sa naissance, des médecins pratiquaient des lobotomies avec une totale bonne conscience.

Il ne jugeait donc pas ces gens à leurs croyances, mais leurs convictions l'effrayaient. Il craignait les certitudes qui conduisent de bonne foi et avec les meilleures intentions du monde, des gens à commettre ou autoriser des horreurs. Il pensait à ces enfants aborigènes en Australie arrachés à leurs mères et envoyés dans des pensionnats dans le but de les « éduquer » et de leur faire perdre leur culture ancestrale. Il pensait aussi aux Irlandaises mères célibataires dont les enfants étaient déclarés orphelins et confiés à des étrangers qui les adoptaient en échange d'un don à l'institution. La religion était souvent considérée comme étant à l'origine de telles pratiques. Jacques, lui, pensait que le problème venait surtout de la nature humaine, pas des religions imaginées à l'origine pour la pacifier. Les dérives étaient du même ordre en politique où les systèmes les plus généreux finissaient dévoyés.

Marco Barbaro, lui, était moins catégorique et pensait que tout ça n'était pas grave. Bien sûr, Giacomo n'était pas très bien en ce moment, mais c'était vraisemblablement à cause de ses nombreuses conquêtes. Il avait dû attraper une maladie d'amour avec une de ces filles dont il était friand et il avait seulement besoin d'une diète et d'un traitement au mercure. Giacomo était robuste, dans quelques semaines, on n'en parlerait plus.

Le point de vue de Marco Barbaro apparemment plus positif et nuancé que celui de Dandolo avait un peu inquiété Jacques qui, du coup, se demandait si le corps qu'il occupait avait contracté la syphilis... La maladie était grave, on ne connaissait pas encore les antibiotiques et les traitements au mercure utilisés étaient hautement toxiques. On mourait de la maladie ou du traitement. Le tableau n'était pas idyllique !

Matteo Bragadin, lui, était un hôte parfait. Il avait remarqué la réserve de Giacomo qui participait peu à la conversation. Il avait aussi compris son manque d'enthousiasme à se faire pratiquer une saignée et vint habilement à son aide.

— Marco, dit-il en s'adressant à Barbaro, ne tourmentons pas Giacomo dans son état. Tout va certainement bientôt rentrer dans l'ordre.

— Giacomo, mon Fils, je vois bien que tu es encore fatigué par l'épreuve que tu as subie. Tu n'as sans doute pas récupéré tous tes esprits, mais ne t'inquiètes pas, ça peut prendre quelques jours ou quelques semaines, cela n'a pas d'importance. Songe que ce qui t'est sans doute arrivé aurait pu être beaucoup plus grave. Tu me vois diminué mon garçon, j'ai des difficultés à me mouvoir, car j'ai la partie gauche de mon corps qui m'obéit difficilement, mais, grâce à toi, je suis vivant.

Jacques savait par Marcello depuis son arrivée au palais que Bragadin avait été victime de ce qui était vraisemblablement un accident vasculaire cérébral et que lui-même, ou plutôt le Giacomo d'avant, l'avait secouru et lui avait fait pratiquer une saignée. Matteo Bragadin en avait gardé quelques séquelles, une marche lente et des difficultés à utiliser son bras gauche. Évidemment, dans son cas, on pouvait considérer qu'une saignée avait permis d'éviter une aggravation de l'hémorragie interne. Tout cela incitait à l'humilité, car, malgré ses préventions contre la saignée, Jacques devait bien admettre que ce traitement avait été bénéfique pour Matteo Bragadin.

— Et puis je pense moi, continuait Bragadin en se tournant vers Marco Dandolo, que des saignées ne sont pas indispensables pour le moment. Il est visible que Giacomo n'y tient pas et il est très possible qu'au bout de quelque temps, une semaine ou deux, ses humeurs s'équilibrent naturellement.

— Je pense que le mieux pour toi, mon garçon, c'est de manger peu et de sortir, voir tes amis, mais ne pas faire d'excès. Pour commencer, fais-toi accompagner par Marcello. Il saura t'aider pour te repérer et il s'occupera de toi si tu as de nouveaux malaises. Vois Marina aussi si tu en as envie, mais assure-toi de ne pas lui transmettre une maladie désagréable.

— C'est une excellente idée mon cher Père s'écria Jacques, ravi de l'intervention de Matteo Bragadin. Des trois amis, c'était le plus âgé et, lui semblait-il, celui qui avait les idées les plus progressistes.

À la grande satisfaction de Jacques, la conversation entre les trois amis avait continué avec des échanges sur la politique vénitienne. Il écoutait attentivement.

Il avait appris que le doge Francesco Loredano, élu depuis presque trois ans, était un incapable, un faible et, pire que tout, un inculte sans la moindre personnalité. Matteo avait ajouté en souriant que c'était d'ailleurs pour toutes ces raisons qu'il avait été élu.

Il avait été aussi question d'économie. On avait parlé du déclin de l'activité maritime de Venise et de l'importance prise par les affaires sur la *Terraferma*, les possessions de la République sur la terre ferme.

Comme partout, dans toute discussion entre amis, on refaisait le monde.

Jacques participait peu à la conversation, mais il était très intéressé par tout ce qui se disait. C'était pour lui une manière d'obtenir des informations sur cette société et cette époque. Il apprit aussi que Matteo Bragadin avait un frère qui semblait avoir une position importante dans les institutions de la République, mais qu'ils étaient fâchés. Il ne réussit pas à connaître la raison de cette brouille qui, semblait-il, était grave et considérée comme définitive.

La soirée avait été agréable. Matteo Bragadin et ses amis Marco Dandolo et Marco Barbaro avaient des personnalités attachantes. Tout le monde s'exprimait dans un français de qualité. Ça l'arrangeait bien, car il ne parlait pas bien l'italien et on aurait certainement trouvé très étrange qu'il ait un accent étranger.

On avait mangé de l'esturgeon, du gibier et des truffes, et on avait bu du vin de France et du champagne. Sans raison, car la coutume existait depuis longtemps à Venise, il avait été étonné qu'on propose du café. Puis il avait compris que son étonnement venait du caractère familier du moment, il lui rappelait sa vie d'avant, il avait l'habitude de boire souvent du café.

Après le café, Matteo Bragadin avait annoncé son intention d'aller se coucher, il se sentait fatigué. Il était relativement tard et malgré son repos de quatre heures, Jacques se sentait fatigué lui aussi. Il se leva de table après Matteo et Marcello Rizzi apparut aussitôt avec un chandelier à la main.

Comme à peu près tout ce qui lui était arrivé pendant cette journée, le retour à son appartement lui parut insolite, il avait l'impression de vivre pendant une panne d'électricité.

À l'appartement, Marcello alluma un candélabre à pendeloques – il savait depuis peu que c'était une girandole – et une lampe à l'huile, puis lui proposa ses services afin de le préparer pour la nuit. Jacques se demanda ce qu'il voulait dire par là, car il avait l'habitude de se « préparer » tout seul, mais ne fit pas de commentaire. Il lui dit seulement de s'occuper de sa perruque, de le laisser et de faire comme d'habitude. Il espérait qu'il n'aurait pas trop de surprises, car, évidemment, il ignorait ce qu'il faisait « d'habitude ». Marcello lui ôta délicatement la perruque et sortit d'un meuble une sorte de bonnet en tissu léger qu'il posa sur son crâne. Jacques vit avec un peu de soulagement que Marcello se préparait à sortir. Avant qu'il disparaisse, il lui dit qu'il se lèverait le lendemain vers 7h30 et qu'il aimerait bien prendre son petit déjeuner dans son appartement et ensuite un bain.

– Sept heures trente ? Mais... Signore.... Il est cinq heures trente !

Surpris par la réaction de Marcello, Jacques resta quelques instants sans voix. Il ne comprenait pas et essayait de réfléchir. Il y avait une incroyable quantité de choses qu'il ne comprenait pas. Comment était-il possible qu'il ait une telle absence de repères dans ce siècle que même le décompte du temps lui pose problème ?

— Il est cinq heures trente... Si tard ?

— Si Signore, le soleil s'est couché il y a cinq heures trente et nous sommes presque au milieu de la nuit.

— Alors, réveillez-moi une heure avant le lever du Soleil. C'est possible ?

— Si Signore, répondit Marcello en s'inclinant légèrement avant de franchir la porte.

Jacques venait de se rappeler qu'on avait une façon différente de mesurer le temps dans la République sérénissime. Si sa mémoire était bonne, Minuit était une heure variable, car il était toujours minuit au moment du coucher du soleil. Pour Jacques, c'était l'hiver et minuit devait donc correspondre à environ 16h30 pour un Français. Il comprenait maintenant l'étonnement de Marcello lorsqu'il avait demandé à être réveillé à 7h30. Cela devait correspondre, au XXIe siècle, à 23h30. Finalement, il avait trouvé la bonne formule en demandant à son domestique de le réveiller une heure avant le lever du Soleil. Mais que tout cela était compliqué !

Il était en train de se déshabiller quand Marcello revint en lui apportant un vêtement qui se trouva être une espèce de chemise de nuit.

— Posez-la sur le lit, Marcello, merci.

— Buona notte, Signore !

— Buona notte Marcello ! dit-il à son tour.

Avant de se laisser aller à dormir, il savourait ces quelques instants de solitude et réfléchissait à sa situation. Tout se passait aussi bien que possible dans un contexte quand même très particulier.

Il ne ressentait aucun trouble psychologique et, pour autant que l'on puisse s'analyser soi-même, il pensait que sa personnalité, celle de Jacques Cazeneuve, était intacte. C'était rassurant.

Il était maintenant Giacomo, mais il ignorait encore « son » nom. Il fallait qu'il s'arrange pour que quelqu'un le renseigne. Il attendrait un moment opportun pour interroger Marcello...

XV – Danger

Après leur arrivée à l'hôtel Mauro, Sébastien Salen et Marie Bertot s'étaient accordé une heure de repos dans leurs chambres. Ils s'étaient donné rendez-vous à dix-neuf heures.

Marie avait longuement téléphoné au général Boulanger pour faire le point et obtenir les dernières informations sur la situation.

Pendant ce temps-là, Sébastien avait étudié la carte de Venise. Il y avait noté les endroits à explorer pour essayer de trouver des marques du passage de Jacques Cazeneuve. Il avait aussi consulté le site *e-venise.com*, peut-être le meilleur site Internet sur Venise, pour obtenir les dernières informations sur la vie dans la cité. Un peu avant l'heure convenue, Sébastien téléphona à Marie et lui proposa de le rejoindre dans sa chambre.

Elle devait être prête, car elle frappa à sa porte quelques instants plus tard. Il la trouvait vraiment jolie. Elle était habillée simplement, pantalon, chemise en lin sur un T-shirt et, accessoire indispensable, son sac. Marie n'était pas très grande et avait un charme inattendu, assez éloigné de l'idée qu'il se faisait d'un capitaine des services de renseignements. Il avait des préjugés, il en était conscient.

Il avait faim et sans doute elle aussi. Ils n'avaient pas vraiment mangé depuis le matin, à part les quelques biscuits et les boissons proposés aux voyageurs dans l'avion.

— Je vous propose d'aller manger quelque chose. On pourra parler pendant ce temps-là. On n'a pas beaucoup de possibilités de faire des recherches ce soir, mais j'ai une idée, on en parlera à table. Vous êtes déjà venue à Venise ?

— C'est seulement la deuxième fois. La première, c'était il y a deux semaines, quand j'étais venue vous observer. On venait d'apprendre la disparition du professeur Cazeneuve et votre départ soudain pour Venise.

Il l'aurait parié. Ça se voyait à la manière qu'elle avait depuis leur arrivée de regarder autour d'elle, un peu comme les provinciaux à Paris dans le métro.

En sortant de l'hôtel, ils prirent à gauche en direction du pont de l'*Accadémia*. Comme toujours, il y avait beaucoup de touristes, mais ça ne les dérangeait pas. Se fondre dans la foule est un excellent moyen pour ne pas attirer l'attention.

Arrivés sur le *Campo Francesco Morosini*, ils choisirent un *bacari* près de l'église *San Vidal*. Ce petit café avait plusieurs tables à l'extérieur. Marie en avait choisi une en bordure de terrasse. Elle était dos au mur et pouvait aisément observer tout ce qui se passait autour d'eux. Sébastien se fit la remarque que c'était sans doute volontaire et, si nécessaire, ils pourraient partir rapidement par une petite ruelle proche. Il lui trouva l'air très professionnel et se demanda un instant si elle était armée. Il hésita à le lui demander, mais y renonça.

Il faisait beau et la température du soir était douce.

— Un apéritif vénitien, ça vous tente ? demanda Sébastien.

Ça lui convenait. Il commanda deux Spritz à l'Apérol et une *bruschetta*. Ils choisirent une pizza pour la suite. Les touristes commençaient à être moins nombreux et les cris stridents des hirondelles vrillaient l'air de la place. Sébastien aimait leur vol rapide. L'instant était agréable. Malgré la situation, ils étaient détendus. Un effet du Spritz...

— Nous n'allons pas pouvoir faire grand-chose ce soir, tout est fermé, mais j'ai une idée pour commencer nos recherches. Nous irons à un concert de musique baroque tout à l'heure à 20h30 à la *Pietà*.

Marie le regardait sans rien dire, elle attendait la suite.

— L'église *Santa Maria della Visitazione*, nommée plus simplement *chiesa della Pietà* par les Vénitiens, a été construite vers 1745 continua-t-il, et les travaux ont duré une vingtaine d'années. C'est précisément pendant cette période-là, vers 1750, que Jacques Cazeneuve voulait arriver à Venise. S'il a réussi, il n'est donc pas impossible qu'il ait profité des travaux pour laisser une trace de son passage. Je propose donc qu'on assiste au concert. On va essayer, avant ou après, de faire le tour de l'église pour chercher des marques que Jacques pourrait avoir laissées.

Marie Bertot hocha simplement la tête en signe d'accord. De toute façon, la recherche de signes laissés par le professeur Cazeneuve était du ressort de Sébastien. Son domaine à elle, c'était la sécurité et la protection de Salen.

Ils terminèrent rapidement leur repas et repartirent vers la place Saint-Marc.

Le climat entre Sébastien et Marie s'était nettement adouci. Les échanges n'étaient plus ceux de deux adversaires qui s'affrontent. On n'en était pas encore tout à fait à la promenade entre amis, mais on s'en rapprochait. Un but commun, la magie de Venise et le Spritz faisaient des miracles.

Ils arrivèrent sur la place Saint-Marc par le Musée *Correr*, face à la Basilique. La nuit tombait et le ciel était bleu foncé. Les éclairages de la place étaient magnifiques et les orchestres des cafés jouaient sur les terrasses. Ils se produisaient chacun à leur tour pour éviter la cacophonie et sans doute aussi pour permettre aux musiciens de faire une pause. Au moment où ils passèrent, c'était au tour du café *Quadri*. Sébastien joua les guides touristiques.

— Savez-vous Marie, que les cafés de la place San Marco ont une histoire ? Le *Caffè Florian*, en face, de l'autre côté de la place, est le plus ancien café de Venise. Après la chute de la République, quand les Autrichiens étaient les maîtres de la Vénétie, les patriotes vénitiens avaient leurs habitudes au Florian et les Autrichiens au *Quadri*. C'était la minute culturelle, ajouta-t-il en souriant.

Ils n'avaient pas le temps de rester à écouter l'orchestre du *Quadri*. Ils traversèrent la place sans s'arrêter et tournèrent à droite devant la Basilique. Près des deux colonnes de la Piazzetta, ils allèrent à gauche, vers la *Riva degli Schiavoni*. C'est quelques dizaines de mètres plus loin, sur ce quai, que se trouve l'église *della Pièta*.

— La *Pietà* était l'église où Antonio Vivaldi était prêtre, expliqua-t-il à Marie en arrivant devant l'église, mais le « Prêtre roux » n'a pas connu celle-ci ; il était parti de Venise et est mort avant le début de sa construction. L'église d'origine était un peu plus loin, un hôtel a été construit à son emplacement. Il y avait là aussi *l'Ospedale della Pietà* qui recueillait des jeunes filles orphelines ou abandonnées. Elles chantaient et jouaient d'instruments de musique et on venait de loin pour écouter ces demoiselles.

Le rôle de guide touristique qu'il s'était donné ne lui déplaisait pas. Il était amoureux de cette ville et, comme tous les amoureux, il en aimait tout, les qualités comme les défauts. C'était un endroit décadent et précaire. Venise était magnifique et moribonde. Si elle ne disparaissait pas sous les eaux de l'Adriatique, elle ne serait peut-être bientôt plus qu'un parc d'attractions. C'était comme une vieille maîtresse qu'on aime malgré les ans et la décrépitude, et dont on ne peut pas se passer.

Avant d'entrer dans l'église, il eut le temps de lui montrer, tout près de là, l'hôtel qui occupait l'emplacement de l'ancienne église et la « porte d'abandon » où on déposait, dans le passé, les enfants dont on ne voulait pas ou qu'on ne pouvait pas élever. Un dispositif permettait de déposer l'enfant sans que l'on puisse voir de l'intérieur la personne qui l'apportait.

Ils étaient parmi les premiers à prendre leur billet et à entrer dans l'église. Ils jouèrent les touristes curieux et firent lentement le tour de l'édifice qui avait été conçu comme une salle de concert. Il y avait encore peu de monde et, par goût ou par imitation, d'autres personnes s'étaient mises à faire comme eux. C'était parfait. Ils attiraient moins l'attention et pouvaient s'attarder davantage pour étudier un détail.

Malheureusement, ils ne découvrirent rien qui permette de penser que Jacques Cazeneuve était venu ici au XVIIIe siècle.

— Je ne m'attendais pas vraiment à trouver quelque chose vous savez, dit Sébastien. La construction de l'église a commencé en 1745 et, si Jacques est venu ici, elle devait encore être au stade du gros œuvre. Mais il ne faut rien négliger et nous pouvons maintenant retirer cet endroit de notre liste.

L'orchestre allait bientôt arriver et commencer à jouer alors ils allèrent s'installer sur les bancs de l'église. Ils passèrent ensuite une heure et demie avec Pachelbel, Bach et, bien sûr, Vivaldi le Vénitien.

La nuit était tombée quand ils sortirent de l'église. Il faisait très beau et il y avait encore du monde sur la *Riva degli Schiavoni.* Des vendeurs à la sauvette proposaient sans beaucoup de succès des gadgets lumineux qui montaient très haut dans le ciel et retombaient en tournoyant. Marie se taisait.

— C'est toujours quelque chose de spécial pour moi d'écouter du Vivaldi à Venise dit Sébastien, puis après un silence, il ajouta, c'est comme manger de l'andouille à Vire ou des tripes à Caen.

Sans vraiment y penser, parce que c'était sa nature, il avait voulu la faire rire et c'était réussi.

Il était un peu plus de 22 heures et Sébastien n'avait pas envie de rentrer tout de suite à l'hôtel. Il proposa d'aller boire un verre à la terrasse du *Caffè Florian.*

Un des serveurs qui attendaient sur les marches des *Procuratie Nuove* devant le *Florian* se dirigea vers leur table et s'adressa à eux directement en français pour prendre leur commande. Le fait amusa Sébastien. Il savait qu'ils avaient une grande habitude, mais il se demanda ce qui l'avait amené à penser qu'ils étaient Français.

L'orchestre était installé dans une sorte de petit kiosque en toile, à quelques mètres de la façade de l'établissement et face à la terrasse. Les musiciens faisaient une pause au moment où ils choisirent une table. Sébastien les regardait. Ils étaient jeunes et avaient un talent qui avait dû leur demander des années d'apprentissage. Il espérait qu'il s'agissait d'étudiants qui faisaient ce petit boulot pour gagner un peu d'argent et pas d'artistes au chômage obligés à ce travail précaire pour survivre. Le plus âgé était le pianiste qui devait avoir la cinquantaine et il se demanda quel hasard de la vie avait pu l'amener ici.

Les musiciens commencèrent à jouer. C'était une valse et quelques couples se mirent à danser sur la place Saint-Marc. L'un d'eux attira l'attention de Sébastien. Ils s'étaient vêtus pour la circonstance : robe du soir pour elle et costume pour lui. Ils étaient beaux. Ils allaient peut-être à une de ces soirées payantes organisées dans un palais. Des Italiens, pensa Sébastien, ils ont gardé l'habitude de bien s'habiller.

Il était vingt-trois heures et les deux Maures de la Tour de l'Horloge s'animèrent. Ils tenaient chacun un marteau destiné à marquer les heures. Celui de droite tourna son énorme buste et le marteau frappa la cloche. Le son en était assez sourd. Sébastien pensa qu'elle était peut-être fêlée.

En tendant la main pour lui montrer l'automate, il prit conscience que Marie était silencieuse depuis leur arrivée au Florian.

— Sébastien, dit-elle soudain, ça n'est peut-être pas le moment pour en parler, mais j'ai eu quelques infos tout à l'heure sur l'accident qui a coûté la vie à vos deux amis Fabio Belloni et Romain Gattier.

Il ne s'attendait pas à ce qu'elle venait de dire et se demanda pourquoi elle ne lui avait pas donné cette information plus tôt. Elle aurait pu lui parler dès qu'ils s'étaient retrouvés à l'hôtel. Il attendit la suite.

— Vous vous souvenez sans doute que vos amis ont été retrouvés dans une voiture qui n'appartenait à aucun d'entre eux ?

— Oui...

— C'était une voiture de location. Elle a été louée par une personne du nom de Romain Gattier le jour de l'accident.

— C'était donc bien un foutu accident normal alors, s'écria Sébastien qui ressentait bizarrement une sorte de soulagement à cette nouvelle ! Il avait craint que ses amis n'aient été victimes d'un attentat.

Marie répondit en faisant une moue.

— On aurait pu arrêter les investigations et classer l'affaire de cette façon. Mais les victimes étaient liées au professeur Cazeneuve et à vous-même et elles avaient participé aux travaux de *l'Annexe*. Alors nous avons décidé de continuer à chercher…

— Et ?…

— Nous avons eu raison. Une personne est bien allée à l'agence de la société de location de véhicule peu après l'ouverture, le jour de l'accident.

— Cette personne avait des papiers au nom de Romain Gattier, mais n'était pas votre ami Romain. Comme je vous l'ai dit tout à l'heure, à cause des liens existant entre le professeur Cazeneuve et vos malheureux amis, le général Boulanger a demandé que des investigations poussées soient entreprises. C'est comme ça que nous l'avons découvert.

— Mais c'est quoi alors, un crime ?

— Les enquêteurs le pensent, en effet Sébastien. L'individu avait un blouson à capuche et il s'est visiblement arrangé pour que son visage ne soit pas capté par la caméra de vidéosurveillance de l'agence. Les enquêteurs ont malgré tout pu établir que l'individu était plus grand que Romain Gattier.

— C'est sûr ? Il ne peut pas y avoir d'erreur ?

— Non, ils sont formels. Leur certitude s'appuie sur l'emplacement de l'individu, la focale de l'objectif de la caméra, des repères dans la pièce, etc. Tout cela est calculé avec précision avec un logiciel spécialisé et il n'y a pas de doute.

— L'employé de l'agence de location a déclaré aux enquêteurs que l'individu avait présenté un permis de conduire dont la photo était la sienne continua Marie. Malheureusement, il n'a pas fait la photocopie de ce permis de conduire.

— Il est crédible ?

— L'employé est formel. Évidemment, il y a toujours un doute sur la bonne foi des gens. Il peut aussi avoir été négligent, ne pas avoir vérifié et ne pas vouloir l'admettre, bien sûr. Mais tout ça ne change rien au fait que l'individu en question n'était pas Romain Gattier. L'employé n'a pas fait de photocopie parce que, selon sa déclaration, le client le lui avait interdit. Il aurait invoqué la protection de sa vie privée et le risque de récupération de ses données personnelles par des personnes malintentionnées.

— Gonflé le type, remarqua Sébastien !

— En effet, mais il n'a pas pu empêcher que l'employé relève les informations portées sur le permis de conduire. Les enquêteurs ont fait les vérifications d'usage, évidemment, et nous savons maintenant que ce permis de conduire n'existe pas, c'est donc un faux.

— Vous avez parlé de caméras de surveillance. L'une d'elles a-t-elle filmé la scène et voit-on ce permis de conduire ? Peut-on agrandir l'image ?

— Oui et non, Sébastien, une caméra a bien filmé l'ensemble, mais la partie de l'image correspondant au permis de conduire n'est pas exploitable. C'est une caméra bas de gamme, l'image est de qualité médiocre, la prise de vue trop éloignée, rien ne va. On sait que c'est un Blanc, aux cheveux foncés et sans barbe, c'est tout.

— Parallèlement, ajouta Marie, une enquête est aussi menée sur l'employé de l'agence de location de véhicules pour déterminer s'il est impliqué dans cette affaire. On considère que c'est peu probable, mais on vérifie.

Elle hésita avant de continuer :

— Il faut que vous sachiez que toutes les personnes ayant un rapport avec cette affaire font l'objet d'une enquête. Tout le monde, ça veut dire aussi Claudia Belloni, Mei-Lin Lassire, David Halley, leurs proches et vous-même, Sébastien. C'est quelque chose de déplaisant, je sais, dit-elle, mais c'est la procédure. Rien ne peut être négligé dans une affaire comme celle-ci.

Il ne répondit rien, ça n'aurait pas servi à grand-chose, mais non, il ne trouvait pas ça déplaisant selon l'expression qu'elle venait d'utiliser. Il trouvait ça révoltant ! Ses amis et lui-même allaient être considérés comme des *individus* et leur vie allait être espionnée. Elle était bien une flic, elle utilisait continuellement des mots comme *individu* pour désigner des personnes. Pour des flics, quand on est désigné comme un individu, c'est qu'on est louche !

Ça le mettait de mauvaise humeur. Les couples qui continuaient à danser sur la place Saint-Marc lui paraissaient maintenant ridicules dans leurs oripeaux d'un autre âge.

— Avant de commencer à pourrir la vie des honnêtes gens, vos enquêteurs ont-ils pu identifier l'homme qui s'est fait passer pour Romain Gattier ?

— Pas encore.

— Ils pourraient commencer par ça, non ?

— Ils explorent plusieurs pistes en même temps, Sébastien, dit-elle d'un air désolé en lui mettant la main sur le bras en signe d'apaisement. On le sait, il ne faut pas se trouver dans les parages de l'endroit où un crime a été commis. C'est comme ça, on n'y peut rien.

Il ne répondit pas. Il n'avait jamais beaucoup aimé les flics. Sébastien considérait que la personnalité de chaque être humain était modifiée par le métier qu'il faisait et il n'aimait pas celle des flics. C'était aussi comme ça, il n'y pouvait rien non plus. Il n'avait pas envie de continuer à passer la soirée avec cette fille qui était une sorte de flic militaire et ça, c'était une circonstance aggravante. Il décida de rentrer à l'hôtel et se leva.

— Je propose de nous retrouver demain matin à neuf heures quinze dans l'entrée de l'hôtel pour continuer nos recherches...

Marie Bertot s'était levée aussi et l'accompagna vers le fond de la place Saint-Marc.

— Quel est votre programme pour demain demanda-t-elle ? Elle faisait comme si elle ne s'était pas aperçue de son changement d'humeur.

— Visiter l'église *San Moisè* qui est proche de l'hôtel, mais qui était fermée ce soir. Elle n'était pas tout à fait dans le secteur prévu par Jacques, mais elle en est proche. Nous visiterons ensuite tous les monuments que nous trouverons ouverts en allant vers le quartier du Castello...

Ils traversèrent le passage du Musée *Correr*, à l'emplacement de l'ancienne église *San Geminiano* détruite sur l'ordre de Napoléon Bonaparte, et s'engagèrent dans la *salizada San Moisè*. Près du pont qu'ils se préparaient à traverser, un gros rat mangeait tranquillement un sandwich abandonné là par un passant. Ils ne semblaient pas le déranger plus que ça. Il s'arrêta un instant et tourna la tête pour les regarder puis continua son repas. La présence de cet animal ne plaisait pas du tout à Marie. Sa moue dégoûtée et le large détour qu'elle fit pour éviter le rongeur amusèrent Sébastien.

— Alors, Capitaine, on recule devant l'ennemi ?

Elle lui lança un regard noir sans dire un mot.

L'incident contribua à dissiper un peu la mauvaise humeur de Sébastien. Il fallait bien que tous deux coopèrent pour essayer de trouver des traces laissées par Jacques Cazeneuve. En plus, il voulait savoir ce qui était arrivé à ses amis Fabio et Romain. Mais ici, à Venise, le plus important était Jacques Cazeneuve. Malgré son chagrin, il devait remettre le deuil de ses amis à plus tard.

Avant d'arriver à l'hôtel Mauro, ils prirent une petite ruelle menant au bord du Grand Canal. Les palais étaient éclairés et la vue magnifique.

— Nous ne sommes pas là pour faire du tourisme dit Sébastien, mais il faudra qu'on prenne un peu de temps pour parcourir une fois le Grand Canal en vaporetto, il serait dommage de venir ici et de ne pas le faire.

— J'ai encore quelque chose à vous dire dit Marie. Comme nous ignorons les circonstances exactes du décès de vos amis Fabio et Romain, toute l'équipe de l'*Annexe* est mise sous protection. On ne sait jamais... Les gens qui font cela sont des professionnels, ils seront discrets.

— Vous aussi Sébastien, vous êtes sous protection. J'espère que vous trouvez celle-ci acceptable ? dit-elle en souriant.

Il lui fallut quelques instants avant de réaliser qu'elle parlait d'elle-même. C'était Marie Bertot qui était chargée de sa protection ! Amusant ! Il hésita un peu.

— Ça me convient parfaitement, Capitaine, lui répondit-il avec un demi-sourire.

Il n'était pas loin de minuit quand ils rentrèrent à l'hôtel. Dans le couloir menant à leurs chambres, Sébastien proposa :

— Je descendrai à huit heures trente prendre mon petit déjeuner. Si vous êtes prête, on pourra le faire ensemble, sinon, on se retrouve à neuf heures quinze. Bonne nuit...

— Je serai là aussi à huit heures trente. Fermez votre porte à clé, fermez aussi vos fenêtres et tirez les rideaux. Simple précaution, Sébastien. Rien n'indique une menace pour le moment. Bonne nuit... Elle souriait toujours. Les services spéciaux essaient de devenir fréquentables, pensa Sébastien.

Il avait quand même été un peu troublé par ce que Marie venait de dire et Sébastien suivit ses recommandations. Il y avait des volets métalliques peints en vert, il les ferma consciencieusement.

La journée avait été longue et pleine de rebondissements. Il était fatigué et alla se coucher rapidement.

Par une sorte d'ironie de l'histoire, l'hôtel Mauro qu'il avait choisi était très proche d'endroits que Jacques Cazeneuve avait beaucoup fréquentés, sous la personnalité de Giacomo et où il avait aussi vécu des moments intenses avec Marina Morosini, sa belle religieuse.

La journée du lendemain avait commencé normalement. À l'heure dite, Marie Bertot était dans la salle à manger de l'hôtel et ils avaient pris leur petit déjeuner ensemble.

Sébastien avait beaucoup parlé de ce qui était arrivé à Fabio et à Romain. Il avait posé beaucoup de questions auxquelles Marie n'avait pas de réponse. Elle avait envoyé une demande d'information à son chef, le général Boulanger. Celui-ci lui avait répondu par un message laconique : « rien de nouveau, soyez prudents ». Ils ne s'étaient pas attardés à table.

En sortant de l'hôtel, Sébastien s'arrêta après avoir fait seulement quelques pas. Marie le regarda, surprise.

— Quelque chose ne va pas demanda-t-elle ?

— Non, tout va bien. Je savoure seulement l'ambiance de Venise. Remarquez-vous l'absence de bruits de moteur et cette lumière exceptionnelle ?

Elle sourit. Sans aucun doute, la journée commençait assez bien.

Ils atteignirent rapidement la *calle Larga XXII Marzo* qui, comme son nom l'indiquait, était une voie assez large.

Elle se terminait par un pont et, juste après, se trouvait l'église *San Moisè*. C'était leur première étape.

Pour Sébastien, avec son style baroque exubérant, *San Moisè* n'était pas la plus belle des églises de Venise.

Il avait emporté des jumelles pour étudier les sculptures et les tableaux situés en hauteur. Malheureusement, certains étaient très mal éclairés. Ils examinèrent l'intérieur de l'église pendant près de deux heures, sans résultat. Un peu déçus, ils décidèrent de quitter l'endroit et de continuer la recherche vers l'église *San Zaccaria*.

En ressortant de *San Moisè*, Sébastien buta sur le carrelage inégal et baissa machinalement la tête pour regarder le sol. Il remarqua qu'un de ses lacets de chaussure était défait, mais continua quelques pas pour libérer le passage. Il se mit ensuite de côté puis se baissa pour renouer son lacet.

Au même moment un cri, derrière lui, le surprit. Un second, juste après, le fit se retourner. Deux personnes finissaient de tomber, une femme et un homme, tous deux d'âge mûr et obèses. C'était la fin de la matinée et les touristes étaient nombreux. À cause de cela, seuls Marie, Sébastien et les personnes les plus proches remarquèrent le sang qui s'étalait sur les poitrines des deux blessés allongés sur le parvis de l'église.

Marie réagit rapidement et plus vite que Sébastien. Elle saisit sa main avec une force qui l'étonna et l'entraîna à l'intérieur de l'église. Elle marchait vite en regardant fréquemment derrière eux. Elle finit par s'arrêter derrière une colonne, dans un endroit peu éclairé. Visiblement, elle était tendue.

— Les deux touristes, souffla-t-elle, ils ont certainement été blessés par balles. Je pense qu'elles vous étaient destinées. Si vous ne vous étiez pas baissé pour relacer votre chaussure, c'est vous qui les auriez reçues.

— Si c'étaient bien des coups de feu, ils nous étaient peut-être destinés à tous les deux. Il y en a eu deux, donc peut-être un pour moi et un pour vous...

— Je ne le crois pas, Sébastien, moi, je n'étais pas baissée. Si on avait voulu m'atteindre, c'est moi qui serais étendue sur le parvis de l'église à la place de cette pauvre femme.

Elle ne quittait pas des yeux l'entrée de l'église et tenait son sac devant elle, la main droite à l'intérieur.

— Êtes-vous armée Marie ? demanda-t-il.

En disant cela, il pensa que c'était une question idiote, on n'était quand même pas dans un roman policier. Mais la réponse ne l'étonna pas vraiment.

— Oui.

— Mais.... Nous avons pris l'avion... Vous avez franchi les contrôles de sécurité...

— Je n'avais rien à ce moment, j'ai récupéré cette arme à l'hôtel, on est venu me l'apporter.

— Vous vous en serviriez ?

— On fera la conversation un peu plus tard si vous voulez, s'impatienta-t-elle. Pour le moment, nous avons quelques soucis...

Elle avait sorti un téléphone de son sac et s'écarta de quelques mètres. Sébastien n'entendit pas ce qu'elle disait. Elle devait alerter le général Boulanger ou son service...

Le bruit d'une sirène retentit soudain à l'extérieur. Les secours devaient arriver vraisemblablement par bateau par le *rio San Moisè*, un canal suffisamment large pour permettre à un bateau-ambulance de passer. Il bordait le Campo du même nom juste devant l'église.

— Nous allons profiter de ce moment pour sortir, décida Marie. Les gens vont être distraits par l'arrivée des secours et ne feront pas attention à nous.

— Pourquoi faudrait-il éviter qu'on fasse attention à nous ? Nous n'avons rien à nous reprocher, quand même !

— Non, mais il y a des tas de raisons pour être discrets : nous nous sommes trouvés très près des victimes, des témoins pourraient nous signaler à la police, j'ai une arme... On devrait s'expliquer et perdre du temps.

— Et les assassins qui, selon vous, voulaient nous tuer ?

— J'espère que la ou les personnes qui *vous* ont pris pour cible ont pris le large en voyant l'agitation provoquée par leur acte. Eux aussi doivent vouloir passer inaperçus.

Mais nous ne pouvons être sûrs de rien, ils sont peut-être encore dans les environs.

Elle se fit pressante :

— Nous ne pouvons pas, de toute façon, rester indéfiniment ici, nous devons partir. Je vous demande de faire ce que je dis, Sébastien. Je ne discute pas vos options techniques ou scientifiques, mais la sécurité est mon domaine.

Marie attendit une réaction, mais il ne trouva rien à dire, il reconnaissait qu'elle avait raison. Elle parut satisfaite.

— Bien, nous allons sortir de l'église et rentrer directement à l'hôtel. Je dois alerter le général Boulanger et je pourrai plus facilement assurer votre protection à l'hôtel en attendant qu'une décision soit prise. Nous allons sortir séparément.

— Je vais partir la première, on se méfie moins d'une femme. Si tout va bien, je reviens vous le dire et là, c'est vous qui sortez et rentrez à l'hôtel. Je serai derrière vous, et essaierai d'assurer votre protection. Si vous me voyez revenir sans vous faire de signe, vous ne bougez pas. Si je ne reviens pas, c'est qu'il y a un problème. Dans ce cas, vous restez caché et vous téléphonez au numéro qui nous a été indiqué avant de partir. Vous expliquez ce que vous avez vu et vous attendez des instructions. Nous sommes d'accord ?

— Oui.

Marie lui serra le bras d'un geste amical.

— Ça va aller, nous serons à l'hôtel dans quelques minutes…

Elle sortit, en apparence décontractée, s'attirant le respect de Sébastien qui lui reconnaissait du courage et de la détermination.

Marie avait disparu depuis au moins cinq minutes et il commençait à sérieusement s'inquiéter quand elle revint avec un air nonchalant de touriste qui a tout son temps.

Aussitôt à l'abri des regards dans l'église, elle rejoignit rapidement Sébastien.

— Tout à l'air normal, mais on ne sait jamais. Nous ne devons pas attirer l'attention. Vous allez enlever votre blouson et moi ma veste, ça changera un peu notre apparence. Mettez ça aussi, j'ai pris une grande taille, j'espère qu'elle vous ira. Elle brandissait une casquette blanche marquée *Venezia*. Il se demanda où elle avait pu la trouver en aussi peu de temps...

— Partez devant. À l'arrivée, traversez rapidement le *campo* pour entrer à l'hôtel. Gardez la tête baissée. Bon voyage, ajouta-t-elle en souriant.

Il franchit le portail de l'église et se retrouva en pleine lumière. Il y avait un attroupement au bord du canal et sur le pont qui l'enjambait. Les gens regardaient le bateau-ambulance qui allait emmener les deux malheureux touristes victimes du hasard qui les avait fait se trouver au mauvais endroit au mauvais moment. Un bateau de la *Polizia locale* était là aussi. Sébastien ne s'attarda pas et franchit le pont *San Moisè* en passant derrière l'attroupement. Il eut le temps de voir qu'une des deux victimes, la femme, n'était plus là. Elle était certainement déjà dans l'ambulance. L'homme était encore à terre. Une personne en blouse blanche était penchée sur lui et lui faisait un massage cardiaque.

Tout le monde était occupé à regarder la scène. Personne ne fit attention à Sébastien qui parcourut la *calle Larga XXII Marzo* d'un pas rapide, en veillant à rester du côté de la ruelle qui était dans l'ombre.

Il était arrivé maintenant au dernier pont. Encore quelques mètres et ce serait le petit campo et leur hôtel. Tout s'est bien passé, pensa-t-il avec soulagement. L'idée que tout cela était irréel lui traversa l'esprit. L'entrée de l'hôtel Mauro était, elle, bien là et il ralentit l'allure pour la franchir.

L'accueil était tranquille et semblait presque désert. Trois employés de type asiatique, en uniforme vert, attendaient derrière le bureau de la réception. Ils doivent être d'origine indienne, pensa Sébastien. C'étaient les mêmes qu'à leur arrivée, tout était normal.

Deux ou trois hommes étaient assis dans les fauteuils visiteurs qui se trouvaient là. L'un d'eux se leva, il tenait un journal dans la main. L'homme se dirigeait vers lui en souriant quand Sébastien entendit un cri derrière lui :

— Sébastien, attention !

C'était Marie qui venait d'entrer à son tour.

En une fraction de seconde, la scène lui apparut dans son ensemble. L'homme avait écarté son journal et brandissait une arme dans sa direction. Sébastien, surpris, resta sans réaction, mais, étrangement, eut le temps de reconnaître *Il Gazzettino*, le journal régional, quand l'inconnu tira. Dérangé par l'intervention de Marie, il manqua sa cible. Marie avait tiré aussi et atteint l'homme à l'épaule. Il lâcha son arme qui tomba bruyamment sur le pavage et porta l'autre main à sa blessure.

L'instant de surprise passé, Sébastien avait réagi aussi et ramassé l'arme pendant que l'homme, après avoir hésité un instant, se dirigeait vers la sortie. Marie ne fit rien pour l'en empêcher, se bornant à surveiller attentivement ses gestes.

Dans l'entrée de l'hôtel, tout le monde était figé

L'homme finit par sortir et Marie remit rapidement l'arme dans son sac, en gardant la main sur la crosse, prête à réagir s'il revenait. Tout en continuant à surveiller l'entrée, elle se dirigea vers le bureau de la réception. Les employés ne souriaient plus et l'observaient, l'air inquiet. Ils reculèrent légèrement en la voyant approcher.

Marie leur fit alors son plus beau sourire. Elle était blonde, jolie, ça pouvait marcher avec ces trois jeunes hommes.

— Ne vous inquiétez pas, Messieurs leur dit-elle gentiment, nous répétons une scène pour un film. N'est-ce pas mon chéri ? ajouta-t-elle en regardant Sébastien. Elle glissa son bras sous le sien et se pressa contre lui. Cette petite comédie à l'intention des employés était destinée à dédramatiser la situation et essayer de les amener à considérer le moment comme banal.

— Mais bien sûr, s'empressa-t-il de dire, un film policier, évidemment, ajouta-t-il en riant à son tour.

— Est-ce que la direction est au courant ? demanda l'un des employés.

— Évidemment ! répondit Marie. Ils ne vous l'ont pas dit ? Je comprends alors votre surprise et aussi sans doute votre émotion. Elle sortit un billet de cinquante euros de son sac et le posa devant eux.

— Veuillez accepter cette compensation pour le désagrément. Elle donnait l'impression d'être encore plus charmante, plus blonde et plus douce que les quelques instants précédents...

— Bien, nous allons vous laisser travailler. Inutile d'en parler maintenant à la direction de l'hôtel. Nous leur dirons nous-mêmes à quel point vous avez eu une réaction parfaite compte tenu de votre ignorance de notre répétition. Merci encore !

Ils se dirigèrent vers l'ascenseur, Marie se retourna une dernière fois pour faire un signe de la main et un sourire aux trois employés.

Une fois dans l'ascenseur, elle s'écarta de Sébastien.

— Excusez-moi, dit-elle en souriant légèrement.

— Mais je vous en prie, tout le plaisir était pour moi, répliqua-t-il, étonné qu'en de tels moments, il parvienne à plaisanter.

Elle avait certainement deviné sa pensée, car elle déclara :

— C'est une manière de lutter contre le stress.

— Pourquoi n'avez-vous pas poursuivi le tireur demanda-t-il ?

— Pour ne pas nous retarder et attirer l'attention sur nous. Et puis j'appartiens aux services de renseignements d'un pays étranger, pas à la police italienne.

— Sébastien, ajouta-t-elle aussitôt d'une voix pressante, nous devons partir d'ici. Nous n'y sommes pas en sécurité, vous avez vu ce qui s'est passé. En plus, on ne peut pas vraiment compter sur le silence des employés de l'hôtel. Je doute que le pourboire et notre explication les aient dissuadés d'appeler la direction de l'hôtel ou la police. Tout ce qu'on peut espérer, c'est qu'ils hésitent un peu avant de le faire, mais ils finiront par parler.

— Je vais appeler un bateau-taxi pour qu'il vienne nous prendre devant l'hôtel. Nous ne pouvons pas nous déplacer dans les ruelles avec des valises après tout ce qui vient de se passer. À propos de valise, je vous invite à faire la vôtre, je voudrais qu'on soit partis dans cinq minutes.

C'est le plus urgent, il faut partir d'ici. Nous avons besoin d'assistance et j'appellerai le général Boulanger quand nous serons dans le bateau-taxi.

— Si vous voulez bien, Marie, c'est moi qui vais appeler le taxi. Faites-moi confiance, j'ai une idée que je vous expliquerai en route. Je vais commander le taxi pour l'aéroport, comme si nous avions l'intention de rentrer en France, mais nous n'irons pas jusque-là.

Ils étaient arrivés devant leurs chambres. Marie voulut absolument entrer dans celle de Sébastien et en faire le tour pour vérifier qu'il n'y avait personne. Naturellement, il l'accompagna aussi quand elle entra dans la sienne. Tout était normal.

Il ne mit pas longtemps à entasser rapidement ses affaires dans son sac et, moins de six minutes après, Marie vint le retrouver, sa valise à la main.

— Nous allons descendre par l'escalier, dit-elle, c'est plus discret que l'ascenseur. On ne nous entendra pas et les marches, en bas, sont hors de la vue des employés de l'accueil. Vous m'attendrez en bas avec les valises pendant que j'irai régler la note. Ça leur semblera peut-être bizarre, mais on verra bien...

Comme elle le pensait, les employés de l'hôtel avaient été étonnés lorsque Marie avait demandé la note, car ils n'étaient restés qu'une seule nuit.

— Pas de problème, Madame ? avait demandé l'un d'eux avec un fort accent.

— Non non, tout était parfait. Nous avons un problème familial qui nous oblige à partir plus tôt que prévu. La mère de mon ami est malade, nous devons rentrer en Suisse. C'est l'affaire de quelques jours et nous reviendrons ensuite.

Par ces informations fantaisistes, elle tentait de brouiller les pistes au cas où la police ou des curieux questionneraient ces employés. Et la carte bancaire qu'elle avait utilisée pour régler la note ne permettrait pas de remonter jusqu'à eux.

Tout s'était bien passé. Marie avait attendu seule, paraissant étudier une brochure touristique dans le hall de l'hôtel. Dès qu'elle avait vu le bateau-taxi arriver, elle était allée chercher Sébastien et ils avaient embarqué rapidement. Le bateau était reparti aussitôt.

Sébastien avait eu une bonne raison de proposer à Marie de commander un taxi pour l'aéroport. De l'endroit où ils étaient, les taxis ne contournent pas Venise comme les bateaux navettes Alilaguna pour y aller, mais traversent la ville par de petits canaux.

Ainsi, après avoir atteint le Grand Canal, le taxi avait longé la P*iazzetta San Marco* puis la *Riva degli Schiavoni* pendant quelques dizaines de mètres. Ils arrivaient au niveau où il fallait tourner à gauche et s'engager sur le *Rio dei Greci* quand ils entendirent une sirène et un bateau de la *Polizia locale* se diriger à grande vitesse vers l'endroit d'où ils venaient. Marie et Sébastien se regardèrent. L'hôtel n'avait pas tardé à appeler la police.

Leur taxi était maintenant sur le *Rio dei Greci* et n'avait plus qu'à continuer tout droit. Au moment où il allait tourner à gauche vers le *Rio di Santa Giustina* pour atteindre la lagune Nord et filer vers l'aéroport, Sébastien alla voir le pilote :

— Nous avons changé d'avis, pouvez-vous continuer vers le *Rio San Francesco* et nous déposer sur l'embarcadère proche de l'église *San Francesco della Vigna ?*

Le pilote n'eut pas l'air ravi…

— Oui, mais vous m'avez commandé une course jusqu'à l'aéroport, c'est pas le même prix…

— Aucun problème dit Sébastien, je vous paierai le prix de la course jusqu'à l'aéroport, mais vous nous laissez à *San Francesco.* Vous irez où bon vous semble après, jusqu'à l'aéroport si vous voulez !

L'homme sembla satisfait de l'arrangement. Il se dirigea vers l'église *San Francesco della Vigna* et repartit aussitôt après les avoir débarqués.

C'était le moyen que Sébastien avait trouvé pour tenter de faire perdre leur trace à la police et à celui qui avait tenté de les tuer dans le hall de l'hôtel Mauro. C'était sans doute le même qui avait atteint les deux touristes devant l'église *San Moisè*. En tout cas, il espérait qu'il n'y avait qu'un agresseur.

Ils firent les quelques mètres qui allaient de l'embarcadère à l'église et se réfugièrent à l'intérieur. Ils avaient conscience d'avoir l'air un peu étrange avec leurs valises à roulettes dans l'église et ils s'installèrent sur un banc, tout au fond près de l'entrée.

— Maintenant, je vais téléphoner à un taxi, à un autre numéro pour ne pas risquer d'avoir le même. Je demanderai qu'on nous emmène à la gare, mais nous n'irons pas jusque-là. Nous nous rendrons ici : il lui tendit une carte avec les coordonnées d'un hôtel.

— Vous, pendant ce temps-là, vous allez téléphoner à cet hôtel pour retenir deux chambres. C'est un hôtel non loin du premier, mais beaucoup plus difficile à trouver. Je pense que personne ne s'imaginera que nous avons été assez fous pour rester dans le même quartier.

Marie fit une moue dubitative, elle ne semblait pas persuadée que c'était là une brillante idée.

— Je ne peux pas téléphoner, Sébastien, je ne parle pas italien !

— Ne vous en faites pas, beaucoup de Vénitiens parlent français ou anglais, vous n'aurez pas de problème.

Depuis la veille, il avait l'impression de subir tous les évènements et il était satisfait d'avoir, pour un temps, pris l'initiative.

— Quand nous serons à l'hôtel, reprit-il, vous pourrez informer le général Boulanger de tout ce qui s'est passé.

— Je lui ai déjà envoyé un message, il sait que nous sommes en difficulté.

Sébastien appela donc un taxi pendant que Marie téléphonait comme convenu à l'hôtel qu'il lui avait indiqué. Ils terminaient tous les deux leurs communications téléphoniques quand ils virent un moine parcourir toute la nef et se diriger lentement vers eux. Il avait l'air d'un vrai moine, mais, par précaution, Marie avait la main droite dans son sac. Sébastien pensa qu'elle devait être prête à sortir son arme.

En passant près d'eux, le religieux mit un doigt devant ses lèvres pour demander le silence. Tous les deux acquiescèrent avec un sourire. Ils avaient terminé et rangèrent leurs téléphones. Le moine parut satisfait et s'éloigna en silence. Marie le suivit du regard jusqu'à ce qu'il disparaisse par une petite porte latérale.

Ils se postèrent ensuite à l'entrée de l'église. Sébastien restait à l'intérieur, dissimulé aux regards des rares passants et Marie guettait l'arrivée du taxi sans cesser de surveiller la porte par laquelle le moine était sorti. De là, elle pouvait voir le canal et l'embarcadère où le taxi allait accoster.

Ils attendirent quelques minutes et aussitôt que Marie vit le bateau, elle fit un signe à Sébastien et ils embarquèrent sans encombre. Comme il le pensait, c'était un taxi différent de celui qui les avait amenés. Tout se passait comme prévu.

Sébastien expliqua au pilote qu'ils ne voulaient plus se rendre à la gare, mais qu'ils avaient besoin d'aller à l'embarcadère le plus proche de la station *Giardini*.

— Bien entendu, nous vous paierons le prix convenu comme si nous allions à la gare.

Le voyage en taxi avait été assez rapide. Il avait fallu ensuite aller à pied le long du Grand Canal jusqu'à la *calle Vallaresso* pour rejoindre l'hôtel. Sébastien n'était pas tranquille en faisant le trajet, car la foule était dense, comme toujours à cet endroit, et ils n'étaient pas loin de l'hôtel Mauro qu'ils avaient fui. Leur nouvel hôtel était assez difficile à trouver si on n'était pas attentif et c'est précisément pour cela qu'il l'avait choisi.

Ils arrivèrent sans incident, il ne s'était pas écoulé plus d'une heure depuis l'agression.

XVI – Giacomo

Jacques ouvrit brusquement les yeux et se redressa d'un bond dans son lit. Quelqu'un le secouait énergiquement.

— Signore, réveillez-vous, il est l'heure ! disait une voix vaguement familière.

Il lui fallut quelques instants pour se souvenir qu'il était à Venise et dans le passé. Puis une pensée lui traversa l'esprit : rien n'était suranné dans ce qu'il vivait. Ce qui était deux jours auparavant le passé pour Jacques Cazeneuve était maintenant le présent de Giacomo. Et il ignorait toujours qui était ce Giacomo.

Marcello, le domestique mis à sa disposition par Matteo Bragadin avait arrêté de le secouer et le regardait d'un air soucieux.

— Ah, Signore ! J'étais inquiet, vous m'aviez demandé de vous réveiller une heure avant le lever du jour et cela fait une demi-heure que j'essaie de vous réveiller !

— Tout va bien, Marcello, j'étais fatigué et j'avais beaucoup de sommeil en retard.

— Son Excellence souhaite vous voir. Il ne se sent pas très bien ce matin et se déplace avec peine. Il m'a demandé de vous prier de le visiter dès votre lever.

— Maintenant ?

— Si Signore, il souhaite prendre son premier repas avec vous comme d'habitude.

Jacques était toujours assis dans son lit, vêtu seulement de la chemise de nuit et du bonnet que Marcello lui avait préparés la veille au soir. Il se sentait un peu ridicule dans cet accoutrement. Il faisait froid dans la chambre et il hésitait à sortir du lit.

— Bon, je vais m'habiller...

— Signore, habituellement, vous y allez avec vos vêtements de nuit et nous procédons à la toilette seulement après le repas.

En disant cela, Marcello avait sorti une sorte de grande robe de chambre épaisse et des chaussons et attendait que Jacques se lève. Aussitôt qu'il réussit à s'extirper du lit, il lui mit la robe de chambre sur les épaules pendant que Jacques demandait :

— Hum... Marcello, souviens-toi que j'ai un peu perdu la mémoire...peux-tu me dire si je prends souvent le repas du matin avec M. Bragadin ?

— Tous les jours, Signore, quand vous êtes au palais, bien sûr.

Jacques était satisfait, il venait d'apprendre comment se passait habituellement le début de la journée de Giacomo. La robe de chambre, presque un manteau, était très confortable. Il avait bien chaud maintenant.

— Je te suis, Marcello, conduis-moi chez M. Bragadin.

Jacques utilisait le tutoiement depuis son réveil. Marcello n'avait pas eu l'air de trouver cela choquant. Cette situation lui faisait penser aux comédies de Molière où le maître tutoyait toujours un valet intelligent et malicieux.

Ce palais est véritablement immense, pensait Jacques au moment où ils arrivèrent dans une pièce de dimensions réduites en comparaison des salles qu'ils avaient traversées. Elle était chauffée et une table y était dressée, mais elle était vide. Ils continuèrent et traversèrent une chambre, inoccupée aussi, avant d'arriver dans un cabinet de toilette.

Matteo Bragadin était là, ainsi que ses deux amis Marco Barbaro et Marco Dandolo que Jacques connaissait déjà. Tous trois étaient en robe de chambre avec un bonnet sur leurs têtes rasées. La veille, il les avait vus en habit de brocard et perruque poudrée. Leur aspect matinal était nettement moins prestigieux. Il avait certainement la même allure lui aussi. La mode devait être d'avoir le crâne rasé et de porter une perruque, pensait Jacques. C'était peut-être le moyen qu'avaient trouvé les hommes pour dissimuler leur calvitie ou alors c'était par souci d'hygiène. Il se demanda si cette mode était suivie aussi par les femmes. Il espérait que non.

Dès qu'il vit Jacques, Matteo Bragadin s'exclama :

— Ah, te voilà mon garçon ! Il arborait un large sourire en lui faisant signe d'approcher avec son bras valide !

L'expression le fit sourire, ça faisait bien longtemps que Jacques Cazeneuve ne s'était pas entendu appeler « mon garçon ». Dans le milieu scientifique où il évoluait, personne n'aurait osé l'appeler ainsi...

— Approche mon garçon, insista Bragadin, je te présente Maître Zanelli, mon médecin. Il vient de m'administrer mon lavement et je ne peux pas me lever pour t'embrasser, mais je n'en ai pas pour longtemps.

— Buongiorno Signore, dit un petit homme habillé de noir en s'avançant. Il se tenait jusque-là dans l'ombre et Jacques ne l'avait pas encore vu.

— Euh... Buongiorno Signore, avait répondu Jacques. Il était déconcerté et se demandait s'il avait bien entendu. Il finit par s'apercevoir que Matteo Bragadin était assis sur une chaise percée. Son ample chemise de nuit recouvrait presque toute la chaise elle-même et dissimulait aux regards l'activité présente du maître des lieux. Les sons qu'il entendait, eux, ne laissaient aucun doute sur celle-ci. Son Excellence était tranquillement en train de libérer ses intestins en devisant benoîtement. Comme si c'était quelque chose de tout à fait normal, Bragadin continuait.

— Giacomo, mon Fils... Marcello m'a annoncé que tu voulais prendre un bain...

— Oui, mon cher Père, c'est en effet mon intention, si vous le permettez.

— Bien sûr, bien sûr mon garçon, je ne saurais t'en empêcher, mais tu sais qu'il peut être dangereux pour la santé de prendre un bain trop souvent. Je profite de la venue de Maître Zanelli qui est le médecin qui m'administre un lavement deux fois par semaine pour qu'il te donne l'avis de la science sur les effets néfastes des bains. Parlez, Maître Zanelli !

— En effet, Excellence, l'eau est très néfaste à la peau, en particulier l'eau chaude qui est beaucoup plus dangereuse que l'eau froide. Elle dilate les pores de la peau et par là même, permet le passage des miasmes et des maladies. On peut certes utiliser un peu d'eau pour nettoyer les mains et exceptionnellement le visage, mais, pour les mains, il est préférable d'utiliser de l'esprit de vin. Pour le corps, pas d'eau ! Pratiquez plutôt la toilette sèche en vous frottant avec des linges imprégnés d'aromates, utilisez les parfums... Changez aussi souvent de linge que vous pourrez, la saleté excessive vient naturellement se déposer sur le linge, rendant ainsi le corps propre.

– Maître Zanelli, objecta Jacques, je ne voudrais pas faire injure à votre grand savoir, mais n'avez-vous pas connaissance de pratiques nouvelles recommandant l'usage du bain et parlant même des bienfaits de l'eau ?

– Certes, mais ce ne sont là qu'idées nouvelles colportées par certains philosophes étrangers intervint Marco Dandolo, la faculté est très loin de partager leurs idées. N'est-ce pas Maître Zanelli ?

– En effet répondit simplement l'intéressé qui avait l'air un peu ennuyé de cette intervention qui le privait de l'occasion de briller devant la bonne société.

Jacques avait eu l'occasion de s'apercevoir, la veille au soir, que Dandolo n'était pas du tout un progressiste. Il n'eut même pas envie de répondre.

Une diversion vint à propos de Matteo Bragadin qui avait manifestement terminé. Il était maintenant debout dans sa chemise de nuit et s'approchait du petit groupe.

Jacques avait été stupéfait de le voir faire ses besoins en public, caché seulement par sa chemise de nuit. Il ne l'avait pas quitté des yeux et avait pu observer le « rituel » : un domestique était venu assister Son Excellence qui avait relevé l'arrière de sa chemise... Le serviteur avait ensuite emporté la chaise percée derrière un rideau.

– Nous allons passer à côté nous restaurer, invita Matteo Bragadin. Maître Zanelli, joignez-vous donc à nous, nous parlerons de tout cela à table.

Ils s'installèrent donc tous dans la petite salle à manger chauffée que Jacques avait remarquée avant de traverser la chambre de Son Excellence Bragadin et de le retrouver dans son cabinet de toilette.

Il s'agissait d'un repas léger, sans chichis comme on aurait dit deux cents ans plus tard. Les trois amis et Jacques étaient en robe de chambre. Zanelli était le seul à être habillé. Il paraissait très satisfait d'être ainsi convié dans l'intimité de grands personnages.

Les convives étaient aimables, mais Jacques goûtait peu la conversation. Il était beaucoup question de saignées, d'équilibre des humeurs et de lavements. Ils avaient tous la soixantaine et étaient visiblement préoccupés par leur santé et aussi soucieux de la sienne. Il comprit que son malaise de la veille les avait impressionnés. Leur attitude était amicale, ils cherchaient à le convaincre des bienfaits de la médecine de leur temps et des méfaits des bains fréquents.

— Mon cher Père dit-il soudain à Matteo Bragadin, mon cher Marco, et vous Maître Zanelli, vous pensez vraiment que l'eau est néfaste pour le corps humain ?

— L'usage trop fréquent, certes, répondit Matteo, il est bien connu que beaucoup de maladies sont transportées par l'eau. Trop de contact de cet élément sur la peau permet aux miasmes de pénétrer par les pores, surtout s'ils sont dilatés par de l'eau chaude, oui, j'en suis persuadé.

— Mais vous avez une baignoire ! À quel usage la destinez-vous ?

— Toute personne bien née se doit de posséder une baignoire. Mais, grâce à Dieu, cette cuve sert rarement, seulement à prendre un bain lorsque nous sommes très malades. L'eau du bain se charge alors des miasmes qui avaient provoqué la maladie. Lorsque les domestiques jettent ensuite l'eau, celle-ci répandue se réunit aux autres eaux et dissémine les miasmes comme le vent les graines des plantes. Voilà pourquoi il est dangereux de prendre un bain quand on est en bonne santé.

Sa démonstration lui paraissait imparable et il avait l'air de jubiler. Jacques se surprit à penser que dans les conditions d'hygiène de l'époque, ces propos n'étaient peut-être pas totalement dénués de bon sens.

Maître Zanelli hochait vigoureusement la tête, trop occupé à manger pour pouvoir parler.

— Pourtant mon cher Père, vous buvez de nombreuses boissons contenant de l'eau, comme le chocolat, le café. Regardez donc Maître Zanelli fort occupé à déguster un chocolat qui est liquide, car il est fait avec de l'eau. En buvant cette eau, ou lorsque vous pratiquez des lavements, vous introduisez de l'eau à l'intérieur de votre corps et pas seulement à l'extérieur comme quand on se nettoie. Alors, selon vos convictions, ne devrait-il pas être beaucoup plus néfaste de faire entrer ce dangereux liquide dans votre corps que sur la peau ?

Zanelli qui était en train de savourer un chocolat avait arrêté son geste. Sa mine déconfite l'amusait vaguement.

— Cela n'a rien à voir Giacomo, répondit Matteo, le chocolat ou le café purifie l'eau qui est utilisée pour les préparer. L'eau pour les lavements est aussi purifiée par les aromates qu'on y fait macérer.

Chacun allait rester sur ses positions et Jacques était maintenant un peu las de ces échanges.

— La jeunesse n'est-elle pas favorable aux idées nouvelles ? demanda-t-il en s'adressant à Zanelli.

— Assurément, Monsieur, les jeunes se croient éternels et prennent plus de risques qu'à l'âge où la sagesse est venue.

— Je suis jeune encore, mon cher Père dit-il en se tournant vers Matteo, et si vous le permettez, je suis décidé à prendre ce bain ce matin comme je l'avais demandé à Marcello. Si cela peut vous rassurer, la pyramide cabalistique a révélé qu'un bain aujourd'hui ne présente aucun danger pour moi.

Il connaissait par Marcello la passion de Matteo Bragadin pour les sciences occultes et avait inventé cela pour mettre fin à la conversation.

— Fais comme tu veux, mon fils. Tu le sais, mes conseils sont comme ceux d'un père qui n'a pas d'autre souci que le bien de ses enfants. Si l'Oracle te dit que c'est un jour favorable, je suis rassuré. À propos, je voudrais que tu consultes les chiffres pour moi. On m'a proposé une affaire sur la *Terraferma*. Elle me semble intéressante, mais j'aimerais savoir ce que l'Oracle en dit.

— Si vous êtes disponible, mon cher Père, je pourrai consulter la pyramide tout à l'heure, car ce soir, j'ai rendez-vous avec Marina. Pour le moment, dit-il en souriant, je vais aller prendre ce bain qui vous inquiète tant. Si vous le permettez, je reviendrai vous voir après.

— Je veux bien, Giacomo, tu sais que je suis toujours avide de connaître tes excellentes prédictions. Mais est-ce bien prudent ? Après ce bain que tu parais absolument résolu à t'infliger, ne devrais-tu pas garder le lit le reste de la journée pour te remettre de cette épreuve ?

— Je crois que je m'en remettrai très vite, mon cher Père, répondit-il en riant.

Il se leva et s'inclina légèrement vers Matteo et ses amis. Zanelli s'était levé aussi et lui faisait de nombreuses courbettes. Jacques ne l'aimait pas. C'était le genre de courtisan obséquieux avec les puissants et souvent intraitable avec les humbles.

Marcello Rizzi était déjà près de lui et l'emmena vers un autre cabinet de toilette — exigu, mais chauffé — où se trouvait la fameuse baignoire. Elle était en métal, peut-être du zinc, pensa Jacques. En plongeant la main, il sentit que l'eau était tiède. Il allait enfin pouvoir prendre un bain. Des serviettes étaient disposées sur un petit meuble contre le mur et sur lequel Jacques vit plusieurs flacons de parfum à sa disposition.

Marcello restait là, debout près de lui, à attendre qu'il prenne son bain. On fait donc tout en public, ici, pensait Jacques qui n'avait pas du tout envie d'avoir un spectateur. Il lui demanda d'aller lui chercher une robe de chambre propre...

Après son départ, Jacques entra enfin dans la baignoire.

Vivre dans un corps différent de celui auquel on est habitué est une sensation étrange. Elle est même déstabilisante et son malaise augmenta à la vue de ce corps nu qui n'était pas le sien. Il ferma les yeux pour se ressaisir et versa dans la baignoire un peu du contenu de l'un des flacons qu'il avait remarqués en entrant. Un parfum agréable se répandit et il se détendit, le plaisir de prendre enfin un bain atténuait l'effet ressenti l'instant d'avant.

Il commençait à se détendre en savourant l'instant, en se demandant comment les Vénitiens s'approvisionnaient en eau. Il ne devait pas y avoir de véritable système d'adduction à cette époque.

Il entendit des pas et ouvrit les yeux. Marcello revenait avec la robe de chambre qu'il avait demandée.

— Marcello, d'où vient l'eau utilisée ? Peux-tu me dire comment Venise en est approvisionnée ? C'est une question qui peut te sembler étrange, je sais, mais rappelle-toi que j'ai des absences de mémoire.

— En général, Signore, l'eau de pluie est récupérée des toits par les gouttières qui l'envoient vers des cuves situées notamment sous les *campi*. Les gens s'approvisionnent ensuite aux fontaines que l'on trouve au centre de chaque campo. Certaines demeures, comme ce palais, ont leur propre système de récupération d'eau. Celle des toits est dirigée vers des citernes situées dans l'entrepôt, le palais est autonome.

— Est-ce que tu veux dire que toute l'eau utilisée dans le palais vient de cette eau de pluie récupérée, les réserves sont suffisantes ?

— Cette eau est utilisée seulement pour la cuisine, les boissons et pour la petite toilette. Pour le reste, il arrive qu'on utilise l'eau du canal.

— Alors, celle de mon bain....

— Elle vient des citernes, Signore. Nous sommes encore en hiver et les pluies sont suffisantes pour maintenir les réservoirs pleins pour les besoins quotidiens. Mais en été, cette eau est réservée à la cuisine et aux boissons. Pour le reste, on utilise parfois celle du canal, mais c'est de l'eau de mer alors les affaires à nettoyer sont envoyées sur la *Terraferma*.

Après ces explications, Jacques comprenait mieux les réticences de Matteo Bragadin à propos des bains... Il décida prudemment de ne pas s'éterniser dans l'eau.

En le voyant se préparer à sortir de l'eau, Marcello lui entoura les épaules d'une immense serviette en le frictionnant vigoureusement. La sensation était inhabituelle pour Jacques qui n'avait pas l'habitude de se faire assister dans la toilette, il avait un peu l'impression d'être malade et dépendant.

— Quel parfum allez-vous choisir aujourd'hui, Signore ?

— Celui que j'utilise habituellement répondit Jacques qui n'avait aucune idée de ce que pouvait préférer l'individu dont il habitait le corps.

Marcello connaissait ses goûts, car il choisit un flacon et lui versa une bonne quantité d'eau parfumée sur le corps puis il recommença à le frictionner énergiquement avec une serviette sèche.

L'odeur était agréable et Jacques se sentait bien. Il fit un pas vers la robe de chambre que son serviteur était allé chercher, mais celui-ci la saisit vivement pour la lui présenter ouverte.

Il ne lui restait plus qu'à se faire raser et habiller. Il repartit vers l'appartement qui avait été désigné comme le sien, flanqué du fidèle Marcello. Il y trouva des vêtements propres. Ces habits doivent coûter très cher, pensa Jacques en voyant une veste redingote en soie brodée de fils d'argent.

Il aurait aimé s'habiller rapidement, mais c'était raté. Tout semblait ici prendre un temps infini, les repas, la toilette et maintenant l'habillement. Il avait revêtu la chemise, une sorte de gilet ou de veste courte, des bas blancs en soie et une sorte de pantalon dont les jambes descendaient seulement jusqu'aux genoux. Les chaussures avaient une boucle en argent, finement ouvragée.

Après tout cela, il avait fallu mettre la perruque, la poudrer en se protégeant le visage avec un masque puis glisser son catogan dans une sorte de petit sac en tissu noir.

Enfin, il ne fallait pas oublier la chaîne avec la montre et quelques breloques apparemment indispensables à toute personne de qualité. Ainsi vêtu, il n'y avait pas à dire, il avait fière allure, mais se sentait un peu ridicule aussi...

— Je vais retrouver mon chemin, je crois, Marcello. Nous nous reverrons plus tard, je sortirai après le repas de midi. Quel est mon emploi du temps habituellement ?

— Ces derniers temps, Signore, vous allez souvent au Ridotto jouer au jeu de Pharaon ou bien vous avez un rendez-vous galant.

Jacques pensa que le Ridotto devait être une maison de jeu, peut-être l'ancêtre du casino, mais n'avait aucune idée de ce que pouvait être le jeu de Pharaon. Il avait très envie de sortir. La veille, après son arrivée dans ce siècle, il était stressé, un peu dépassé par les évènements et n'avait pas réellement pu découvrir son nouvel environnement.

— J'irai donc au Ridotto, mais j'aurais besoin que tu m'accompagnes, je n'ai pas encore retrouvé complètement la mémoire.

Son rendez-vous galant était prévu pour la soirée où il irait retrouver sa *belle amie*. Il avait donc tout le temps de jouer les devins pour son hôte.

Il refit le parcours du matin et traversa de nombreuses salles, occupées parfois par quelques domestiques en train d'y travailler, avant de retrouver la petite salle à manger où il avait pris son repas avec Matteo et ses amis. Ils n'y étaient plus et deux domestiques s'affairaient et faisaient le ménage.

— Je cherche Son Excellence, leur demanda-t-il.

— Son Excellence est dans la bibliothèque, répondit le plus âgé des deux en lui montrant une porte qu'il n'avait pas encore eu l'occasion de franchir.

Elle ouvrait sur une partie du palais différente des salles d'apparat qu'il venait de traverser. Les locaux en étaient beaucoup plus petits. Il pensa que le palais était organisé en salles de prestige, pour les réceptions, et en pièces à vivre, plus faciles à chauffer l'hiver comme son appartement et ceux de Matteo Bragadin et de ses amis.

Pour le moment, il était dans une sorte de large couloir donnant accès à plusieurs portes. L'une d'elles devait être la bibliothèque. Il hésita et choisit la plus proche. Il allait entrer puis se ravisa et frappa à la porte.

Elle s'ouvrit quelques instants après devant un domestique que Jacques n'avait pas encore rencontré.

Le personnel est nombreux, pensa-t-il avant de demander :

— Je cherche la bibliothèque...

— Je vous accompagne, Signore, répondit le serviteur qui referma soigneusement derrière lui la porte avant de l'inviter à le suivre. Il n'avait pas l'air étonné que Jacques ignore l'emplacement de la bibliothèque, tous les domestiques devaient savoir qu'il était « amnésique » ...

La bibliothèque contenait un nombre considérable d'ouvrages de toutes sortes, dont beaucoup de livres en français. Jacques découvrit qu'elle était divisée en deux salles. La bibliothèque avec tous ses ouvrages et, attenante, une salle de dimensions beaucoup plus modestes, meublée et chauffée, dans laquelle on pouvait consulter un ouvrage ou écrire confortablement installé dans un fauteuil. Matteo Bragadin était là. Assis devant une petite table, il était occupé à écrire.

— Ah, Giacomo, comment te sens-tu après ce bain ? Tu n'es pas trop fatigué ?

— Je me sens très bien au contraire, tout va bien.

— Je suis touché, mon Fils, que tu répondes à ma demande aussi rapidement après ce bain. Es-tu certain de pouvoir faire parler l'Oracle ?

— Bien sûr, mon cher Père, vous énumérez les questions dont vous espérez une réponse de l'Oracle et c'est avec plaisir que je ferai la pyramide.

Jacques Cazeneuve était d'un naturel curieux. Plus jeune, il s'était brièvement intéressé à l'occultisme, à Mesmer, à l'hypnose, disciplines très à la mode au XVIIIe siècle. Jacques connaissait donc un peu le sujet qui passionnait Matteo Bragadin. Il suffirait de présenter des réponses à plusieurs niveaux de signification.

Tout s'était bien passé. Cela aurait été sans doute un peu plus facile si Jacques avait bien connu la personnalité de Matteo Bragadin. Mais Matteo prenait pour vérité toute parole prononcée par son protégé. Il était bienveillant. Il était aussi crédule. Jacques s'était senti un peu coupable de raconter des sornettes à cet être charmant et bon. Il était son bienfaiteur bien avant son arrivée la veille. Il avait réussi à faire taire ses scrupules en se disant que ce qu'il lui avait dit n'était pas destiné à lui nuire, c'était une sorte d'aide psychologique apportée à ce bon Matteo Bragadin...

Les secrets que Matteo voulait connaître n'étaient pas considérables. Il projetait d'acheter des terres sur la *Terraferma* pour placer une partie de son argent et en tirer des revenus. Il voulait que l'Oracle de Giacomo lui confirme que c'était une bonne opération et que le prix demandé était correct. L'Oracle confirma évidemment tout cela. Matteo voulait simplement être rassuré sur ses choix qui étaient logiques.

Le commerce de Venise avec l'extérieur n'était plus que l'ombre de ce qu'il avait été depuis que les Turcs avaient conquis les possessions vénitiennes et il valait mieux investir dans d'autres activités. Pour lui faire plaisir, Jacques fit en sorte que l'Oracle révèle que le prix demandé par le vendeur était un peu trop élevé. Cette information causa une grande satisfaction à Matteo.

– Ah ! Je m'en doutais ! *Grazie mille* Giacomo, tes conseils et ceux de L'Oracle sont toujours très précieux.

Jacques n'était pas un expert en charlatanisme et, s'il connaissait la pyramide mathématique, la manipulation des nombres n'était pas son fort. Tout cela avait pris du temps et il était presque midi. C'était l'heure de se restaurer et ensuite, de s'immerger dans la Venise du XVIIIe siècle.

En allant vers la salle à manger en compagnie de Matteo, Jacques prit conscience qu'il commençait à se remettre. Son arrivée dans ce siècle avait été un bouleversement, mais c'était le résultat d'un choix, c'était prévu. Le fait de se retrouver dans le corps d'un étranger était par contre un véritable traumatisme. Par chance, le corps qu'il « habitait » maintenant était jeune, vigoureux et semblait en bonne santé. En plus, son « hôte » lui offrait les conditions de vie d'un aristocrate. Ça aurait pu être très différent et même considérablement pire.

Les deux amis de Matteo étaient déjà installés dans la salle à manger. C'était parfait, il n'y aurait pas à attendre et Jacques pourrait disposer de temps l'après-midi.

Les domestiques s'affairaient et apportaient une quantité de plats qui lui sembla excessive pour quatre personnes. Ils disposèrent le tout sur une table.

L'un des serviteurs se pencha et dit quelques mots à Matteo Bragadin qui se leva, imité par ses deux amis et avec un peu de retard par Jacques. La veille au soir, il n'avait pas fait attention aux usages, mais à présent, il observait le comportement des trois autres convives.

Ils s'étaient dirigés vers les plats et chacun se servait suivant ses goûts. Il y avait des potages, des mollusques et des poissons. C'était parfait, il détestait les fruits de mer, mais adorait le poisson. Il prit une daurade.

En retournant à table avec son assiette, Jacques cherchait le moyen d'augmenter ses maigres connaissances de la vie quotidienne. L'occasion se présenta quelques minutes plus tard quand Marco Dandolo se plaignit des effronteries de trois *Barnabotti* (9) avinés qui avaient entrepris, par jeu, de le jeter dans le *Canal Grande*. Ils y seraient parvenus si un gondolier qui l'avait reconnu n'était venu lui prêter main-forte.

Matteo Bragadin qui observait Jacques avait vu que celui-ci ne connaissait pas la signification du mot *Barnabotti*. Sans paraître s'adresser spécialement à lui, il expliqua :

— Ces Barnabotti sont des nobles désargentés. Ils ont perdu leur fortune, souvent par tous les moyens que le vice ou la paresse met à la disposition des êtres veules. Ils boivent et importunent souvent les honnêtes gens.

Jacques trouvait la situation étrange. Il n'avait même plus besoin de faire état de ses pertes de mémoire, Matteo Bragadin avait intégré le fait et agissait comme s'il trouvait ça normal. Celui-ci continuait :

— Ils sont logés aux frais de la République, dans la paroisse *San Barnaba*, d'où le nom de *Barnabotti* qui leur est donné. Bien qu'ils dépendent de la République qui leur donne aussi une pension, ils sont contre tout et contre les institutions. Ce sont généralement des vauriens prêts à tout et parfois même au crime ! Ils pensent sans doute que, dans le désordre, il y aura bien quelque profit pour eux. Ils passent leur temps au Ridotto où ils essaient de se refaire une fortune à la Basetta ou au jeu de Pharaon qui est maintenant à la mode (10).

---

9 — *Barnabotti : aristocrates désargentés logés dans des maisons mises à leur disposition gratuitement par la République de Venise. Ils étaient situés dans la paroisse San Barnabà. Le nom de Barnabotti vient de là.*

10 — *La Basetta ou Bassette en français est un jeu de cartes très en vogue aux XVIIe et XVIIIe siècles. Le Pharaon en est une variante.*

— Ah, mon cher Père, le coupa Jacques, le jeu de Pharaon ! Pouvez-vous m'en rappeler les règles s'il vous plaît ? Mon malaise d'hier a amené un peu de confusion dans mon esprit et je crains de me faire dépouiller tout à l'heure au Ridotto.

Matteo le regarda d'un air grave.

— Tu m'inquiètes, Giacomo, ton mal est plus grave que tu ne le penses, je le crains. Tu vas au Ridotto jouer à la *Basetta* ou au Pharaon plusieurs fois par semaine et tu nous dis que tu ne connais plus le jeu !

— Je le connais, bien sûr, mais j'ai peur d'oublier un détail ou une astuce qui me ferait perdre. C'est pour cela que je souhaite que vous me décriviez la totalité d'une partie de jeu. Ne vous inquiétez donc pas, mon cher Père, tout va bien.

Matteo Bragadin hésita puis reprit :

— Bon, si tu veux Giacomo... Le Pharaon est un jeu de cartes, de cinquante-deux cartes. Il se joue entre un banquier et des joueurs qu'on appelle les pontes. Le nombre de joueurs est variable, c'est le banquier qui décide.

— Le banquier est souvent un vaurien de Barnabotti, intervint Dandolo qui n'avait pas digéré sa mésaventure avec eux. Des gens qui n'en veulent qu'à votre argent !

— C'est en effet souvent le cas, Giacomo, même si le banquier est choisi parmi tous les joueurs. C'est pour cela qu'on les appelle des « correcteurs de fortune », car, en fait, le principe du jeu leur est favorable. Donc, le banquier, qu'on appelle aussi le tailleur a le jeu de cinquante-deux cartes et est seul contre les joueurs, les « pontes », qui ont chacun un jeu de treize cartes, de l'as au roi. La couleur n'a pas d'importance et avec un jeu de cinquante-deux cartes, on peut faire quatre jeux pour les pontes.

— Les pontes placent une carte, face visible, devant eux, et mettent la mise de leur choix, dans la limite du montant qui peut être fixé par le banquier.

— Quand les mises sont faites, le banquier mélange ses cartes puis coupe le jeu et tient le paquet, face visible devant lui. Ensuite il fait une « taille », c'est-à-dire qu'il dévoile deux cartes, face visible et les place devant lui, la première à droite et la deuxième à gauche. La carte de droite est appelée « carte de face » et est gagnante pour le banquier. Les pontes qui ont misé sur le même type de cartes ont perdu leur mise qui va donc au banquier. La carte de gauche, elle, fait gagner les pontes.

— Le banquier annonce alors à haute voix les cartes puis ramasse les mises des perdants et paie les gagnants après chaque taille. Il doit évidemment avoir une mise de fonds initiale pour lui permettre d'honorer les paiements.

— Tous corrompus, grommelait Marco Dandolo en faisant signe à un serviteur de remplir son verre de vin de Chypre...

Marco Barbaro, tassé sur son siège, dormait paisiblement pendant que Matteo Bragadin poursuivait imperturbablement...

— Le jeu continue avec une nouvelle taille, jusqu'à ce que tout le jeu de cartes soit utilisé. Une autre partie peut suivre avec le même jeu de cartes ou un jeu neuf.

Jacques n'écoutait plus, il avait décroché. Il n'avait aucun intérêt pour le jeu. C'était un domaine qui lui était totalement étranger et, bien que scientifique, il ne parvenait pas à exercer son intelligence à l'analyse des mécanismes des jeux. Même le fait que l'on puisse avoir une addiction pour le jeu dépassait son entendement. Ça le dérangeait parfois vaguement, comme aujourd'hui et la pensée qu'il pouvait passer à côté de quelque chose l'effleurait, mais c'était tout. Il entendit à nouveau la voix de Matteo qui terminait l'exposé qu'il lui avait demandé :

— S'il n'y a qu'une chose à ne pas oublier, c'est qu'il est de beaucoup préférable d'être banquier que d'être *ponte*.

Jacques rebondit, il avait envie d'en terminer sur le sujet :

— Je suis bien d'accord mon cher Père, mais les circonstances font que, parfois, on ne peut pas être banquier. Je vous remercie d'avoir pris la peine de répondre à ma demande.

— J'ai pu vérifier que je n'ai rien oublié continua-t-il avec aplomb. Je vais maintenant prendre congé, mes amis et je vous verrai demain. Il avait parlé plus fort et Marco Barbaro, réveillé, sursauta.

— Ah, c'est vrai, tu passes la soirée avec la belle Marina dit Matteo Bragadin en souriant. Prie-la de transmettre mes salutations à la Belle-Babet continua-t-il en riant.

— La Belle-Babet ([11]) ?

Le repas, bien arrosé, avait désinhibé les trois compères qui s'amusaient franchement.

— Surtout, ne le lui dis pas comme cela, dis-lui plutôt que Matteo Bragadin adresse ses salutations à Son Excellence François-Joachim de Pierre de Bernis, abbé et Ambassadeur du Roy de France à Venise.

Jacques ne comprenait rien à tout cela.

— Qui est la Belle-Babet ? Et Monsieur de Bernis, ambassadeur de France, qu'a-t-il à faire avec Marina ?

— Il a beaucoup à faire répondit Matteo en riant, c'est toi qui me l'as dit Giacomo, tu ne te souviens plus ? Ah, c'est vrai, tu as des absences...

— Quand même, Giacomo, oublier ces « détails » sur Marina, c'est presque désobligeant pour elle ! Perds cet air idiot, voyons, je vais te raconter et ça te rafraîchira la mémoire...

— Monsieur de Bernis et la Belle-Babet sont une seule et même personne. La Belle-Babet est un surnom qui lui a été donné par Monsieur de Voltaire. Il était, avant toi, l'amant déclaré de la belle religieuse Marina Morosini. Il l'est toujours. Il la rencontre dans son casino de Murano où tu la vois aussi ([12]).

---

[11] — *Nom d'un célèbre vendeur de fleurs à Paris de l'époque et surnom donné par Voltaire à François-Joachim de Pierre de Bernis, en raillerie de son comportement quelque peu efféminé.*

[12] — *Au XVIIIe siècle, un casino est un petit appartement de deux ou trois pièces où le locataire des lieux reçoit sa maîtresse. Plus tard, on y jouera aussi et le mot de casino vient de là.*

— Monsieur de Bernis est très libertin, lui aussi, et, avec le consentement de Marina, il vous regarde tous les deux pendant vos ébats. Tu m'as raconté qu'il y avait une petite pièce secrète avec une entrée indépendante, dans ce casino. Il prend donc plaisir à vous épier de cet endroit par de petites ouvertures pratiquées au centre des fleurs qui décorent le mur de la chambre au-dessus d'un canapé.

— Marina sait tout cela ?

— Bien sûr ! La première fois, elle ne t'avait rien dit de peur que tu refuses l'idée d'être observé. Elle craignait aussi que tu n'aies pas été naturel ou même que tu aies perdu tes moyens si tu avais su qu'on vous regardait. Elle t'a ensuite écrit pour tout t'avouer et t'a demandé ton consentement pour que cela continue.

Marco Barbaro s'était réveillé et écoutait en souriant. Il intervint :

— Le fait que tu le saches ajoutait à leur satisfaction, à Marina et à M. de Bernis.

— Surtout pour Marina, reprit Matteo Bragadin. Ça devait lui plaire d'être observée pendant l'amour. J'ai pourtant été un libertin moi aussi pendant ma jeunesse, mais j'ai de la peine à comprendre quel plaisir peut retirer Bernis de ce rôle passif. Je me demande même si ce personnage n'est pas un giton ([13]). Enfin, c'est son affaire... Cela dit, je l'ai parfois rencontré, c'est un personnage fort aimable et d'une grande culture.

Jacques était stupéfait. Le détail de tout cela était ahurissant : il s'était réveillé près d'une nonne qui, manifestement, était sa maîtresse. Comme si ça n'était pas suffisant, elle avait en même temps un autre amant, un abbé qui était aussi ambassadeur de France. Et tous les deux, la nonne et l'abbé s'entendaient à merveille pour pratiquer le voyeurisme sans retenue, à ses dépens !

Il n'en revenait pas ! L'entrée en religion, pensait-il, s'accommodait en ce temps-là de règles beaucoup moins austères qu'il ne l'aurait imaginé.

---

13 — *Giton : nom donné à cette époque aux homosexuels.*

Pour sa part, il aurait préféré ne pas être l'acteur principal, avec Marina, de cette pièce jouée à trois.

Ça n'était pas une question de morale, mais parce qu'il y avait certaines choses ou attitudes qu'il préférait faire sans spectateurs. L'idée qu'elle l'avait utilisé sans son consentement dans ses pratiques spéciales lui était assez désagréable.

Pour le reste, il était surpris plus que choqué par la liberté et le goût du libertinage de cet abbé et de cette nonne. Il était très tolérant et aimait mieux des religieux connaissant les plaisirs et même les vices de la vie plutôt que des moralisateurs refoulés.

Il ne rejetait pas totalement l'idée de religion. Il pensait que le concept de Dieu était une création humaine et il en admettait la nécessité politique. Cependant, le caractère vieillot et coincé de la pratique religieuse dans l'Europe qu'il connaissait ne l'attirait pas du tout.

Il n'était donc pas hostile à une religion bon enfant. Malgré cela, le gouffre qui séparait les mœurs des religions qu'il connaissait avant et ce qu'il venait d'entendre l'avait déconcerté.

Une chose était certaine, la belle Marina paraissait dotée d'agréables qualités et de talents indiscutables, mais pour une nonne, elle ne semblait pas particulièrement portée au recueillement et à la contemplation.

Intéressant !

Il lui fallait conclure. Le temps passait, il voulait se promener dans la ville et, ensuite, retrouver Marina comme convenu la veille avec elle. Il inventa :

– Oui, je me rappelle mon cher Père, j'ai en effet rencontré Monsieur de Bernis, c'est un homme charmant. Merci pour ces moments très agréables, je vais sortir et aller au Ridotto jouer au Pharaon.

Il se leva et allait partir quand il se retourna.

– J'ai encore une absence mon cher Père, j'ai oublié mon âge et mon nom...

– Tes pertes de mémoire sont inquiétantes Giacomo, réellement. Tu devrais voir le médecin et le laisser pratiquer une saignée...

Jacques ne répondit pas, il attendait ce qu'allait dire Matteo Bragadin.

— Je vois que tu ne veux toujours pas te faire soigner. Eh bien, je ne te répondrai pas, tu recouvreras bien la mémoire un jour et tu auras alors la réponse.

Sans montrer son dépit, Jacques se retourna et quitta la pièce sans un mot après un sourire et un petit signe de la main.

XVII - Venise

Ils s'étaient installés à leur nouvel hôtel. Sébastien le connaissait pour y être déjà allé. L'entrée est à l'arrière d'un ancien palais et on peut aisément passer sans la voir quand on ne connaît pas. Elle est difficile à trouver, car il faut s'engager sous un *sotoportego*. C'est précisément pour cela qu'il avait choisi cet hôtel.

Sébastien avait demandé des chambres au dernier étage, car il se souvenait qu'il y avait une grande *altana* ([14]) qui pourrait permettre de s'enfuir par les toits si nécessaire.

Ils avaient pu obtenir une suite et leurs chambres communicantes permettaient à Marie Bertot de mieux assurer leur sécurité. Depuis les deux attentats auxquels ils avaient échappé de justesse, elle était devenue prudente à l'excès, une vraie mère poule.

Marie avait fait son rapport au général Boulanger qui avait trouvé la situation très préoccupante. Il avait aussitôt décidé d'envoyer à Venise une équipe de renfort, un couple. Sébastien leur avait déjà retenu une chambre, la dernière qui restait disponible dans l'hôtel.

L'équipe était arrivée à peine une heure après leur installation. Le général Boulanger les accompagnait. Sa présence révélait l'importance qu'il donnait à toute l'affaire.

---

[14] — *Une altana est une terrasse en bois construite au-dessus des toits. Les belles Vénitiennes venaient y exposer leurs chevelures au soleil. À l'aide d'une mixture à base de plantes et d'urine, on obtenait alors le fameux blond vénitien.*

Il présenta le couple comme étant Anne et Marc Dorange, jeunes mariés. Sébastien ne croyait pas vraiment que c'était leurs noms ni qu'ils étaient mariés, mais il s'en fichait et ne posa pas de question.

Marie avait été surprise de voir arriver le général en personne. Il n'était évidemment pas en uniforme, il le revêtait rarement. Avec son crâne chauve et son allure de touriste replet, il manquait un peu de prestance pensait-elle.

— J'ai besoin de vous parler en privé, Capitaine. Venez donc faire quelques pas avec moi. Le Grand Canal est tout proche, les bruits des moteurs des bateaux et la foule nous protégeront des oreilles indiscrètes. Anne et Marc Dorange vont veiller sur Salen pendant votre absence.

Ils restèrent silencieux jusqu'à leur arrivée au bord du Grand Canal, un peu à l'écart de la station *Vallaresso* et devant un embarcadère utilisé par les bateaux-taxis. Sept ou huit gondoliers faisaient une pause et plaisantaient bruyamment d'une gondole à l'autre. Les bateaux-taxis venaient de débarquer des touristes cossus — des domestiques portaient leurs valises — et repartaient aussitôt.

Marie était un peu tendue. Elle doutait que les bruits ambiants suffisent à dissimuler leur conversation à des adversaires bien équipés et pensait que c'était imprudent de s'exposer inutilement. Elle était sur ses gardes et surveillait les alentours.

— Je suis venu, Capitaine, parce que je n'ai pas voulu prendre de risques dans l'affaire qui nous occupe. Les téléphones, même ceux qui sont cryptés, ne sont pas totalement sûrs. On sait, c'est d'ailleurs dans les journaux, que plusieurs pays *amis* écoutent sans vergogne nos conversations et celles de nos autres *amis* européens.

Marie comprenait le ton ironique du général. Dans les relations internationales, il n'y a pas d'amis, mais, au mieux, des partenaires, des concurrents puis des adversaires. Au pire, il y a des ennemis.

Le général Boulanger avait parlé longuement. Ses instructions étaient de continuer les recherches entreprises pour découvrir des signes éventuels d'une présence de Jacques Cazeneuve au XVIIIe siècle. Il fallait donc favoriser les déplacements de Sébastien Salen et le protéger autant que possible, mais sans que les nécessités de cette protection ralentissent les recherches.

Marie comprit alors que trouver des traces du passage du professeur Cazeneuve était pour le général Boulanger la priorité absolue. C'était même plus important que la vie de Sébastien Salen, de celle des époux Dorange ou sans doute même de la sienne.

— Comprenez-moi bien, capitaine Bertot, avait-il insisté, nous n'avons jamais eu de mission aussi importante. On ne peut même pas imaginer ce qui pourrait se passer si une telle découverte, si elle est réelle, était divulguée.

Georges Boulanger garda pour lui ce qu'il pensait vraiment : l'idéal serait de ne pas trouver de traces de Cazeneuve pour que l'incertitude demeure sur la réussite de son voyage dans le temps. Et si un jour il réapparaissait, il vaudrait mieux qu'il meure. Selon lui, il y avait suffisamment de chaos sur terre et l'humanité n'avait pas besoin d'une telle invention. Le général était de ces gens capables de décider la mort des autres sans états d'âme s'il le jugeait nécessaire.

Il continua à haute voix à l'intention de Marie.

— Monsieur Salen et vous-mêmes n'êtes plus tout à fait seuls pour effectuer ces recherches. Des informaticiens collectent des images haute définition et des données dans les universités ou sur Internet. Une autre équipe adapte un programme d'analyse automatique de ces images. L'idée est d'examiner tous les tableaux qui se trouvent à Venise, qu'ils soient exposés ou dans des réserves de musées ou d'églises, pour essayer de trouver ce que nous recherchons. Naturellement, on ne leur a pas révélé la raison de ces recherches et ils n'ont pas posé de questions. Ce sont des gens habitués à travailler dans le secret. S'ils découvrent quelque chose, vous en serez aussitôt informés pour que vous puissiez aller vérifier. Quand on aura une certitude, votre mission sera terminée et vous rentrerez.

Il sortit une pochette de sa poche.

— Voici des documents qui attestent que Sébastien Salen est un historien spécialiste de l'histoire de la République de Venise et que vous êtes son assistante. Ils devraient vous faciliter l'accès aux réserves des musées ou à des salles qui ne sont pas ouvertes au public.

Il lui remit aussi une petite carte à puce ne portant pas d'autre indication qu'un numéro de téléphone.

— En cas de grande difficulté, il vous suffira d'appeler ce numéro et les Services italiens s'occuperont de vous exfiltrer. Surtout, ne l'utilisez qu'en cas de grande nécessité, car ensuite vous devrez probablement quitter l'Italie. Bien entendu, ne dévoilez jamais le but réel de votre présence à Venise.

— Qu'est-ce que vous entendez par « en cas de grande difficulté » ?

— Quelque chose de vraiment grave... par exemple, vous avez un blessé dans l'équipe... ou vous avez abattu un agresseur. Il faut que vous soyez dans une situation critique...

Il sourit brièvement.

— Mon homologue italien me devait un service, il renverra l'ascenseur...

Il garda un instant le silence. Il semblait hésiter.

— L'enquête sur le piratage des données du laboratoire du professeur Cazeneuve est en cours. Les précautions qu'il avait prises pour garder ses travaux secrets étaient bonnes, mais c'était quand même un amateur dans le domaine de la protection des sites sensibles.

— On pense à une action des Américains, des Russes, de la Chine ou même de la Corée du Nord et d'Israël. Ils ont tous de très bons spécialistes dans ce domaine. Mais ça peut venir de n'importe où. Nous avons repéré des traces d'activité qui transitent par plusieurs pays, ceux que j'ai nommés d'ailleurs, mais pas seulement. C'est classique dans le piratage, on essaie au maximum de brouiller les pistes.

— Pour compliquer encore la situation, la violence est atypique. Les assassinats de Fabio Belloni et Romain Gattier, puis les deux attentats auxquels vous avez échappé ne ressemblent pas au style de certains des pays dont j'ai parlé. Pas parce que ce sont des anges, nous n'en sommes pas non plus d'ailleurs, mais en général, on essaie de ne pas attirer l'attention. Du coup, on ne sait pas encore qui est derrière tout cela. Ce qui est sûr, c'est qu'il faut de gros moyens pour préparer les assassinats et les actions contre Salen et vous. Des moyens qui ne sont pas à la portée du premier pirate venu.

— Pour finir, on n'a pas non plus exclu une origine interne de la fuite. Un des six membres de l'équipe du professeur peut avoir trahi ou avoir été imprudent. On enquête là-dessus aussi.

— Gardez tout ça pour vous, Capitaine, je vous le dis pour que vous soyez vigilante en cas d'échange de conversations entre Salen et ses collègues restés en France. Tout le monde est toujours sous surveillance. Gardez les yeux et les oreilles ouverts, on ne sait jamais... Rentrons à l'hôtel, vous savez tout.

Il hésita puis soupira :

— Je sais que vous ferez au mieux, Marie. Prenez soin de vous. Je dois rentrer en France, le Premier ministre souhaite être informé personnellement de la situation.

Ils repartirent par la *calle Vallaresso*, bordée par des boutiques de vêtements de luxe qu'elle n'avait pas les moyens de s'offrir.

En rentrant à l'hôtel, Marie observa les touristes. Elle ne vit rien d'anormal, mais il n'y a rien de plus facile que de prendre l'attitude d'un touriste. Elle eut quand même l'impression que tout allait bien.

Au fond du *sotoportego*, l'entrée de l'hôtel était étroite. Marc Dorange les attendait assis dans le hall d'accueil, équipé en touriste, un appareil photo pendu à son cou et un guide de Venise ouvert devant lui. Il se leva et les accompagna dès qu'il les vit entrer.

Marie, Sébastien et le général prirent l'ascenseur, mais Marc Dorange choisit l'escalier. Un réflexe de professionnel, on ne prenait pas tous le même chemin ou le même moyen de transport pour se déplacer.

Le général Boulanger commanda un bateau-taxi pour rejoindre l'aéroport et prit ensuite congé rapidement de tout le monde.

Chacun regagna sa chambre. Sébastien passa quelques minutes à consulter ses messages. Le contenu de sa boîte était collecté par les services du général et les messages réacheminés vers son smartphone sécurisé. Ses réponses et ses propres courriels suivaient le même chemin. Il alla ensuite frapper à la porte de Marie.

— Il est tard, Marie, la nuit tombe plus tôt à Venise. Les monuments et les églises vont fermer et on ne pourra pas continuer nos recherches efficacement ce soir. En plus, avec tout ce qui s'est passé aujourd'hui, je crains de ne pas être très attentif et je risque de laisser passer quelque chose qui pourrait être important. Alors, si on allait maintenant chercher tranquillement un restaurant, continua-t-il ? On pourrait y aller avec les Dorange, pour faire connaissance et parler du programme de demain.

Elle réfléchit quelques instants. Objectivement, si l'on tenait compte des évènements de la journée, c'était un comportement très léger. Cependant, c'était peut-être l'occasion de tester leurs adversaires et, avec un peu de chance, de les conduire à l'imprudence.

— Je suis d'accord pour le restaurant Sébastien, et pour les Dorange aussi. De toute manière, on ne sort pas d'ici sans eux, ils sont à Venise pour notre protection. Je vais les chercher.

Anne et Marc Dorange ne passaient pas inaperçus. Blonds tous les deux, grands, athlétiques et hâlés, ils auraient pu figurer dans une de ces séries américaines d'il y a quelques années remplies de bimbos et de bellâtres bronzés. Anne était vêtue d'un débardeur et d'un mini-short blanc. Sébastien se demanda comment on pouvait confectionner un short avec si peu de tissu.

Par bonheur, Venise est une ville sûre, ailleurs elle aurait risqué le viol. Mais l'agresseur qui s'en serait pris à elle n'aurait peut-être pas survécu et ça aurait compliqué leur travail à Venise. Marc était un tout petit peu moins voyant, avec un pantalon blanc et un T-shirt.

Sébastien se demandait si c'était par goût qu'ils s'habillaient ainsi ou si c'était professionnel. Leur aspect était peut-être étudié pour attirer l'attention sur eux et distraire les assassins éventuels suffisamment longtemps pour qu'ils puissent être repérés avant d'agir. À son avis, ça les rendait très vulnérables. De toute façon, ça n'était pas son affaire, des gens plus qualifiés que lui, à commencer par eux-mêmes, avaient dû réfléchir à tout ça...

Ils décidèrent de s'éloigner de l'hôtel, par souci de sécurité et surtout parce que Sébastien n'aimait pas les restaurants des environs immédiats de la place Saint-Marc. Il proposa d'aller à pied vers le Castello, un quartier encore peuplé de vrais Vénitiens. Cette promenade d'une vingtaine de minutes ferait découvrir Venise le soir à Marie et aux Dorange.

Ils prirent la *Riva degli Schiavoni* et longèrent la lagune pendant un quart d'heure. Plus ils s'éloignaient du Palais des Doges, moins il y avait de monde. Avant d'arriver au canal menant à l'*Arsenale*, ils prirent à gauche, la *calle della Pescaria*. Ils trouvèrent rapidement dans les environs un restaurant qui leur parut sympathique. La nuit qui commençait à tomber était douce et le patron leur proposa une table dans le jardin. L'idée leur plut.

Un serveur les conduisit vers une sorte de petite terrasse intérieure entourée d'une haie et couverte d'une tonnelle. Il les invita à s'installer à l'une des deux tables restées libres. Le fait que presque toutes les tables soient déjà occupées avant leur arrivée était, pour Marie, rassurant. Personne ne pouvait prévoir qu'ils viendraient ici, ils avaient choisi ce restaurant au hasard et elle estimait que les gens déjà attablés ne représentaient pas une menace. Marie regarda quand même la tonnelle avec un peu d'appréhension : elle avait horreur des araignées et craignait d'en voir tomber des végétaux au-dessus de leur tête. Dans un endroit comme Venise, pensait-elle en frissonnant, elles doivent être énormes. La nature humaine est complexe, Marie avait affronté sans broncher deux assassins dans la journée, mais elle redoutait les araignées !

Les époux Dorange s'arrangèrent pour avoir l'entrée du patio dans leur champ de vision.

Sébastien s'amusait à les nommer mentalement « les époux Dorange ». Leur nom, phonétiquement très proche, évoquait celui du « couple » d'agents secrets français à l'origine d'un fiasco très médiatisé dans les années 1980 lorsqu'un bateau de Greenpeace avait été coulé.

Marie et Sébastien avaient survécu à deux tentatives de meurtre, la recherche d'indices laissés par Jacques Cazeneuve était au point mort, mais, malgré ce lourd contexte, ils passèrent une bonne soirée.

Au début du repas, Marie, Anne et Marc s'étaient autorisé un apéritif. Le Spritz avait aidé à désinhiber tout le monde et on avait fait connaissance. À sa grande surprise, Sébastien trouva Anne et Marc Dorange sympathiques. Il s'en étonna, car, en somme, cette fille et ce garçon étaient probablement des tueurs.

— Comment avez-vous choisi ce métier ? demanda-t-il à Anne. Je sais, c'est une question idiote que tout le monde doit vous poser.

— Non, on ne nous la pose pas tellement souvent répondit-elle avec un sourire malicieux.

Sébastien sourit aussi, il avait bien compris qu'elle avait laissé de côté exprès l'aspect idiot ou non de la question.

— On intervient rarement à découvert comme avec vous, continua-t-elle. Généralement, les personnes qui ont affaire avec nous ignorent tout de nos activités. Et pour répondre à votre question, j'ai choisi un peu par hasard. J'étais dans l'armée, j'aime le sport, l'aventure, et un jour le colonel m'a présentée au général Boulanger qui cherchait de nouvelles recrues. Il paraît que des tests avaient révélé que j'avais des aptitudes à ce genre de travail…

— Pareil pour moi, intervint Marc. On a suivi les mêmes séances de formation et on aime bien travailler ensemble. Nous sommes amis dans le civil, dit-il en faisant un clin d'œil à Anne qui le regardait avec un sourire complice.

— Et c'est un atout ou un handicap d'être en couple quand on fait ce genre de métier ? Car vous êtes en couple, n'est-ce pas ?

— Les deux éluda Anne, c'est un avantage, car nous savons qu'on peut avoir une confiance totale dans notre partenaire, mais c'est aussi un inconvénient, car on s'inquiète pour lui.

— Je pense quand même que le positif l'emporte sur le négatif intervint Marc en souriant.

Ils s'arrêtèrent de parler en voyant quatre personnes entrer dans le jardin. Le serveur les emmena jusqu'à la seule table restée libre. Elle était proche de la leur. Marie et Anne leur accordaient maintenant toute leur attention. Marie fit un léger signe à Marc qui se tourna légèrement pour les avoir aussi dans son champ de vision.

Sébastien les regardait et pensait que réellement, on devient paranoïaque dans ce métier. Les gens qui venaient d'arriver avaient tout à fait l'air d'inoffensifs touristes.

— J'en suis persuadée aussi, chéri, lui dit gravement Marie comme si elle venait de lire dans ses pensées, mais on ne sait jamais...

Avant de quitter l'hôtel, ils avaient mis au point un certain nombre de signes ou de mots-clés pour signaler un danger ou pour attirer l'attention. « Chéri » était l'un de ceux-là. Il était suffisamment banal pour passer inaperçu, et complètement incongru dans les rapports entre Marie et Sébastien pour servir de signal d'alerte. Ce « chéri » signifiait : « attention, restons sur nos gardes » ...

Anne qui s'était arrêtée de parler avec Sébastien pendant l'arrivée des nouveaux clients changea aussitôt de sujet de conversation.

— Vous venez à Venise depuis longtemps ?

— Oui, répondit Sébastien, depuis une dizaine d'années. J'aime cette ville, tout simplement. Pour un tas de raisons, l'absence de voiture, de béton, la beauté de la ville, la richesse culturelle, j'aime tout, en fait. Vous ne me feriez pas lui trouver un défaut, Anne, j'en suis amoureux.

— Mais c'est de moi que tu dois être amoureux, dit Marie, en plissant le front avant de rire et continuer sa conversation avec Marc.

— Et vous-mêmes, vous êtes en vacances ? demanda Sébastien à Anne.

Elle inventa :

— Oui, en voyage de noces, nous venions d'arriver quand nous avons fait votre connaissance à l'hôtel. C'est une bonne idée que vous avez eue de proposer d'aller au restaurant tous les quatre.

Deux serveurs arrivaient et mirent fin à cette conversation surréaliste. L'un apportait une bouteille de Prosecco et de l'eau minérale San Benedetto que Sébastien avait commandées. Le second portait les assiettes. Ils avaient choisi le même menu, un plat unique de friture, des poissons de la lagune leur avait-on assuré.

Ils commencèrent à manger en silence, profitant du moment pour écouter les conversations à la table voisine. Tout semblait normal. Il s'agissait de deux couples, l'un était français, de Fécamp supposa Marie, le nom de cette ville revenait souvent dans leurs propos. L'autre couple était Vénitien et propriétaire de l'appartement de vacances occupé par les deux Français.

La femme parlait sans cesse et d'une voix forte, en peu de temps, ils apprirent beaucoup de choses. Ils venaient à Venise pour la deuxième fois et avaient visité la *Gallerie dell'Accademia* où sont exposés les plus grands peintres vénitiens depuis le XIVe siècle. Une toile les avait beaucoup impressionnés *: la Vecchia.*

Sébastien était tout à fait de leur avis, il connaissait cette toile, le portrait hallucinant de vérité d'une vieille femme. Un condensé de la détresse humaine. Le regard de *la Vecchia* le hantait encore lorsqu'il pensait à ce tableau du peintre Giorgione, mort depuis plus de cinq-cents ans.

Il les entendit ensuite parler de leur intention de se rendre le lendemain sur l'île de Torcello pour visiter la basilique la plus ancienne de Venise et admirer le Jugement dernier, une mosaïque du XIIe siècle. Sébastien la connaissait et avait lui aussi admiré la représentation naïve du jugement et le sort réservé aux élus et aux damnés.

— Tout va bien chuchota-t-il à l'oreille de Marie. Ce sont de vrais touristes, des connaisseurs de Venise.

Ils se détendirent un peu et reprirent une conversation normale en gardant quand même un œil sur leurs voisins.

— Qu'est-ce qu'on fait demain ? demanda Anne.

Sébastien s'apprêtait à répondre mais Marie le devançās'empressa de répondre :

— Je propose d'aller visiter le Cannaregio, l'un des six quartiers de Venise, on ira au Ghetto.

Elle avait donné volontairement une réponse fantaisiste à la question qu'Anne avait posée sans doute intentionnellement. Marie ne voulait pas donner d'indications sur leurs intentions réelles alors qu'ils pouvaient être entendus à la table voisine. Elle pensait comme Sébastien que leurs voisins étaient inoffensifs, mais on ne savait jamais, autant être prudents.

— Bonne idée, appuya Anne en souriant à Marie, nous n'y sommes jamais allés, on pourra y passer la journée et le soir, on mangera près du pont du Rialto.

La soirée se poursuivit sans incident. Le repas fini, tout le monde accompagna Sébastien qui alla régler la note avec une carte bancaire fournie par le général Boulanger. Marie et Marc étudiaient les abords du restaurant pour vérifier qu'aucun agresseur ne les guettait. Anne, restée à l'arrière, vérifiait que personne du restaurant ne les suivait. À l'évidence, il n'y avait aucun risque. Tout le monde regardait Anne, les femmes avec un brin de jalousie et les hommes avec beaucoup d'intérêt. En les observant, Marie pensait aux vieux dessins animés de Tex Avery où le loup déroule sa langue sur la table du cabaret en regardant, les yeux exorbités, la danseuse convoitée. C'était parfait, personne ne s'intéressait à Sébastien.

Ils repartirent par l'intérieur, évitant les quais et s'engagèrent dans la *salizada dei Pignater* puis dans *San Antonin*.

Ils marchaient avec une apparente décontraction. Anne était devant, suivie par Marie et Sébastien. Marc Dorange fermait la marche. Cette disposition permettait de faire face à toute mauvaise surprise et d'assurer la protection de Sébastien.

Guidés par celui-ci, ils firent un détour par la *fondamenta dell'Osmarin* et ils passèrent devant le glacier *La Mela verde*. Sébastien aurait bien aimé une glace, mais il était tard et c'était fermé. Ils poursuivirent leur promenade de retour et, juste avant les restaurants du petit campo dont il n'avait jamais su le nom, ils tournèrent à gauche dans la *calle de le Rasse*. Malgré l'heure avancée, l'endroit était encore très animé quand ils arrivèrent sur la *Riva degli Schiavoni*.

Après les petites ruelles sombres où l'on peut parfois toucher les murs opposés en marchant, la vue sur *San Giorgio Maggiore*, l'église *Santa Maria della Salute* et le Grand Canal était pour Sébastien d'une beauté sublime.

Ils louvoyaient entre les vendeurs à la sauvette qui proposaient leurs petits gadgets lumineux. Cette année, il y avait aussi beaucoup de vendeurs de petits manches à selfies pour smartphones. Ils ne semblaient pas avoir beaucoup de succès. Ils continuèrent vers la *Piazzetta San Marco* avant de traverser la *Piazza* en direction de leur hôtel.

La *Piazzetta* était l'endroit préféré de Sébastien. Devant eux, il admirait le Palais des Doges et la Basilique éclairés. Quel que soit l'endroit où se portait le regard, c'était beau. Une émotion le saisissait toujours à cet endroit. À chaque fois qu'il venait là, au milieu de toute cette beauté, il pensait qu'il n'aurait peut-être jamais la chance de revenir. C'est peut-être aujourd'hui la dernière fois, pensa-t-il.

Ils traversèrent la place Saint-Marc, mais ne s'arrêtèrent pas devant le *Caffè Florian* pour écouter l'orchestre qui jouait un petit air baroque. Ils s'arrêtèrent et se retournèrent pour contempler la Basilique avant de se diriger vers leur hôtel.

Ils s'engagèrent prudemment dans le *sotoportego* menant à l'entrée de l'hôtel. Le passage se terminait en un T. À droite, un chemin d'une dizaine de mètres menait à la porte de l'hôtel. La partie gauche, de quatre à cinq mètres, était dans l'ombre et donnait sur une porte qui semblait ne pas avoir servi depuis des années. Ils attendirent là, dans l'ombre, presque invisibles à toute personne qui se dirigerait vers l'hôtel.

Marc entra seul pour vérifier qu'il n'y avait pas de guet-apens comme celui qui aurait pu coûter la vie à Sébastien et à Marie à l'hôtel Mauro. C'était un professionnel, il ne laissa rien au hasard. Il monta par l'ascenseur, visita les chambres, inspecta l'*altana* et redescendit par l'escalier sans voir personne.

— Tout va bien, leur dit-il en les retrouvant.

Ils se dirigèrent vers leurs chambres. Il était temps d'aller dormir, la journée du lendemain serait chargée.

— On se voit demain matin à 8h dans la salle du petit déjeuner... Ça ira pour vous, demanda Marie à Sébastien et aux Dorange ?

Ça allait. Anne et Marc attendirent que Marie et Sébastien soient entrés dans leur suite avant d'aller dans leurs chambres.

Aussitôt entrée, Marie sortit son smartphone de son sac. Elle vit tout de suite qu'elle avait eu un appel, la petite diode verte clignotait. Il s'agissait d'un SMS du général Boulanger : « Il y a du nouveau dans notre affaire, vous pouvez m'appeler jusqu'à 23h. Au-delà de cette heure, attendez demain. G.B. »

Il ignorait ce qu'ils faisaient et n'avait pas téléphoné pour ne pas risquer de les mettre en difficulté. Elle aurait quand même bien aimé savoir ce qui s'était passé.

Elle montra le message à Sébastien sans un mot. Il était 23h10. Il haussa les épaules et ne dit rien non plus. Ils étaient épuisés, il fallait dormir, la journée avait été rude.

XVIII - Giacomo

Jacques avait tenté sans succès d'obtenir de Matteo Bragadin qu'il lui révèle son nom et son âge. La question avait visiblement inquiété son bienfaiteur, car, enfin, comment pouvait-on avoir oublié son propre nom et son âge ? Il s'en était tenu à lui répondre que sa mémoire reviendrait bien un jour.

Il traversait seul à nouveau le palais pour regagner son appartement. Les lieux commençaient à lui être familiers et il retrouva facilement son chemin. Son serviteur l'attendait.

— Je vais sortir, Marcello, viens avec moi s'il te plaît. Je ne suis pas encore tout à fait remis et j'aurai certainement besoin de ton aide. Je vais aller au Ridotto et peut-être jouer au Pharaon, mais je ne rentrerai pas tard, j'ai un rendez-vous ce soir.

— Bien, Signore.

Marcello l'aida à s'équiper avant de quitter le palais. Il enfila une *velada*, une sorte de veste redingote. C'était la période du carnaval et il mit un *tabarro* ([15]), un masque, *la larva* ([16]), et un chapeau avec trois bords relevés, le *tricorno*.

Ainsi dissimulé, il se sentait en sécurité. Sans la cape, ses vêtements coûteux auraient pu attirer l'attention sur

---

15 — *Tabarro : Cape noire.*

16 — *Larva : Masque blanc recouvrant le visage*

lui. Il ne se sentait pas encore tout à fait à l'aise et ne voulait pas attirer les regards.

Marcello Rizzi avait lui aussi revêtu un *tabarro* et un masque.

— Comme cela, on ne verra pas tout de suite que je suis un serviteur. Les domestiques ne sont pas vraiment les bienvenus au Ridotto. Ils n'ont pas d'argent à jouer et leurs maîtres n'aiment pas être vus par leurs domestiques lorsqu'ils sont en train de dilapider des fortunes.

Jacques crut déceler un léger sourire ironique sur son visage. Décidément, Marcello était intéressant. Celui-ci continuait :

— Le plus rapide pour aller au Ridotto est de prendre la gondole et de passer par les canaux. Nous pouvons aussi y aller à pied, mais c'est un peu plus long. Cela vous aiderait peut-être à retrouver la mémoire de voir des situations familières. Que décidez-vous, Signore ?

— Nous irons à pied, c'est parfait ! Jacques était ravi, il allait pouvoir flâner dans les petites ruelles vénitiennes et observer les habitants.

Le palais avait deux accès. Il était arrivé la veille par la porte d'eau. Ils sortirent à pied du palais sur le *Ramo* Bragadin ([17]) donnant sur le *Campo Santa Marina*

Jacques ignorait totalement où pouvait se trouver le Ridotto. Il s'était déjà beaucoup fait remarquer avec ses prétendues absences de mémoire et ne voulait pas demander à Marcello de le lui dire. Il avait été imprudent de révéler qu'il avait « oublié » son nom et son âge et n'allait pas recommencer avec le Ridotto ! Jacques était censé y aller fréquemment, alors révéler qu'il ne savait pas où se trouvait cet endroit pourrait sembler franchement étrange à son valet. Il s'abstint de parler et se borna à l'accompagner. Quand ils arrivaient à un croisement, Jacques le laissait passer devant et n'avait plus qu'à le suivre.

---

17 — *Ramo : Courte rue (calle) en reliant deux autres.*

Il connaissait bien Venise et aimait cette ville. C'était précisément pour cela qu'il l'avait choisie pour effectuer son expérience.

Mais il avait quand même beaucoup de mal à se repérer. Tout était différent, la ville était beaucoup plus peuplée qu'au XXIe siècle et de nombreuses échoppes occupaient le rez-de-chaussée des maisons.

Ils se frayaient un chemin dans la foule et Jacques ne parvenait pas à se situer. Au bout de quelque temps, ils arrivèrent sur une place où il reconnut l'église *Santa Maria Formosa*. Le campanile avait l'air tout récent. Il était magnifique.

Marcello l'emmena dans une ruelle qui faisait face à l'édifice et ils continuèrent pendant un moment avant d'apercevoir une autre église qu'il ne connaissait pas. Après l'avoir contournée par la gauche, ils s'engagèrent dans la troisième ruelle et Jacques aperçut peu après l'arrière de la Tour de l'Horloge. Enfin un endroit qu'il reconnaissait ! Ils allaient arriver place Saint-Marc.

— Après-demain, Signore, il y a un spectacle de taureaux devant l'église *San Giovanni in Bragora*. C'est près d'ici, si vous le souhaitez, je pourrai vous y conduire.

— Avec plaisir, Marcello, on en parlera demain soir.

On sortait d'une petite rue sombre pour entrer en pleine lumière près de la basilique *San Marco*. La place Saint-Marc était, comme toujours, une splendeur. Elle était cependant sensiblement différente de celle que Jacques connaissait.

Une multitude de détails la rendait différente. Elle était occupée par de nombreux étals. Le pavement et les lignes blanches n'étaient pas les mêmes que ceux qu'il connaissait et il remarqua que ces lignes marquaient les emplacements des étals des marchands. Le campanile n'était pas en briques roses, mais blanches. Jacques savait qu'il s'était effondré en 1902, ne faisant qu'une victime, un chat, et qu'il avait été reconstruit. C'est donc l'ancien campanile qu'il contemplait.

Il n'y avait pas de longue file de touristes faisant la queue pour accéder à la basilique. Le *Caffè Florian*, lui, était déjà là, mais pas le *Quadri*. Le *Lavena*, situé entre le

Quadri et la Tour de l'Horloge existait aussi, mais sous le nom de *Regina d'Ungheria*. Et au fond de la place, à l'opposé de la basilique, il voyait l'église *San Geminiano*, qui sera détruite sur l'ordre de Bonaparte.

L'ambiance aussi était très éloignée de celle qu'il connaissait. La foule était constituée de personnages affairés, de bateleurs, d'intrigants et de demoiselles accueillantes. À l'époque, on évitait le mot prostituée, on préférait courtisane.

Un homme masqué s'adressa à Jacques qui ne comprit pas ce qu'il voulait.

– *Non capisco, parlo francese* répondit-il.

L'inconnu reprit aussitôt en français :

– Excellence, que diriez-vous d'une soirée délicieuse avec une personne de qualité ? Je peux vous présenter une amie jeune et belle qui serait charmée de dîner et de passer le reste de la soirée avec vous. Toute la nuit même si vous le souhaitez.

Marcello s'était un peu écarté et contemplait, amusé, la scène. Jacques, surpris, ne disait rien.

Son silence fut interprété par l'inconnu comme un signe d'intérêt et une invitation à continuer. Il s'approcha et reprit en baissant la voix.

– C'est une grande dame, Excellence, une procuratesse dont le mari est absent de Venise pour le service du Sénat. Son sigisbée ([18]) ne l'amuse plus et la pauvre amie s'ennuie. Quand je vous ai vu, bel inconnu, j'ai tout de suite pensé que vous étiez homme à ne pas laisser une jolie femme dans la détresse. Si vous le permettez, Excellence, je peux aussi vous dire qu'elle est en parfaite santé et que vous ne risquez aucune maladie avec elle.

---

[18] – *Sigisbée : Chevalier servant. Amant de cœur et souvent amant tout court. Il accompagnait une femme mariée à des diners ou des spectacles, au grand jour et avec la bénédiction du mari et en son absence. Celui-ci pouvait alors vivre sa vie et se livrer à des débauches avec des courtisanes.*

C'est pour vous, Excellence, l'opportunité de passer une soirée et une nuit exceptionnelles. L'absence de son mari prive malheureusement mon amie des revenus qui lui permettraient de vous recevoir comme il convient. Tout cela entraîne en effet quelques frais. Son rang lui interdit, bien entendu, de solliciter une aide de votre part, mais c'est tout à fait possible par mon entremise. Un honnête don de trente sequins, que vous me remettrez à son intention, permettra à mon amie de faire face à toutes les dépenses...

— Trente sequins ! Tu y vas fort, coquin, s'exclama Marcello qui s'était rapproché.

L'inconnu ne lui accorda pas un regard, mais baissa son prix.

— Eu égard à la qualité et à la prestance de votre Excellence, je suis persuadé que mon amie serait disposée à accepter un don de seulement vingt-cinq sequins.

Amusé, Jacques mit fin à la conversation en riant.

— Veuillez exprimer mes plus vifs regrets à cette estimable personne. Je suis navré de ne pas pouvoir répondre à l'honneur qu'elle était disposée à me faire et d'être obligé de me priver du plaisir de faire sa connaissance. J'ai en effet déjà rendez-vous ce soir avec une amie dont je suis fort épris. Une autre fois, peut-être...

L'inconnu s'inclina sans rien dire et disparut dans la foule.

Tout cela avait beaucoup amusé Jacques. La prostitution avait de l'allure, ici, on s'exprimait avec des mots choisis. Car il avait bien compris qu'en fait, il venait de rencontrer un proxénète qui lui proposait une fille ! En langage du XVIIIe siècle, ça avait quand même de la classe!

— Il y a des cas où la situation est gênante, dit Marcello en riant, le valet d'un patricien m'a dit la semaine dernière que son maître s'était vu proposer sa propre femme ! Il ignorait qu'elle se livrait à ce divertissement, imaginez sa surprise ! Mon ami ne m'a pas raconté comment ça s'est terminé...

Ils avaient traversé la place Saint-Marc et dépassé l'église *San Geminiano* que Jacques trouva assez laide. Sa destruction ne serait pas une perte considérable. La place, telle qu'il la connaissait, lui semblait beaucoup plus harmonieuse.

Ils se trouvaient maintenant *Calle Vallaresso.* À la suite de Marcello, il entra dans un palais. Il en conclut que c'était le Ridotto.

À première vue, c'était un palais comme les autres, avec peut-être un peu plus de monde. Ils montèrent au premier étage et, au moment où ils arrivaient en haut de l'escalier, un homme les rattrapa et prit Jacques par le bras.

— Bonjour Giacomo, comment vas-tu ?

Il s'était exprimé en français.

— Très bien, merci, et toi ? répondit prudemment Jacques qui, évidemment, ne le connaissait pas. Il se demandait comment on avait pu « le » reconnaître, dissimulé sous sa cape, son masque et son chapeau.

— Tout va très bien pour moi ! La demoiselle dont je t'ai parlé la semaine dernière... Eh bien, j'ai rendez-vous avec elle ce soir. Je me suis arrangé pour rencontrer son frère et m'en faire un ami. Il a réussi à convaincre leurs parents de la laisser sortir avec lui ce soir et il me la présentera... J'espère gagner à la *Bassetta,* quelques sequins me seraient bien utiles...

Il entra dans une salle à la décoration baroque. Elle était moins grande que Jacques ne l'aurait imaginé. Tout naturellement, ils le suivirent.

— Comment a-t-il pu me reconnaître, chuchota-t-il à l'oreille de Marcello ? Et pourquoi m'a-t-il parlé en français ?

— Je pense que c'est parce que vous êtes très grand, Signore, plus grand que la majorité des gens. La silhouette et la démarche aussi, peut-être. Et ceux qui vous connaissent savent que vous aimez parler le français.

Il allait ajouter quelque chose, mais changea d'avis et se tut.

L'inconnu s'était installé à une table de jeu. Jacques et Marcello restèrent debout et un peu en retrait. Il n'avait pas l'intention de jouer. Il était venu pour observer le déroulement des jeux et n'avait pas beaucoup de temps à y consacrer, car il devait retrouver sa belle nonne.

— Tu ne joues pas, mon ami ?

— Non, non, j'ai peu de temps. Une amie à voir...

— Ah, dans ce cas....

La partie de Pharaon se déroulait comme Matteo le lui avait expliqué. Les mises semblaient importantes, on jouait gros. Il s'était documenté sur la valeur de la monnaie vénitienne en préparant son « voyage ». Un sequin de 1750 valait à peu près 250 €. Les services de la courtisane qu'un entremetteur lui avait proposée plus tôt pour trente sequins étaient donc hors de prix !

Ils restèrent un peu plus d'une heure à regarder les jeux. Jacques remarqua que certains joueurs pliaient un coin de leur carte et demanda en chuchotant à Marcello ce que cela signifiait.

— Il fait un *al più*. Il vient de gagner et il a choisi de laisser sa mise et de rejouer ce qu'il a gagné. S'il gagne à nouveau, il aura trois fois sa mise initiale. On peut faire plus encore, après un *al più*, on peut tenter le *sept et le va* puis le *quinze et le va* en laissant à chaque fois tout sur la carte. L'embêtant, c'est qu'on ne gagne pas souvent ! Ceux qui jouent de cette façon sont comme des malades, ils perdent beaucoup, mais on dirait qu'ils ne peuvent pas s'empêcher de jouer.

Un valet psychologue, pensait Jacques en souriant. Vraiment, il aimait bien ce Marcello. Celui-ci continuait :

— La *petite paix* est moins risquée : on garde sa mise et on rejoue son gain sur la même carte. Au pire, on n'aura rien perdu ni gagné.

— Allons-nous asseoir un instant Marcello, nous sommes debout depuis longtemps.

— Je vais rester debout, Signore, je ne peux pas m'asseoir à côté de vous, c'est incorrect, je ne suis que votre serviteur.

— Allons, Marcello, détends-toi voyons, c'est moi qui te le demande.

Ils se dirigèrent vers le fond de la pièce où des sièges et une table couverte de verres de boissons étaient mis à la disposition des joueurs et de leurs invités. Plusieurs personnes étaient assises en train de boire.

Jacques remarqua une jeune femme blonde. Elle portait un chapeau extravagant et avait quitté sa cape, mais gardé son masque. Il voyait, à son allure et à sa poitrine largement découverte qu'elle était jeune. Il sourit, l'expression « décolleté vertigineux » lui était venue à l'esprit, il aimait ces expressions désuètes.

Elle était en discussion à voix basse avec un homme, masqué lui aussi. Ils semblaient se disputer et, après quelques instants, la femme recula et posa lentement son éventail ouvert sur sa joue gauche avant de le refermer et de le faire glisser lentement dans la main en regardant son interlocuteur. Celui-ci s'arrêta de parler, tourna les talons et s'éloigna à grands pas vers la sortie.

Marcello souriait en les regardant et chuchota :

— Voilà un éventail assassin !

Jacques le regarda, il ne comprenait pas ce qu'il voulait dire. Voyant son air étonné, Marcello lui expliqua :

— Elle vient de lui ordonner de la laisser tranquille et de lui faire comprendre qu'elle le déteste. C'est la signification de ses gestes avec l'éventail. Les femmes ont beaucoup de moyens d'exprimer des sentiments sans dire un mot, continua-t-il en riant !

La femme se dirigea vers eux, tenant toujours son éventail en touchant l'extrémité du bout de l'autre main.

« Cette manière de tenir l'éventail doit aussi signifier quelque chose. Je n'ai aucune idée des codes en usage à cette époque, pensa Jacques, il faudra que je me renseigne... »

Elle avait enlevé son masque et il remarqua qu'elle avait une sorte de gros grain de beauté près de l'œil.

— Attention, c'est une courtisane. Elle veut vous parler, Signore, chuchota rapidement Marcello.

— Qu'en sais-tu, nous sommes deux, c'est peut-être à toi qu'elle veut parler...

Ils se turent, la jeune femme était arrivée près d'eux. Il vit alors que ce qu'il avait pris pour un grain de beauté était en fait ce qu'on appelle une mouche, elle semblait faite de tissu noir.

Maintenant qu'elle était près d'eux, il la voyait mieux et quelque chose dans sa chevelure attira son attention. Il crut distinguer un mouvement. Il s'arrangea pour regarder plus attentivement en essayant de ne pas attirer l'attention de la jeune femme. Il mit un peu de temps à comprendre que ce qu'il voyait, c'était des poux. Ils étaient nombreux et parfaitement visibles sur les cheveux blonds et gras de la fille. De loin, elle faisait illusion, mais de près, on voyait bien qu'elle n'était pas propre.

Comme Marcello l'avait prévu, elle s'adressa à Jacques.

— Ah, Monsieur ! Avez-vous vu comme ce butor m'a parlé ?

— Hélas, Madame, je n'avais d'yeux que pour vous et je n'ai rien vu d'autre. Je vous prie de nous excuser, nous devons partir.

Jacques s'inclina légèrement devant elle en reculant devant les poux. Il était assez satisfait de son langage et de ses manières qui lui semblaient tout à fait correspondre à l'esprit du siècle.

Elle brandit à nouveau son éventail, se retourna et s'en alla sans un mot. Elle avait une grande robe assez large et s'éloigna majestueusement. Il ne put s'empêcher de penser au départ d'un bateau de croisière d'une compagnie qui aurait connu des jours meilleurs.

— Marcello, comment as-tu deviné qu'elle allait s'adresser à moi ?

— Les courtisanes sont malignes et ont l'habitude d'observer, Signore. Cette femme nous avait étudiés tous les deux et en avait conclu que vous étiez le maître et moi le valet. À l'assurance, peut-être, et aussi aux chaussures, les vôtres sont plus riches que les miennes...

— Que signifiait son geste avec l'éventail ? Et la mouche veut-elle dire quelque chose aussi ?

— Avec l'éventail, elle disait qu'elle voulait vous parler et avec sa mouche au coin de l'œil, elle se dit passionnée...

Tout un langage, murmura Jacques pour lui-même.

L'ambiance de la salle de jeu ou la scène qu'il venait de voir le déprimait. Ou peut-être était-ce l'absence de ses amis, emmenés par les vents du temps, qui lui pesait. Il revoyait le sérieux et fidèle Sébastien, Fabio, le bon vivant. Mei-Lin aussi, bien sûr, la belle et douce Mei-Lin du temps où ils étaient amants.

Il pensait à la mission qu'il s'était fixée de laisser des traces de son passage. Il n'y avait pas encore réellement réfléchi. Rien ne pressait, il devait d'abord s'adapter à ses nouvelles conditions de vie.

— Je dois rentrer maintenant, Marcello. Mon rendez-vous...

— Bien Signore.

Il aurait, pensait-il, retrouvé tout seul le chemin du palais de Matteo Bragadin, mais il préférait rentrer en compagnie de Marcello. Il ne connaissait presque rien de cette Venise-là et ne voulait pas risquer de se perdre ou de se trouver en mauvaise posture quelque part.

Ils ressortirent du Ridotto aussi simplement qu'ils étaient entrés. Au moment de s'engager *Calle Vallaresso*, Jacques décida de rentrer par les canaux, le trajet prendrait moins de temps.

— Marcello, nous allons prendre une gondole, peux-tu en chercher une, s'il te plaît ?

Ils se dirigèrent vers le quai tout proche sur le Grand Canal et Marcello ne mit pas longtemps à trouver un gondolier libre.

Ils naviguèrent le long de la *Piazzetta* et, juste après le *Palazzo Ducale*, s'engagèrent dans le *rio de Palazzo*. Ils passèrent sous le *Ponte dei Sospiri* que Jacques regarda avec curiosité. Ce célèbre Pont des Soupirs était encore utilisé, au XVIIIe siècle comme passage entre le Palais et les prisons. Il pensa aux pauvres diables qui devaient en ce moment croupir dans les Puits ou sous les Plombs.

Ils continuèrent par le *rio San Zulian* et parvinrent assez rapidement dans le *Rio di San Lio*, leur destination. Il reconnut la porte d'eau du Palais Bragadin. Il était arrivé là seulement hier, il avait l'impression qu'il y avait une éternité.

Il disposait tout juste d'une demi-heure pour se préparer avant que les deux gondoliers de la veille viennent au rendez-vous qu'il leur avait donné pour le conduire à Murano retrouver sa belle amie. Il savait maintenant qu'elle s'appelait Marina.

L'indispensable Marcello s'occupa de rafraîchir un peu sa perruque.

— Peux-tu aussi t'occuper de ma montre, la remonter et la mettre à l'heure ?

— Si Signore.

Après une visite rapide à Matteo Bragadin, il s'apprêtait à redescendre vers la porte d'eau quand son valet l'arrêta.

— Vous oubliez votre dague et vos pistolets, Signore !

Surpris et vaguement inquiet, il s'arrêta et en oublia le tutoiement.

— Vous pensez que j'en ai besoin, Marcello ?

— Pas vraiment, Signore, mais vous allez rentrer tard, ou tôt demain et on ne sait jamais.

Il sortit un poignard d'un tiroir et deux pistolets. Il vérifia qu'ils étaient chargés et tendit le tout à Jacques qui se demanda comment transporter ces armes de manière commode et sans danger. Le précieux Marcello vint encore à son aide et lui montra comment les attacher à ses vêtements. Il transportait un attirail invraisemblable avec ses chaînes, ses breloques, sa bourse et maintenant un poignard et deux pistolets dont il ne saurait même pas se servir en cas de besoin.

Il prit sa montre pour la fixer à sa chaîne et regarda machinalement l'heure. Quelque chose n'allait pas. L'heure indiquée ne correspondait pas à ce qu'il pensait.

— Tu as bien mis ma montre à l'heure, Marcello ?

— Si Signore...

— Alors c'est qu'elle est en panne...

— Vous permettez Signore, demanda Marcello en prenant la montre pour vérifier. Elle est bien à l'heure, d'ailleurs, on entend en ce moment les cloches de *San Giovanni Crisostomo* qui sonnent vingt-trois heures.

— Mais, ça ne correspond pas... Il fait encore jour. Ah ! Ma mémoire...

Il avait parlé trop vite. C'était cette fichue manière vénitienne de décompter le temps. Il avait éludé la difficulté en demandant à Marcello de le réveiller deux heures avant le lever du Soleil, mais il fallait maintenant essayer de s'adapter. Il hésitait à continuer, il devait sembler de plus en plus étrange à son serviteur.

Si Marcello était étonné par son comportement, il ne laissa rien paraître et crut même bon d'expliquer :

– Si vous permettez, Signore, je pense que c'est certainement un effet de votre malaise d'hier. En plus, vous êtes allé récemment en Europe où vous avez fait le Grand Tour. Tout cela fait que, peut-être, vous pensez à la manière française de mesurer le temps. Ici, nous avons gardé l'ancienne manière. Le soleil va se coucher dans une heure et il sera minuit. Il est toujours minuit au moment du coucher du soleil.

– Et ça change tous les jours...

– Oui, il faut régulièrement mettre ses montres et horloges à l'heure. Pour le faire, on attend que les horloges des campaniles sonnent les heures.

« Une manière compliquée de définir les heures », pensa Jacques !

– Merci Marcello, je me souviens maintenant. Il voulait mettre fin à la conversation.

Puis il remit sa *bauta*, revêtant d'abord le *tabarro* et le tricorne, mais gardant la *larva* à la main. Il mettrait ce masque au dernier moment. Cette façon de sortir dissimulé lui convenait parfaitement.

Les deux gondoliers qui l'avaient conduit au palais Bragadin la veille étaient déjà là, devant la porte d'eau. L'un d'eux était resté dans la gondole pendant que l'autre attendait sur les marches du palais. Dès qu'il vit Jacques, il ôta rapidement son bonnet rouge et l'aida à monter puis détacha l'amarre en sautant sur l'embarcation.

Le plus âgé des deux hommes, resté sur le bateau, fit un signe de tête.

C'était la gondole et les mêmes gondoliers qui l'avaient amené la veille. Jacques pensa qu'ils devaient être au service d'un riche personnage. Peut-être s'agissait-il de Monsieur de Bernis, la Belle Babet qui amusait tant Matteo Bragadin et ses amis ?

La gondole s'engagea dans le canal de droite puis, après quelques dizaines de mètres, à gauche dans le *rio dei Mandicanti.*

Il était déjà passé la veille devant l'église *San Zanipolo* et il y avait toujours autant de monde sur la place. Le canal longeait la *Scuola Grande di San Marco.* D'après ce qu'il savait de l'histoire de Venise, c'était à cette époque une confrérie de bienfaisance, mais il connaissait mal le sujet, il faudrait qu'il se renseigne auprès de Matteo. Au XXIe siècle, c'est l'hôpital.

Le quai qui longeait le mur latéral de la *scuola* était presque désert. En tout cas, il y avait beaucoup moins de monde que sur la place et l'attention de Jacques était moins sollicitée par son environnement.

Il pensa à sa situation et prit conscience qu'il était en permanence occupé à s'adapter. Alors, il ne lui restait pas assez de temps pour réfléchir et analyser ce qu'il voyait.

Il savait que la République de Venise était sur le déclin. Sa gloire passée n'était plus qu'un souvenir. Elle avait perdu petit à petit la plupart de ses possessions en Méditerranée et le commerce qui avait été sa richesse prenait d'autres voies.

Moins de cinquante ans plus tard, Napoléon Bonaparte annexerait Venise et ses derniers territoires sur la terre ferme, sans résistance de son gouvernement.

La République de Venise, écartelée entre l'appétit de la France napoléonienne et la convoitise de l'Autriche, connaissait sa faiblesse. Elle n'avait plus les moyens de protéger ses frontières. Impuissante, elle essayait de ne froisser personne et d'adopter une politique de neutralité comme la Suisse, mais sans grand succès. Bonaparte le prédateur était trop avide pour laisser des miettes hors de son empire.

Jacques voyait là un monde qui allait vers sa fin.

Parmi tous les patriciens de Venise, certains devaient être de brillants esprits et il se demandait s'ils s'en trouvaient qui avaient conscience de la précarité de leur situation. Il ne saurait pas dire ce que pouvait en penser par exemple Matteo Bragadin qui était intelligent et fin. Après tout, la République avait mille ans. Quel homme pouvait être assez lucide pour être capable d'imaginer, en ce siècle des Lumières, qu'il pourrait voir la fin de ce monde de son vivant ?

Jacques trouvait cela un peu triste. Les gens qu'il avait vus s'affairer sur la place et les patriciens comme Matteo Bragadin et ses amis, cultivés, tolérants et pleins de charme, ne seraient bientôt que des fantômes du passé.

L'embarcation avait dépassé *Fondamenta Nuove* depuis un bon moment. Avec ses deux rameurs, elle allait vite et pendant que Jacques remuait ces pensées mélancoliques, elle avait atteint Murano.

Les gondoliers dirigèrent le bateau vers le couvent *Santa Maria degli Angeli* et s'arrêtèrent non loin de la petite porte qui s'ouvrait dans le mur d'enceinte. De là où ils étaient, Jacques voyait qu'ils étaient dissimulés aux regards des occupants du couvent. Les gondoliers devaient être considérés comme sûrs par Marina. Ils venaient et attendaient dans un endroit discret sans avoir besoin qu'on leur donne d'instructions.

L'attente durait depuis une vingtaine de minutes quand Jacques vit une nonne franchir la petite porte, la refermer à clé et se diriger en courant vers la gondole. Il reconnut Marina, sa *belle amie* de la veille. Elle avait une robe comme celle qu'il lui avait déjà vue, claire avec une ceinture noire, une sorte de châle sur les épaules et un voile léger sur la tête.

Le plus jeune des *barcarols* l'aida à embarquer et la jeune femme se dirigea rapidement sous le *felze*, à l'abri des regards. Les deux gondoliers taciturnes devaient savoir où aller car l'embarcation s'éloignait déjà du quai où ils avaient attendu Marina. Il ne s'en étonnait plus.

Jacques l'avait suivie sous le *felze*. Elle se retourna et, d'une poussée, le fit tomber en riant sur les coussins où elle le rejoignit pour l'embrasser longuement.

Il appréciait l'initiative et sa fougue !

Mais paradoxalement, il était moins à l'aise que le jour précédent.

Quand il s'était « éveillé » près de sa *belle amie*, à son arrivée dans le XVIIIe siècle, il était dans une sorte d'état second. Son état de conscience devait être amoindri et les conditionnements culturels qui dictent nos émotions étaient en sommeil. C'était différent aujourd'hui et son comportement lui paraissait presque pervers.

Il ne savait rien des agissements habituels de ce Giacomo dont il occupait le corps. Mais, après ce que lui avait révélé Matteo Bragadin le matin même, il était certain que Marina et son amant, la Belle Babet, étaient sans aucun doute beaucoup plus pervers que lui-même, scientifique absorbé par ses travaux.

Ses parents étaient catholiques et l'avaient élevé dans cette religion, mais il était devenu agnostique à l'adolescence. Il considérait que les différences entre les religions étaient de l'ordre du détail et que leurs structures n'étaient qu'une affaire d'organisation politique. Cette manière de voir les choses trouvait selon lui une démonstration dans le communisme, période Union soviétique, qui avait quelque chose d'une religion pour les fidèles.

Il comprenait la notion de divin qu'il trouvait inhérente à la nature humaine et animale. Il pensait que les animaux supérieurs, chats, chiens, avaient eux aussi une « conception » du divin. Leur maître avait la place d'une divinité. Il admettait donc le concept. Pour autant que le mot convienne, Dieu était pour lui une sorte de symbole, une idée, un lien entre tout ce qui « existe ». Il avait d'ailleurs généralement des difficultés à définir ce concept.

De toute manière, il n'avait rien à faire des dogmes des religions. Il avait gardé de son enfance une vague sympathie pour la conception chrétienne de l'idée de religion, mais ça n'allait pas plus loin.

Alors embrasser et caresser une religieuse libertine n'était pas tout à fait quelque chose de banal pour lui. C'était un peu dérangeant, mais, en même temps, cela avait surtout quelque chose de terriblement excitant.

Quand Marina se redressa, il vit qu'elle avait les yeux pleins de larmes. Il ne s'y attendait pas.

— Quelque chose ne va pas ?

Évidemment quelque chose n'allait pas, il venait de dire une banalité et le regrettait, mais, comme beaucoup d'hommes, il était décontenancé devant une femme en pleurs.

— Je te dirai tout quand nous serons arrivés au casino de François-Joachim, dit-elle d'un air triste.

Puis elle se retourna pour se pencher vers le coffre qui était derrière le lit de coussins. Elle en sortit un manteau et un *tabarro* qu'elle revêtit par-dessus ses vêtements de nonne. C'était l'hiver et le froid était humide. Les vêtements étaient chauds et dissimulaient complètement son habit de religieuse. Ainsi vêtue, elle se sentait mieux. Malgré la liberté des mœurs de Venise, elle savait qu'il serait sans aucun doute mal vu de s'afficher en religieuse avec un homme. Avec des vêtements « civils », même si on la reconnaissait, il n'y aurait pas de problème. Il y avait une forme d'hypocrisie dans tout cela, mais c'était aussi le cas dans toutes les époques et pour beaucoup de codes de la vie sociale.

Jacques pensait à l'étrangeté de cette situation. Avant-hier, il était dans la France du XXIe siècle, environné de technologie, d'informations et d'images. Aujourd'hui, il était dans une société préindustrielle en compagnie d'une fille, jeune et d'une beauté éclatante. Elle était sa maîtresse et — détail — c'était aussi une religieuse et la maîtresse d'un ambassadeur de France un peu voyeur. Il y avait quand même de quoi être un tantinet désorienté...

Marina souriait en le regardant sans parler. Son sourire était triste.

« Que pense-t-elle ? » se demandait-il en la regardant lui aussi. Elle semblait intelligente et était, comme tout le monde, en partie le produit de son éducation. Quelle pouvait être sa personnalité ? À part les relations physiques, quels échanges Jacques pouvait-il avoir avec elle ?

Elle l'étonnait un peu, il ne pensait pas que les femmes du XVIIIe siècle pouvaient être aussi « libérées ». Mais il ne la connaissait que depuis la veille et il ne fallait sans doute pas généraliser à l'ensemble de la société de l'époque. Le comportement de Marina était certainement celui d'une minorité, la classe dominante à Venise.

Le silence allait devenir gênant. Il souleva le rideau latéral du *felze* pour regarder à l'extérieur et vit que la gondole s'approchait du bord d'un quai où elle s'immobilisa. Ils étaient arrivés. Il ne s'était pas passé plus de dix minutes et ils étaient toujours à Murano.

Avant de quitter la gondole, Marina mit un masque. Jacques l'imita puis ils montèrent rapidement sur le quai. Elle l'entraîna vers l'immeuble qui se trouvait en face et en ouvrit la porte d'entrée avec une clé. Ils se trouvaient maintenant au bas d'un escalier droit qu'elle gravit rapidement. Jacques la suivait.

En haut, une porte peinte en vert ouvrait sur un petit couloir. Marina s'y arrêta quelques instants et ils se débarrassèrent de leurs vêtements chauds et des masques en les laissant sur une banquette qui se trouvait là. Avec une petite table, c'étaient les seuls meubles de l'endroit. Ils ôtèrent aussi leurs masques.

Le couloir donnait accès à une petite pièce chauffée et éclairée. Quelqu'un avait dû se charger de préparer l'appartement, le casino de François-Joachim de Bernis, pour la venue de Marina.

L'éclairage était fourni par des girandoles dont les pendeloques de cristal renvoyaient la lumière. Ce type de luminaire semblait être très répandu à Venise.

La lumière en était chaude et allait bien à Marina.

Il eut à nouveau l'impression d'irréalité qu'il avait déjà ressentie en sa présence. Sa robe de nonne en camelot de soie blanche, sa ceinture de tissu noir et son décolleté donnaient à l'ensemble un aspect contrasté, à la fois sage et sexy. L'appartement lui-même, à la décoration chargée, l'éclairage, tout cela donnait une impression d'étrangeté qui déconcertait Jacques.

À cela s'ajoutait sa jeunesse. Elle ne devait pas compter beaucoup plus de vingt ans, si même elle les avait.

La table était dressée pour deux convives. À voir les couverts et la délicatesse de la vaisselle de porcelaine, l'occupant de ce casino avait les moyens…

— Nous ne reverrons jamais François-Joachim, *amore*, soupira Marina. Il m'a écrit pour me dire qu'il ne reviendra pas.

Des larmes coulaient sur ses joues.

— Il avait été rappelé en France et je pensais que c'était seulement pour quelques mois. Mais je viens de recevoir une lettre où il m'écrit qu'il est chargé par le roi d'une mission très importante. Il est parti à Vienne, en Autriche. Tu le sais, Giacomo, j'aime beaucoup Monsieur de Bernis. Il était mon amant avant que je te connaisse et que tu le deviennes aussi. C'est grâce à lui que je peux sortir du couvent et venir dans ce casino où nous pouvons nous retrouver. Je lui dois cette liberté. Ses *barcarols* lui sont très fidèles et ne nous trahiraient jamais. Mais son départ est définitif. Ses gondoliers se mettront au service du nouvel ambassadeur de France et ne resteront peut-être pas discrets sur le passé.

Il avait envie de la serrer dans ses bras. Elle étouffa un sanglot avant de reprendre.

— François-Joachim me recommande de ne plus continuer à utiliser ce casino après son départ. Il va en cesser la location et me demande de charger le concierge de vendre tout ce qu'il contient, sauf les livres et les estampes libertines qu'il faudra lui envoyer à Paris. Sans ce casino et sans l'aide de M. de Bernis, je ne pourrai plus sortir du couvent et on ne se verra plus, continua-t-elle en pleurant.

Jacques ne savait pas trop comment la consoler. Il la connaissait, si on pouvait utiliser ce mot, depuis la veille seulement. Il ne savait rien de son caractère ni de celui de ce Giacomo dont il occupait le corps. Comment, l'aider ?...

Il la prit dans ses bras et murmura doucement à son oreille :

— Je serai là, *amore*, tu n'es pas seule, je vais trouver un moyen pour que tu puisses sortir et que l'on continue à se voir.

Il avait dit cela sur une impulsion, pour qu'elle arrête de pleurer. Il n'aimait pas voir une femme pleurer, ça le rendait mal à l'aise. Et puis le charme de cette fille agissait. Elle était, à en croire ses amis, libertine et peut être perverse, mais, malgré cela — ou peut-être à cause de cela — elle lui plaisait.

Ses paroles apaisantes semblaient agir et Marina se calma un peu.

— Je vais changer de vêtements, Giacomo, je ne veux pas passer cette soirée et cette nuit dans cet horrible habit de religieuse. C'est peut-être ma dernière nuit de liberté.

Il ne trouvait pas que sa tenue était horrible.

— S'il te plaît, non, reste avec ces vêtements, *amore*, c'est justement si tu les gardes que nous allons vivre ensemble un grand moment de liberté. Quand nous les enlèverons, nous nous aimerons et nous allons transgresser tous les symboles que cette tenue représente. Plus tard, tu porteras ces vêtements au couvent et tu te souviendras de la formidable liberté que tu as prise aujourd'hui.

Et puis il était excité à la pensée de faire l'amour à une religieuse en habit. C'était délicieusement transgressif et décadent.

Il se demandait si Marina avait bien compris ce qu'il lui avait dit dans un style très peu XVIIIe siècle. L'expression et le sourire de Marina le rassurèrent.

Il ne se posa aucune question sur son propre comportement qui était à ce moment très éloigné de la psychologie du professeur Jacques Cazeneuve.

— Je vais faire comme tu le dis, Giacomo, mais j'ai quand même besoin de me rafraîchir un peu avant de te rejoindre dans la chambre. J'en ai pour quelques minutes et je suis toute à toi.

Elle agita une petite sonnette et une femme d'âge moyen se présenta devant elle. Jacques ne l'avait pas entendue entrer. Elle le salua en fléchissant légèrement les genoux et sortit à la suite de Marina vers une porte donnant sur une autre pièce du casino.

Resté seul, il regarda autour de lui. Ils étaient dans ce qui devait être la salle à manger, assez petite, de l'appartement. À part le petit couloir par lequel ils étaient entrés, c'était la seule autre porte de l'endroit.

Il ressortit vers ce couloir. Il y remarqua une autre porte. Après une légère hésitation, il décida de la franchir.

Elle donnait sur une chambre. Elle était éclairée, elle aussi par des girandoles. En plus de leurs pendeloques, des miroirs réfléchissaient la lumière. Des gravures érotiques ornaient les murs. Un grand lit, presque aussi large que long, attirait tout de suite l'attention. Face à celui-ci, il y avait un canapé qui correspondait exactement à la description qu'en avait faite Matteo Bragadin. Il était contre le mur et c'était donc derrière cette cloison que La Belle-Babet exerçait sa misérable activité de voyeur avec la complicité de Marina. Il semblait n'y avoir aucune porte permettant d'accéder à cet endroit, Jacques pensa qu'il devait y avoir une entrée séparée.

Il ne ressentait aucune sympathie et même un peu de mépris pour ce Belle-Babet. Son Excellence François-Joachim de Bernis, abbé et ambassadeur du roi de France à Venise n'était qu'un misérable. Il était moins sévère à l'égard de Marina, mais il était suffisamment lucide pour se rendre compte que c'étaient sa beauté et sa jeunesse qui le portaient à l'indulgence. Il s'étonna vaguement de sa façon de penser. Était-ce un effet du voyage dans le temps ou seulement de l'ambiance du siècle, mais il exprimait ses sentiments avec une délicatesse inattendue. En d'autres temps, il aurait considéré que La Belle Babet était un pauvre type et Marina, une salope.

Il se retourna en entendant des pas. Sa *belle amie* venait vers lui.

Ses cheveux assez longs étaient découverts et il se demanda si, comme lui, elle portait une perruque. Il espérait que non. Elle avait changé, sa poitrine paraissait plus généreuse encore qu'auparavant. Il savait que les religieuses comprimaient leurs seins pour cacher leur féminité et il pensa qu'elle s'était libérée d'une sorte de corset. Marina n'avait plus rien d'une nonne. Elle n'aurait peut-être pas fait la couverture des magazines de mode des années 2000, car elle était un petit peu potelée, mais il la trouvait superbe. Un proverbe lui vint soudainement à l'esprit :

Le fritoe xé come le done, se no le xé tonde e un poco grasote, no le xé bone.

Ça lui était venu tellement naturellement à l'esprit qu'il eut un temps de retard avant de réaliser que cette citation était en langue vénitienne et qu'il la comprenait :

Les beignets c'est comme les femmes, s'ils ne sont pas ronds et un peu grassouillets, ils ne sont pas bons.

Il se demandait ce qui lui arrivait. Il avait pensé à un proverbe qui lui était totalement inconnu et dans une langue qu'il ne connaissait pas. Pour couronner le tout, c'était pour exprimer un goût qu'il n'avait pas particulièrement.

Il avait entendu qu'on lui parlait, mais il n'écoutait pas. Il releva la tête.

— *Tutto va bene*, Giacomo ?

Marina avait l'air un peu inquiète.

— Oui, tout va bien, excuse-moi, j'étais distrait. Je pensais à tout ce que tu m'as dit.

Un pieux mensonge n'a jamais fait de mal à personne. Elle sembla rassurée.

— Je te proposais d'aller souper, *amore,* nous aurons ensuite toute la nuit pour nous, mais il faudra que je parte avant le jour.

Ils gagnèrent la salle à manger où la servante avait déposé plusieurs plats sur une petite table à côté de celle où ils s'installèrent. Des réchauds maintenaient certains de ces plats au chaud. Il y avait aussi trois bouteilles de vin.

— Peux-tu mettre à l'heure l'horloge à réveil qui est dans la chambre, s'il te plaît Laura, dit-elle à la servante. Je dois me lever à 11 heures. Ensuite, tu pourras nous laisser et rentrer chez toi. Ne t'occupe pas des *barcarols,* ils savent à quelle heure venir me chercher pour me ramener au couvent.

Ainsi, cette servante s'appelle Laura, nota Jacques avant de revenir à ce que Marina venait de dire. Il avait du mal à s'habituer à la manière vénitienne de définir les heures. Pour lui, ça n'avait rien d'évident et il essaya de calculer rapidement : 11 heures après le coucher du soleil, l'hiver où le soleil se couche tôt, ça correspondait à une heure très matinale.

Marina s'était méprise sur sa réaction et pensait qu'il était déçu par l'heure matinale qu'elle avait fixée pour son réveil. Elle avait un air désolé.

— Je dois vraiment partir de très bonne heure, Giacomo, si j'arrive de jour au couvent, je risque d'être découverte.

Il lui baisa la main en souriant sans répondre.

Malgré son chagrin à la pensée de ne plus voir La Belle Babet et de perdre le casino, Marina fit honneur au repas préparé par Laura. Les mets et les vins étaient excellents. Jacques reconnut un Bourgogne et en fit la remarque.

– Oui, ce sont des vins français. C'est François-Joachim qui les fait apporter ici par ses *barcarols* et il n'aime que les vins de son pays. Ouvre la bouteille de champagne, *amore*, je veux qu'un peu d'ivresse me fasse oublier que je devrai retourner au couvent.

Il avait donc ouvert la bouteille...

Ils avaient ensuite gagné la chambre et Jacques regarda à nouveau les magnifiques gravures libertines qui en ornaient les murs. Pour Marina, il y a vraiment une vie en dehors du couvent, avait-il pensé...

Le champagne avait fait son effet et les avait détendus. En réalité, c'était surtout Jacques qui avait besoin d'être désinhibé. Ces derniers jours avaient été bien remplis et un peu fatigants. Il arrivait rarement, la même semaine, de voyager dans le temps, d'habiter un palais et de se retrouver au lit avec une religieuse belle à faire damner un pape. Les voies du Seigneur sont impénétrables, pensait-il en enlaçant Marina.

Pour elle, c'était peut-être la dernière nuit de totale liberté avant longtemps. Peut-être même la dernière, tout simplement. Elle voulait donc en savourer tous les instants.

Dans le corps qu'il occupait, il ne fut pas insensible à la fougue de sa *belle amie*.

Un tintement le réveilla. Pendant quelques instants, il se demanda où il était. Il éprouvait la même sensation qu'après un décalage horaire à la suite d'un long voyage.

Il regarda autour de lui sans reconnaître l'endroit. Il y avait d'épais rideaux aux fenêtres et la nuit, presque totale, ajoutait à son malaise. Seule une petite lampe à huile posée sur une console diffusait une pauvre lumière.

Il était couché dans un grand lit. Il était donc dans une chambre. Mal réveillé, il s'attarda à observer la petite lampe. Elle devait être là pour permettre de se déplacer dans la nuit sans se cogner aux meubles.

Un corps remua près de lui. Il se réveilla complètement et revint à la réalité. Il se souvenait : le voyage dans le temps, Venise, le palais Bragadin… Et Marina.

Les instants qu'il venait de passer avec elle avaient été fantastiques et fatigants. Il était épuisé. Il n'aurait pas pensé qu'une religieuse puisse exceller dans le domaine de l'amour. La réputation de Venise au XVIIIe siècle correspond donc bien à la réalité, pensa-t-il.

La faible lueur de la lampe était suffisante, maintenant qu'il s'y était habitué et il pouvait voir la jeune femme. Quelle étrange personnalité ! pensa-t-il.

Marina s'éveillait aussi et elle semblait avoir autant d'appétit que plus tôt dans la nuit. Après une étreinte passionnée, elle s'écarta pour le regarder puis l'embrassa en disant tristement :

— Je devrai bientôt partir Giacomo, retourner à mon affreux couvent.

Il la prit dans ses bras et l'embrassa avant de lui demander :

— Es-tu réellement obligée de retourner au couvent, *amore* ? Si tu n'y es pas heureuse, pourquoi y rester ?

— J'y suis allée de mon plein gré. Contrairement à beaucoup de filles, ce n'est pas par obéissance à mes parents que je suis religieuse. J'ai choisi.

— Mais pourquoi ?

— C'était commode. Je ne voulais pas d'un mari qui gouverne ma vie alors j'ai choisi de vivre dans ce couvent. Il y règne une grande tolérance. J'ai une domestique à mon service, c'est une sœur converse qui m'est très attachée et c'est grâce à elle et au jardinier que je peux sortir facilement. Je peux faire à peu près tout ce que je veux, mais c'est quand même un couvent. Il faut sauver les apparences et prendre des précautions comme je l'ai fait ce soir. Il faut aussi avoir un ami puissant comme François-Joachim. Il me donne les moyens d'être généreuse avec la sœur converse et le jardinier. J'ai aussi une amie qui m'aime beaucoup.

Mais depuis que je te connais, Giacomo, je ne suis pas réellement heureuse dans ce couvent. Je voudrais pouvoir te retrouver plus souvent et ne pas être obligée de te quitter avant l'aube pour y retourner.

Elle avait perdu la gaîté qui l'avait animée pendant le repas et jusqu'à ce moment. L'évocation de la situation assombrissait son beau visage. Elle devait penser au départ de la Belle-Babet qui la priverait de la possibilité de sortir du couvent et d'utiliser ce casino.

Jacques se leva pour la rejoindre et lui prit la tête entre ses mains en la regardant longuement dans les yeux.

— Je vais chercher un appartement à Murano, près de ton couvent. Cela nous permettra de nous y retrouver. Je te le promets, ajouta-t-il gravement. Puis, saisi d'une impulsion, il saisit l'occasion et reprit d'un ton plus léger :

— Je te le promets, Marina, aussi vrai que je m'appelle.... Comment est-ce que je m'appelle, *amore* ?

— Giacomo Casanova, répondit-elle avec un sourire triste. Tu t'appelles Giacomo Girolamo Casanova.

Il avait mal entendu. Il devait avoir mal compris... Mais, déjà le doute venait et c'est d'une voix altérée qu'il lui demanda.

— Redis-le, *amore*, j'aime que tu prononces mon nom.

— Giacomo Girolamo Casanova, *amore*.

XIX – Venise

Marie Bertot se réveilla en entendant des bruits inhabituels. Ils venaient de l'extérieur. Inquiète, elle courut aussitôt à la fenêtre et en écarta un peu le rideau pour regarder dans la rue, quatre étages plus bas.

Les bruits étaient ceux du service de ramassage des ordures. Elle s'était alarmée pour rien mais, par prudence, elle resta quelques instants à les observer. Un employé poussait devant lui une sorte de chariot dans lequel il jetait les sacs d'ordures déposés devant chaque immeuble.

Il n'y a pas de véhicules terrestres à Venise et le ramassage des ordures y est forcément manuel. Les employés poussent une sorte de chariot devant eux, dans lequel ils jettent les sacs de déchets déposés devant chaque immeuble par les habitants. Les chariots sont ensuite emportés jusqu'au bord du canal le plus proche et vidés dans une barge. La vie doit être compliquée et les services publics coûteux à Venise, pensa Marie.

Convaincue qu'il s'agissait de vrais éboueurs et qu'il n'y avait pas de danger particulier, elle se détendit un peu. Elle craignait pour leur sécurité et n'avait pas bien dormi. Anne et Marc Dorange avaient bien installé quelques dispositifs d'alerte en cas d'intrusion, mais c'était du matériel léger susceptible d'être brouillé et neutralisé. Elle ne leur accordait pas une confiance totale et ça l'avait empêchée de dormir.

Marie était complètement réveillée et décida de ne pas se recoucher. Elle devait appeler le général Boulanger et prit son smartphone pour désactiver la fonction réveil. Une diode verte signalait un message en attente. C'était un nouveau message du général Boulanger, envoyé à 3h17. Il ne dort donc jamais, se dit-elle.

L'écran affichait « appelez-moi aussitôt que vous lirez ceci, c'est urgent ! ».

Il était un peu plus de 6h30 et Marie hésita un peu, elle se demandait si le général dormait après l'envoi de son message, trois heures plus tôt. Elle se décida rapidement, le message était sans ambiguïté et elle appela avec le téléphone sécurisé.

Georges Boulanger décrocha à la troisième sonnerie et attendit qu'elle parle. Ils agissaient toujours ainsi, c'était à celui qui appelle de parler le premier. C'était une des manières de s'assurer que l'interlocuteur était bien le possesseur légitime du téléphone. Ça avait l'avantage de ne donner aucune indication, même minime, si le téléphone avait été volé ou son propriétaire sous la contrainte. C'était bien peu en matière de sécurité, mais c'était déjà ça...

— Mon général, c'est Marie, je viens de lire votre message.

— Oui... J'ai du nouveau dans notre affaire.

— Vous avez identifié des signes laissés par le professeur Cazeneuve ?

— Non, hélas. Les éléments nouveaux concernent les deux attaques dont vous avez fait l'objet. Les services italiens ont identifié l'homme qui a essayé de tuer Monsieur Salen dans le hall d'entrée de votre premier hôtel. Un certain Nunzio Giordani. Il avait opéré à visage découvert et les images des caméras de surveillance de l'hôtel étaient très nettes. Les Italiens ont pu l'identifier rapidement, car il était dans leurs bases de données des criminels recherchés. Il a été impliqué dans au moins trois meurtres, mais était en fuite depuis deux ans. Ils viennent de le retrouver.

— Ils l'ont interrogé ? Qu'a-t-il dit ?

— Lui, rien, il est mort. Une balle dans la nuque.

— Et les Italiens l'ont retrouvé.... Comment ?

— Par hasard comme ça arrive parfois. Un petit bateau à moteur, un Riva, allait à une allure excessive sur le Grand Canal et il a été arrêté par un bateau de la *Polizia locale*. On n'y pense pas, mais il y a aussi à Venise des radars qui traquent les excès de vitesse des bateaux, comme chez nous pour les voitures. Les policiers ont donc arrêté le bateau pour contrôler et verbaliser le pilote. Leur attention a été attirée par du sang qui semblait couler de sous une bâche. Ils ont soulevé la bâche et ont découvert notre homme, mort.

Se voyant pris, le pilote du bateau a essayé de s'enfuir en sautant à l'eau. Malheureusement, un bateau de la *Vigili del fuoco* — les pompiers — passait par là à grande vitesse... Il est mort pendant son transport à l'hôpital...

Bien entendu, il n'avait aucun papier sur lui et ses vêtements étaient ceux que l'on trouve dans tous les supermarchés. Pas d'étiquette révélatrice de son origine comme dans les romans. Mais il nous a quand même appris quelque chose. Il n'est pas mort sur le coup et, dans le bateau-ambulance qui l'emmenait à l'hôpital, il a dit quelque chose que les deux ambulanciers n'ont pas compris. Alors celui qui ne pilotait pas a eu la très bonne idée d'utiliser son smartphone pour enregistrer les sons émis par le mourant.

— Ce sont les Italiens qui vous ont dit tout ça ?

— Oui, nos collègues Italiens ont été très coopératifs. Ils connaissaient notre intérêt pour cette affaire et nous avons été très vite informés de tout ça. Mon interlocuteur est très efficace et bien placé.

Ils sont inquiets et assez perplexes de voir tout ce qui est arrivé à Venise en quelques heures. D'abord l'agression à votre hôtel, puis deux touristes belges tués par balles devant l'église *San Moisè*. Enfin, le pilote mortellement blessé d'un Riva qui transportait le cadavre du responsable du premier de ces incidents.

Bref, je vous passe les détails, mais je vous ai dit que le pilote du Riva nous avait appris quelque chose. D'abord, il avait un type asiatique. Ensuite, à partir de l'enregistrement fait par l'ambulancier, nous avons pu déterminer qu'il était Coréen du Nord, de la République Populaire et Démocratique de Corée.

— On en est sûr ?

— Oui. Juste avant de mourir, il chantait « *Du même pas* », un chant à la gloire de Kim Jong-un, le Chef suprême du pays. Il faut vraiment être motivé pour faire ça dans un tel moment !

— Il délirait ?

— Peut-être pas. L'individu en question, nous ne savons pas son nom, mais ça n'a pas vraiment d'importance, était en Europe. Il est très difficile pour un Coréen du Nord d'aller en Occident. On pourrait donc penser qu'il avait la confiance du régime, mais je crois plutôt que sa famille était garante de sa loyauté. Elle était otage en quelque sorte. Il a dû craindre pour l'avenir des siens et donner un gage de son attachement au régime en chantant l'hymne à la gloire du chef. Une erreur, à mon avis, car ainsi, il a révélé que son pays était impliqué dans l'affaire. Pas facile et dangereux d'être citoyen de Corée du Nord…

— Nous n'en savons pas plus pour le moment, Marie, mais c'est intéressant et ça implique pas mal de choses.

— D'abord, et le plus important, la Corée du Nord semble être le pays à l'origine du piratage des ordinateurs du professeur Cazeneuve.

— En quoi les recherches du professeur pourraient-elles intéresser un pays comme la Corée du Nord ?

— Ne vous y trompez pas, Marie, même si les dirigeants de ce pays nous semblent un peu ridicules, il faut les prendre très au sérieux. Ils sont dangereux. Ils ont l'arme nucléaire et des missiles pour la transporter. Ce qu'on sait moins, c'est qu'ils sont aussi experts en piratage informatique. Comme je vous l'ai dit, nos analystes pensent que ce sont eux qui se sont introduits dans les ordinateurs du professeur Cazeneuve. On continue à enquêter là-dessus.

— Vous disiez que tout cela impliquait pas mal de choses…

— Oui. On ne sait pas exactement pourquoi Nunzio Giordani a été exécuté, il peut y avoir plusieurs raisons. Je pense que c'est parce qu'il était facilement identifiable et qu'il aurait été arrêté un jour ou l'autre. Son commanditaire coréen n'a pas voulu prendre le risque qu'il parle. En plus, il avait échoué et son exécution avait aussi l'avantage de donner un avertissement aux autres hommes de main sur cette l'affaire.

Marie Bertot pensa que l'affaire dont parlait le général Boulanger, c'était la tentative de meurtre de Sébastien Salen et son propre assassinat en dommage collatéral. Pas réjouissant comme perspective...

Comme s'il avait lu dans ses pensées, le général Boulanger continua :

— Soyez très prudente Marie. On va faire ce qu'on peut pour vous aider, mais vous ne devez compter que sur vous-même et votre petite équipe.

— Ah, il faut aussi que je vous dise... Les Italiens ne sont pas idiots, ils enquêtent sur ce qui s'est passé à l'hôtel Mauro. Ils ont vos photos par les caméras de surveillance et voudront certainement vous interroger, Sébastien Salen et vous. Essayez de leur révéler le moins de choses possible.

— Ils mettront peut-être un peu de temps à nous retrouver, nous avons donné d'autres identités en venant ici.

— Bien ! Le général continua aussitôt :

— Pour notre part, nous allons concentrer nos recherches sur la Corée, Marie, je parle du volet renseignement de l'affaire. Il faut qu'on découvre qui a piraté les travaux du professeur Cazeneuve et l'étendue des dégâts. En ce qui concerne l'aspect recherche d'indices sur les tableaux et objets, nous n'avons rien trouvé, mais nous continuons à chercher.

— Est-ce que le fait de n'avoir encore rien trouvé est significatif ? Que pensez-vous de ça ?

— Rien encore... Les ordinateurs examinent des milliers de documents et n'ont pas terminé. Évidemment, je préférerais qu'ils aient déjà découvert quelque chose et avoir une certitude. Il est possible, en fin de compte, qu'on ne découvre aucune marque laissée par le professeur. Dans ce cas, on ne serait sûrs de rien, on penserait qu'on est peut-être passés à côté de quelque chose.

C'est tout ce que le général Boulanger était disposé à dire à Marie Bertot. Il ne fallait pas la démotiver et il fallait qu'elle continue, avec Salen, à mettre toute son énergie dans leurs recherches.

Pour cette raison, il ne lui dit pas que les analystes n'étaient pas très optimistes.

— Bien, reprit le général, je vous ai dit tout ce qu'il y avait de nouveau. On garde le contact, vous m'appelez en cas de besoin. À n'importe quelle heure du jour ou de la nuit, n'hésitez pas. Moi, je communiquerai seulement par messages. Je ne veux pas risquer de vous mettre en danger par une sonnerie intempestive. Au revoir, Marie, prenez soin de vous et de votre équipe.

— Au revoir.

Il est plein d'attentions, le général aujourd'hui, pensa-t-elle, la situation est grave...

Elle avait juste le temps de passer à la salle de bains avant de rejoindre Sébastien Salen ainsi qu'Anne et Marc Dorange pour le petit déjeuner.

Par prudence, Marie avait demandé que tout le monde se retrouve dans la chambre de Sébastien Salen. Elle jugeait préférable de rester ensemble pour se déplacer dès lors qu'ils devaient quitter leur étage. Ils s'étaient donc réunis avant d'aller prendre leur petit déjeuner et elle en avait profité pour leur donner les informations que le général Boulanger venait de lui communiquer.

La Corée du Nord ! Sébastien Salen avait l'air stupéfait. Il n'aurait jamais imaginé que cet État anachronique puisse être impliqué dans le piratage des ordinateurs de l'*Annexe*.

— Des Coréens ! Mais, Marie, le type de l'hôtel Mauro, celui qui a été retrouvé mort, il était européen, pas asiatique.

— Ça ne veut rien dire, Sébastien, il avait été recruté sur place. C'est plus facile et plus discret d'engager un tueur ici que d'en faire venir un clandestinement de Corée du Nord.

Anne et Marc Dorange restaient silencieux. Ils n'aimaient pas du tout la tournure prise par les évènements. Leur mission devenait difficile.

Ils descendirent ensemble comme prévu. Selon la disposition déjà appliquée la veille, Anne marchait devant, suivie de Marie puis Sébastien et Marc derrière.

Il était encore assez tôt et il y avait peu de monde dans la salle à manger. Ils s'installèrent à l'opposé de la porte d'entrée et près de l'escalier conduisant à la terrasse. En cas de nécessité, ils pourraient tenter de s'échapper par là.

Ils ne pouvaient pas parler de leurs préoccupations en présence des autres clients de l'hôtel et personne n'avait envie de bavarder. Le petit déjeuner fut assez silencieux. Marie n'aimait pas parler avant d'avoir bu son thé, mais elle se dit qu'il fallait qu'elle se force un peu, leur silence pourrait sembler anormal.

— Aujourd'hui, je propose d'aller visiter *La Fenice*, vous savez, le théâtre qui a brûlé en 1996 et qui a été reconstruit à l'identique…

— Oui oui, c'est une très bonne idée répondit Marc. Il avait compris que Marie avait donné une indication fantaisiste, comme la veille, pour lancer leurs poursuivants éventuels sur une fausse piste.

— L'histoire de ce théâtre est d'ailleurs étonnante, enchaîna Sébastien.

Il n'avait pas compris l'aspect « second degré » de la proposition de Marie et poursuivit :

— On lui a donné le nom de *Fenice* qui, en français, correspond à Phénix. Le Phénix était un oiseau légendaire qui avait la particularité de se consumer et de renaître de ses cendres. Or, le théâtre de *La Fenice* a brûlé deux fois et la dernière, comme Marie vient de le dire, en 1996. Si je me souviens bien, l'incendie était criminel et a été allumé par des gens d'une entreprise en retard sur des travaux de rénovation. Pour dissimuler leur retard et éviter des pénalités financières, ils n'ont rien trouvé de mieux que de mettre le feu !

— La ville de Venise et l'État italien, aidés par de nombreux donateurs ont décidé de reconstruire le théâtre à l'identique *« com'era e dov'era »*, comme il était, où il était.

— Ça a pris des années et coûté des millions d'euros, mais ça a permis à *La Fenice* de renaître de ses cendres comme le Phénix. Convenez que ce théâtre mérite bien son nom…

— C'est très intéressant tout ça, commenta Anne avec un sourire ironique.

La salle du restaurant commençait à se remplir de vacanciers encore mal réveillés et Marie n'était pas tranquille. Elle n'aimait pas avoir beaucoup de monde à surveiller en se demandant si l'une des personnes présentes était un tueur. Elle proposa :

— Si tout le monde a fini, on pourrait se préparer pour la visite de *La Fenice*... Rendez-vous dans une demi-heure comme tout à l'heure ?

Ils hochèrent la tête en guise de réponse, tout le monde se leva et on reprit la formation adoptée en venant.

Marie était satisfaite, les consignes pour leur sécurité étaient parfaitement intégrées par Sébastien Salen, le seul élément non professionnel de leur équipe.

Chacun était rentré dans sa chambre. Marie et Sébastien se préparaient pour une journée de recherches dans les églises et les palais accessibles. Anne et Marc allaient assurer leur protection et vérifiaient leurs armes. Cette situation leur paraissait totalement incongrue dans un endroit hors du temps comme Venise.

On se retrouva comme convenu dans la chambre de Sébastien, mais Marie pensa qu'il serait prudent de changer d'endroit. À l'avenir, elle proposerait de se réunir dans sa propre chambre.

Anne et Marc descendirent par l'ascenseur, plus rapide, et attendirent Marie et Sébastien qui prirent l'escalier. En bas, Anne et Marc sortirent les premiers et attendirent deux ou trois minutes à l'entrée du *sotoportego*. Tout semblait normal et Anne envoya un court message à Marie : « TVB », tout va bien.

Ils partaient pour une journée de travail.

XX - Giacomo Casanova

C'était tout simplement inimaginable, ça dépassait l'entendement.

Ainsi, il habitait le corps de Giacomo Casanova !

Après l'annonce de la jeune femme, Jacques Cazeneuve avait été obligé de s'asseoir. Le coup avait été rude et il était sonné.

Près de lui, Marina s'inquiéta en voyant son malaise et sa pâleur.

— Ça ne va pas, Giacomo, tu ne te sens pas bien ?

Il aurait voulu être seul et avoir du temps pour réfléchir sa situation qui lui paraissait entièrement nouvelle, mais il s'efforçait d'accorder toute son attention à Marina. Continuer à perturber son entourage avec sa prétendue perte de mémoire et un comportement étrange pourrait finir par lui attirer des ennuis.

— Oui, tout va bien, ne t'inquiète pas. Tout ce que tu m'as dit m'a ému.

C'était la vérité, mais chacun avait la sienne.

Marina pensait qu'il parlait de ce qu'elle lui avait révélé, le départ définitif de François-Joachim de Bernis, la perte de ce casino, ne plus pouvoir sortir du couvent... Elle se fit tendre...

Alors que lui-même n'avait qu'une chose à l'esprit : il était le Casanova dont l'histoire avait retenu la vie tumultueuse.

— Tout va bien, Giacomo, tu es sûr ?

— Oui, tout à fait.

— Je peux te laisser seul ? Je dois me préparer.

— Oui.

Elle le regarda intensément quelques instants et parut rassurée, mais sa réponse laconique l'avait un peu déçue.

Il faisait encore nuit et Jacques resta allongé. Il essaya de réfléchir, mais il était tellement épuisé qu'il se rendormit.

Quelque chose le tracassait. Il ne savait pas quoi, mais il savait que c'était important. Sa vie d'aventurier lui avait donné la capacité d'identifier rapidement un danger. C'était une question de survie. Malheureusement, en ce moment, il n'arrivait pas à déterminer ce qui l'avait alarmé. C'était d'ailleurs plutôt une sensation de malaise diffus, comme lorsqu'on a un souci dont on n'entrevoit pas la solution et qui vous obsède. C'était indéfinissable.

Il fallait pourtant qu'il essaie d'identifier ce qui avait causé cette sensation. Le problème ne venait pas de son environnement : il voyait bien qu'il était dans le casino de l'abbé de Bernis. Il faisait encore nuit, mais c'était bientôt le jour et il entendait des bruits familiers. Marina devait être à côté. Tout semblait normal, il n'y avait donc pas de danger.

Alors c'était peut-être à cause de ses démêlés avec ce foutu coquin d'abbé Chiari…

Avec son ami Marc-Antoine Zorzi, Casanova ne manquait pas une occasion de se moquer du misérable Pietro Chiari. Marc-Antoine allait jusqu'à payer des spectateurs pour siffler chaque commedia fiebile [19] *de l'abbé Chiari tandis que Giacomo prenait plaisir à rédiger de petits poèmes en vers qui le ridiculisaient.*

En retour, évidemment, Chiari détestait les deux compères. Cependant, Casanova ne pensait pas qu'il aurait assez de courage pour s'en prendre directement à lui. L'abbé Chiari était plutôt homme à aller se plaindre auprès des représentants de la République.

Giacomo avait d'ailleurs appris qu'il était allé le faire devant le Conseiller et Inquisiteur d'État Condulmer.

Lui, c'était un adversaire dangereux. Ses fonctions le rendaient redoutable. En plus, Condulmer convoitait la

---

19 — *Commedia fiebile : comédie larmoyante.*

femme de Marc-Antoine Zorzi et pensait que c'était lui, Giacomo Casanova qui avait les faveurs de la dame. Il y avait bien là de quoi renforcer son aversion pour Giacomo !

Il lui faudrait se méfier de ce Condulmer...

Pour le moment, aucun créancier n'était à ses trousses. De toute façon, la protection de ce nigaud de Bragadin *le mettait à l'abri des poursuites. Il l'aimait bien, Matteo* Bragadin. *Il était charmant, intelligent et cultivé, mais, pour tout ce qui avait trait à l'occultisme, il était d'une naïveté incroyable.*

À chaque fois qu'il y pensait, Casanova était étonné d'avoir eu l'idée de prodiguer des soins à Matteo quand il avait eu son attaque d'apoplexie ! En plus d'avoir pensé à intervenir, il était passé à l'acte. Avec du recul, il trouvait cela totalement improbable. C'était une période de sa vie où il passait la plupart de son temps à boire avec des amis et où il était réduit à jouer du violon dans des soirées pour gagner un peu d'argent.

Depuis cet instant, la reconnaissance de Matteo Bragadin avait été sans faille.

Ce qui était amusant, c'est qu'il n'y avait pas eu, au départ, de calcul de sa part. Il était désintéressé quand il était venu au secours du sénateur Matteo Bragadin. Cependant, car c'était dans sa nature, il avait compris rapidement les avantages qu'il pouvait y avoir à s'attirer la reconnaissance d'un illustre patricien. Il gardait sincèrement une vraie et grande affection pour Matteo. C'était aussi dans sa nature.

Avec la vie qu'il menait, il avait aussi un certain nombre d'ennemis. Les perdants au jeu de Pharaon sont parfois vindicatifs et les maris trompés font rarement de bons amis pour les amants de leurs épouses. Il ne croyait quand même pas que des Barnabotti ou des maris jaloux étaient à l'origine de son trouble.

Non, la cause la plus probable de ce souci latent, c'était ce foutu abbé Chiari et l'inquisiteur d'État Condulmer.

Il savait que l'influence qu'il avait sur le sénateur Matteo Bragadin et ses deux amis Marco Dandolo et

Marco Barbaro, tous trois sénateurs de la Sérénissime, était grandement désapprouvée par le Maggior Consiglio.

Il décida que son inquiétude venait de là. Le fait de l'avoir identifiée lui permettait de penser à autre chose. Il était conscient que cette capacité à se réfugier dans l'insouciance était un trait de son caractère et il s'en félicitait.

Il prit une seconde résolution. Il s'éloignerait pour quelques mois du Palais Bragadin pour apaiser le Grand Conseil.

Il louerait un casino ou même une simple chambre à Murano. C'était bientôt l'été et l'air est beaucoup plus respirable dans l'île de Murano qu'à Venise même.

Il serait près du couvent de Marina et pourrait espérer la rencontrer au parloir. Il trouverait bien le moyen d'organiser des rencontres plus physiques où il pourrait lui témoigner son amour.

Et puis à Murano, qui sait, il y aura bien une demoiselle qui se laissera séduire… Giacomo était confiant.

Tout irait bien sans ce mal de tête…

Jacques venait de se réveiller. Il n'avait certainement pas dormi longtemps, car Marina n'était pas encore revenue. Il était un peu confus et ne se sentait pas très bien.

Abbé Chiari…. Condulmer…

Ces mots dénués de sens lui étaient venus à l'esprit.

Il ne connaissait pas d'abbé Chiari et, si c'était aussi le nom d'un personnage, il ne connaissait pas de Condulmer non plus. Ça pouvait aussi être un nom de lieu ou autre chose. Quoi qu'il en soit, ça ne lui disait absolument rien. C'était dérangeant. Il se demandait si ces pensées parasites ne venaient pas du véritable Giacomo. Peut-être était-ce un signe du « réveil » de sa personnalité. Si c'était le cas — et il espérait que non — il n'avait aucune possibilité d'agir et ne pouvait que rester passif.

Il avait du mal à se concentrer. Mal à la tête. Les mots « abbé Chiari, Condulmer » revenaient sans cesse avec, maintenant associée, l'impression d'un danger.

À cela s'ajoutait la révélation inattendue de Marina : il s'appelait Giacomo Casanova.

C'était une information d'une importance capitale.

C'était aussi une révélation ahurissante. Non seulement il avait une identité, mais c'était celle d'un personnage dont l'Histoire avait retenu le nom. Ça signifiait que son passé était connu et qu'il pourrait essayer de le reconstituer. C'était le point positif de la situation.

Mais pour ce qu'il en savait, l'Histoire a gardé un portrait pour le moins contrasté de ce Casanova. Il a été séminariste, militaire, violoniste, devin, joueur, escroc, diplomate, espion, libertin, etc., et écrivain.

Un être d'une vitalité étonnante, mais pas vraiment un type recommandable.

Il a laissé une œuvre littéraire dont ses Mémoires, écrits loin de Venise à la fin de sa vie, alors qu'il était bibliothécaire dans un château de Bohême dont Jacques avait oublié le nom. C'est grâce à cet ouvrage qu'il est passé à la postérité.

Ainsi, Giacomo serait l'auteur de ces récits. Ils étaient entrés dans l'Histoire, mais lui-même ne les avait pas encore rédigés. C'était une impression étrange.

Il tenta de se remémorer ce qu'il savait du personnage. Il avait voyagé dans toute l'Europe et avait vécu jusqu'à un âge assez avancé pour l'époque. Au jugé, Jacques pensait qu'il avait plus de soixante-dix ans au moment de son décès.

Il s'aperçut qu'il savait en fait peu de choses sur Casanova. Il y avait bien cette histoire de la fuite des prisons des Plombs à Venise. C'était le récit, par Casanova lui-même, de son emprisonnement à Venise et de son évasion par les toits du Palais des Doges. Cela faisait longtemps qu'il l'avait lu et il n'arrivait pas à se rappeler la date, ni même l'année, de l'évènement.

Il se souvenait pourtant d'un élément important. Il savait que Casanova était jeune alors et qu'après sa fuite avec l'abbé Balbi, un complice de circonstance, il ne pouvait plus se risquer à revenir sur le territoire de la République. Il avait donc été contraint de vivre une quinzaine d'années loin de Venise.

Il s'efforçait de penser lentement pour être sûr de ne rien oublier et d'analyser la situation. La conclusion s'imposait : en ce moment même, s'il était à Venise, c'est que l'emprisonnement n'avait pas encore eu lieu. C'était donc à venir, mais quand ? Dans un mois, un an, quelques années ? La perspective de passer plus d'un an dans une prison, au XVIIIe siècle, n'avait rien de séduisant !

Au moins, l'Histoire avait retenu qu'il réussirait à s'échapper et vivrait jusqu'à un âge avancé.

Soudain, une pensée le glaça et Jacques sentit un frisson descendre le long de son échine.

La similitude des noms était frappante. Ça n'avait l'air de rien, mais c'était littéralement terrifiant : Jacques Cazeneuve, le nom de Jacques Cazeneuve, traduit en italien s'écrit Giacomo Casanova !

Il essayait de se persuader que tout cela était impossible, que c'était même absurde. Mais, quelles que soient les objections qu'il essayait de trouver à cette idée, il en revenait toujours au fait qu'en italien Jacques se disait Giacomo et Cazeneuve devenait Casanova.

Il était scientifique. Il savait, sans fausse modestie, qu'il était un des meilleurs dans son domaine. Et un être totalement rationnel, pas un illuminé amateur de paranormal.

Il était aussi courageux et il l'avait prouvé. Il n'avait pas hésité à risquer sa vie et à braver l'inconnu en testant sur lui-même son dispositif permettant de voyager dans le passé.

Il sentait pourtant une sorte d'épouvante l'envahir à l'évocation de l'irrationnel de sa situation.

Comment en effet définir ce qui lui était arrivé ? Quel effroyable déterminisme pouvait avoir conduit Jacques Cazeneuve, l'enfant Jacques Cazeneuve qu'il avait été, vers ce Giacomo Casanova libertin et sans scrupules.

Un petit garçon était né dans les dernières années du XXe siècle dans une famille Cazeneuve et on lui avait donné le prénom de Jacques. Ce même Jacques Cazeneuve avait fait ensuite des études scientifiques difficiles. Mais comment imaginer et comprendre qu'à l'âge adulte, il avait eu l'intelligence, l'imagination et le talent nécessaires pour réaliser une machine lui permettant de se retrouver, deux-cent-cinquante ans avant sa naissance, dans la peau de l'aventurier Giacomo Casanova, portant son nom.

Dans son désarroi, il en venait à se demander s'il n'était pas devenu fou.

Était-il possible que les effets de sa machine à voyager dans le temps aient perturbé à ce point sa perception du réel ?

Ou les interactions de sa propre personnalité avec celle de Casanova pouvaient-elles déjà lui faire perdre la raison ?

Pour avoir laissé une trace dans l'Histoire, Casanova devait avoir une personnalité assez forte. Était-elle suffisamment solide pour, peut-être, submerger celle de Jacques Cazeneuve, déstabilisée et affaiblie par les évènements des derniers jours ?

— Tu es malade à nouveau, Giacomo ? Tu es tout pâle et en sueur ! Tu as de la fièvre !

Marina semblait inquiète. Il ne l'avait pas entendue arriver et il avait un peu de mal à reporter son attention sur elle.

Elle avait une présence bien réelle pourtant, ça ne pouvait donc pas être un cauchemar…

— Ce n'est rien, Marina, ce que tu m'as dit, ta détresse, tout cela m'a affecté, c'est naturel.

Il était parvenu à lui répondre, mais sa voix altérée trahissait le choc provoqué par sa récente découverte. Naturellement, il n'avait pas dit la vérité à la jeune femme. Il ne pouvait pas. Elle n'aurait pas pu comprendre et l'aurait sans doute pris pour un fou.

Il en revenait là : la folie.

Paradoxalement, cette pensée lui permit de reprendre un peu ses esprits. Son passé de scientifique et la présence de Marina aussi. Il savait que ce vieux mot de folie ne signifiait plus rien. Il y a des désordres psychologiques identifiables et voilà tout.

Alors il ne pouvait quand même pas être devenu soudainement schizophrène et sans le moindre signe précurseur ! Il était équilibré et pleinement maître de ses pensées et de ses actes. Il se l'affirmait à lui-même avec force, un peu pour conjurer le doute insidieux qui s'insinuait dans son esprit…

Et puis il y avait quand même des éléments objectifs pour le rassurer : les rencontres qu'il avait faites et ce qu'il avait vécu depuis son arrivée ; tout cela n'était pas une illusion, c'était réel. Marina aussi était bien réelle, il avait senti sa peau, sa chaleur.

Il restait seulement l'impression étrange qu'il avait eue quelques instants plus tôt et surtout cette incroyable similitude de noms entre Jacques Cazeneuve et Giacomo Casanova. Elle *ne pouvait pas* recevoir d'explication rationnelle. Il fallait bien se rendre à l'évidence, il était aux frontières de la raison.

Tout à coup, il se souvint que Giacomo Casanova avait écrit ses mémoires en langue française et pas en italien comme il aurait été logique.

Il pouvait donc imaginer que Casanova avait utilisé le français parce que c'était sa langue maternelle.

Jacques Cazeneuve, « le nouveau Casanova », savait qu'à cet instant précis, les livres n'étaient pas encore écrits, car ils l'avaient été seulement quelques années avant la mort de Casanova. C'était donc bien lui, Jacques Cazeneuve, qui rédigerait ces mémoires dans quelques décennies et il les écrirait en français, car il ne serait pas capable de le faire en italien.

Ça ne prouvait pas grand-chose, mais il choisit de trouver cela positif.

Le fait qu'il occupe le corps de Casanova et que, le jour venu, il écrirait les mémoires de l'aventurier en français était normal. C'était une conséquence de son invention et de l'utilisation de sa machine à voyager dans le temps.

Ce qui le terrorisait, c'était la correspondance des noms et prénoms.

Ce simple fait qui pourrait sembler insolite ou amusant menait en réalité vers l'inconnu. Il faisait commencer le processus du transfert de personnalité bien avant l'invention de Jacques Cazeneuve. Il devait remonter à la jeunesse de ses parents et à la conception d'un fils Cazeneuve qui sera prénommé Jacques à sa naissance.

C'était effrayant, insensé et inconcevable, quelle que soit la façon d'examiner le problème.

Mais c'était réel.

Un mouvement léger lui fit lever les yeux. Marina était toujours près de lui et le regardait sans parler. Il avait oublié sa présence. Elle lui trouvait un air distant, en paraissait peinée et avait les larmes aux yeux.

Elle avait mis son habit de nonne et Jacques ressentit à nouveau l'étrange et fascinante sensation qui l'avait saisi la première fois qu'il avait vu Marina ainsi vêtue. Le contraste entre son habit de religieuse et son comportement de la nuit était terriblement excitant.

— J'aime quand tu me regardes comme ça, Giacomo, murmura-t-elle avant d'éclater en sanglots.

Il se leva et vint l'enlacer pour tenter de la consoler.

— Nous n'avons plus de casino et je ne pourrai plus te voir. La sœur converse qui me sert est compréhensive et ne me trahit pas parce qu'elle sait que je sors du couvent pour rencontrer François-Joachim. Et aussi grâce à quelques pièces d'argent. Elle feint de penser que nous parlons de religion, ajouta-t-elle avec une lueur de malice dans le regard et une ébauche de sourire. Sans François-Joachim et sans son casino, tout cela ne sert plus à rien.

— Tu dois garder confiance, Marina, je viendrai te voir au parloir du couvent le plus souvent possible et nous trouverons bien le moyen de te faire sortir quelques heures. Et puis, j'ai eu une idée : je vais louer un casino ou une chambre à Murano. Je ne serai pas loin de toi, tu pourras y venir. Tu n'auras plus les gondoles de l'ambassadeur de France, mais tu n'auras pas besoin de *barcarols* du tout. Tu ne risqueras pas qu'il y en ait un qui bavarde et révèle qu'une nonne sort du couvent pour rencontrer un homme. Il te suffira de continuer à soudoyer le jardinier du couvent et la sœur converse. Tu trouveras bien une explication à leur donner.

Marina avait l'air un peu réconfortée à cette perspective.

— Je ne pourrai pas le faire longtemps, Giacomo. Je n'aurai bientôt plus assez d'argent.

— Ne t'inquiète pas pour cela, je viendrai t'en apporter au parloir.

Elle s'écarta de lui sans répondre à ce qu'il venait de dire. Elle le regardait avec un sourire triste.

— Il faut que je parte, *amore*. Ne m'accompagne pas, je préfère garder le souvenir de toi ici. Tu peux rester dans le casino toute la journée si tu veux, la femme de chambre ne reviendra que dans plusieurs heures.

Avant qu'il ait pu réagir, elle était déjà partie. Il entendit ses pas rapides dans l'escalier et, quelques instants plus tard, le bruit de la porte donnant sur le quai. Il était seul.

La prise de conscience de la similitude des noms de Casanova et de Cazeneuve l'avait réellement ébranlé. La présence de Marina l'avait un peu aidé à atténuer le choc.

En la voyant en larmes quelques instants auparavant, il avait été touché et lui avait annoncé sur une impulsion qu'il allait venir habiter à Murano. Il se demandait bien comment cette idée pouvait lui être venue à l'esprit ! Il ne connaissait personne, dépendait de Matteo Bragadin pour sa subsistance et ne parlait pas le vénitien. Il bredouillait seulement un italien scolaire.

Il en parlerait à Matteo Bragadin. C'était un homme bienveillant et de bon conseil.

La femme de chambre, comme disait Marina, ne viendrait que dans plusieurs heures. Laura était un peu plus qu'une domestique. Elle était aussi la personne de confiance qui se chargeait des lettres échangées entre les deux amants quand Marina était au couvent. Laura y était lingère et pouvait entrer et sortir librement de l'établissement.

En attendant sa venue, Jacques décida de se laver et parcourut le casino à la recherche d'un cabinet de toilette.

Il finit par trouver un petit réduit où il y avait une cuvette, un broc rempli d'eau, des savons et, sur une étagère, des flacons de parfum. On était loin de la notion de salle de bains !

C'était cette conception sommaire de l'hygiène qui lui était le plus désagréable depuis qu'il était arrivé à Venise. Pour se laver, bien sûr, mais aussi pour satisfaire les besoins naturels. Dans le réduit, presque un placard faisant office de cabinet de toilette, il avait trouvé une chaise percée. En enlevant le couvercle, il vit que le seau d'aisance avait déjà été utilisé...

Il fit une toilette plus sommaire qu'il ne l'aurait souhaité et se soulagea dans la chaise percée.

Un peu rafraîchi tout de même, il examina ses vêtements. Évidemment, ils n'étaient plus très propres. La chemise et les bas, surtout. Sa *velada*, sorte de justaucorps en soie bleu pastel, sentait la sueur. Il l'examina et remarqua un rembourrage, au niveau des aisselles, recouvert par une sorte de pièce en cuir, un peu comme on en met aux coudes des vestes. Il pensa que c'était pour empêcher la transpiration de tacher et de laisser des auréoles sur l'étoffe. Le dispositif semblait efficace pour les auréoles, mais pas du tout contre les odeurs.

Jacques n'avait plus qu'à faire comme tout le monde à cette époque : il revint au cabinet de toilette et usa abondamment d'un flacon de parfum.

Ensuite, il explora l'appartement. Il était curieux de voir comment étaient agencés ces casinos où les nobles et les citoyens aisés de Venise venaient s'adonner au libertinage et au jeu.

Il s'attarda à examiner l'endroit d'où son Excellence François-Joachim de Pierre de Bernis, abbé et ambassadeur de France se transformait en voyeur pour observer ses ébats avec la belle Marina.

Il feuilleta les livres qui se trouvaient sur une petite étagère dans la chambre. C'étaient des ouvrages en français, libertins et assez explicites, comme *l'Histoire de Dom Bougre, portier des Chartreux*, d'un certain Gervaise de Latouche.

Il se retrouva dans la petite salle à manger où les restes du repas de la veille au soir étaient encore sur la table. Il s'aperçut qu'il avait faim. Certains plats avaient été à peine entamés et il trouva de quoi se restaurer. Les braises des plateaux qui avaient gardé les plats chauds étaient éteintes. C'était froid, mais c'était mieux que rien.

Pour boire, une bouteille de champagne à moitié pleine fit l'affaire. Il n'avait pas osé boire de l'eau, car il pensait qu'elle était polluée. Il restait aussi un peu de café et Jacques imagina en faire tiédir une tasse au-dessus d'une chandelle. Parmi les breloques de sa chaîne de montre, il y avait bien un briquet à amadou, mais il ne réussit pas à le faire fonctionner. C'était un détail, mais il était irritant.

On n'a pas vraiment conscience de tout ce qu'on utilise machinalement pour nous faciliter la vie au XXIe siècle : ouvrir un robinet pour avoir de l'eau, et cette eau est potable, actionner une chasse d'eau, avoir de la lumière en actionnant un interrupteur... Il faudrait bien qu'il s'habitue à ne plus avoir tout cela...

Il goûta le café froid et renonça à en boire, c'était vraiment trop mauvais.

Le champagne qu'il avait bu l'avait grisé et il allait un peu mieux. Il décida de s'accorder une petite heure de sieste avant de repartir. Il s'endormit rapidement. Apaisantes sont les vertus du vin...

Il pensait à Marina...

Cette fille était intéressante. Elle était cultivée, intelligente et avait une personnalité affirmée.

Le fait qu'elle soit libertine, se trouve recluse dans un couvent et ne demande qu'à en sortir de temps en temps était un attrait supplémentaire.

Il ne regrettait pas les circonstances qui lui avaient permis de faire sa connaissance. C'était d'ailleurs elle-même qui en avait pris l'initiative après l'avoir remarqué quand il allait voir Caterina Capretta. Les deux jeunes femmes vivaient dans le même couvent et Marina, un peu plus âgée et expérimentée, servait de mentor et d'initiatrice à Caterina.

Sans le casino de l'ambassadeur, il la verrait moins, c'était inévitable. Et c'était dommage, car il n'était pas encore las de leur liaison.

Le jour où il n'aurait plus envie de la voir — et ce moment arriverait forcément — il lui suffirait de ne plus venir. Pas de cris ni de pleurs, mais l'oubli dans un couvent.

C'était d'ailleurs ce qui était arrivé à Caterina. Elle était très jeune et ingénue et il avait été séduit dès leur première rencontre. Il l'avait aimée aussi. Leur liaison avait duré quelques mois et il avait même eu l'intention de l'épouser. Il avait fait les choses comme il convient, Matteo Bragadin était allé rencontrer ses parents et avait demandé officiellement sa main au nom de Giacomo. La réponse du père de Caterina avait été d'envoyer sa fille au couvent le jour suivant. Selon lui, elle était trop jeune et elle resterait cloîtrée jusqu'à ce qu'il le juge bon et qu'il lui trouve un mari convenable.

Une chance, finalement, car il n'était pas homme à se lier ainsi. La jeunesse, la beauté et la vivacité de Caterina l'avaient envoûté.

Peu après son entrée au couvent, elle avait eu ce qu'on appelle le fatal embonpoint. La mignonne, aidée par Marina, avait fait une fausse couche au péril de sa vie, car elle avait eu une grave hémorragie. Il avait été vraiment inquiet.

Chère Marina ! Depuis qu'il la connaissait, son amour pour Caterina était devenu une affection tranquille et, s'il échangeait encore de temps à autre des lettres avec elle, il n'allait plus la voir au couvent. Il l'avait revue une ou deux fois chez de Bernis. Elle était l'objet de toutes les attentions du Français libidineux et peut-être même y avait-il eu une aventure entre celui-ci et Caterina. Ça n'était plus son affaire…

Pour l'heure, Marina lui convenait tout à fait et il s'arrangerait pour trouver une chambre à Murano et être près d'elle.

Il n'y aurait pour lui que des avantages à rester discret un moment et se mettre ainsi hors des regards de l'abbé Chiari et, plus encore, de ceux de Condulmer.

Laura avait certainement oublié d'entretenir le feu et il commençait à faire froid. Il rechargea le poêle avant d'aller chercher une bouteille de vin de Champagne dans la cave.

Il regretterait ce casino. Il y avait toujours bons vins et bonne chère chez l'abbé de Bernis.

Il y avait aussi Marina. Ça ne le dérangeait pas qu'elle leur accorde ses faveurs à tous les deux, il savait qu'il avait la meilleure part de la belle. De Bernis était un abbé comme il les aimait, bon vivant, amateur de belles nonnes et d'ouvrages érotiques. Pas comme ce sot de Chiari. De Bernis était un compagnon aimable, cultivé, raffiné et généreux. Il était apprécié dans tout Venise et l'ambassade de France était le lieu de rencontre de tout visiteur étranger.

Évidemment, tout se payait et Giacomo avait dû faire un peu l'espion et donner quelques renseignements en échange des bontés de son excellence l'ambassadeur. C'est la vie...

Il se réveilla en entendant des bruits légers. Quelqu'un remuait les assiettes et les couverts à côté dans la salle à manger, c'était certainement la femme de chambre. Jacques s'extirpa péniblement du lit, il avait dormi trop longtemps et avait mal partout.

Il y avait deux bouteilles de champagne vides sur la table. Il les observa, vaguement étonné. Il lui semblait qu'il n'y avait qu'une bouteille au moment où il s'était endormi. Le champagne le matin n'avait peut-être pas été une bonne idée et il était barbouillé. Sa sieste ne l'avait pas reposé.

Il avait aussi un souci. Il n'arrivait pas à se souvenir de quoi il s'agissait, mais il savait que c'était très important. Il chercha quelques instants, mais sans succès. Pourtant, il avait une très bonne mémoire. Il allait faire comme toujours dans ces cas-là, essayer momentanément d'oublier le problème et la solution lui apparaîtrait plus tard.

Pour le moment, il *fallait* qu'il trouve le moyen d'obtenir une chambre ou un petit logement à Murano. C'était urgent, il en avait la sensation sans pouvoir définir pourquoi...

Il vérifia rapidement sa tenue. Il était un peu fripé après être resté au lit tout habillé pendant plus de deux heures, mais ça pouvait aller. De toute manière, sous son *tabarro*, on ne verrait rien. Il jeta un rapide regard dans un des miroirs de la chambre et s'arrêta net, il avait oublié sa perruque. Il réussit tant bien que mal à l'ajuster sur son crâne, mais c'était plus difficile sans l'aide du précieux Marcello. Il mit ensuite son masque et sortit de la chambre.

Dans le couloir de l'entrée, il se retrouva devant Laura, la femme de chambre, qui revenait visiblement de l'extérieur. Elle portait le seau d'aisance que Jacques avait utilisé plus tôt et il pensa qu'elle était allée le vider dans le canal. Dans cette situation qu'on aurait trouvée dérangeante au XXIe siècle, elle gardait une dignité étonnante et c'était lui qui se sentait presque gêné devant elle. Il la salua en souriant :

— *Buongiorno Signora.*

Il avait renoncé à utiliser son prénom par crainte de paraître condescendant. Elle lui répondit en fléchissant légèrement les genoux comme la veille au soir. À ce moment-là, il était tellement absorbé par tout ce qu'il découvrait qu'il ne l'avait pas vraiment regardée. Il en avait maintenant la possibilité et il l'observa quelques instants. Il ne saurait dire pourquoi, c'était du domaine de la communication non verbale, mais quelque chose lui plut dans son attitude. Sa réserve et son air aimable et serein, peut-être. Il eut soudain une idée...

— *Parla francese, Signora ?*

— Un peu, Signore.

Il s'y attendait. Le casino était occupé par l'ambassadeur de France et des Français devaient avoir l'occasion d'y venir. L'abbé de Bernis avait nécessairement choisi du personnel comprenant le français.

— Bien, nous parlerons français alors. Je vais avoir besoin d'une chambre ou d'un petit appartement ici, à Murano, pour quelque temps. Savez-vous à qui je pourrais m'adresser ?

Laura resta quelques instants à réfléchir.

Elle avait l'air satisfait des petites gens qui savent qu'ils ont leur place dans la société. Pour elle, la vie avait un sens. Dieu avait créé le monde et les animaux puis l'homme et la femme. Tout le monde avait une place. Celle qu'elle avait était petite, mais elle lui convenait. Elle avait un petit emploi de lingère au couvent, mais était surtout cuisinière et femme de chambre de ce casino. Son travail au service de l'ambassadeur de France les mettait, elle-même et ses deux filles, à l'abri du besoin. Ce jeune homme aimable et bien de sa personne était un ami de l'ambassadeur et de sa protégée, elle pouvait donc l'aider, c'était convenable et ça n'avait certainement que des avantages. Elle se décida.

— Je connais un appartement, petit, mais confortable, avec une cuisine. Je crois qu'il n'est pas occupé en ce moment. Il appartient à un vieil homme qui loue l'étage de sa maison et se réserve le rez-de-chaussée.

— Cela pourrait me convenir. J'aimerais rencontrer ce vieil homme et si possible visiter l'appartement avant de décider. Le plus tôt possible m'obligerait. Comment puis-je faire ?

— Je peux vous y accompagner maintenant, Signore.

— Vous pouvez quitter votre travail ici ? Ne risquez-vous pas des ennuis avec Monsieur de Bernis s'il l'apprenait ?

— Oh non, Signore ! Son Excellence me laisse toute liberté pour faire mon travail. Il veut que son casino soit bien tenu et propre quand il en a besoin et ne s'occupe pas des détails.

— C'est parfait alors, nous pouvons y aller quand vous voudrez. Avons-nous besoin d'une gondole ?

— Non Signore, c'est tout près d'ici, je serai prête dans un instant.

— Bien, je vous attends.

Laura avait gardé son seau malodorant à la main pendant leur brève conversation. Elle se retourna et se dirigea vers l'endroit qui servait de cabinet de toilette puis disparut de la vue de Jacques.

Elle revint quelques instants plus tard avec des vêtements chauds pour sortir. On était en février, elle mit un *tabarro* et un châle sur sa tête et ses épaules et ils sortirent ensemble du casino.

Une brume froide baignait la *fondamenta Sebastiano Santis*. Ils marchaient vite, mais l'humidité le fit frissonner. Il espérait que la maison dont avait parlé Laura n'était pas trop éloignée du casino et du couvent de Marina.

Laura restait silencieuse, et lui aussi. Il ne voyait pas ce qu'il pourrait lui dire sans risquer de révéler son étrangeté. De toute manière, son masque rendait toute conversation difficile. C'était très bien ainsi.

Malgré le froid, il y avait du monde sur le quai. L'activité continuait et des ouvriers sortaient des caisses d'un entrepôt voisin pour les charger dans un bateau. Jacques pensa qu'il s'agissait de la production d'une des verreries de Murano.

Il trouvait qu'il ne se débrouillait quand même pas trop mal depuis son arrivée dans le XVIIIe siècle. C'était en grande partie grâce à la société de ce siècle, justement, celui des Lumières où les idées fourmillaient, où les gens voyageaient beaucoup et où tout paraissait possible.

Et, précisément, tout était possible.

Ils s'engageaient maintenant dans une petite ruelle, apparemment sans issue, et Laura se retourna vers lui.

— Nous arrivons, Signore, c'est la petite maison au bout de la ruelle.

Il observa la bâtisse pendant les quelques dizaines de mètres qui restaient à parcourir avant de l'atteindre. C'était vraiment une très petite maison et il se demanda si cela lui conviendrait.

Dans l'immédiat, son italien sommaire ne faciliterait pas la conversation avec le propriétaire. Sa méconnaissance des usages en matière de locations non plus. Il avait donc besoin de l'aide de Laura. Elle marchait devant, il pressa le pas pour venir à sa hauteur.

— Signora, vous m'obligeriez en acceptant d'être l'intermédiaire entre le propriétaire et moi. Je ne veux pas ôter mon masque et je préfère ne pas traiter directement avec lui. Acceptez-vous ?

Si la démarche surprit Laura, elle n'en laissa rien paraître.

— Comme vous voudrez, Signore. Que dois-je dire ?

— Demandez à visiter l'appartement et posez les questions qui vous viendront à l'esprit, celles que vous poseriez si vous vouliez le louer pour vous-même. Ensuite, renseignez-vous sur le prix et les conditions de la location. Si tout cela me convient, je vous le ferai savoir.

On avait dû les voir arriver de la maison, car la porte s'ouvrit avant même que Laura ait frappé. Elle avait parlé d'un vieillard et, manifestement, l'homme qui se tenait devant eux paraissait très âgé. Des cicatrices de brûlure marquaient une grande partie de son visage et de son crâne chauve. Un accident de travail dans une verrerie, près d'un four, supposa Jacques.

Il avait aussi perdu l'œil gauche. Peut-être n'était-il pas si vieux qu'il en avait l'air, après tout. À cette époque, les travaux manuels étaient pénibles et il n'y avait pas les ressources de la médecine pour soigner les gens. À âge égal, on devait paraître bien plus vieux qu'au XXIe siècle.

Le pauvre homme était aussi très voûté et avait besoin d'une canne pour se tenir debout. Laura l'embrassa affectueusement, ils semblaient bien se connaître.

— *Buongiorno Guiseppe.*

— *Laura ! Que bella !* Il était visiblement ravi de cette visite.

Il ôta son bonnet pour saluer Jacques et s'effaça pour les laisser entrer. Tout mouvement semblait lui être pénible. Laura et le vieil homme engagèrent un dialogue auquel il ne comprit rien du tout. Ils parlaient vite et s'exprimaient en vénitien. Guiseppe regardait parfois Jacques qui attendait en silence dissimulé derrière son masque.

À la fin de ces échanges assez brefs, Laura se tourna vers lui en souriant :

— L'appartement est disponible et, s'il vous convient, Guiseppe est d'accord pour vous le louer à un prix raisonnable.

D'un geste de la main, le vieillard les invita à le suivre et les précéda vers un escalier, à droite de la porte d'entrée. En plus du handicap que Jacques avait remarqué en entrant, il avait une jambe difforme et la montée de l'escalier fut lente et difficile.

L'appartement occupait tout l'étage et surprit agréablement Jacques. La façade de la maison lui avait paru petite, étroite même, et il avait craint de trouver un logement minuscule. Ça n'était pas du tout le cas, la maison s'étendait en profondeur et était beaucoup plus vaste qu'il ne le pensait.

L'étage comprenait trois pièces, deux petites et une grande et il était meublé. Il y avait même une petite cuisine. C'était parfait, l'appartement lui convenait et il décida de le prendre.

Il fit un signe de tête à Laura. Elle annonça au vieil homme que le Signore était d'accord pour louer son appartement pour une durée d'un mois minimum.

Tout le monde semblait content. Guiseppe avait trouvé un locataire, Laura s'était rendue utile et elle aimait ça. Paradoxalement, Jacques était le plus réservé, il se demandait s'il avait réellement besoin d'un appartement à Murano. Il lui faudrait trouver quelqu'un pour s'occuper du ménage, de son linge et de la cuisine.

On prit quelques instants pour formaliser leur accord. Jacques paya un mois de loyer d'avance au vieil homme. En échange, celui-ci lui remit la clé puis s'adressa en vénitien à Laura qui traduit aussitôt :

— Guiseppe vous remercie et sous souhaite la bienvenue dans cette maison. Il vous assure aussi de sa discrétion. Il est sourd et a le sommeil profond. Vous serez tranquille ici et libre de faire ce qu'il vous plaira.

Le vieil homme hochait la tête et souriait d'un air malicieux en exhibant une bouche édentée. Jacques se demanda ce qu'il ferait lorsqu'il aurait lui-même mal aux dents et besoin d'un dentiste. Le XVIIIe siècle n'avait pas que des aspects plaisants...

En revenant vers le casino avec Laura, il la remercia pour son aide précieuse.

— Je vais maintenant devoir chercher une gondole pour retourner à Venise.

— Ça n'est pas nécessaire, Signore. Vous avez les *barcarols* de Son Excellence. Ils sont au service de Madame et donc au vôtre quand vous vous trouvez au casino. Ils sont à votre disposition et vous attendent au cabaret. Je vais les chercher, ils vous retrouveront au casino.

Un homme très précieux, ce Monsieur de Bernis, pensait Jacques avec un peu d'ironie en revenant lentement vers le casino pendant que Laura s'en allait d'un pas pressé.

C'était la fin de la matinée et l'île de Murano était très animée. Beaucoup de monde fréquentait les quais bordés d'échoppes et les ruelles et les cafés étaient bondés. Il s'agissait sans doute du personnel des verreries, les ouvriers rentraient chez eux pour le repas de midi.

Il se dirigeait vers l'endroit où il avait passé la nuit en regardant distraitement autour de lui. Il essayait toujours de se rappeler ce qui l'avait tracassé à son réveil, une heure plus tôt, après sa sieste. Il n'y parvint pas plus qu'à ce moment-là et l'impression de malaise ressentie alors restait latente.

Lorsqu'il arriva devant le casino, Laura était déjà là. Il sortit une pièce de sa bourse et la lui donna en la remerciant à nouveau pour son aide. Avec un sourire, elle lui désigna une embarcation à quai. Il reconnut les deux *barcarols* de l'ambassadeur de France. Ils l'attendaient patiemment.

Il sauta dans la gondole et leur demanda de le conduire à Venise, au *palazzo* Bragadin. Il alla ensuite se mettre à l'abri du *felze*. Il portait son masque depuis longtemps et celui-ci devenait très inconfortable à cause de la condensation de sa respiration. Sous le *felze*, il pouvait le retirer sans risquer d'être reconnu ou, plus précisément, que Giacomo Casanova soit reconnu.

Ça lui était revenu soudainement, comme ça, tout simplement.

Il vivait dans le corps de Casanova !

C'était ce dont il n'arrivait pas à se souvenir et qui le tracassait depuis tout à l'heure.

Comme d'habitude, il lui avait suffi de ne pas s'obstiner à chercher dans sa mémoire une information oubliée pour qu'elle revienne un peu plus tard.

Mais c'était totalement anormal !

Car enfin, comment avait-il pu occulter ce fait capital qui l'avait tellement perturbé quelques heures plus tôt ?

Il essaya d'analyser calmement la situation. Objectivement, il y avait des éléments réellement inquiétants dans tout cela.

Il avait découvert une identité absolue entre son nom et celui de Casanova. À lui seul, ce fait était déjà étrange. Mais, pour corser le tout, il occupait le corps de ce même Casanova après une expérience de voyage dans le temps dont la probabilité de réussite était infime.

On n'oublie pas de tels évènements. Or, il avait occulté cette incroyable association avec Casanova pendant au moins une heure ! Pourtant, il se souvenait encore de son effroi devant l'inconnu après la découverte de la correspondance de leurs identités. Ce sont des sensations qui, normalement, ne s'oublient pas.

Il y avait aussi les noms qui lui étaient venus à l'esprit à son réveil, peu après le départ de Marina. Ces personnes, abbé Chiari, Condulmer, lui étaient totalement inconnues. Pourquoi leurs noms avaient-ils surgi dans sa mémoire ?

L'impression qu'il avait ressentie après sa sieste dans le casino était moins angoissante, mais curieuse aussi. À son réveil, il était convaincu qu'il y avait une bouteille de champagne vide de plus sur la table.

Au chapitre des étrangetés, il pouvait ajouter aussi la citation prononcée en vénitien alors qu'il ignorait totalement cette langue.

Avant de tenter de tirer des conclusions nécessairement hasardeuses de tout cela, il tenta de considérer ce qu'il pouvait y avoir de positif

D'abord, il était vivant et conscient.

Ça n'était évidemment pas négligeable. C'était même très important.

Il avait survécu à une expérience unique de voyage dans le temps, mais celle-ci avait eu pour résultat inattendu d'entraîner le transfert de son esprit dans un autre corps que le sien.

L'expérience avait donc réussi, mais on ne pouvait pas considérer qu'elle était totalement positive, car, dans l'affaire, il y avait d'importantes inconnues. Qu'était-il arrivé à son propre corps, celui de Jacques Cazeneuve et à la conscience de Giacomo Casanova ?

Pour le moment, il vivait avec le corps de Casanova dont toutes les fonctions semblaient normales.

Ses facultés intellectuelles, celles de Jacques Cazeneuve, étaient apparemment intactes. Il lui semblait être capable de percevoir la situation de manière assez précise et, pensait-il, ses capacités de raisonnement et d'analyse n'étaient pas altérées. Tout cela pour autant qu'on puisse s'autoanalyser, naturellement.

Il se demandait cependant si son équilibre psychologique n'avait pas été affecté par ces évènements. Dans cette hypothèse, les anomalies constatées pourraient résulter des interférences entre sa propre personnalité et celle de Casanova...

Il ne savait que penser de tout cela. Il était certainement trop tôt et il n'avait pas de recul suffisant.

Mais, quelle que soit la manière de considérer la question, c'était préoccupant.

Une secousse de l'embarcation le ramena à des considérations plus terre à terre. Il prit de nouveau conscience des bruits ambiants en entendant des applaudissements et des cris d'enthousiasme. Il remit son masque avant de quitter l'abri du *felze* pour regarder ce qui se passait.

Le léger choc ressenti ne signifiait pas qu'ils étaient arrivés, mais seulement que la gondole était prise dans un embarras de la circulation. Elle s'était arrêtée contre la barque qui la précédait.

Ils étaient encore sur le *rio dei Mandicanti*, au niveau de l'église *San Zanipolo* et une fête populaire se tenait sur le *campo*. De l'endroit où il se trouvait, Jacques pouvait voir des jeunes gens en train de lutter, très entourés par des femmes masquées, un montreur d'animaux et des vendeurs de beignets. Il y avait là aussi quantité de petits métiers qu'il ne pouvait identifier.

Un peu plus loin, autour de la statue de *Barteolomeo Colleoni*, des filles et des garçons s'amusaient dans une danse rapide qui ressemblait un peu à la tarentelle. Les filles étaient jolies et vêtues de couleurs vives. Ses deux gondoliers regardaient aussi le plaisant spectacle et le plus jeune était visiblement sous le charme des danseuses.

Le bateau qui bloquait le canal libéra le passage et ils repartirent. Ils étaient presque arrivés et il ne fallut que quelques minutes à la gondole avant d'accoster devant la porte d'eau du *palazzo* Bragadin.

Jacques commençait à se familiariser avec les vêtements de ce siècle.

Il trouva facilement sa bourse dans les plis de sa *velada* ([20]) pour donner une pièce aux gondoliers.

C'était seulement sa troisième journée à Venise, mais il avait l'impression rassurante de rentrer chez lui. Cette sensation atténuait un peu le trouble qu'il avait ressenti plus tôt.

C'est sans hésitation qu'il franchit cette fois la porte d'eau et se dirigea rapidement vers l'escalier, au fond de l'entrepôt. Un autre jour, il prendrait le temps d'explorer un peu tout le fatras qu'il avait distingué la veille, mais, pour le moment, il avait faim.

L'escalier menait à l'étage noble où se trouvaient les appartements et il retrouva la petite table et la clochette près de la porte de communication fermée à clé. Il n'était pas devant l'inconnu comme lors de sa première arrivée et c'est sans appréhension qu'il agita la cloche.

Quelqu'un devait toujours se tenir à proximité de la porte, car, cette fois encore, il attendit très peu de temps avant qu'on lui ouvre. Il reconnut un des serviteurs de la veille et fut presque déçu que ça ne soit pas Marcello Rizzi.

Il retrouva son appartement sans trop de difficultés. Marcello n'y était pas non plus. C'était l'heure du repas et il devait être occupé avec les autres domestiques. Jacques se débarrassa rapidement de son *tabarro* et de son masque et décida de se rendre aussitôt dans la salle à manger.

---

20 — *Velada : sorte de justaucorps, appelé aussi « habit à la française ».*

Matteo l'accueillit avec chaleur.

– Ah, Giacomo, mon fils, as-tu mangé ? Nous allons commencer, joins-toi donc à nous.

– Avec plaisir, mon cher Père répondit-il sur le même ton.

Il était ravi. D'abord parce qu'il avait faim. Ensuite, la compagnie de Matteo et de ses amis était pour lui l'occasion de se familiariser avec la société et les usages de l'époque. Enfin, il avait été ébranlé par tout ce qu'il avait compris ou ce qu'il redoutait et, à cet instant, n'avait pas envie d'être seul.

– Alors mon garçon, lança Marco Barbaro, les nouvelles du couvent *Santa Maria degli Angeli* sont-elles bonnes ? À moins que tu préfères nous parler de la politique du roi de France ?

C'était le début du repas, selon Matteo Bragadin, mais son ami Barbaro semblait déjà légèrement ivre.

– Au couvent, on prie, mon ami, on prie répondit Jacques avec un sourire qui démentait ses propos. Quant au roi Louis le XVe, ses desseins sont impénétrables, ajouta-t-il de manière sibylline.

Matteo le regardait en souriant.

– Ne tourmente donc pas Giacomo, Marco ! Peut-être a-t-il promis le secret...

– Car il faut que tu saches, mon Fils continua-t-il, qu'au Sénat tout le monde parle d'une mission très importante que le roi de France aurait confiée à Monsieur de Bernis. Il s'agirait de l'Autriche.

– Je n'ai promis le secret à personne mon cher Père, car je ne sais rien de tout cela. J'ai passé la nuit avec Marina, certes, mais sans Monsieur de Bernis !

Il savait que Monsieur de Bernis – aujourd'hui personne ne l'appelait plus La Belle-Babet – était chargé d'une mission importante à Vienne, mais il n'avait pas l'intention de le révéler à Matteo Bragadin et à ses amis.

Ils venaient de lui dire que les autorités de la République de Venise semblaient intéressées par le sujet et il ne voulait pas, en parlant, risquer d'être accusé d'espionnage ou quelque chose comme ça. Marco Barbaro ne semblait pas de ceux qui savent tenir leur langue. Il n'avait pas envie de finir prématurément dans les prisons de la Sérénissime.

De toute façon, il ne savait pas grand-chose et puis tout cela l'intéressait moyennement. Il avait une vague connaissance d'un renversement des alliances de la France au XVIIIe siècle, mais l'histoire n'était pas un domaine qu'il aimait particulièrement. Pour Jacques, Louis XV avait été un très mauvais monarque, à l'origine de la perte d'influence de la France dans le monde.

— Comment vas-tu aujourd'hui, mon Fils, demanda Matteo Bragadin ?

Il cherchait à le tirer d'embarras. Jacques avait déjà remarqué l'extrême délicatesse à son égard de celui qui le considérait — qui considérait Casanova — comme son fils.

En se préparant à répondre à Matteo, Jacques prit conscience qu'il se sentait un peu mieux. Le malaise qu'il avait ressenti à Murano et au début de son voyage de retour en gondole s'était dissipé. À cet instant, il se sentait psychologiquement normal.

— Je vais bien mon cher Père. Vous sembliez un peu inquiet quand je vous ai demandé de me rappeler mon nom. Eh bien je me souviens maintenant, je suis Giacomo Casanova.

En disant cela, le malaise revint presque. Il réussit à le contenir en fixant son attention sur le bienveillant Matteo Bragadin.

— Ah ! Une bonne nouvelle, j'en suis très heureux, Giacomo. Je me faisais du souci et je me reprochais de ne pas avoir réussi à te convaincre d'accepter une saignée. Maître Britta fait cela très bien.

L'arrivée des domestiques lui évita de répondre. Marcello et un autre serviteur apportaient des plats qu'ils posèrent sur une petite table proche de la leur.

Les conversations reprirent après le service.

Après Matteo, ses deux amis avaient exprimé leur joie de voir l'état de santé de Giacomo s'améliorer. Chacun avait son idée sur les raisons qui lui avaient fait recouvrer, au moins partiellement, la mémoire.

Jacques souriait en silence. Il avait savouré le poisson de la lagune et dégustait maintenant un verre de vin blanc de Vénétie.

— C'est l'amour pour ta belle nonne qui te fait du bien, avait déclaré Marco Barbaro qui n'était jamais à court de commentaires.

— Vous devez avoir raison, Marco. À choisir, j'aime mieux — et de beaucoup — ce remède-là aux saignées que vous me recommandiez !

Redevenant grave, il continua.

— En fait, je ne sais pas pourquoi ni comment mes amis, mais le fait est que je vais mieux. En revanche, ma belle amie est fort triste. Comme je vous le disais tout à l'heure, j'ignore tout des raisons qui font agir Monsieur de Bernis, mais il renonce à son casino de Murano. La pauvre Marina est effondrée, il lui sera beaucoup plus difficile de passer la nuit hors du couvent sans cet appartement.

Jacques cherchait un moyen d'annoncer à Matteo qu'il avait l'intention d'habiter pendant quelque temps à Murano pour être près de Marina quand Marco Dandolo lui apporta une aide inattendue.

— Si tu veux pouvoir continuer à voir ta belle nonne, Giacomo, pourquoi ne prends-tu pas toi-même une chambre à Murano ?

Marco Dandolo était d'un naturel calme et réservé, il n'avait pas l'habitude d'intervenir dans les affaires des autres.

Sa remarque surprit donc Jacques, mais il était ravi que la proposition vienne de lui. Son refus d'accepter les saignées avait peiné ses amis et il pensait que c'était une bonne chose de leur donner l'impression de suivre leurs conseils.

— Vous croyez ? lança-t-il un peu hypocritement.

— Bien sûr, mon garçon avait enchéri Marco Barbaro ! Tu dois pouvoir en trouver à bon prix. Et puis, nous sommes là pour t'aider si tu es à court d'argent ou si la *Bassetta* ne t'est pas favorable.

Seul, Matteo Bragadin n'avait encore rien dit.

— Mes amis, je crois bien que vous avez raison, vos conseils me sont très précieux, comme toujours. Si vous n'avez pas besoin de moi, mon cher Père, je vais donc retourner à Murano et me mettre en quête d'une chambre.

Il avait tenu à ménager ce bon Matteo qu'il aimait bien.

— Bien sûr mon cher Fils. Ton départ me peine, mais tu dois suivre ton cœur et t'occuper de la belle Marina. As-tu l'intention de rester longtemps à Murano ?

— Quelques semaines tout au plus. Vous me manquerez aussi et je reviendrai avant Pâques.

— Tu seras toujours le bienvenu ici, mon Fils, tu y es chez toi. Et viens passer la San-Marco avec nous, tu me ferais plaisir.

— Je viendrai avec joie, mon cher Père.

La conversation continua avec d'autres sujets. Il fut notamment question de la politique européenne qui intéressait beaucoup Matteo Bragadin. Jacques s'aperçut que celui-ci avait conscience de l'étroitesse de la marge de manœuvre de Venise, République Sérénissime mais affaiblie face aux appétits de ses voisins.

Matteo se demandait quelle mission pouvait avoir été confiée à Monsieur de Bernis. Selon lui, le fait qu'on envoie en Autriche l'ancien ambassadeur de France à Venise était inquiétant.

Jacques savait que cela n'avait rien à voir avec la sécurité de Venise et qu'il s'agissait pour M. de Bernis d'œuvrer au renversement des alliances en Europe. Ces travaux auraient pour résultat, pour la France, de remplacer l'alliance avec la Prusse contre le Royaume-Uni et l'Autriche par une alliance avec l'Autriche contre le Royaume-Uni et la Prusse. Naturellement, il n'en dit mot à ses amis.

On alla déguster le dessert et boire le café dans un petit salon attenant à la salle à manger. Jacques comprit que, pour être à la mode, il fallait que la fin du repas ait lieu dans un salon différent.

Marco Dandolo saisit ce moment, où les domestiques évoluent au milieu des convives pour passer son bras sous le sien et l'entraîner un peu à l'écart.

— Giacomo... J'aimerais...

— Pourrais-tu...

Il hésitait visiblement à poursuivre et regardait Jacques d'un air incertain. Celui-ci, étonné, se demandait ce qui pouvait entraîner ce comportement fuyant chez le placide et serein Marco Dandolo. Il attendit une suite qui se fit attendre et se décida à l'encourager à continuer.

— Oui ?

— Euh... Mon ami... J'hésite...

Qu'est-ce qui pouvait troubler Marco à ce point, pensait Jacques ? Le mieux était d'attendre la suite, s'il y en avait une. Il observa son interlocuteur en silence en adoptant un air bienveillant et attentif.

— Euh ... Je suis indécis, mon garçon... Sur un point important pour la conduite de ma vie future et, peut-être, mon bonheur...

— Mmm ?

Ça pouvait passer pour un encouragement. Jacques n'imaginait pas en quoi il pourrait être utile à cet homme déjà âgé dans sa recherche du bonheur !

— Je voudrais demander un conseil à ton Oracle, mon ami. J'aimerais qu'il me dise s'il est bon que j'épouse Madame Tripolo. Tu sais qu'elle est veuve depuis quelque temps et elle est tout à fait favorable à cette idée. Pour dire la vérité, Giacomo, c'est elle qui me l'a suggéré. J'ai eu dans le passé, et même du vivant de son mari, une inclinaison pour cette aimable personne. Depuis qu'elle est veuve, je vais la retrouver chaque semaine. Comme tu le sais, elle est encore belle et beaucoup plus jeune que moi. Je ne sais que faire, mon ami.

Une fois lancé, Dandolo était intarissable sur le sujet de la belle veuve.

La vie est pleine d'imprévus, pensa Jacques amusé. Il n'aurait pas imaginé se trouver un jour dans la position d'un conseiller matrimonial.

Il était sur le point de mettre fin à la conversation avec une plaisanterie, mais vit que le pauvre Marco semblait réellement désorienté. Il avait l'air d'un vieux petit garçon un peu perdu.

— Bien sûr, mon ami, je vais consulter l'Oracle et je vous ferai connaître sa réponse dès que possible, car il va me falloir un peu de temps. J'ai conscience de l'enjeu de cette affaire, une consultation de l'Oracle est une affaire sérieuse qui doit être préparée soigneusement.

— Naturellement... Naturellement, répéta Marco Dandolo. Je te remercie Giacomo, merci beaucoup, mon garçon.

— Pour le moment, Marco, je vous propose de rejoindre nos amis, ils doivent se demander ce que nous faisons.

Marco Dandolo était visiblement un brave homme et ça l'ennuierait de lui faire de la peine. Il ferait en sorte que l'Oracle donne une réponse satisfaisante à ses préoccupations matrimoniales.

Il ne connaissait évidemment pas la personne objet des pensées de Marco, mais il était curieux de la voir et cela le surprit.

Cette réaction lui procura une sensation d'apaisement. Par sa banalité, il considéra qu'elle démontrait un fonctionnement normal du psychisme de Jacques Cazeneuve dans le corps de Giacomo Casanova.

Sa prise de conscience s'arrêta là. Le fait qu'il évoquait de la même manière Casanova et Cazeneuve, comme si ce dernier était un tiers, ne le troubla pas.

Matteo Bragadin et Marco Barbaro ne semblaient pas intrigués par leur aparté. Très absorbés, ils parlaient de travaux à réaliser dans une maison près de Padoue où ils avaient l'intention de se retirer pendant les grandes chaleurs de l'été. Jacques saisit l'occasion pour s'éclipser sans être retardé par des bavardages.

— Au revoir mes amis, lança-t-il, je vous retrouverai un peu plus tard.

Sans attendre de réponse, il sortit et se mit à la recherche de Marcello Rizzi, il avait besoin de lui.

Il le trouva facilement à l'office où Marcello aidait une jeune domestique à faire la vaisselle du repas qui venait de se terminer. C'était une belle fille et Marcello semblait très attentionné. Jacques observa la fille quelques instants. Elle rougit légèrement, mais soutint son regard avec effronterie. Bigre, la soubrette était gironde et n'avait pas froid aux yeux ! Intéressant !

Un peu à regret, il se tourna vers son domestique.

— Quand tu seras libre, Marcello, j'aurai besoin de ton aide.

— Tout de suite, Signore.

— Rien ne presse, tu as le temps, Marcello... Tu ne veux pas profiter encore un peu de la compagnie de Mademoiselle ?

— Ah ! Je la retrouverai plus tard, j'aurai plus de temps ce soir... Elle est mignonne, n'est-ce pas Signore ?

— En effet, Marcello, tu as bien de la chance mon ami.

— Si Signore...

Jacques se sentait chez lui. Cette vie lui convenait tout à fait, cette ville aussi.

— Marcello, je vais habiter à Murano pendant quelques semaines alors je veux que tu me prépares des habits et tout ce qu'il faut dans deux ou trois malles pour m'installer là-bas. Je les ferai transporter demain après-midi à Murano. Tu commanderas une barque.

Il faudrait aussi qu'il pense à demander de l'argent à Matteo, il en aurait besoin pour vivre à Murano et en cas de malchance au *Ridotto*. Il revint aux préoccupations du jour.

— Mais aujourd'hui, Marcello, j'aimerais voir le combat de taureaux dont tu m'as parlé hier. Si tes obligations galantes te le permettent, bien entendu, ajouta-t-il avec un clin d'œil à son compagnon.

— Je suis votre serviteur, Signore. Et je retrouverai Antonella ce soir, ajouta-t-il en riant.

Avant de partir, il fallait se préparer. Comme d'habitude, ça n'était pas une mince affaire. On commença par les parfums, la poudre et la perruque. Ensuite, il fallut revêtir les bas, les souliers noirs à boucle d'argent, la culotte, la chemise, la veste — une sorte de long gilet — et la *velada*, sans oublier les chaînes pour la montre, les petites boîtes, les fioles de parfums, les deux pistolets et la dague. Pour finir, il y avait le tabarro, le tricorne et le masque.

Avec tout cet attirail, Jacques avait l'impression de cliqueter à chacun de ses mouvements.

Il décida qu'ils iraient à pied. Il fallait qu'il s'imprègne de l'ambiance de l'époque et c'était seulement la deuxième fois qu'il pouvait arpenter les ruelles de Venise.

Ils traversèrent le *campo Santa Marina* pour emprunter la *calle Marcello* et arrivèrent rapidement sur le *campo Santa Maria Formosa*. La place était noire de monde.

— C'est jour de *sagra* [21] aujourd'hui, Signore, tout le monde s'amuse indiqua Marcello devant l'expression étonnée de Jacques.

Tout autour du campo, les fenêtres des habitations étaient décorées de guirlandes, de tissus et les étendards de la Sérénissime flottaient sur les palais.

La place elle-même était remplie de petits marchands et de bateleurs.

Comme le matin en passant devant *San Zanipolo*, certaines activités lui semblaient totalement incompréhensibles. Son ignorance de la langue n'arrangeait rien.

Il crut pouvoir identifier des diseurs de bonne aventure, des conteurs et des poètes. Tous avaient beaucoup de succès. Partout on s'amusait. Des jeunes filles dansaient avec des garçons une danse rapide et gaie. Marcello devait la connaître.

— Quel est le nom de cette danse, Marcello ?

— La *furlana*, Signore, la furlane.

Il voyait aussi des femmes habillées de façon invraisemblable qui venaient taquiner les passants. En les croisant, il s'aperçut que c'étaient des hommes déguisés en femme.

Vêtu de son *tabarro* qui recouvrait ses riches habits et caché par son masque, Jacques espérait passer inaperçu. Ça n'était visiblement pas le cas et ces personnages travestis semblaient attirés par lui et tendaient leurs chapeaux pour quémander une obole.

---

21 — *Sagra : fête populaire.*

— Il y a beaucoup de *gnaghe* ([22]) aujourd'hui, Signore, murmura Marcello en les désignant. Ils ont repéré en vous un patricien. Ils sont inoffensifs, mais vont vous harceler jusqu'à ce que vous leur lanciez des pièces.

Parfois, une courtisane venait vers lui, envoyant des signaux explicites avec son éventail avant de repartir vers un autre objectif, déçue devant son absence de réaction.

Ils avaient traversé le campo dans sa plus grande longueur et empruntèrent le pont franchissant *le Rio Santa Maria Formosa* pour s'engager dans la *Ruga Guiffa*. Comme tous ceux qu'il avait vus, le pont n'avait pas de garde-corps et il en ressentit une impression d'insécurité. Il se demanda combien d'infortunés passants avaient péri dans le canal, tombés simplement par maladresse ou poussés par une main malveillante.

Il y avait presque autant de monde dans les ruelles que sur la place et ils étaient forcés de marcher l'un derrière l'autre.

En suivant Marcello, il pouvait être moins attentif à son environnement et l'obligation qu'il s'était fixée, la seule, lui revint à l'esprit : il devait essayer de laisser une indication de sa présence à Venise au XVIIIe siècle.

« Curieuse préoccupation », pensa-t-il. À cet instant, l'entreprise lui paraissait dérisoire et vaine. Il décida de la reporter ultérieurement. Il allait procrastiner tranquillement.

Ils arrivaient maintenant dans la *fondamenta dell'Osmarin* et Jacques savait qu'ils n'étaient plus qu'à quelques minutes du *campo de la Bragora*. La sensation était étrange ; à plus de deux siècles, il « reconnaissait » son chemin.

Finalement, Marcello ne s'engagea pas à gauche, *fondamenta dell'Osmarin,* mais il prit à droite, vers le campo *San Provolo*. Ils retrouvèrent le Grand Canal par *le sotoportego San Zaccaria*.

---

[22] — *Gnaga (pluriel Gnaghe) : Homme travesti en femme.*

Ils longèrent la *riva degli Schiavoni*, très animée elle aussi, et passèrent devant l'église *de la Pietà* en construction. Jacques avait l'impression que tous les habitants de Venise étaient dehors ce jour-là.

Peu après, ils tournèrent à gauche dans la pénombre de la *calle del Dose* pour arriver, enfin, *campo de la Bragora*.

Des barrières en bois délimitaient un espace au centre de la place où se déroulait ce que Marcello appelait un combat de taureaux.

Jacques trouva le spectacle décevant et lamentable. Un taureau famélique et l'air misérable faisait face à trois chiens très agressifs sous les clameurs d'une foule hystérique.

Le pauvre animal courait le long des barrières, affolé par les assauts des chiens et les cris des spectateurs. Après avoir glissé plusieurs fois sur le sol de pierre, il réussit à enfoncer une des barrières et renversa plusieurs personnes. Il galopa ensuite droit devant lui, les yeux fous et la bave au museau, frôlant Jacques au passage. Il s'enfuit dans la *calle del Dose* dont tous les passants se collèrent le long des murs pour éviter d'être renversés ou encornés. Il allait déboucher sur la *riva degli Schiavoni* noire de monde. Belle panique en perspective !

Jacques avait chaud sous son masque. Son visage était couvert de sueur et il ne se sentait pas très bien. Il était fatigué de la foule, des odeurs désagréables et du bruit. Il avait envie d'être seul et décida de renvoyer son domestique :

— Marcello, je suis certain que tu as mieux à faire. Va donc retrouver ta belle compagne de ce midi. Je vais continuer ma promenade et peut-être aller au *Ridotto*. À tout à l'heure...

— Gracie Signore !

Il arborait un large sourire. La perspective d'avoir un peu de temps libre semblait le ravir et il s'éloigna rapidement.

Jacques était las. Lorsque le taureau avait foncé sur lui, il avait été si près qu'il avait senti son odeur âcre. À ce moment, il avait pensé mourir. Il était un scientifique, pas un homme d'action, et il avait eu peur. L'église *San Giovani in Bragora* était toute proche, au fond de la place. Il allait s'y reposer au calme pendant quelques minutes.

L'endroit était idéal. Les bruits étaient étouffés et il ne percevait plus les odeurs parfois pestilentielles de l'extérieur. Par contraste, l'odeur d'encens qui planait dans l'église était un délice. Il choisit un fauteuil à l'écart, dans la pénombre et ôta son masque avec soulagement. Il pouvait enfin respirer librement.

Là, il se sentait bien. Sans s'en apercevoir, il finit par s'endormir.

Où suis-je ?

Par association d'idées, l'expression lui rappelait un roman libertin français où l'héroïne feignait la surprise avant de tomber, évidemment, dans les bras d'un bel inconnu.

La question n'en était pas moins pertinente et Casanova se demandait vraiment où il se trouvait.

Dans une église, selon toute évidence, mais elle ne lui était pas familière. Qu'est-ce qu'il pouvait bien faire dans cette église ?

Peut-être avait-il rendez-vous avec une femme ? Si c'était le cas, il ne s'en souvenait pas.

Deux abbés le regardaient d'un air désapprobateur et il en comprit la raison en voyant qu'il était assis dans le fauteuil d'un officiant. Il ressentit une sensation d'inconfort en se relevant, ses vêtements le gênaient. Ses affaires n'étaient pas accrochées comme d'habitude et un de ses pistolets lui rentrait dans le côté.

Il s'était certainement habillé à la hâte. La plupart du temps, c'était pour s'éclipser rapidement afin de ménager l'honneur d'une belle dont le mari ou le père rentrait plus tôt que prévu. Ça ne pouvait pas être le cas ici, car son dernier souvenir remontait à Marina, dans le casino de Monsieur de Bernis où aucun mari jaloux n'est à craindre.

Il regarda autour de lui pour vérifier que personne ne le guettait avant de sortir tranquillement de l'église. À l'extérieur, il reconnut San Giovani in Bragora. Il n'avait aucun souvenir d'avoir voulu venir là.

C'était inquiétant. Peut-être était-ce dû à sa santé ? Il avait parfois des accès de fièvre dus à une maladie d'amour contractée avec une fille dont il avait oublié le nom. Peut-être même ne l'avait-il jamais su, c'était dans la période la plus désordonnée de sa vie, avant de connaître Matteo Bragadin.

Il décida qu'il ne pouvait pas apporter de réponse à toutes ces questions. Il allait rentrer chez lui.

À court terme, il irait s'installer à Murano pour se faire oublier quelque temps.

XXI – Lassitude

Encore une journée pour rien, pensait Marie Bertot, morose, en regardant la pluie tomber sur la lagune.

Comme chaque soir depuis maintenant un mois, elle allait devoir informer le général Boulanger du résultat de leurs recherches d'indices laissés par le professeur Cazeneuve.

Avec Sébastien Salen, ils avaient examiné tout ce qui était visible en 2015 et existait déjà au XVIIIe siècle. Les tableaux d'abord, bien sûr, mais aussi les sculptures et les éléments architecturaux.

Ils avaient fait quelques trouvailles parfois intéressantes comme le jour où Sébastien Salen avait distingué des gravures représentant des outils sur le sol de l'église San Martino. Ils avaient regardé avec émotion ces humbles témoignages laissés quelques siècles auparavant par des ouvriers de *l'Arsenale*. Malheureusement, cela n'avait rien à voir avec ce qu'ils cherchaient.

Leur seule véritable découverte remontait à deux semaines. Un moment exceptionnel.

Sébastien avait déjà examiné l'église *San Moisè* au début de leur séjour. C'était le jour où deux malheureux touristes belges avaient été abattus à leur place, devant eux, sur le parvis de l'église.

Ils y étaient revenus une deuxième fois, car Sébastien n'était pas totalement satisfait de leur première visite, il n'était pas certain d'avoir regardé partout.

C'était en fin de journée, ils cherchaient en vain depuis deux semaines et la lassitude les gagnait.

Marie ne participait pas véritablement aux recherches. Son rôle était d'assurer la protection de Sébastien Salen et d'observer les gens pour repérer puis neutraliser les agresseurs éventuels. Ce soir-là, elle n'avait personne à surveiller, car ils étaient seuls dans l'église dont les époux Dorange sécurisaient l'extérieur. Le regard de Marie s'était arrêté machinalement sur le bas d'une colonne de marbre. Un graffiti l'avait intriguée.

Il y avait là une suite de lettres et de barres obliques, elle avait distingué les caractères « J C /// ».

— Sébastien, je crois que j'ai trouvé une petite inscription qui ressemble à ce que tu cherches.

Il s'était rapproché lentement. Il ne devait pas réellement s'attendre à quelque chose d'exceptionnel en se baissant sans hâte vers ce qu'elle lui désignait.

Sa réaction avait amusé Marie. Il s'était retourné vers elle d'un air totalement ahuri avant de s'agenouiller devant la colonne pour mieux examiner le graffiti. Son attitude avait été celle d'un enfant devant un cadeau de Noël espéré depuis des semaines. Il s'était ensuite mis à plat ventre pour mieux voir et avait passé plusieurs fois le doigt sur l'inscription. C'était gravé maladroitement par une main manifestement inaccoutumée à l'exercice, mais, pour Sébastien il n'y avait pas de doute, c'était l'œuvre de Jacques Cazeneuve et la preuve de la réussite de son expérience.

Il s'était enfin relevé, rouge d'émotion, avant d'enlacer Marie et de l'embrasser sur la joue. Pour Sébastien, volontiers anarchisant, embrasser un capitaine de l'armée avait quelque chose d'exotique, ces bipèdes ne lui inspiraient habituellement aucun élan d'affection.

Il y avait quand même eu un protocole à respecter. Sébastien emportait tout ce qu'il fallait dans un petit sac et, comme ils étaient toujours seuls dans l'église, il avait pu mesurer et photographier tranquillement l'inscription pour transmettre les données au général Boulanger. Elles seraient confiées à des experts qui s'efforceraient de déterminer si cette inscription datait du milieu du XVIIIe siècle. Dans l'affirmative, cela représenterait un indice sérieux de la présence de Jacques Cazeneuve à cette époque.

Depuis qu'il avait transmis les données à Paris, Sébastien était impatient de connaître le résultat des expertises. Il demandait tous les jours à Marie si elle avait eu une réponse du général Boulanger. Il était confiant, elle serait positive. Pour lui, il n'y avait pas de doute, les graffiti étaient de la main du professeur.

Les jours suivant cette découverte, les recherches avaient continué avec un enthousiasme accru avant de retomber dans une routine assez morne. Ils n'avaient plus rien trouvé depuis ce jour-là, il y avait maintenant deux semaines.

Comme les jours précédents, le compte-rendu qu'elle allait faire au général Boulanger serait vite fait : rien de nouveau, ils en étaient au même point.

Ils avaient pourtant été très attentifs et méticuleux. Au point d'attirer parfois l'attention de gardiens ou même de policiers. Ceux-ci avaient fini par trouver satisfaisantes les explications qu'ils avaient données. On les laissait maintenant tranquilles et certains des policiers leur souriaient même en passant.

— On doit nous prendre pour des originaux un peu fous, avait-elle dit un jour à Sébastien.

Lui, pensait plutôt que c'était à leur intérêt pour la belle Marie qu'ils devaient la sympathie de ces jeunes hommes.

Le début de leur séjour à Venise avait été très mouvementé avec les tentatives d'assassinat dont ils avaient fait l'objet. Les jours suivants avaient été heureusement beaucoup plus calmes.

Anne et Marc Dorange, chargés de leur protection par le général Boulanger s'étaient révélés des compagnons charmants et les soirées avec eux avaient été agréables.

Au début, ils étaient restés tous les quatre à l'hôtel choisi par Sébastien. Les journées se passaient toujours de la même manière. Après le petit déjeuner à l'hôtel, Anne et Marc allaient s'assurer que la voie était libre et tout le monde se rendait à l'endroit fixé par Sébastien pour les recherches. Le midi on avalait une pizza dans une trattoria voisine puis on reprenait une quête jusqu'alors restée vaine.

Après une semaine, Marie avait considéré qu'il était imprudent de rester dans cet hôtel situé dans une zone très passagère où d'éventuels agresseurs pourraient facilement les surprendre.

Le général Boulanger avait été du même avis et leur avait trouvé une grande maison en location sur l'île de *Sant'Erasmo*. Ils l'occupaient avec Anne et Marc Dorange. Le général avait loué un appartement dans un gîte, tout près de là, où deux autres agents du service assuraient aussi leur protection. Il y avait toujours une équipe, les époux Dorange ou les deux nouveaux, Laetitia Lambert et Quentin Bardin, pour garder les lieux en l'absence de Marie et de Sébastien. Ils avaient été choisis parce qu'ils parlaient italien parfaitement.

Sant'Erasmo était une île calme, très calme, dans la lagune nord. C'était totalement dépaysant et certainement idéalement choisi pour leur sécurité. Les touristes étaient rares et les habitants, des agriculteurs, peu nombreux. L'île était à près d'une heure de vaporetto de Venise, mais ils avaient loué un petit bateau, un Riva, et Quentin Bardin les déposait en beaucoup moins de temps dans le centre historique avant de revenir à *Sant'Erasmo*.

Lorsqu'il faisait beau, on allait à pied le soir jusqu'à la station de vaporetto *Capannone* admirer le coucher de soleil sur l'île du *Lazzaretto Nuovo*. L'endroit était sublime et le silence impressionnant donnait la sensation d'être au bout du monde.

Par mauvais temps comme aujourd'hui, on s'ennuyait.

Marie avait même commencé une aventure avec Sébastien. Elle serait sans lendemain. L'ambiance, une certaine disponibilité... C'était arrivé au retour d'une soirée au restaurant. Le lendemain, il avait évoqué leur différence d'âge et elle disait, sans vraiment le croire, que ça n'avait pas d'importance. Il n'était pas d'accord et ils savaient bien, tous les deux, qu'il avait raison.

Depuis une semaine, elle ne supportait plus la routine et l'absence de résultat dans leurs recherches.

Cette affaire était insensée. Marie n'avait jamais connu autant d'évènements improbables. Elle prit une feuille de papier et récapitula :

1 — Dans le plus grand secret, Jacques Cazeneuve *aurait* réalisé une machine à voyager dans le temps.

Selon Sébastien Salen, il a imaginé et construit son appareil avec une équipe très réduite, en un temps assez court et dans ce qu'il pensait le plus grand secret. Tout cela avec des moyens importants, mais pas exceptionnels.

A priori, tout cela semblait délirant. Cependant, le professeur Cazeneuve est un scientifique brillant et reconnu. Quand il parle, on l'écoute.

2 — Avec l'aide de Sébastien, il *aurait* testé sa machine sur lui-même, avec l'objectif d'aller à Venise au XVIIIe siècle. Il *aurait* aussi annoncé son intention, en cas de réussite, de laisser des signes convenus révélant sa présence dans le passé. Selon Sébastien, l'utilisation de l'appareil à voyager dans le passé a vraisemblablement provoqué la gigantesque panne d'électricité qui a affecté toute la région et la destruction d'une partie du laboratoire du professeur. Depuis, Jacques Cazeneuve est introuvable.

Bien qu'il n'y ait aucune preuve directe de l'existence d'une machine temporelle, ces évènements sont anormaux et ont justifié une enquête.

3 — Sébastien est allé à Venise pour essayer de trouver les signes éventuellement laissés par Cazeneuve. Ce point est prouvé, Sébastien est bien allé à Venise, surveillé discrètement par elle-même, Marie Bertot. Il est revenu prématurément après avoir appris la disparition de deux de ses amis, également collaborateurs du professeur Cazeneuve. Disparitions avérées, les deux hommes sont trouvés morts, carbonisés dans une voiture louée à leur nom par un tiers non identifié. Aucune autre explication ne lui a été donnée sur le sujet.

La bonne foi de Sébastien ne fait pas de doute.

4 — Depuis la disparition du professeur, les autorités ont pris l'affaire très au sérieux et l'ont confiée aux services de renseignements de l'armée dirigés par le général Boulanger. L'enquête a révélé que le secret voulu par

Cazeneuve n'en était pas vraiment un, car ses ordinateurs ont été piratés.

5 – À la demande du général Boulanger, Sébastien Salen est reparti à Venise avec elle-même, Marie Bertot, pour continuer les recherches des signes de Cazeneuve. Dès leur arrivée, ils font face à deux tentatives d'attentats. Leur agresseur, ou l'un d'entre eux, est retrouvé mort dans un bateau piloté par un Nord-Coréen.

Un Nord-Coréen !

Avoir rédigé un récapitulatif de ces éléments ne les rendait pas plus crédibles et Marie pensait vraiment que tout cela était incohérent et absurde. Il lui fallait pourtant essayer de progresser et de se limiter aux priorités.

Il y en avait toujours deux :

Tenter de déterminer si le professeur Cazeneuve avait effectivement réussi à construire une machine temporelle et à l'utiliser.

Découvrir si une puissance étrangère en avait eu connaissance.

Après un mois d'enquête, Marie considérait qu'ils n'avaient pas vraiment d'éléments qui permettent d'apporter une réponse sur le premier point. Sébastien, lui, mettait tous ses espoirs dans l'inscription découverte dans l'église *San Moisè*.

Le second point était du ressort du général Boulanger. Il avait mis une autre équipe sur le sujet et aucune information n'était revenue jusqu'à elle sur l'état de l'enquête.

Elle soupira et se décida à appeler le général. Devant l'importance de la mission dont ils avaient été chargés, elle pouvait joindre son supérieur à tout moment du jour et de la nuit. Georges Boulanger répondit immédiatement.

— Bonsoir mon général, c'est Marie Bertot.

— Bonsoir Marie. Du nouveau ?

— Non.

Elle marqua un temps pour renforcer le propos.

– C'était aujourd'hui le trentième jour de nos recherches et nous n'avons absolument rien trouvé. À part l'inscription à l'église *San Moisè*, nous en sommes rigoureusement au même point.

L'absence de résultat n'étonna pas Boulanger. C'est le contraire qui l'aurait surpris. Cette journée avait donc été, comme toutes les autres, décevante.

— C'est pareil ici, Marie. Les équipes chargées d'examiner les documents et photos disponibles sur Internet et dans toutes les bases de données sur des œuvres connues pour avoir été à Venise n'ont rien trouvé non plus. Nous nous étions d'abord limités à la période des années 1730 à 1800, car la tâche est considérable. Mais pour ne rien laisser au hasard, je viens de mettre une équipe supplémentaire pour étudier la période de 1800 à 1950, pour le cas où Cazeneuve ne serait pas arrivé au XVIIIe siècle, mais plus près de nos jours.

— Je ne fais pas ça par gaîté de cœur, Marie, tous les agents que j'affecte là sont autant de moins dans le renseignement contre le terrorisme.

— Et l'inscription que nous avons trouvée, avez-vous du nouveau ?

— Oui. De mauvaises nouvelles, Marie. Nous avons découvert que ce graffiti a, tout au plus, quatre ou cinq ans. En balayant toutes les photos disponibles sur Internet, un de nos agents a trouvé une image sur un site créé par un couple de Français amoureux de Venise. Votre colonne de marbre figure sur une photo de 2009 de l'intérieur de l'église *San Moisè* et l'inscription n'y figure pas. Je le sais depuis trois jours, mais j'hésitais à vous le dire pour ne pas vous démoraliser, Salen et vous. Je suis désolé, Marie.

« Pas autant que moi ! » pensa Marie.

— Alors, à Venise, on continue ou on rentre en France ? On garde toujours l'hypothèse que le professeur Cazeneuve a pu construire une machine temporelle ? insista-t-elle.

— Oui Marie, on fera à nouveau le point dans quinze jours et on décidera à ce moment si on arrête. Il y a un élément très positif dans tout cela, c'est que les attaques contre Salen et vous ont cessé. Ça implique que les services ou organisations concurrentes ne sont peut-être plus sur le coup et ne croient plus au voyage dans le temps. En tout cas, j'aurais détesté perdre un de mes meilleurs agents.

Après quelques instants de silence, elle reprit :

— Sébastien m'a encore demandé aujourd'hui si l'enquête sur le meurtre de Fabio Belloni et de Romain Gattier avance.

— Dites-lui qu'elle progresse, mais que c'est tout ce qu'on peut révéler pour le moment, même à lui. Il sera informé dès que ça sera possible sans risquer de nuire à l'enquête.

En n'évoquant que la réponse à donner à Salen, le général Boulanger évitait ainsi de donner des explications à Marie. L'enquête était pratiquement terminée, mais ses conclusions déplairaient certainement à Sébastien Salen. Il ne voulait pas le perturber avant la fin des recherches. C'était la priorité.

— Tout va bien sur votre île continua-t-il ?

— Oui, mais ça devient fastidieux de ne rien trouver.

— Dites-vous que vous êtes mieux ici que dans les brumes de Saint-Pierre-et-Miquelon ! Au revoir, Marie, le bonjour à toute l'équipe et bon courage.

— Au revoir, mon général répondit Marie.

Il avait terminé avec une pirouette. Elle avait l'impression qu'il ne lui avait pas dit tout ce qu'il savait dans l'enquête sur les meurtres de Fabio et de Romain et elle se demandait pourquoi.

XXII – Murano

Jacques venait de se réveiller. Pendant quelques instants, il resta sans bouger les yeux fermés, à analyser les bruits environnants. Rassuré par le silence, il les ouvrit enfin pour regarder autour de lui. Tout était normal, il était à Murano, dans le lit dans lequel il s'était couché, peut-être la veille au soir.

Ses absences, pendant lesquelles il n'avait aucun contrôle sur le corps de Casanova, étaient de plus en plus fréquentes. À cause de cela, chaque jour, le réveil était devenu un moment d'angoisse. Il se demandait toujours depuis combien de temps il avait perdu conscience et s'il allait se retrouver dans un endroit inconnu.

Car c'était déjà arrivé. Il s'était réveillé un jour avec un terrible mal de tête, sale, pas rasé, allongé sur un lit inconnu. Après quelques instants, il avait reconnu l'appartement de Murano qu'il venait de louer au vieux Guiseppe. Jacques n'avait pas encore emménagé et n'avait pas compris quand, ni comment, il était arrivé dans cet appartement.

La dernière chose dont il s'était souvenu, c'était d'avoir assisté à un combat de taureaux et de chiens sur le *campo de la Bragora*. Il revoyait un malheureux bovin terrorisé renverser les barrières et s'échapper en passant si près de lui qu'il avait eu peur d'être encorné. Pour se remettre de ses émotions, il s'était réfugié dans l'église bordant la place. Il se rappelait s'y être assoupi.

C'est là qu'il aurait dû se réveiller, pas à Murano quelques jours plus tard.

Enfin, ce matin tout allait bien. Il faisait frais et Jacques s'accorda quelques minutes de détente. Il était encore tôt et il avait le temps.

Sans y prendre garde, il finit par se rendormir.

Casanova vivait à Murano depuis maintenant un mois. Il était satisfait. Quitter le palais Bragadin pour habiter dans ce petit appartement de trois pièces avait vraiment été une riche idée.

D'abord, parce qu'il avait besoin de se faire oublier de ce sot d'abbé Chiari et de Condulmer. L'inquisiteur d'État était dangereux. Ensuite, à cause de ces jours où il se réveillait dans des endroits où il n'avait aucun souvenir d'avoir voulu aller. Des moments vraiment pénibles. Avant d'éclaircir ce mystère, c'était une bonne chose d'être un peu à l'écart de ses relations habituelles.

On ne pouvait pas tout à fait appeler l'appartement du vieux Guiseppe un casino. Il aurait fallu pour cela qu'il soit mieux aménagé pour y recevoir des femmes ou jouer à la Bassetta et au Pharaon avec des amis.

Tel qu'il était, l'accès manquait de la discrétion nécessaire, car l'entrée était commune avec celle du propriétaire qui s'était réservé le rez-de-chaussée.

Il reconnaissait cependant que le vieux Guiseppe n'était pas gênant. Souvent ivre, il dormait pendant une grande partie de la journée. Il buvait une eau-de-vie sans nom, particulièrement raide. Le jour où Casanova était venu emménager dans l'appartement, il lui en avait offert un verre pour sceller le contrat de location. Guiseppe avait bu le tord-boyau comme si c'était de l'eau, mais Giacomo avait cru s'étouffer, au grand amusement du vieillard qui s'était esclaffé, exhibant les caries de ses rares chicots et des gencives sanguinolentes.

Il avait aussi une servante pour s'occuper de ses repas et de son linge. Antonia était la fille de Laura, la lingère qui pouvait entrer et sortir librement du couvent. Marina et Giacomo lui confiaient les lettres qu'ils échangeaient. Ils considéraient Laura comme une personne de confiance et Casanova savait être généreux afin d'entretenir son zèle. Lorsqu'il avait cherché une servante, elle avait proposé sa fille. Elle était jeune, guère plus de seize ans, et jolie.

Malgré la grâce juvénile de la jolie Antonia, Giacomo Casanova n'avait rien fait pour la mettre dans son lit.

Pourtant, la demoiselle était diablement séduisante et c'était certainement à dessein que sa mère l'avait mise à ses côtés.

Au début, il allait voir Marina au parloir du couvent plusieurs fois par semaine. Il n'oubliait jamais d'être masqué. Pour certaines nonnes, les distractions sont rares et le masque lui permettait d'éviter les ragots. À chacune de ses visites, sa pauvre amie était plus maigre que la fois précédente. Depuis le départ de François-Joachim de Bernis et la perte de son casino, elle dépérissait de ne plus pouvoir sortir.

Puis un jour, Laura était venue le voir pour lui dire de ne plus aller au couvent, car Marina ne pouvait plus le recevoir au parloir.

— La pauvre est tellement malade qu'elle doit garder le lit, Signore. Elle est très faible et le médecin appelé à son chevet par la mère supérieure craint même que Dieu la rappelle bientôt à lui. Elle est trop mal pour pouvoir vous écrire et, quand elle m'a vue, elle m'a demandé si je lui apportais une lettre de vous. Hélas, je n'en avais pas. Devant sa tristesse, je lui ai promis de venir vous voir. Signore, si vous pouvez, écrivez-lui, votre lettre sera peut-être la dernière qu'elle pourra lire.

La nouvelle l'avait affecté terriblement.

Il était parfois inconstant et cruel avec les femmes, il le savait bien. Mais s'il y avait un responsable, c'était la Nature. Lui, il voulait vivre intensément. L'état de Marina le désolait mais il ne voyait pas ce qu'il pourrait faire.

Il avait demandé à Laura d'attendre pendant qu'il écrivait une lettre de plusieurs pages. Aussitôt qu'il eût fini, elle était allée la porter à Marina.

Casanova enrageait. L'amour de sa vie – enfin, de ce moment de sa vie – était tout près, à quelques centaines de mètres de lui et il ne pouvait pas courir auprès d'elle et la secourir !

Il avait même envisagé d'enlever Marina et d'aller vivre avec elle dans un autre pays d'Europe. Hors du couvent et avec lui, elle irait mieux, c'était certain. Il possédait quelques milliers de sequins et les bijoux de la jeune femme avaient une grande valeur. Elle pourrait les vendre et ils auraient ainsi de quoi vivre confortablement longtemps, pour peu qu'il évite de jouer au Pharaon.

Il s'était lui aussi senti malade de chagrin pendant deux semaines et était resté la plupart du temps dans son petit appartement à attendre des nouvelles en craignant le pire.

Puis un jour, Caterina, son ancien amour qui était dans le même couvent, lui avait écrit pour annoncer une amélioration de l'état de Marina. Il avait aimé Caterina avant Marina et gardait pour elle une grande affection. Il l'avait présentée à Bernis qui s'en était épris. Tous les quatre, ils avaient été très liés. Il connaissait bien Caterina, elle disait certainement la vérité. Il avait repris confiance.

Pendant la maladie de Marina, Antonia s'occupait de lui et lui apportait ses repas. Il ne faisait même pas attention à elle tellement il se sentait mal. Elle allait même jusqu'à le veiller la nuit. Aucun de ses amis ne le croirait s'il leur racontait qu'il était resté plusieurs semaines avec une jolie fille sans la mettre dans son lit. Pourtant, c'était bien la réalité. Il s'en étonnait presque lui-même.

Puisque Marina commençait à se remettre, il allait revivre lui aussi. Il décida de se coucher de bonne heure et, dès le lendemain, il irait voir Matteo Bragadin. Il était parti depuis un mois et demi et ce cher Matteo devait être inquiet de ne pas avoir de nouvelles.

Antonia était allée voir sa mère et elle rapporterait peut-être une lettre de Marina. Il décida d'attendre en faisant une petite sieste.

L'angoisse reprit Jacques lorsqu'il se rendit compte qu'il s'était assoupi à nouveau et il regarda autour de lui avec appréhension. Tout semblait aller bien, il reconnaissait la chambre et il ne s'était certainement pas rendormi plus de quelques minutes.

Il pouvait se détendre. Il habitait à Murano depuis plus d'un mois et ne le regrettait pas.

Dans sa situation, il se sentait mieux ici qu'à Venise même, chez Matteo Bragadin, où il devait toujours être attentif à ne pas inquiéter son père adoptif et surtout ses amis par son comportement étrange. Ça n'était pas à cause de Matteo, un homme délicieux et cultivé. Pas de son fait non plus, sauf, bien sûr, si on considère qu'à cause de son expérience temporelle, Jacques était lui-même à l'origine de ce qu'il subissait.

Ici, il ne connaissait personne et les gens que son comportement pouvait étonner étaient rares. Il essayait donc de s'adapter progressivement à la vie au XVIIIe siècle. Les conditions matérielles étaient idéales. Il ne manquait pas d'argent, Matteo y pourvoyait.

Tout serait donc parfait s'il n'y avait pas les troubles de conscience qui affectaient considérablement son existence. Après plusieurs mois, il les attribuait toujours aux conséquences du transfert de son esprit dans le corps de Giacomo Casanova. C'était la seule explication plausible.

Au début, pendant les jours qui avaient suivi son arrivée dans ce siècle, il avait été totalement accaparé par la découverte de son nouvel environnement. Il ne s'apercevait même pas alors de ces absences qui, à ce moment-là, n'étaient pas fréquentes et ne duraient pas longtemps.

Il se souvenait de la toute première fois où il avait ressenti une impression étrange. C'était le jour où un proverbe lui était venu à l'esprit en langue vénitienne et qu'il l'avait compris. Il avait été décontenancé, mais ne s'y était pas attardé, tout ce qui lui arrivait à ce moment-là était tellement nouveau...

C'est seulement après avoir découvert qu'il occupait le corps de Giacomo Casanova qu'il avait vraiment réalisé l'ampleur du phénomène et constaté des anomalies dans son environnement.

Une autre fois, un matin très tôt, dans le casino de l'ambassadeur de France, il avait été troublé en se réveillant après une sieste et en voyant deux bouteilles de champagne vides. Il pensait qu'il n'y en avait qu'une quand il s'était assoupi et, sur le moment, ça lui avait semblé curieux, sans plus.

En y pensant, maintenant, il n'arrivait pas à déterminer si les instants particulièrement intenses qu'il vivait alors — Marina venait de passer la nuit avec lui —

étaient à l'origine de son absence de réaction ou si sa vigilance et sa capacité d'analyse étaient amoindries.

L'incident suivant avait été très perturbant. Il venait de se réveiller et avait découvert qu'il était dans l'appartement du vieux Guiseppe.

En regardant autour de lui, il avait vu ses vêtements, sa chaîne avec sa montre et ses petits flacons de parfum, ses breloques et des livres. Ses pistolets et sa dague, tout y était. Il ne se souvenait pas avoir emménagé chez le vieux Guiseppe. Il avait peu d'affaires à déménager de chez Matteo Bragadin, mais il aurait quand même dû garder le souvenir de son départ du palais. Il devait nécessairement avoir eu recours à des gondoliers pour le transport, mais il n'en avait aucun souvenir.

Ça avait réellement été très pénible et il avait pleinement réalisé à ce moment-là que ce qui lui arrivait n'était pas normal.

À partir de cet instant, il s'était mis à réfléchir à tout ce qui lui avait paru étrange. Il n'avait pas fallu longtemps à son esprit de scientifique pour déceler l'élément commun à toutes ces anomalies et ce qu'il avait découvert était très inquiétant. Tous les évènements étranges dont il n'avait pas eu conscience s'étaient produits quand il s'assoupissait puis pendant son sommeil.

Pour lui, la conclusion avait été évidente : quand sa vigilance diminuait, au moment où il s'endormait, Casanova reprenait possession de son corps. C'était aussi simple que cela. Et terrible, car il ne pouvait rien faire pour l'empêcher.

Il se demandait parfois si le fait d'apprendre l'identité de son « hôte » et la correspondance des noms de Cazeneuve et de Casanova avait pu créer un choc favorisant une reprise de contrôle de l'aventurier sur son propre corps.

Cette prise de conscience datait des débuts de son séjour à Murano, cinq semaines auparavant.

Depuis, il était passé par tous les états d'âme.

D'abord l'accablement. Quand ça arrivait, il n'y avait absolument rien à faire. Il ne pouvait pas éviter de dormir, c'était un besoin physiologique. Jacques Cazeneuve n'existait plus.

L'euphorie puis un espoir insensé avaient succédé au désespoir. Ce qui lui arrivait était exceptionnel, unique ! Personne n'avait jamais vécu une telle expérience. Et puis il était Jacques Cazeneuve ! Il était intelligent et avait réussi ce que beaucoup pensaient irréalisable, un voyage dans le temps et un transfert de personnalité. Il allait trouver une solution pour se sortir de ce mauvais pas...

La résignation était venue ensuite. Il avait fallu se rendre à l'évidence. Il savait n'avoir aucune possibilité de retour dans son époque. De toute façon, ça n'était sans doute pas souhaitable, car le corps de Jacques Cazeneuve n'existait probablement plus. Les échanges de personnalité dans le corps de Casanova continueraient sans qu'il puisse les empêcher. Il y aurait des périodes où il aurait la disposition de ce corps et d'autres où Casanova dominerait. Tout cela pouvait être exprimé simplement, un corps était habité tour à tour par deux individus différents, voilà tout.

Il lui restait l'espoir qu'un équilibre finirait par s'instaurer et qu'il aurait toujours la possibilité d'exister en alternance avec Casanova. Il avait cependant des doutes, car il s'était bien rendu compte que les prises de contrôle du Vénitien étaient plus fréquentes et duraient plus longtemps. Et il y avait une sorte de logique dans tout cela, car, après tout, c'était Casanova le « premier occupant ».

Il craignait surtout que la personnalité de Casanova se réinstalle durablement dans son corps et que la sienne, celle de Jacques Cazeneuve, soit complètement éliminée.

Il fallait pourtant continuer à vivre. Une de ses maximes favorites lui était revenue à l'esprit : le pire n'est jamais certain. C'était idiot mais ça l'avait rasséréné un peu.

Il était même parvenu à une sorte de détachement, s'attachant à vivre l'instant et à étudier la société qu'il découvrait.

Celle-ci ne manquait pas d'attraits et avait le charme désuet de la nostalgie. Épuisés par des siècles de lutte pour la domination de la Méditerranée et menacés de toutes parts, les Vénitiens avaient perdu leur dynamisme. Ce peuple aimable vivait dans le rêve de sa grandeur passée. La société était paisible, les humbles contestaient rarement l'ordre établi et les riches s'étourdissaient dans des fêtes interminables. Tous étaient très éloignés des idées nouvelles qui agitaient l'Europe et surtout la France en ce printemps 1755. Ce monde allait vers la fin en regardant ailleurs.

Plus d'un mois venait de s'écouler depuis son installation à Murano. Le seul évènement notable s'était produit le lendemain du jour où il s'était réveillé pour la première fois dans l'appartement du vieux Guiseppe. Casanova en avait certainement été à l'origine.

C'était le matin. Il était encore dans les brumes du sommeil lorsqu'il était sorti de la chambre pour prendre son café matinal, il en avait besoin pour émerger complètement. Il avait eu un choc, une jeune fille était couchée dans la pièce qui jouxtait sa chambre. C'était une toute petite pièce dans laquelle le vieux Guiseppe avait installé un lit.

La fille n'avait pas eu l'air étonnée. Elle s'était levée et l'avait regardé tranquillement en lissant sa chemise. À l'époque où la mode était aux robes longues, elle portait une chemise très courte. Elle paraissait à peine vêtue et attendait en souriant. En la voyant, Jacques avait pensé que Casanova ne devait certainement pas être insensible aux charmes de cette fille.

— Buongiorno, Signore !

— Euh... Qui êtes-vous et que faites-vous ici avait-il demandé machinalement en français ?

Elle avait pris un air peiné, presque désapprobateur.

— Mais... Je suis Antonia... Maman m'a dit de venir me mettre à votre service, de m'occuper de la *caxa* ([23]) et de faire vos repas. Je suis déjà venue hier.

Elle avait un accent vénitien assez prononcé et il avait souri devant son expression.

---

23 — *Caxa : maison, en langue vénitienne. Désignait un palais.*

Il n'allait pas se lancer à nouveau dans l'explication donnée à Matteo à son arrivée et parler de son amnésie pour justifier ses absences. Il avait compris, naturellement, que c'était Casanova qui avait engagé cette fille et il avait décidé de faire comme si sa présence était normale. Jacques se souvenait des échanges qui avaient suivi.

— Excuse-moi, je n'étais pas bien réveillé.

— Je vous prépare votre chocolat, Signore ?

— Euh... non merci... Antonia, mais je veux bien du café s'il y en a.

Après un sourire, elle s'était tournée rapidement en faisant virevolter sa chemise qui ne cachait pas grand-chose et s'était dirigée vers la cuisine.

Il n'y avait pas eu d'évènement important depuis l'arrivée de la jeune fille, mais de nombreux signes attestaient de l'intervention de Casanova : des objets qui changent de place, des lettres qui s'empilent, des vêtements nouveaux, etc.

La présence d'Antonia remontait à quelques semaines et Jacques avait fini par s'y habituer. L'attitude de celle-ci n'avait pratiquement pas changé depuis son arrivée. Elle avait un comportement plus familier, bien sûr, et toujours très attentif aux moindres désirs de Jacques. Cependant, les choses n'allaient pas plus loin et il en était étonné. Car, pendant toute cette période, il y avait forcément eu des jours où Casanova avait pris le contrôle. Alors il avait un peu de mal à imaginer le libertin rester insensible aux charmes de la jolie Antonia.

Elle lui apportait ses repas qu'elle préparait dans la petite cuisine de l'appartement ou qu'elle allait parfois chercher dans une boutique de Murano. Le menu était peu varié, soupes et ragoûts, mais Jacques n'était pas exigeant. Au début, elle le servait puis allait manger seule dans la cuisine. Casanova avait dû lui dire de rester, car, un jour, elle s'était installée en face de lui. Il n'avait pas fait de commentaire.

— Vous prendrez du chocolat ou du café aujourd'hui, Signore ?

— Du café, merci Antonia.

Il prenait toujours du café, mais, chaque jour, elle lui demandait quand même s'il voulait du chocolat. Il en avait déduit qu'il y avait des jours où elle en servait, Casanova devait préférer le chocolat.

Jacques se demandait si Antonia percevait un changement de personnalité dans celui qu'elle voyait tous les jours et qui était parfois lui-même et parfois Casanova. À son avis, elle devait se poser des questions, cette fille était vive et intelligente, en plus d'être charmante.

Elle était revenue lui apporter un café avec deux petits pains et de la confiture d'abricot. Elle ne restait jamais pour prendre le petit déjeuner avec lui et s'apprêtait à repartir quand, sur une impulsion, il l'arrêta.

— Antonia, je vais partir pour Venise et je serai absent toute la journée. Je rentrerai tard.

Il avait l'envie soudaine de revoir Matteo Bragadin. Le brave homme l'avait accueilli à son arrivée, sans trop s'étonner de son comportement étrange, et Jacques savait qu'il avait une grande affection pour Casanova. Il devait s'inquiéter de son absence prolongée.

Mais avant d'aller voir Matteo, il lui fallait se préparer. Une corvée ! S'habiller avec les vêtements du XVIIIe siècle était long et compliqué. Préparer et poudrer la perruque aussi. Pourtant, le pire dans tout cela, c'était toujours l'hygiène et il avait du mal à s'y faire. Il était obligé de faire sa toilette dans une cuvette en faïence avec le peu d'eau contenu dans un broc. Jacques se souvenait avoir vu ces ensembles cuvette et broc assortis chez des antiquaires. Il y en avait de très beaux, mais, à l'époque, il n'avait pas eu conscience du caractère très insuffisant de ces ustensiles.

Chaque jour, il se nettoyait comme il pouvait avec le peu d'eau dont il disposait. La toilette était sommaire, mais il disposait d'une brosse à dents. Il avait été très satisfait de découvrir cet ustensile dans le cabinet de toilette de Casanova au palais Bragadin. Cette découverte avait été une surprise, car il ne s'attendait pas à trouver ce genre d'objet au XVIIIe siècle. Les poils étaient en soies de sanglier et cette brosse à dents était moins hygiénique et moins pratique que celles auxquelles il était habitué, mais elle avait le mérite d'exister. Casanova l'avait emportée lorsqu'il était venu à Murano et Jacques l'y avait trouvée avec plaisir.

Le broc était rempli chaque jour par Antonia qui se chargeait de nettoyer l'ensemble après usage. Elle s'occupait aussi du pot de chambre qu'elle allait vider dans le canal. Jacques trouvait tout cela très gênant. Il avait bien essayé de convaincre Antonia de le laisser s'occuper de le vider lui-même, mais, bizarrement, elle trouvait la proposition très inconvenante. Il avait fini par abandonner l'idée.

Il lui demandait parfois de l'aider à poudrer et à mettre sa perruque et aussi de vérifier si sa tenue était en ordre. Antonia aimait manifestement s'occuper de lui et Jacques qui se sentait parfois un peu seul ne détestait pas toutes ces attentions.

Comme tout le monde, il faisait abondamment usage des parfums. La puanteur qui régnait un peu partout le stupéfiait. Elle s'expliquait par l'absence de réseau d'assainissement, mais ça ne la rendait pas moins pénible. Les gens devaient avoir l'odorat moins délicat qu'au XXIe siècle ou alors ils vivaient dans cette ambiance depuis toujours et s'étaient habitués.

Jacques était enfin prêt à sortir. Il pensa à prendre un pistolet et la dague de Casanova. Il allait peut-être rentrer tard, de nuit, et c'était plus prudent. Avec tous ses accessoires, montre, petites boîtes et flacons de parfum, il avait l'impression de transporter une véritable quincaillerie.

Juste avant de mettre son masque et de quitter la maison du vieux Guiseppe, il donna un sequin à Antonia. Il commençait à s'habituer à la valeur de la monnaie vénitienne et ce sequin était amplement suffisant pour les achats quotidiens de nourriture et de vin. Au début, la jeune fille avait voulu lui rendre scrupuleusement la monnaie, mais il avait décidé de la lui laisser.

— Ah, Antonia. Peux-tu vérifier ma tenue et me dire si mon accoutrement est convenable ?

— C'est parfait, Signore, mentit-elle, car elle s'employa à redresser son justaucorps, à lisser ses culottes et à tirer ses bas de soie blanche.

— Vous êtes trop grand pour moi, Signore, asseyez-vous que je puisse vérifier votre perruque.

Il s'assit sur le bord du lit et Antonia grimpa joyeusement dessus. Ainsi, elle dominait la situation et déclara catégoriquement que la perruque avait besoin d'être poudrée. Elle redescendit et courut chercher la poudre de Chypre et un cône de papier pour lui protéger le visage pendant qu'elle aspergeait généreusement la perruque de poudre. Cette fille juchée sur son lit et penchée au-dessus de lui l'émoustillait et elle s'en apercevait. Elle faisait même tout pour cela. Avec un peu de regret, il pensa qu'elle était vraiment trop jeune pour lui. Il se leva et se dirigea rapidement vers la porte.

— À ce soir, Antonia, ne m'attends pas pour manger.

Jacques trouva rapidement une gondole à deux rameurs pour aller à Venise. Il avait remarqué que beaucoup de gondoliers avaient une sorte de bonnet rouge et pensait que c'était peut-être le signe d'une appartenance à une *scuola*. Ces confréries étaient nombreuses à Venise. Il poserait la question à Marcello. Il se sentait un peu réconforté de parvenir à s'intéresser à autre chose qu'à ses absences. Il existait encore.

Il était parti rapidement, sans manteau. C'était le début du mois d'avril et, bien que le temps soit beau, le vent était frais sur la lagune et il alla se mettre à l'abri sous le *felze*.

Après quelques dizaines de minutes de navigation, la gondole accosta comme Jacques l'avait demandé, près du campo Santa Marina. Il paya les barcarols et se dirigea vers le *ramo Bragadin* où se trouvait l'entrée du palais.

Il n'avait pas spécialement voulu surprendre Matteo, mais il n'avait aucun moyen de s'annoncer, le téléphone lui manquait.

La joie et l'émotion de son père adoptif avaient été vives, au point que Jacques avait craint pour sa santé, car, quand même, ce cher Matteo avait déjà eu un accident vasculaire cérébral.

C'était l'heure du repas et Matteo Bragadin fit naturellement mettre un couvert pour Jacques. Tout le monde l'accueillit chaleureusement. Matteo, bien sûr, mais aussi les deux Marco, Dandolo et Barbaro. Il y avait aussi trois autres personnes vraisemblablement familières des lieux et de Casanova, mais lui, Cazeneuve, ne les connaissait pas. Il adopta donc une attitude neutre et ne mit pas longtemps à s'apercevoir que, si deux des personnages étaient sympathiques, le troisième l'était beaucoup moins. Il était curieux, avec un esprit porté à la critique et à la médisance, un pisse-froid. L'individu voulait connaître le lieu de la retraite de Jacques et faisait des commentaires sur son apparence. Il le trouvait amaigri — ce qui était vrai — et faisait des suppositions désobligeantes sur les causes de cette perte de poids. Jacques comprit qu'il le suspectait d'avoir contracté une maladie vénérienne.

Les deux autres convives étaient beaucoup plus agréables. À son grand regret, personne ne prononça leurs noms pendant tout le repas. Jacques apprit seulement que le plus jeune était originaire de Lausanne et que l'autre, un peu plus âgé, pratiquait la médecine. Celui-ci se révéla de très bonne compagnie et amusa tout le monde avec des anecdotes tirées de son activité.

Le personnage désagréable continuait à lancer régulièrement des piques à l'encontre de Jacques, sur son goût pour les femmes, le jeu et sur les raisons supposées — toutes peu flatteuses — de son départ du palais Bragadin.

Matteo s'en aperçut et tenta une diversion :

— Tu restes avec nous ce soir, Giacomo ?

— Je vais passer l'après-midi ici, mon cher Père. Je viendrai vous voir après votre sieste d'après repas si vous n'avez pas d'autre obligation, mais je repartirai ce soir. J'éviterai ainsi de nouveaux commentaires, ajouta-t-il en regardant le personnage antipathique.

Il décida de le surnommer « Pisse-froid ». Matteo et les deux Marco montrèrent leur mécontentement envers celui-ci en l'ignorant jusqu'à la fin du repas. Ils ne lui parlaient plus et ne répondaient pas à ses remarques qu'il croyait subtiles. Elles n'étaient que pitoyables. Jacques décida de l'ignorer aussi. Il ne pouvait pas faire moins que son hôte, mais, au fond, les pauvres saillies de l'individu l'indifféraient totalement.

Ce repas entre amis, excepté Pisse-froid, bien sûr, lui donnait une étonnante impression de familiarité. La nature humaine est la même, quelle que soit l'époque, et l'ambiance était identique à celles de nombreuses réunions amicales qu'il avait connues au XXIe siècle. Seul, l'habillement des convives donnait une touche d'étrangeté à cette assemblée. Depuis son arrivée au palais, il n'avait pas encore vu son domestique, il s'en étonna auprès de Matteo.

— Je n'ai pas vu Marcello, le valet que vous avez eu la bonté de mettre à ma disposition, mon cher Père. Il est absent ?

— Oui, son plus jeune fils est très malade et je lui ai dit de rester auprès de lui. Marcello est un bon garçon et un bon père de famille. Il se fait beaucoup de souci pour la santé de son fils. Et puis, en ton absence, nous avons moins besoin de lui ici.

Le repas se terminait. Pisse-froid prit congé, prétextant des obligations urgentes. Personne ne tenta de le retenir. On était mieux sans lui et tout le monde était plus détendu pour déguster le café.

— Righelini, vous n'avez pas un remède pour guérir un atrabilaire comme notre triste ami ? demanda Marco Barbaro en souriant.

— Hélas, mon cher répondit celui-ci en riant, il y a des cas désespérés pour lesquels la médecine est impuissante. Sérieusement, pour lui, un tel excès de bile noire laisse à penser que sa rate est dans un état de dessèchement avancé.

Si Jacques s'était senti assez peu dépaysé dans l'ambiance du repas, les propos du médecin le ramenaient instantanément dans la réalité de l'époque. Le plus déconcertant, c'était que Righelini s'était révélé pendant la conversation un compagnon intelligent et fin.

Il s'était montré très amical avec Jacques tout au long du repas. Ils devaient être tous les deux à peu près du même âge, la trentaine, et il pensa que Righelini devait être proche et même complice de Casanova quand il lui souffla à l'oreille :

— Ah ! Giacomo, John Murray, me parle souvent de toi et s'inquiète de ton absence. En sortant d'ici, je vais aller le voir à l'ambassade d'Angleterre et lui dire que tu es vivant. Il en sera ravi et je ne serais pas étonné qu'il nous invite tous les deux ce soir chez lui. Je pars maintenant et je reviendrai te chercher ici après avoir vu notre ami Murray.

Encore un ambassadeur pensa Jacques amusé...

Matteo Bragadin s'était levé. Il avait gardé de son attaque cérébrale un peu de difficultés à se mouvoir.

— Giacomo, mon fils, je vais me reposer une demi-heure comme d'habitude. Je suis désolé de te quitter, mais j'en ai besoin, je suis un pauvre vieillard maintenant. Viens me voir tout à l'heure, ça me fera un très grand plaisir.

— À moi aussi, mon cher Père, vous le savez bien.

Matteo Bragadin et Righelini partis, Jacques resta quelques minutes à bavarder avec Barbaro et Dandolo, mais, après avoir beaucoup parlé pendant le repas, il avait envie d'un peu de tranquillité. Il décida d'aller quelques minutes dans l'appartement qui était toujours à sa disposition dans le palais. Il y dénicherait bien quelques objets utiles à emporter à Murano.

Il trouva des chemises propres qu'il fourra dans un sac puis s'installa dans un fauteuil pour attendre la fin de la sieste de Matteo ou le retour de Righelini.

L'endroit était calme et il se détendit pendant quelques minutes, appréciant la tranquillité. Était-ce l'effet du bon repas ou du vin blanc du Frioul, il finit par s'endormir sans même s'en apercevoir.

Un bruit de pas rapides le réveilla en sursaut. Sa vie d'aventures lui avait donné la faculté de réagir rapidement à l'inconnu et il vit aussitôt qu'il était au palais Bragadin. Normalement, il aurait dû être dans son petit casino de Murano, pas dans son appartement du palais. Encore une de ces anomalies qu'il redoutait !

Quelqu'un venait, il reconnut Righelini.

— Ah, mon cher ami, quelle bonne surprise ! Je suis bien heureux de te voir après tout ce temps ! Comment vas-tu ?

— Mais moi aussi, mon bon Giacomo, moi aussi je suis content de te voir…

Righelini était un peu étonné. À voir l'enthousiasme de Casanova, on aurait dit qu'ils ne s'étaient pas vus depuis longtemps alors qu'ils étaient ensemble moins de deux heures auparavant. Il savait qu'il y avait des jours où Giacomo se comportait vraiment étrangement. Ça devenait vraiment gênant, il faudrait qu'il lui en parle sérieusement bientôt. Pour le moment, il se borna à l'essentiel :

— Murray est bien chez lui. Il était enchanté d'avoir de tes nouvelles. Il est impatient de te revoir et il nous attend. Tu as juste le temps de dire au revoir à tes amis.

Giacomo Casanova réfléchissait. Il se demandait s'il avait eu le temps de rencontrer Matteo Bragadin aujourd'hui. Il était à Murano depuis des semaines et ça ne faisait certainement pas longtemps qu'il était arrivé au palais. Il n'avait aucun souvenir de ça et, de toute façon, il n'était pas question de partir sans avoir salué Matteo. C'était son ami, il l'aimait beaucoup.

Et puis il avait besoin d'argent…

— Attends-moi ici s'il te plaît Righelini, tout ce que je peux t'offrir pour t'aider à patienter, c'est de consulter ces quelques ouvrages libertins. Je m'efforcerai de ne pas être trop long, le temps de voir Matteo et de bavarder quelques minutes avec lui et je te rejoins.

Matteo Bragadin était bien où Casanova pensait le trouver, dans son fauteuil favori. Il s'y était probablement endormi après le repas comme tous les après-midi.

— Ah Giacomo, mon fils, je suis heureux de te voir seul. Si j'avais su que tu venais aujourd'hui, je n'aurais invité personne pour profiter égoïstement de ta présence. Tu ne vas pas réellement repartir ce soir ?

— Hélas oui, mon cher Père, je pars maintenant. Je voulais passer un peu de temps avec vous, mais Murray, l'ambassadeur d'Angleterre nous attend, Righelini et moi.

— Tu aimes beaucoup les ambassadeurs Giacomo ! Murray est-il aussi libertin que de Bernis ?

— Oui. Un peu moins raffiné et moins enclin au rôle de spectateur que lui, mais très ardent à ce que l'on dit.

Matteo sourit tristement. Tout cela n'était plus de son âge. Il aurait aussi aimé que Giacomo reste plus longtemps. Celui-ci insistait :

— Righelini m'attend, je dois partir. Je reviendrai dans deux semaines, le 25 avril, je fêterai la Saint-Marc avec vous.

— Reviens aussi souvent que tu veux, ta maison est ici, tu le sais bien.

— Oui, répondit Casanova.

Il était touché, l'émotion de Matteo était perceptible.

— As-tu besoin d'argent mon Fils ?

— J'ai toujours besoin d'argent, mon cher Père, vous le savez bien répondit-il en riant.

— La Bassette ?

— Non, jusqu'à aujourd'hui, je vivais tel un reclus dans le petit appartement que je loue à un vieil homme. Je restais prostré presque toute la journée à craindre pour la vie de ma pauvre Marina. Je suis venu aujourd'hui pour vous voir, seulement après avoir eu l'assurance qu'elle se porte un peu mieux. Depuis des semaines, je n'ai pas joué à la Bassette ni au Pharaon, mais j'ai toujours besoin d'argent, conclut-il en riant à nouveau.

Matteo lui tendit une bourse bien dodue et l'embrassa.

— Dieu te garde Giacomo, reviens vite.

L'ambassadeur d'Angleterre était un hôte parfait et sa jeune femme était charmante.

— Casanova, mon ami, enfin vous voilà !

Il l'avait embrassé chaleureusement avant de se tourner vers Righelini.

— Merci mon ami, de nous ramener Giacomo avant qu'il devienne ermite !

Il parlait le français, avec un léger accent.

— Naturellement, vous restez à souper avec nous.

Au cours du repas, John Murray leur avait d'abord raconté les explications les plus invraisemblables qui couraient sur la « disparition » de Giacomo. Celle-ci avait alimenté les conversations et stimulé l'imagination des patriciens de Venise pendant quelques semaines. Beaucoup de ces histoires qui avaient distrait les Vénitiens ne le présentaient pas à son avantage et Casanova en conçut quelque dépit.

Selon John, c'était surtout l'abbé Pietro Chiari qui avait éreinté Giacomo dans une de ses commedia fiebile.

Encore ce visage de plâtre ! pensa Giacomo dans un accès de colère qu'il dissimula en plaisantant :

— J'ai là un ennemi très fidèle !

— En tous les cas, mon ami, je suis très heureux de voir que vous allez bien assura Murray.

Le docteur Righelini avait animé le repas avec ses facéties et ses nombreuses anecdotes. Le comportement de certains de ses malades était parfois déconcertant et leurs croyances proches de la sorcellerie. Ils ingurgitaient sans hésitation les remèdes les plus invraisemblables. Il avait un véritable talent de conteur et il était tard quand ils prirent congé de John Murray et de son épouse.

La soirée chez l'ambassadeur d'Angleterre avait été un plaisir et Casanova avait passé d'agréables moments en bonne compagnie malgré l'évocation des bassesses de ce sot d'abbé Chiari.

Righelini était reparti à pied vers son domicile sous une petite pluie fine et Casanova avait pris un traghetto *pour Murano. Il était seul, à part les deux gondoliers et décida de se réfugier sous le* felze. *Mais celui-ci, vétuste, ne constituait pas totalement un abri et, la pluie ayant redoublé, il arriva à son appartement complètement trempé.*

Il ne voyait déjà pas beaucoup dans la ruelle menant à la maison du vieux Guiseppe, mais à l'intérieur, l'obscurité était totale.

Sa chambre était tout au fond de l'appartement et il fallait traverser toutes les pièces pour y parvenir. Devant la porte de l'antichambre, il ne distinguait aucune lumière, Antonia était donc absente, ou endormie.

Pour s'en assurer, il frappa à la porte au lieu d'entrer directement.

— C'est moi, Antonia, puis-je entrer ?

Elle était là, car il entendit du bruit derrière la porte.

— C'est que... je dormais et je ne suis pas habillée, Signore.

Il était trempé et avait froid, il n'allait pas attendre qu'elle s'habille !

— Tu es toute nue ?

— Non, Signore, j'ai ma chemise.

— Alors j'entre. J'ai besoin d'aller dans ma chambre, mais avant, je voudrais que tu t'occupes de mes cheveux.

Il ne portait pas sa perruque tous les jours depuis qu'il était à Murano, mais il l'avait remise pour aller à Venise. Avec les dégâts occasionnés par la forte pluie, elle devait avoir — et lui aussi — un aspect pitoyable.

Antonia lui ouvrit, une chandelle à la main et rit en voyant son air de chien mouillé.

Il vit tout de suite qu'elle sortait du lit et ne portait qu'une chemise très échancrée et courte qui ne dissimulait pas grand-chose. C'est à peine avec une légère hésitation qu'il lui demanda :

— Tu serais gentille, Antonia, si tu voulais bien m'essuyer et poudrer mes cheveux.

Elle se précipita pour aller chercher des serviettes et la poudre et elle s'occupa de lui.

La situation était délicieuse. Il était assis sur le lit pendant qu'Antonia, debout, le séchait. Sa chemise ne cachait rien des charmes de la mignonne qui, circonstance embarrassante, était contre lui. Elle percevait son trouble et faisait semblant de soustraire ce qu'elle pouvait à ses regards. Il voyait bien qu'elle mettait peu de conviction à cela et se serrait souvent contre lui.

Il hésitait. Il aimait Marina, bien sûr, mais elle était inaccessible et puis Antonia était tellement désirable.

Au moment où, incapable de résister, Casanova la poussa sur le lit, elle lui ouvrit les bras.

Il remonta sa chemise et elle releva docilement ses bras blancs au-dessus de sa tête pour lui permettre de l'enlever complètement. Elle avait la poitrine potelée et ferme et des tétons comme deux petites fraises qu'il suça avec délice. Il rampa lentement pour embrasser doucement les autres appas de la mignonne qu'il caressa longuement avant de cueillir, impatient, la fleur de sa jeunesse avec un plaisir encore plus grand.

Longtemps après, épuisés, ils s'endormirent…

XXIII – Révélations

Sébastien Salen était nerveux et de mauvaise humeur. Rien ne se passait comme il l'espérait.

Ce pour quoi il était là, d'abord. Il était venu pour rechercher des traces du passage de Jacques Cazeneuve à Venise. Depuis le jour où il avait bien cru trouver quelque chose à l'église San Moisè, il n'avait pas eu la moindre piste. Ce jour-là, il avait repris espoir. Depuis, plus rien. Il cherchait sans succès depuis plusieurs semaines et commençait à se décourager.

Ensuite, d'après la version officielle, les circonstances de la mort de Fabio et de Romain restaient non encore élucidées. Selon Marie Bertot, à chaque fois qu'elle posait la question — et elle le faisait souvent, il y veillait — son chef, le général Boulanger, répondait invariablement que l'enquête était en cours. Le général Boulanger ! Ce type au nom improbable pour un général leur cachait des informations, il en était persuadé.

Et, pour ajouter à tout ce cirque, il n'avait pas de nouvelles de Mei-Lin Lassire depuis plus de quinze jours.

Elle avait eu un comportement un peu étrange depuis le départ de Jacques Cazeneuve, son ancien amant, et maintenant, elle ne répondait même plus au téléphone. Sébastien lui téléphonait régulièrement et, un jour, c'est une voix masculine qui avait répondu.

— Je voudrais parler à Mei-Lin avait dit Sébastien.

— De la part de qui ? avait demandé l'homme.

— Sébastien Salen, un ami.

— Je suis désolé, Monsieur Salen, avait déclaré l'inconnu, Mei-Lin Lassire n'est pas là.

Puis il avait raccroché avant que Sébastien ait eu le temps de parler.

Il avait rappelé aussitôt mais personne n'avait répondu, les jours suivants non plus.

Il ne savait même pas s'il était arrivé quelque chose à Mei-Lin ou si, pour une raison ou une autre, son attitude était volontaire.

Au début, il laissait des messages inquiets sur son répondeur mais elle n'avait jamais rappelé. Maintenant, il n'appelait plus qu'une fois par jour, sans réel espoir d'obtenir une réponse.

Il venait de terminer son petit déjeuner et ça allait déjà un peu mieux. Il était seul et ça ne le dérangeait pas. Il n'aimait pas parler et il était souvent de mauvaise humeur avant d'avoir bu son café matinal.

Les époux Dorange avaient fini depuis un quart d'heure et Marie Bertot s'était éloignée pour répondre à un appel téléphonique du général Boulanger. Cet appel matinal du supérieur de Marie l'avait étonné, car leurs conversations avaient lieu habituellement le soir.

Contre toute attente, son aventure avec Marie continuait. Elle avait une personnalité rayonnante et, s'il avait ignoré son activité, il n'aurait jamais imaginé qu'elle était capable de se soumettre à une discipline militaire. Bien sûr, être membre des services de renseignements impliquait des qualités différentes que pour d'autres armes. On y appréciait sans doute l'esprit critique et des facultés d'analyse plutôt que des « oui chef ! »

Vivre à Venise et avec une jeune maîtresse aurait fait de ces semaines un épisode irréel et enchanté dans sa vie, s'il n'y avait pas l'incertitude sur le sort de Jacques Cazeneuve et le drame des meurtres de Fabio et de Romain. Et ça faisait beaucoup...

Il aimait cette aventure avec Marie et essayait de rester conscient que tout cela aurait une fin. Cette liaison improbable se terminerait vraisemblablement à leur retour en France. La vie et une différence d'âge de vingt ans sont des adversaires redoutables. Il fallait que ça reste une belle histoire. Il ne se voyait pas en homme vieillissant auprès d'une femme trop jeune et, il en était persuadé, elle non plus.

Sa conversation téléphonique terminée, Marie revenait vers lui.

— Anne et Marc sont partis ? demanda-t-elle plus pour dire quelque chose que pour souligner l'évidence.

— Ils avaient terminé leur petit déjeuner, ils sont certainement en train de faire le tour de la propriété comme d'habitude avant de rentrer...

Elle semblait lasse et il lui trouvait l'air préoccupé.

Tout va bien, Marie ?

— Oui, Sébastien. Le général vient nous voir, il veut faire le point avec nous et, paraît-il, il a des révélations à nous faire.

— Tu sais de quoi il s'agit ?

— Non.

Elle avait répondu sans le regarder avant d'ajouter :

— Allons retrouver Anne et Marc. J'appelle Laetitia et Quentin pour qu'ils nous rejoignent.

Après avoir passé l'information à tout le monde, Marie avait chargé Laetitia Lambert et Quentin Bardin de prendre le Riva pour aller chercher le général à l'aéroport Marco Polo.

Sébastien était satisfait de pouvoir enfin rencontrer Boulanger. Il pourrait lui poser des questions directement et essayer de lui faire dire ce qu'il savait sur la mort de Romain et de Fabio. Il lui parlerait aussi de Mei-Lin et de son silence incompréhensible.

Le général les retrouva dans le salon de la maison qu'ils occupaient à Sant'Erasmo. Il n'était pas venu seul, Louis Forestier l'accompagnait. Sébastien se souvenait de leur première rencontre, chez lui, en Normandie. Il y avait une éternité.

La présence de Louis Forestier était exceptionnelle et rendait tout le monde un peu nerveux. Le chef de cabinet du Premier ministre était un personnage important. Il ne faudrait pas qu'il lui arrive quelque chose de fâcheux, alors Laetitia, Quentin et les époux Dorange sécurisaient les extérieurs pendant que les nouveaux arrivants s'installaient dans le salon avec Marie et Sébastien. C'est le général Boulanger qui prit la parole en premier.

— Monsieur Salen, nous sommes ici pour faire le point. L'affaire qui nous occupe est d'une importance exceptionnelle, comme vous le savez. C'est la raison pour laquelle nous avons voulu être présents pour éviter tout intermédiaire dont les analyses, forcément subjectives, auraient pu nous donner une idée imparfaite de la situation. Monsieur Forestier et moi sommes donc venus pour vous entendre.

Sébastien avait regardé Marie qui restait silencieuse. Il prit la parole avec, au début, un peu d'hésitation.

— Tout ce que je peux vous dire, c'est qu'en plus de deux mois de recherches, je n'ai pas trouvé la moindre trace du passage de Jacques Cazeneuve à Venise dans le passé. Notre seule « trouvaille » était une marque sur une colonne de l'église San Moisè, mais c'est vous-même qui avez démontré qu'elle était récente.

— En effet, intervint le général, nos services sont catégoriques, cette marque est apparue en 2009. Plusieurs vérifications ont été effectuées et elles sont concordantes. Croyez bien que je le regrette. Comme vous, j'aurais souhaité que l'on découvre des signes du passage du professeur Cazeneuve.

Louis Forestier ne partageait pas – et de loin – cette position. Il préférait qu'on n'ait jamais le fin mot sur cette affaire. Salen raisonnait en scientifique, le général Boulanger et Marie Bertot, en enquêteurs alors que lui-même réagissait en homme politique. Il était persuadé qu'il n'y avait rien de bon à venir d'une telle découverte. Il décida de ne rien dévoiler de ses pensées, il avait ses raisons.

Pendant ce temps-là, le général Boulanger poursuivait.

— Parallèlement à vos recherches sur le terrain, en France nos balayages des ressources d'Internet n'ont rien donné non plus. Et je peux vous assurer que le nombre de sites et d'œuvres d'art que nos spécialistes ont étudiés jusqu'à maintenant est considérable. Nous en concluons que rien n'indique que le professeur Cazeneuve soit venu ici. Ce qui signifie aussi que rien ne prouve qu'il ait réussi à voyager dans le passé ni même à construire un dispositif permettant de le faire.

— Pour parler clairement, notre seule certitude est la disparition du professeur. Tout le reste ne représente que des hypothèses très improbables.

— Nous envisageons donc de cesser toute recherche à Venise, et nous nous limiterons à maintenir une veille qui inclura les réseaux et Internet. La décision sera prise par Monsieur Forestier après cette réunion.

Sébastien ne lui laissa pas le temps de continuer.

— Mais... et Jacques... Ça voudrait dire qu'on l'abandonne ?

— Une enquête judiciaire reste ouverte en France, bien sûr. Tout élément nouveau pourrait entraîner, évidemment, la reprise des recherches. Parallèlement, nous restons vigilants, mais de loin. Comme je vous l'ai dit, nous surveillons les réseaux et nous réagirons à la moindre alerte.

— Et les morts de Fabio et de Romain ? Vous n'allez pas en rester là quand même ! Tout ça est certainement lié...

— En effet, Monsieur Salen, intervint Louis Forestier. Mais écoutez le général Boulanger, il va vous révéler le résultat de ses dernières investigations.

Après quelques instants de silence, Boulanger commença par une question :

— Que savez-vous de Mei-Lin Lassire, Monsieur Salen ?

— Mei-Lin ? Qu'est-ce qu'elle vient faire dans tout ça ?

Il ne comprenait pas et se tourna vers Marie. Elle était assise et n'avait même pas l'air surprise. Il pensa qu'elle savait déjà tout cela et ne lui avait rien dit. Il en éprouva du dépit.

— Pouvez-vous nous parler de Mei-Lin Lassire, Monsieur Salen ? insista Boulanger.

— Que voulez-vous que je vous dise ? Mei-Lin est une amie, une scientifique, comme tous à l'Annexe. Elle a été la compagne de Jacques et voudrait certainement avoir des nouvelles. Vous savez déjà tout ça...

Marie s'était levée et avait mis sa main sur son bras en signe d'affection.

— Je suis désolée, Sébastien... Attends-toi à un choc. Allez-y mon général...

Sébastien les regardait sans comprendre. Boulanger reprit.

— Mei-Lin Lassire est incarcérée depuis environ deux semaines. Elle est soupçonnée d'appartenance à une organisation criminelle, de complicité d'assassinats — de plusieurs assassinats — et d'activités nuisant à l'intérêt supérieur de la nation.

Sébastien resta sans voix, il était abasourdi. Après un temps d'ébahissement, il prit conscience qu'il devait avoir l'air absolument ahuri et cette pensée lui parut, à cet instant, totalement incongrue. Il ne comprenait toujours pas ce qui se passait. C'était complètement idiot. Ce général Boulanger devait être devenu fou !

— Monsieur Salen, continuait le général, Mei-Lin Lassire renseignait les Nord-Coréens depuis plusieurs mois. Elle est donc indirectement responsable des attentats dont vous avez été l'objet à Venise. Elle est aussi responsable de la mort de Romain Gattier et de Fabio Belloni.

— Vous dites n'importe quoi général ! Enfin, Mei-Lin n'aurait jamais fait quelque chose qui puisse nuire à l'un d'entre nous ! Vous dites ça parce qu'elle est à moitié asiatique. Elle ne peut pas travailler pour la Corée du Nord, elle est d'origine vietnamienne. Le Vietnam est à des milliers de kilomètres de la Corée ! En plus, elle ne s'intéresse pas à la politique. Tout ce que vous insinuez est absurde.

— Non, Monsieur Salen, tout ce que je vous ai révélé est exact et vérifié. Mei-Lin Lassire est effectivement d'origine franco-vietnamienne et de nationalité française, mais plusieurs membres de sa famille travaillent pour le gouvernement vietnamien. Certains d'entre eux sont diplomates, comme l'était son père, et sont en poste dans les deux Corée.

— Nous savons intervint Louis Forestier, que des membres de sa famille ont été enlevés et sont retenus contre leur volonté en Corée du Nord. Le régime de ce pays exerce un chantage sur leur vie pour obliger Mei-Lin Lassire à collaborer avec ses services.

— Vous devez faire erreur. Vous vous trompez forcément, Mei-Lin ne trahirait pas ses amis, son pays non plus...

— Hélas non, Monsieur Salen répliqua le général Boulanger, nous ne faisons pas d'erreur, c'est elle qui nous a appris le chantage exercé par la Corée du Nord.

— Tout cela est exact, je vous le répète, Mei-Lin Lassire nous a tout révélé. Elle paraissait même presque soulagée d'être démasquée et s'est confiée assez rapidement. La mort de vos amis — qui étaient aussi les siens — et l'incertitude sur le sort du professeur semblent l'avoir affectée profondément.

Sébastien regarda Marie Bertot.

— Tu le savais, Marie ?

— Oui, depuis très peu de temps. Je suis désolée Sébastien, le général m'avait demandé le secret.

Il n'aurait pas dû être peiné par son comportement. Après tout, il connaissait le métier de Marie et la raison de sa présence à ses côtés à Venise. Mais il se sentait trahi et était un peu triste. C'est peut-être ainsi que cela finit, pensa-t-il.

Il se tourna vers Boulanger et Forestier.

— Comment avez-vous découvert ce que vous reprochez à Mei-Lin ?

— Nous l'avions sous surveillance, l'épouse de Fabio Belloni aussi, d'ailleurs. Au début, c'était pour assurer leur protection, mais nous avons rapidement constaté des éléments troublants chez Mei-Lin Lassire. Nous avons arrêté un individu qui tentait de s'introduire chez elle, c'était un Nord-Coréen... Nous n'avons pu obtenir qu'assez peu d'informations en l'interrogeant, mais il a avoué avoir organisé les assassinats de M. Belloni et de M. Gattier. Ensuite, par recoupements, nous avons pu reconstituer tous ses agissements en France.

— Vous dites que vous n'avez pas obtenu grand-chose de ce type... Il a refusé de continuer à parler ?

— En quelque sorte. Il s'est suicidé quelques jours après son arrestation. Mais son réseau nous est maintenant connu. Nous n'avons pas encore arrêté ses membres, car j'ai considéré que nous apprendrons plus de choses sur leurs missions et leurs agissements en les laissant ignorer que nous les avons démasqués. Pour le moment, ils sont sous surveillance étroite.

— En résumé, Monsieur Salen, voici ce que nous pouvons dire de toute cette affaire :

— Les Nord-Coréens avaient réussi à obtenir des informations sur les travaux du professeur Cazeneuve. Cependant, les éléments qu'ils avaient réussi à pirater étaient incomplets. Par prudence, Monsieur Cazeneuve en avait même rendu certains incohérents. Sans comprendre tout à fait les travaux du professeur, les Nord-Coréens en avaient conclu que l'affaire était d'importance considérable et ils ont voulu éliminer tous ceux qui travaillaient sur le projet. De là découlent les assassinats de vos amis Fabio et Romain et les attentats dont vous avez fait l'objet à Venise. Ils ont préféré sans doute torpiller le projet plutôt que voir un pays occidental obtenir une avancée considérable dans le domaine scientifique. Et militaire.

— C'est invraisemblable ! La logique voudrait qu'ils tentent d'obtenir l'information, pas d'éliminer ceux qui auraient pu la leur révéler.

— Oui, Monsieur Salen, mais la Corée du Nord n'est pas un pays qui fonctionne comme les autres. Tout est possible, mais les faits sont là : ils ont tenté d'éliminer tous ceux qui œuvraient avec le professeur Cazeneuve. Pour certains de vos amis, hélas, ils ont réussi.

— Mais, Mei-lin, pourquoi l'ont-ils épargnée ?

— Parce qu'elle travaillait pour eux, évidemment. Ils l'avaient épargnée, mais pour combien de temps ?

Le général Boulanger fit une pause avant de continuer.

— Reste le cas du professeur Cazeneuve. Est-il parvenu à réellement mettre au point une machine temporelle et, dans cette hypothèse, est-il quelque part dans le passé ? Ou bien a-t-il été lui aussi assassiné comme vos amis par les Nord-Coréens ? Au moment où nous parlons, nous n'en savons rien.

Louis Forestier qui était resté observateur pendant presque toute la réunion — il n'était intervenu qu'une fois

— se leva, signifiant ainsi qu'il prenait maintenant la direction de l'entretien.

— Nous ignorons ce qu'il est advenu du professeur Cazeneuve, mais nous avons aujourd'hui une décision à prendre.

— Le général est arrivé à la conclusion que les Nord-Coréens ne représentent plus une menace. Ils ont été neutralisés ou paraissent maintenant convaincus que l'affaire est sans intérêt. L'arrêt des attentats contre vous à Venise en est un signe.

La désinformation orchestrée de manière empirique par le professeur Cazeneuve a fonctionné. Elle a été certainement d'autant plus efficace qu'elle était le fait d'un amateur, ça l'a rendue crédible. Enfin, avec tous les désordres qu'ils ont provoqués en France et en Italie, les Coréens doivent penser qu'ils ont intérêt à se faire oublier. Je partage l'avis du général Boulanger, ils sont hors-jeu, mais nous gardons un œil sur eux.

Monsieur Salen, j'ai besoin que vous me donniez votre intime conviction sur le sort du professeur Cazeneuve. Je veux votre avis de scientifique. Un avis reposant sur la logique, pas le sentiment d'un homme qui s'inquiète pour un ami. Selon vous, Jacques Cazeneuve a-t-il réussi son expérience ? Est-il venu à Venise et au XVIIIe siècle ?

— Franchement, Monsieur Forestier, je n'en sais rien. Le fait que je n'aie rien trouvé ne signifie pas forcément qu'il n'est pas arrivé à Venise au XVIIIe siècle. Il a pu être empêché, avoir un accident, être tombé malade, ou pire. Tout est possible, il peut être arrivé fou, ne sachant plus qui il était. Il peut aussi avoir cessé d'exister au moment du transfert, il peut même avoir renoncé volontairement à faire ce qui avait été convenu.

— Je sais tout cela. Ce que je vous demande, je le répète, c'est votre intime conviction sur le sort du professeur.

Sébastien hésitait. Sa réponse pouvait être lourde de conséquences. Il pensait que l'expérience de son ami avait échoué, mais pouvait-il le dire à Forestier et provoquer ainsi l'arrêt des recherches ? Pourtant, il était bien obligé de se rendre à l'évidence, il n'avait découvert aucun signe du passage de Jacques Cazeneuve et continuer de déambuler à Venise n'avait plus beaucoup de sens. Il se décida.

— Je suis pessimiste, je l'avoue. Si Jacques avait réussi, il aurait trouvé un moyen de nous le faire savoir.

Forestier le regarda longuement, les autres se taisaient.

— Je vous remercie pour votre sincérité Monsieur Salen, je sais que cela vous est difficile. J'ai besoin d'un petit moment de réflexion, je vais vous demander de bien vouloir m'attendre tous ici quelques minutes.

Louis Forestier se sentait las, vieux, et déprimé. Il avait un choix à faire et il n'aimait pas ça. Il était le directeur du cabinet du Premier ministre et pensait que c'était à lui de s'occuper des basses besognes. C'était nécessaire, mais il n'aimait pas ça.

Cette affaire Cazeneuve était pénible, la plus lourde de sa carrière.

Quand il avait appris les évènements survenus à l'Annexe et la nature des recherches menées par le professeur Cazeneuve, il avait été stupéfait. Pour lui, tout ce qui arrivait était inimaginable.

Presque en même temps, le général Boulanger lui avait révélé que des informations sensibles avaient été piratées. Il avait alors tenu à participer à l'entretien avec Sébastien Salen avant son départ pour Venise avec Marie Bertot.

Ce jour-là, Louis Forestier avait compris les risques insensés que l'invention du professeur Cazeneuve, si elle fonctionnait, ferait courir à l'humanité. Il imaginait des « voyageurs du temps » venant changer le passé à leur convenance. C'était effrayant. Il fallait, à n'importe quel prix, empêcher cela. C'était son devoir et celui de tout être humain. Pour Forestier, cette affaire était encore plus grave que l'invention de la bombe atomique. Les risques individuels en paraissaient beaucoup plus limités, mais, en réalité, c'était l'avenir de toute l'espèce humaine qui était menacé.

Mais dans un premier temps, l'important avait été de découvrir ce qui était arrivé au professeur Cazeneuve. Il avait donc été d'accord avec le choix du Général Boulanger d'envoyer Sébastien Salen à Venise, sous la surveillance de Marie Bertot.

Ceux-ci, le jour même de leur arrivée à Venise, échappaient à des attentats et, quelques jours après, on découvrait que la Corée du Nord en était à l'origine.

Un peu plus tard, on retrouva les corps sans vie de Fabio Belloni et de Romain Gattier, assassinés. Puis on s'aperçut que Mei-Lin Lassire était au cœur de l'affaire et on arrêta un Nord-Coréen près de chez elle.

Cet individu n'était plus un problème. Son suicide n'en était pas un, il avait été exécuté sur l'ordre de Forestier.

À deux reprises, depuis trois ans qu'il était à ce poste, il avait ordonné la mort d'un être humain. Sans jugement, pour raison d'État. C'était parfois nécessaire, dans l'intérêt de la France et il fallait bien que quelqu'un s'en charge. Il s'agissait toujours de situations exceptionnelles où le secret absolu était indispensable. Le Premier ministre n'avait même pas été informé de ces exécutions, il ne fallait surtout pas que l'on puisse remonter jusqu'à lui.

On appelait cela des exécutions, car les acteurs agissaient au nom de l'État. On aurait tout aussi bien pu nommer ces actes des meurtres. Car en réalité, c'en étaient.

Dès lors que cette solution définitive était envisagée, les personnes concernées étaient transférées dans un centre de détention spéciale. La plupart du temps, elles en sortaient pour suivre un parcours judiciaire banal. Dans de rares cas, comme dans celui du Nord-Coréen, la procédure était simple : moins il y avait de gens dans le coup et plus vite c'était fait, mieux c'était. Seulement trois personnes formaient la chaîne de décision et d'exécution. Forestier pour la décision et le chef du centre de détention et son adjoint, l'exécuteur.

Le jour où il avait ordonné l'exécution de l'espion nord-coréen, Forestier avait assumé sa décision sans trop d'états d'âme. Avec un peu d'incitation, l'individu avait dit à peu près tout ce qu'il savait. C'était un homme dangereux, un fauve qui avait commis plusieurs assassinats. Mais surtout, il savait beaucoup trop de choses sur les recherches menées par le professeur Cazeneuve. En liberté, à ce moment-là ou à l'avenir, il représentait une source considérable de difficultés. Sa disparition était la meilleure solution et Forestier avait donné l'ordre de l'éliminer et de maquiller sa mort en suicide.

Aujourd'hui, il devait s'occuper du cas de Mei-Lin Lassire.

C'était beaucoup plus difficile. Sans doute parce qu'il s'agissait d'une femme. Il n'avait encore jamais ordonné l'exécution d'une femme. À cause de son éducation à l'ancienne, certainement. Et puis il avait parlé longuement d'elle avec Boulanger, il aurait pu la connaître. Elle n'était pas un cas anonyme, un dossier, comme l'espion nord-coréen qui avait commis plusieurs crimes.

Mais logiquement, selon la ligne de conduite qu'il s'était fixée, elle devait disparaître.

En soupirant, il sortit de sa poche un gros téléphone à écran qu'il était le seul à pouvoir utiliser et, après l'avoir mis en marche, il orienta l'objectif de l'appareil photo face à son œil gauche. L'application de reconnaissance rétinienne l'identifia après quelques instants et déverrouilla le téléphone.

Le numéro qu'il appela ne figurait pas sur l'annuaire et son correspondant était le chef d'un service connu seulement de trois personnes. Forestier était du nombre. Le téléphone les avait reconnus tous les deux et ils n'avaient pas besoin de s'annoncer.

— Allez-y dit seulement Forestier. Je confirme, allez-y. Dès que c'est fait, informez aussitôt le général Boulanger.

Il n'avait pas besoin d'en dire plus. Les choses étaient convenues d'avance, il avait donné ses instructions avant de partir pour Venise.

S'il n'avait pas appelé, il ne se serait rien passé et Mei-Lin Lassire continuerait son existence dans sa cellule, au secret, dans le service où elle avait été transférée la veille. Depuis la mort du Nord-Coréen, elle en était la seule détenue.

En téléphonant, il avait ordonné sa mort.

Le général Boulanger n'était pas dans la confidence. Les explications qui lui seraient fournies étaient déjà prêtes.

C'est nécessaire, se répétait Louis Forestier comme s'il voulait se convaincre lui-même. Elle avait trahi. À la suite d'un chantage, certes, mais c'était une attitude qui avait entraîné plusieurs morts. Sa trahison avait en plus attiré l'attention sur des recherches inhabituelles qui auraient dû rester secrètes. Que le professeur Cazeneuve ait réussi ou non n'y changeait rien, on ne pouvait plus faire confiance à Mei-Lin Lassire. La laisser en vie aurait représenté un risque inacceptable.

Il restait le cas de Sébastien Salen. Lui aussi connaissait beaucoup de choses et pouvait constituer un danger.

Forestier soupira. Il n'était pas un assassin, il ne pouvait quand même pas faire éliminer tous ceux qui avaient travaillé avec Cazeneuve. Et puis, trop de suicides, cela finirait par paraître suspect et un juge risquait de s'intéresser à l'affaire ou des journalistes pourraient devenir curieux. Il soupira à nouveau. Il faudrait surveiller Salen pendant longtemps.

Il revint dans le salon où les autres attendaient son retour.

— Bien. Après presque deux mois de recherches infructueuses à Venise, je pense que nous n'aurons pas plus de succès en restant plus longtemps. Vous êtes de mon avis, général ?

Son ton autoritaire ne laissait pas vraiment place à la contradiction, mais, de toute manière, Boulanger était d'accord avec cette analyse.

— Oui, Monsieur Forestier, je suis bien de votre avis, il n'y a plus rien à faire ici. Nous allons partir. Je pense que vous rentrez en France aussi, Monsieur Salen ? Nous aurons besoin de continuer à assurer votre protection encore pendant quelque temps et ça sera moins compliqué en France.

Sébastien acquiesça. Il se rendait à l'évidence, il ne croyait pas qu'il aurait plus de chance de réussite en restant à Venise.

— Oui, bien sûr. Mais vous continuez une veille sur les réseaux et Internet comme vous l'avez dit ?

— Certainement, c'est dans l'intérêt de notre pays, répondit le général.

— Bien, dit à nouveau Louis Forestier, nous allons considérer que le professeur Cazeneuve n'a hélas pas réussi dans son entreprise. Une enquête pour disparition mystérieuse reste ouverte. Monsieur Salen, vous serez informé de tout élément nouveau qui pourrait survenir dans cette affaire.

— Je vous remercie, intervint Sébastien.

— Vous n'avez pas à me remercier, Monsieur Salen, nous avons besoin de vous et de vos analyses dans cette affaire.

Nous nous reverrons périodiquement pour faire le point. Disons...dans six mois, plus tôt si nécessaire.

— Et Mei-Lin ? demanda Sébastien.

— Madame Lassire répondra de ses actes devant la justice répondit Forestier qui s'interrompit en entendant une sonnerie de téléphone.

Le général Boulanger sortit son smartphone avec un vague geste d'excuse et s'écarta un peu pour répondre. Forestier reprit :

— Au nom du Premier ministre et du gouvernement, je vous remercie, Monsieur Salen, pour votre concours précieux dans cette affaire.

Forestier émettait ces banalités dans l'unique but d'occuper Salen pendant la conversation téléphonique de Boulanger. C'était l'appel qu'il attendait.

— Vous n'avez pas à me remercier et le Premier ministre non plus. Ce que j'ai fait, c'est pour Jacques Cazeneuve. C'était mon ami, voyez-vous...

Forestier était satisfait, la diversion avait été parfaite.

Le général Boulanger avait fini de parler avec son correspondant et s'était rapproché du petit groupe. Il était un peu pâle et regardait Sébastien.

— Euh… Monsieur Forestier, Monsieur Salen, j'ai une très mauvaise nouvelle… Je viens d'apprendre le décès de Madame Lassire, je suis désolé.

Un silence stupéfait avait suivi les paroles du général et Sébastien Salen avait éprouvé le besoin de s'asseoir.

— Que s'est-il passé ? demanda Forestier.

— C'était le directeur du centre de détention. Madame Lassire s'est suicidée dans sa cellule. Elle s'est pendue avec une sorte de corde qu'elle a confectionnée avec un drap.

— A-t-elle laissé une lettre ?

— Non, mais elle n'avait rien pour écrire. Le directeur pense qu'elle était bouleversée d'avoir été responsable de la mort de ses amis. Le remords, peut-être. Le directeur m'a dit qu'elle avait demandé à voir un prêtre et qu'il avait dû le lui refuser. L'aumônier de la prison était en vacances et, de toute façon, elle était au secret.

Forestier était satisfait. Cette remarque sur le prêtre était son idée. Il pensait que ça crédibilisait l'histoire. Il observait ses compagnons. Le général Boulanger avait l'air sincèrement ennuyé, Sébastien Salen était effondré et Marie Bertot s'était approchée de lui pour le consoler. Tout s'était déroulé parfaitement.

— Je suis sincèrement désolé, déclara-t-il doucement en mettant sa main sur l'épaule de Sébastien en un geste amical avant de se tourner vers le général.

— Nous avons tous essayé de faire face, chacun à notre place, à une situation unique. Nous avons fait ce que nous avons pu. Nous avons une pensée pour celles et ceux qui ont eu à en souffrir et à ceux qui ont perdu la vie dans cette tragédie. Bon courage à vous, Monsieur Salen.

Capitaine Bertot, je pense que le général sera d'accord pour vous demander de gérer le départ de Venise et d'accompagner Monsieur Salen avec vos collègues pour le retour. Général, nous partons.

Il était satisfait. Les dommages étaient limités et le professeur Cazeneuve et son invention seraient bientôt oubliés.

Si tout se passait bien.

Il n'avait jamais rencontré Mei-Lin Lassire, il l'oublierait. Après tout, il était comme un général qui envoie ses soldats à la mort pour sauver une nation ou des valeurs. C'est comme ça qu'il choisissait de voir les choses. Il ne faisait pas cela par plaisir. La mort de cette jeune femme était regrettable, certes, mais indispensable pour que l'on oublie le projet fou de Cazeneuve.

Il faudrait aussi garder un œil sur Sébastien Salen et intervenir si nécessaire.

Au fond, Louis Forestier n'était pas un type sympathique. Célibataire et sans amis, il avait une pauvre vie. Il avait déjà dépassé l'âge de la retraite et il faudrait bien qu'il abandonne sa fonction dans un futur proche. Cette perspective le terrorisait, car alors, sans le pouvoir, il n'existerait plus.

XXIV - Giacomo Casanova

Il venait de calculer que ça faisait bien quatre mois qu'il était à Venise...

Aujourd'hui, il se sentait particulièrement lucide. Ça n'était pas toujours le cas, loin de là ! C'était le moment de faire le point.

Jacques Cazeneuve avait compris assez rapidement que le corps qu'il occupait était celui de Giacomo Casanova. Fort heureusement, quand l'un était conscient, l'autre ne l'était pas.

Il ne lui avait pas fallu longtemps non plus pour comprendre que les « passages » d'une personnalité à l'autre se produisaient quand l'un des deux dormait.

Il n'y avait apparemment aucun moyen d'influer de manière positive sur le phénomène. Il avait essayé la privation de sommeil et pratiqué l'autohypnose sans succès. Il avait même ingurgité du laudanum, c'est tout ce qu'il avait pu trouver comme substance psychotrope. Ça n'était pas une bonne idée, car comme il le craignait, l'effet hypnotique de l'opium provoquait une somnolence qui favorisait le transfert. Pas vraiment le résultat escompté !

Il ne pouvait pas empêcher cela, il lui avait fallu se rendre à l'évidence.

Il y avait quand même des éléments positifs dans sa situation.

D'abord, il avait réussi ce qu'aucun autre chercheur n'avait réalisé et que personne n'estimait possible, un voyage vers le passé. Einstein lui-même considérait que le voyage dans le temps n'était envisageable que vers le futur. Il était très fier de ce qu'il avait fait.

Parmi les aspects positifs, il considérait qu'il s'était bien adapté à la vie au XVIIIe siècle malgré le formidable traumatisme d'un voyage vers le passé. À cela s'ajoutait ce qu'il n'avait pas prévu, le transfert dans un autre corps. Dans l'absolu, c'était une avancée de la connaissance, mais, au quotidien, c'était moins évident. Cependant, il arrivait maintenant à vivre presque normalement dans ce siècle des Lumières qu'il trouvait passionnant.

Depuis son arrivée, il avait connu des moments exceptionnels. Quelque chose d'unique, comme si, devant un tableau ancien, il était passé de l'autre côté de la toile pour vivre l'existence des personnages.

Il avait beaucoup réfléchi aux implications de son action.

Avant l'expérience, il avait annoncé à son ami Sébastien Salen qu'il s'arrangerait pour laisser des marques de son passage ici. Comme tout chercheur, il était animé par la volonté de faire progresser la science et sans doute aussi par le besoin de reconnaissance.

Mais il avait renoncé à tenter de laisser des preuves de sa réussite après avoir compris que le monde n'avait pas besoin de voyages dans le passé.

Il imaginait avec un peu de tristesse le pauvre Sébastien, deux-cent-soixante ans après l'instant présent, en train de chercher en vain ces traces.

Mais interférer dans la marche normale, linéaire, du temps serait insensé et criminel. Plus aucun évènement ne pourrait être considéré comme établi. L'incertitude puis le chaos entraîneraient la fin de toute civilisation.

C'était sa conviction.

Il ne fallait donc surtout pas que Sébastien et les gens de son époque puissent découvrir qu'il avait réussi.

Mais c'était difficile, plus qu'il ne l'aurait pensé. La recherche d'endroits où laisser un témoignage était en quelque sorte la continuité de l'expérience.

Imaginer son ami découvrir ses traces puis s'en réjouir signifiait une forme d'espoir, un lien entre les siècles.

Le renoncement à ce lien ténu était un véritable déchirement et l'assurance d'une absolue solitude, car cela le coupait une deuxième fois de ses origines.

Il essayait de se persuader qu'il ne regrettait rien. De se convaincre qu'en quelques mois, il avait vécu plus de vies dans la peau de Casanova qu'en plusieurs années de l'existence de Jacques Cazeneuve.

Et que ça en valait la peine.

Il s'attachait à vivre l'instant, au jour le jour et sans penser à l'avenir.

Pourtant, il était parfois envahi par une forme de désespoir. Il luttait pour combattre ces moments-là. Il y parvenait parfois.

Les transferts de personnalités, incontrôlables, étaient pour lui un véritable tourment.

Juste après son arrivée à Venise, ils étaient nettement moins fréquents que maintenant. Il en déduisait que la personnalité de Casanova prenait petit à petit le dessus sur la sienne. Giacomo — il avait adopté le prénom vénitien — en ignorait la cause, mais il se demandait s'il ne s'agissait pas d'un effet indésirable du voyage dans le temps qui provoquerait un affaiblissement de son esprit. Les transferts devaient aussi affecter physiquement le corps qu'ils étaient deux à utiliser. Car, lorsque lui-même s'endormait, Casanova « prenait la main » et, pendant un temps, ne permettait pas au corps et à l'esprit de se reposer normalement.

C'était perturbant.

Les transitions étaient aussi très souvent déroutantes. Il est en effet déconcertant de se réveiller avec une jeune personne à ses côtés, ailleurs et dans un lit différent de celui où l'on s'était endormi seul. Pas toujours déplaisant, certes, mais inattendu.

Il tentait d'en prendre son parti et s'arrangeait pour rester serein. C'était souvent plutôt agréable, Casanova avait un don pour la vie.

Dans l'étrange duo qu'il constituait avec Casanova, c'était généralement ce dernier qui avait l'initiative. Jacques laissait faire. Cinq mois de présence au XVIIIe siècle, c'était peu et il était encore en phase d'adaptation.

La vie s'organisait donc au gré des instincts et des passions de Casanova.

Il se souvenait du jour où il était allé passer une journée chez Matteo Bragadin. Il avait dû s'assoupir après un bon repas et de bons vins et s'était réveillé tard, à Murano le lendemain matin, dans son lit avec Antonia endormie à son côté.

Il avait fait comme s'il n'était pas surpris et sa liaison avec la jolie Antonia, qu'il partageait évidemment avec Casanova, durait depuis plusieurs semaines.

Jacques aurait aimé qu'Antonia ait quelques années de plus, mais il ressentait maintenant de l'affection pour cette fille. Sans le savoir, elle était une aide précieuse dans son adaptation à la vie de cette époque.

Il voyait souvent John Murray. L'ambassadeur d'Angleterre était devenu le nouveau compère de Casanova. John aimait bien les expériences et Jacques n'était pas étonné que Casanova s'entende parfaitement avec lui. Lui-même appréciait aussi la compagnie de cet hédoniste acharné.

Marina allait un peu mieux et Jacques continuait à aller la voir au parloir du couvent. Il l'aimait toujours un peu, malgré ses infidélités avec Antonia. Ainsi va la vie...

Les jours où il n'allait pas voir Marina, il les passait à Venise, au Ridotto. Il ne s'étonnait pas vraiment de son intérêt récent pour le jeu. Ici, tout était nouveau pour lui et il avait pris conscience qu'il n'avait aucun talent qui lui permette de se procurer de l'argent. Il y avait bien la pension allouée par Matteo Bragadin, mais il voulait essayer d'obtenir un revenu par lui-même.

Avec son expérience de scientifique, la Bassette et le Pharaon n'auraient pas dû avoir de secrets pour lui. Malheureusement, s'il gagnait parfois, il perdait souvent. Les mathématiques ne sont pas le seul talent utile aux joueurs.

La journée s'avançait et les sons venus de la pièce voisine arrivaient à propos pour mettre fin à son exercice de rétrospection mélancolique.

Antonia mettait la table pour le repas du soir, pour trois personnes, il avait invité John Murray. Il lui faudrait être en forme et il avait le temps de faire une petite sieste.

Casanova prendrait peut-être le contrôle pendant ce temps-là mais ça ne le dérangeait pas. Murray était d'abord l'ami de Casanova et il serait plus à l'aise que lui pour animer la soirée.

Casanova se réveilla en sursaut. Comme toujours depuis quelques mois au réveil, il se demanda où il se trouvait.

Tout semblait normal. Il était dans son casino de Murano et quelqu'un parlait avec Antonia dans la pièce voisine. C'était Murray, il reconnaissait sa voix et son accent. Il se leva pour les rejoindre et s'arrêta devant un miroir.

Curieusement, il était habillé comme pour sortir ou comme s'il venait de rentrer. Il lui manquait seulement sa perruque, mais il n'allait quand même pas se présenter devant Murray le crâne nu. Il tourna la tête vers le support où elle devait se trouver, s'attendant à une catastrophe, car elle avait été malmenée à son retour de Venise. À son grand étonnement, elle était sur sa boule, sèche, propre et poudrée. Ce qui était une bonne surprise l'assombrit pourtant. On avait eu le temps de s'occuper de sa perruque et cela signifiait que son retour de Venise qu'il croyait être récent remontait vraisemblablement à un jour ou deux, ou même plus.

Il avait encore eu une de ses fichues absences incompréhensibles et inquiétantes. Il fallait vite passer à autre chose et il alla rejoindre Antonia et Murray

— John ! Quelle bonne surprise ! s'écria-t-il en ouvrant les bras.

— Ah... Giacomo est un grand plaisantin... au sens propre, répondit Murray en souriant tout en levant le bras pour simuler une toise.

Avec sa taille de cinq pieds neuf pouces ([24]) *Casanova, effectivement, était grand. Sa taille était souvent un sujet de plaisanterie pour Murray qui lui donnait du « grand »*

---

24 — Plus d'un mètre 90.

à toute occasion. Selon lui, son ami était un Grand joueur, un Grand séducteur, un Grand tout !

— La surprise ne doit pas être grande mon ami, ou alors vous avez oublié m'avoir invité. Ce qui me peinerait, car je me crois, comme tout le monde, inoubliable, ajouta-t-il en riant.

Casanova ne se souvenait pas l'avoir invité, mais l'ambassadeur d'Angleterre était toujours le bienvenu. John Murray était en fonction à Venise depuis seulement quelques mois, arrivé très opportunément comme ami pour suppléer au départ de François-Joachim de Bernis. Ils étaient devenus rapidement complices. Au point de partager quelques jours auparavant les faveurs de la belle courtisane Fanny Murray, Anglaise comme John, mais sans aucun lien de parenté avec lui. Casanova espérait que la belle Madame Murray avait un sigisbée, car son vaurien de John la laissait souvent seule.

Le repas préparé par Antonia avait été simple et excellent. Les vins frioulans, délicieusement fruités, et plus encore la jolie Antonia, avaient visiblement charmé Murray.

La soirée avait été très agréable. Une de ces soirées où les participants sont complices, partagent les mêmes plaisirs et trouvent que la vie est belle.

Murray était reparti enchanté et légèrement vacillant, il avait un peu trop bu.

Casanova pensa qu'un accident est vite arrivé et qu'il serait très fâcheux, pour tout le monde, que Son Excellence l'ambassadeur tombe à l'eau. Il n'allait pas le laisser repartir seul. La nuit était douce et il avait raccompagné Murray avec Antonia jusqu'à sa gondole amarrée près d'un estaminet où les barcarols de l'ambassade l'attendaient patiemment devant un verre.

Antonia et Giacomo avaient passé les heures suivantes dans sa chambre et la nuit avait été blanche.

Ils étaient encore au lit, assez tard le matin suivant, quand Casanova entendit frapper avec insistance à l'entrée. Il finit par se lever et aller voir ce qui se passait de la fenêtre du premier étage. Un valet tambourinait sur la porte et leva la tête en entendant la fenêtre s'ouvrir.

— Signore Casanova ?

À son accent, c'était un Anglais. Giacomo pensa aussitôt que c'était un domestique de l'ambassade d'Angleterre. Peut-être était-il arrivé quelque chose à Murray.

— Una lettera, Signore!

— J'arrive !

Il endossa une robe de chambre et descendit rapidement à la rencontre de l'homme.

La lettre était un courrier de John Murray. Giacomo pria le domestique d'attendre au cas où il y aurait une réponse à donner. Il se demandait quelle urgence avait incité son ami à lui écrire alors qu'ils s'étaient quittés seulement quelques heures plus tôt.

Murray lui avait écrit :

« Je suis éperdument amoureux de votre Tonine. Si vous voulez me la céder, voici le sort que je suis prêt à lui faire. Je l'établirai dans un logement convenable que je meublerai parfaitement et que je lui donnerai avec tout ce qu'il contiendra, à condition que je pourrai l'y voir quand cela me plaira et qu'elle me donnera sur elle tous les droits d'un amant heureux. Je lui donnerai une femme de chambre, une cuisinière et trente sequins par mois pour une table de deux personnes, sans compter les vins que je lui fournirai moi-même. Je lui ferai en outre une rente viagère de deux-cents écus par an, dont elle sera maîtresse après qu'elle aura vécu un an avec moi. Je vous donne huit jours, mon ami, pour me faire savoir votre réponse » ([25]).

Il sourit à la lecture de la lettre. Sans aucun doute, Antonia — qu'il nommait en effet Tonine en privé — avait fait une forte impression sur John !

---

25 — *Extrait de « Mémoires de Jacques Casanova de Seingalt écrits par lui-même ». Editions Garnier Frères, Paris.*

Le domestique attendait. Casanova rédigea un court message qu'il lui remit. Il assurait son ami qu'il lui donnerait une réponse rapidement après avoir consulté Antonia et, si elle le souhaitait, Laura sa mère.

Puis il remonta dans son appartement et s'allongea sur le lit. Antonia avait quitté la pièce, il était seul et s'installa confortablement.

Il relut le billet de Murray. L'offre était généreuse.

Il fallait être lucide, son aventure avec Antonia ne durerait certainement pas très longtemps. Rien ne dure d'ailleurs jamais longtemps.

Il aimait bien Antonia et il serait heureux de pouvoir favoriser son établissement. Lui-même ne pourrait pas lui assurer une rente, ni lui fournir un logement et des domestiques. La proposition de John, c'était évident, représentait une chance exceptionnelle pour la jeune fille. Il allait lui conseiller de la saisir. Pour elle, c'était la fortune.

Il se félicita de la décision qu'il venait de prendre et s'allongea sur le lit, les mains croisées derrière la nuque. Il allait pouvoir se détendre quelques minutes.

C'est en se réveillant qu'il s'aperçut qu'il s'était endormi. Ça n'avait rien d'étonnant, car il était resté éveillé pendant plus de vingt-quatre heures. Cependant, c'était regrettable et peut-être catastrophique, car s'il avait eu une nouvelle absence de longue durée, il n'avait pas pu s'occuper de l'avenir d'Antonia.

Mais rien ne semblait avoir changé autour de lui. Il avait même encore dans la main la lettre de Murray. C'était rassurant, il n'avait donc pas eu une de ces maudites absences.

Il en déduisit qu'il n'était donc pas possible de considérer, comme il le pensait, que le sommeil provoquait le phénomène. Il n'en connaissait pas l'origine, mais c'était inquiétant. Pour penser à autre chose, il se mit à la recherche de son amie.

À l'annonce de la démarche de Murray et de la position de Casanova sur le sujet, Antonia crut qu'il ne l'aimait plus et qu'il avait trouvé ce moyen pour mettre fin à leur liaison. Elle se mit à pleurer.

La consoler fut très agréable et la convaincre ensuite assez facile.

— Réfléchis bien, amore. Je t'aime, mais ne pourrais pas te donner tout ce qu'il t'offre, je n'ai pas la fortune de l'ambassadeur anglais. Tu es très jeune et si tu restes avec lui pendant seulement un an, tu auras une belle dot et une rente. Tu seras toujours jeune et tu pourras alors faire un bon mariage.

Naturellement, il lui fallut sauver les apparences et elle lui demanda vingt-quatre heures pour réfléchir.

Et ça, c'était ennuyeux.

Car, pour atteindre le lendemain, il fallait dormir.

Le fait qu'il n'ait aucune explication ni aucune possibilité d'action sur la venue de ses absences n'empêchait pas certaines précautions. Ainsi, il rédigea quelques lignes, sorte d'aide-mémoire pour l'aider à se souvenir et à se comporter :

« Voir Antonia et lui demander si, dans son intérêt et avec l'accord de Giacomo, elle accepte la proposition de John Murray. »

Il ajouta aussi quelques indications qui lui semblaient utiles.

Il ne restait que quelques heures avant la fin de la journée et il en profita pour aller voir Marina au parloir. Ils ne purent se voir qu'un quart d'heure et, s'il vit qu'elle était un peu triste, il la trouva aussi plus belle. Mais l'élan avait disparu et il sentait bien — et peut-être même elle aussi — qu'ils s'éloignaient l'un de l'autre.

De retour à son casino, il plaça près du lit bien en évidence, la lettre de Murray et les quelques consignes qu'il avait rédigées à sa propre intention.

Après, il pourrait s'endormir sereinement.

Jacques se réveilla en forme et optimiste. Il avait très bien dormi et c'est sans trop d'appréhension qu'il regarda autour de lui. Lorsqu'il se mettait au lit, il disposait toujours ses vêtements d'une manière particulière. C'était un moyen de vérifier d'un coup d'œil qui avait eu le contrôle du corps de Casanova. Ce matin, ses habits n'étaient pas disposés comme ils devraient. Ça signifiait que c'était Casanova qui s'était couché dans ce lit la veille au soir et que lui, Jacques s'y réveillait ce matin.

Il remarqua aussi des feuillets de papier au-dessus des vêtements, certainement laissés à son attention par Casanova.

Il se précipita pour les lire. Il y avait deux documents, une lettre de John Murray, et quelques lignes de consignes de Casanova.

Saisi par l'émotion, il éprouva le besoin de s'asseoir. Ainsi, Casanova essayait de communiquer. Il devait avoir, lui aussi, observé les anomalies qui perturbaient sa vie et avait trouvé ce moyen pour essayer de continuer à vivre à peu près normalement. C'était fantastique ! Jacques était un peu dépité de ne pas y avoir pensé lui-même.

Il lut attentivement la lettre de Murray. Il la trouva amusante, mais aussi choquante.

John Murray voulait donc bénéficier des faveurs d'Antonia et était prêt à y mettre le prix.

Alors, ce gentilhomme charmant et bien élevé évoquait le sort de la jeune fille comme s'il s'agissait d'un meuble. Peut-être avait-il réellement l'intention d'offrir tout ce qu'il disait à Antonia en échange de ses faveurs, mais il fallait d'abord lui demander son avis. C'était bien le minimum. La proposition de John lui donnait l'impression d'être un proxénète auquel on demande de céder une fille. C'était quand même un brin choquant !

Il lui restait à suivre les consignes de Casanova et à demander à Antonia ce qu'elle pensait de tout cela.

Elle n'était pas encore là et Jacques put se préparer tranquillement. Comme d'habitude, la toilette lui prit beaucoup de temps. L'absence d'eau courante, le rasoir à lames, les habits aux multiples boutons et rubans, la perruque... Tout cela était fastidieux.

En attendant Antonia, il décida d'aller faire un tour le long des quais. Il aimait observer les allées et venues près des verreries et le trafic entre l'île de Murano et Venise. Prendre un verre dans un des estaminets du bord de l'eau le tenta, mais l'hygiène très sommaire des lieux le fit renoncer.

Antonia était arrivée quand il revint à son casino. Elle se jeta dans ses bras avec fougue. Jacques pensa qu'elle connaissait la proposition de Murray.

Ils n'évoquèrent pas le sujet avant d'être installés sur le sofa. C'est Antonia qui commença à parler.

Elle avait beaucoup pleuré à la pensée de le perdre puis elle avait réfléchi. Elle reconnaissait bien des qualités à l'Anglais, il était amusant et bien de sa personne. Alors, puisque Giacomo lui-même avait trouvé la proposition de Murray intéressante, elle voulait bien essayer. Après tout, s'il venait à lui déplaire et s'ils ne s'entendaient plus, elle n'aurait qu'à attendre un an avant de le quitter. Elle serait riche, suffisamment pour faire un bon mariage.

— Mais jamais, jamais je ne t'oublierai Giacomo.

— Je le sais bien amore, moi non plus je ne t'oublierai pas.

Il pensait que cette petite Antonia était bien partie pour devenir une courtisane, comme on disait joliment à l'époque.

Il restait une seule inconnue. Que dirait sa mère ?

— Le plus simple est d'aller la voir pour lui en parler, proposa-t-il.

Mais Antonia ne tenait pas à le faire elle-même et elle lui demanda s'il voulait bien s'en charger.

— Bien sûr, ma belle amie.

Il ne voyait plus Laura depuis qu'Antonia venait tous les jours, à l'origine pour s'occuper de son casino.

C'était maintenant elle qui se chargeait des lettres qu'il continuait à échanger avec Marina. Laura s'occupait seulement de les faire entrer ou sortir du couvent. Il ne l'avait pas rencontrée depuis plusieurs semaines.

Jacques n'était pas inquiet sur le résultat de sa médiation, car il avait le sentiment que Laura lui avait quasiment mis sa fille dans les bras.

Il ne se trompait pas, la proposition de Murray enchanta tout de suite Laura qui voyait tout l'intérêt pour elle-même d'avoir une fille capable de l'aider financièrement. Elle allait enfin pouvoir arrêter de travailler.

Laura n'était pas une mauvaise mère. Elle était veuve et avait deux filles à élever et à établir. Le monde est difficile aux petites gens et les pauvrettes n'auraient pas de dot pour pouvoir faire un bon mariage. Casanova n'était pas tout à fait un personnage recommandable, elle le savait, mais il avait l'argent facile et savait être généreux. Et maintenant, l'ambassadeur d'Angleterre allait offrir une maison et servir une rente à sa fille. Le plus amusant c'est qu'il demandait sa permission ! Il l'avait, sa permission ! Elle ferait n'importe quoi pour aider au bonheur de ses filles.

Jacques aimait bien cette femme. Laura avait été une intermédiaire discrète et efficace entre lui-même et Marina. Et maintenant, elle le considérait comme le bienfaiteur de la famille. Il l'invita à l'accompagner chez lui pour annoncer la bonne nouvelle à Antonia.

Au moment où ils partaient, sa sœur cadette vint le saluer. Elle était blonde et plus jolie encore que son aînée. Jacques la trouva charmante...

Tout se passait donc pour le mieux, Antonia, John Murray et même Laura, tout le monde était satisfait de l'arrangement. Lui-même se sentait un peu détaché, plus observateur qu'acteur dans cette société.

Il était allé chez son ami Murray dans l'après-midi pour lui faire part des réactions d'Antonia et, puisque John voulait que ce soit exprimé, de son accord pour lui céder la jeune fille.

On signerait le contrat deux jours plus tard au casino de Murray.

Mais d'ici là, il y avait deux nuits de sommeil.

Ce soir-là, avant de se coucher, il écrivit quelques lignes à l'attention de Casanova et disposa le papier bien en vue sur ses vêtements.

À son réveil, Casanova avait trouvé les notes qu'il avait laissées, certainement la veille au soir, complétées par quelques lignes d'une écriture légèrement différente de la sienne. Cela l'avait intrigué. Mais il s'était surtout félicité d'avoir eu cette idée de notes aide-mémoire, car il n'avait aucun souvenir d'avoir écrit ces lignes ni d'avoir rencontré Laura. Un effet de l'étrange phénomène qui l'affectait et l'inquiétait depuis plusieurs semaines, sans doute…

Il se rendit avec Antonia à l'invitation de Murray.

Il avait pris sa décision, il allait retourner habiter à Venise. Peut-être pas chez Matteo Bragadin, mais il trouverait bien un logement quelque part. Il en parlerait à Righelini. Sa passion pour Marina n'était plus qu'un tendre souvenir et depuis quelque temps, il ne gardait son casino de Murano que pour voir Antonia. Celle-ci installée avec John, il n'avait plus de raison de rester.

Murray avait établi deux contrats au profit d'Antonia. Tout était écrit comme il l'avait annoncé dans sa proposition. L'un des contrats prévoyait même qu'Antonia était autorisée à recevoir Casanova comme ami. John Murray n'était pas jaloux.

Antonia remercia son bienfaiteur et on fêta l'accord comme il convenait. On mangea, un peu. On but du vin frioulan et on rit, beaucoup.

La soirée avait été parfaite, mais Casanova n'en garda aucun souvenir, il avait trop bu.

Épilogue

Peu de temps après avoir commencé à échanger des notes avec Casanova, Jacques avait pensé qu'il ne fallait pas les détruire après lecture.

La vie d'aventurier était nouvelle pour lui et conserver l'information lui permettrait de se repérer et d'éviter de faire des erreurs de mémoire et de comportement.

Il avait hésité sur la manière de le proposer à Casanova. Il pouvait lui écrire en s'adressant directement à lui, car il le savait intelligent. Mais cet homme vivait quand même plus de deux siècles avant son époque et il ne le connaissait pas réellement. Il pensait qu'il serait psychologiquement capable d'accepter l'idée d'une correspondance avec un « autre lui-même », mais il n'en avait pas la certitude.

Alors il avait choisi la prudence. Ses commentaires étaient neutres et pouvaient passer pour des aide-mémoires. Il avait seulement écrit : « ne pas détruire ces billets, ils pourront servir, dans le futur, à rédiger des Mémoires ».

Le lendemain, Jacques avait trouvé un dossier contenant les notes des jours précédents. Il était disposé en évidence, près du lit.

Tout cela remontait à plus de trois mois.

Depuis leurs premiers échanges de notes, Casanova avait fait plus qu'adopter la proposition de Jacques. Chaque jour, il rédigeait un véritable journal. L'idée de se constituer des éléments pour rédiger ses mémoires l'avait visiblement séduit. Jacques était ravi. Il pouvait ainsi découvrir ce qui s'était passé quand Casanova « avait la main » et adapter plus aisément son comportement quand c'était lui qui menait.

On était maintenant en juillet et Jacques relisait les notes échangées pendant toute cette période. Grâce aux récits très détaillés dont il disposait, il avait un peu l'impression que chacun d'eux, Casanova et lui, avait vécu la totalité des évènements évoqués. Mais, en réalité, c'est Casanova qui avait le plus souvent eu l'initiative.

Ces trois derniers mois avaient été une succession d'affaires, parfois agréables.

Peu après le contrat « cédant » Antonia à John Murray, Casanova avait eu une brève aventure avec sa sœur cadette.

Jacques avait été effaré en lisant le billet le lui annonçant. Il avait émis un commentaire prudent : « la demoiselle est très jeune... » Casanova avait répondu qu'elle devait espérer un sort équivalent à celui d'Antonia, car elle s'était littéralement offerte à lui.

La pauvrette allait être déçue, avait-il écrit ensuite. Il n'était hélas pas en position de pouvoir l'établir comme il l'avait fait pour sa sœur, car il manquait cruellement d'argent. En outre, trouver un autre bienfaiteur comme Murray lui paraissait difficile.

Marina lui avait remis la plus grande partie des fonds qu'elle avait obtenus après la vente des meubles du casino de François-Joachim de Bernis. Il avait joué cet argent au Pharaon, moitié pour elle et moitié pour lui. Il avait presque tout perdu. « La faute à un coquin de face de plâtre de Barnabotti » avait écrit Casanova.

Il avait renoncé à son casino de Murano et trouvé, grâce à Righelini, un petit logement sur *Fondamenta Nuove*, au nord de Venise, face à l'île de Murano. Il avait assuré à Matteo Bragadin que c'était pour sa santé ; il allait passer les grandes chaleurs de l'été au frais, au bord de la lagune nord, et il reviendrait au palais à l'automne. Il lui avait promis de venir dîner tous les jours au palais.

Ainsi que l'avait écrit Casanova, la véritable raison de son choix de continuer à habiter *Fondamenta Nuove* avait deux grands yeux sombres. La fille aînée de la propriétaire de son nouvel appartement, une veuve, était très belle. Il allait lui apprendre à danser...

Il allait parfois visiter Marina et Caterina au parloir de leur Couvent. Marina était triste et Caterina lui avait proposé de l'épouser. Selon Casanova, il n'avait pas les moyens de pouvoir le faire et, de toute façon, il n'était pas de ceux dont on fait un mari.

Les visites chez Matteo Bragadin étaient toujours un grand plaisir pour le vieil homme et Casanova repartait toujours avec une bourse de quelques centaines de sequins.

Hélas, la fortune ne lui souriait pas et la somme finissait toujours au Ridotto où elle était perdue plus ou moins rapidement.

Ce soir-là, Jacques avait du mal à s'endormir. Les soucis de Casanova, donc les siens, étaient graves.

Il venait de relire deux fois la note où l'aventurier s'emportait contre l'abbé Chiari. Elle datait de quelques semaines, peu de temps après que John Murray lui ait remis une satire où l'abbé le maltraitait. Furieux et, imprudemment devant témoins, semblait-il, Casanova avait menacé de le rosser. C'est ce qu'il avait écrit.

Son dernier message était inhabituel et inquiétant. Jacques l'avait trouvé le matin même.

Il se composait de deux feuillets.

L'un, très court, n'était pas de sa main. Il se rattachait directement à l'affaire Chiari. Le rédacteur, anonyme, écrivait laconiquement qu'au lieu de s'occuper de l'abbé Chiari, il devrait se garder d'un malheur proche.

L'autre note était déconcertante.

Avec moins d'assurance que d'habitude, Casanova énumérait tout ce qui le troublait.

Il y avait ce qu'il appelait fort justement « ses absences ». Il semblait éprouver les mêmes sensations que Jacques.

Il évoquait aussi la lettre anonyme reçue, s'appesantissait longuement sur ses ennuis d'argent, il avait des dettes partout, au point d'avoir mis tous ses bijoux en gage.

Il avait le sentiment qu'on l'évitait.

Il savait que les rumeurs les plus folles couraient sur son compte. Certaines d'ailleurs, étaient vraies. On disait qu'il fréquentait des étrangers et était un espion, qu'il était franc-maçon. On citait même le diable, qu'il invoquerait...

On lui aurait révélé que le tribunal enquêtait sur lui. L'un des trois terrifiants inquisiteurs d'État ([26]), Antonio Condulmer, Inquisiteur Rouge et ami de l'abbé Chiari, ce triste individu, voudrait sa perte. On lui conseillait de s'éloigner quelque temps de Venise.

Jacques ne voyait pas ce qu'il pourrait faire pour l'aider. Quelle que soit la façon de considérer la situation, Casanova était le mieux placé pour faire face à celle-ci.

Ce soir-là, il n'avait rien d'utile à dire. Il écrivit seulement deux mots : « être prudent ! »

Ce 24 juillet 1755, Casanova s'était levé tard.

Il avait beaucoup de mal à penser à autre chose qu'à ses dettes.

La veille, il avait demandé à Marina de lui prêter les cinq-cents sequins qui lui restaient de la vente de ses bijoux. La somme devait maintenant être prête, mais il n'eut pas le cœur d'aller la chercher.

Casanova se rendit directement au Ridotto en soirée. La chance finirait bien par être de son côté. En entrant, personne ne vint à sa rencontre et il lui sembla qu'on se détournait quand il passait entre les tables.

Il en était maintenant certain, on l'évitait. Il s'installa à sa table habituelle où le banquier, un Barnabotti, le connaissait et accepta qu'il joue sur parole. Il était certain d'avoir l'argent de Marina alors il passa la nuit à jouer au Pharaon.

Il sortit du Ridotto au petit matin. Il avait perdu tout cet argent qu'il n'avait pas encore.

---

26 — *Inquisiteurs d'État : Au nombre de trois : un inquisiteur rouge, choisi parmi les conseillers du doge, et deux inquisiteurs noirs, choisis parmi les membres du Consiglio dei Dieci, le Conseil des Dix. Ils disposaient de pouvoirs illimités en matière de police d'État.*

Il n'avait pas envie de rentrer immédiatement chez lui alors il décida de faire quelques pas vers le Rialto. Désabusé, il marcha sans but le long du Canal Grande, à regarder sans les voir les bateaux chargés de légumes et de fruits venir approvisionner le marché de l'Erberia.

Plusieurs personnes déambulaient comme lui avec lassitude sur le quai.

Les joueurs hébétés devant l'ampleur de leurs pertes étaient les plus nombreux. On y voyait aussi des couples étranges, vieux messieurs et jeunes courtisanes, dames patriciennes mûres et leurs sigisbées. Toute une société un peu désaxée se retrouvait là, tôt le matin, pour respirer un air frais puis aller se coucher quelques heures avant de nouvelles turpitudes.

On était là pour se montrer. On s'observait et parfois, on reconnaissait un compère de jeu, de débauche ou de beuverie. Les hommes exhibaient fièrement leurs conquêtes d'un soir et les femmes alanguies, le désordre de leur toilette, montrant ainsi qu'elles plaisaient encore malgré leur âge. On prenait aussi un certain plaisir à repérer plus délabré et pitoyable que soi-même, on trouvait cela rassurant.

Sa promenade terminée, Casanova se dirigea vers Fondamenta Nuove. *Arrivé chez lui, alors qu'il pensait tout le monde endormi, il trouva la serrure forcée et la porte ouverte.*

La propriétaire et ses deux filles l'attendaient, éveillées et en grand émoi.

— Messer Grande ([27]) *et ses sbires sont entrés en forçant ma porte. Ils ont fouillé la maison à la recherche d'objets de contrebande. Ils ont aussi perquisitionné dans votre chambre.*

Sa logeuse était fort mécontente et n'arrêtait pas de se lamenter.

---

27 — *Messer Grande : Chef des sbires, la police.*

— Faire cela, Signor Casanova, à une pauvre veuve, une femme honnête et à ses filles, des créatures innocentes, est indigne.

Elles ne méritaient pas cela, non, elles ne méritaient vraiment pas cela. Elles dormaient encore quand on avait enfoncé leur porte et elles avaient eu très peur, les pauvres. Ce qui leur arrivait était honteux. On ne traite pas ainsi de paisibles citoyennes et elle était certaine que le Signore Casanova allait demander réparation pour elles auprès des autorités.

— Vous avez raison, c'est intolérable. Pour le moment j'ai besoin de repos, mais j'irai bientôt en parler à un patricien de mes amis.

Casanova dormit mal. Il attribua son agitation à la déception d'avoir perdu au jeu plus que de raison. Moins de quatre heures après s'être couché, il se leva et, après une toilette sommaire, se rendit chez Matteo Bragadin pour le dîner. Pris d'une impulsion au moment de sortir, il emporta le petit coffret fermant à clé contenant les messages échangés avec son mystérieux correspondant.

Casanova raconta tout à Matteo et à ses deux fidèles amis, Dandolo et Barbaro.

— Figurez-vous, mon cher Père, que le Chef de la police et plusieurs de ses sbires sont venus troubler la tranquillité de ma logeuse et de ses deux filles. On leur aurait signalé une contrebande de sel ! De la contrebande, vous vous rendez compte ! Des femmes honnêtes et respectables !

Il ne leur cacha pas son irritation et le juste mécontentement de sa logeuse.

— Je pense que ce soudard devrait être renvoyé, afin qu'il ne puisse plus venir tourmenter les braves gens.

Matteo Bragadin parut troublé par ses paroles. Il lui demanda de leur raconter très précisément tout ce qui s'était passé.

— Tout ce que je sais, mon cher Père, je le tiens de mon hôtesse. J'étais absent au moment de l'irruption de Messer Grande. Ils ont fouillé partout à la recherche d'une malle contenant, selon son indicateur, du sel de contrebande. Il

y avait bien une malle, mais elle appartient au comte Securo, un ami de mon hôtesse et ne contenait que des vêtements. Franchement, Marco, demanda-t-il en s'adressant à Marco Dandolo, vous me voyez faire de la contrebande de sel ?

– Messer Grande a-t-il fait ouvrir la malle ? demanda Matteo Bragadin.

– Il n'a pas eu besoin de le faire, mon hôtesse lui en a présenté le contenu. Après cela, il a perquisitionné dans ma chambre et il est parti ensuite, sans autre explication.

Matteo Bragadin était visiblement très affecté par ce qu'il venait d'entendre. Il resta silencieux un long moment avant de se reprendre et d'assurer qu'ils reparleraient de tout cela après le dîner.

Casanova avait rarement connu un repas aussi morne. Personne ne parlait, Marco Barbaro avait bien tenté une plaisanterie, mais elle n'avait amusé personne. Lui-même n'avait pas envie de parler, il n'avait pas assez dormi et était obsédé par ses dettes de jeu.

Après le dîner, Matteo emmena ses deux amis et Casanova dans son bureau. Il prenait très au sérieux l'affaire que Giacomo considérait comme un incident ayant perturbé la fin de nuit de sa logeuse.

– Mon cher fils, tu devrais te préoccuper de ta propre sécurité au lieu de penser au dérangement infligé à ton hôtesse. Car, sans aucun doute, Giacomo, c'est toi qui es l'objet de l'enquête de la police.

– Moi ? Mais je ne crains rien, mon cher Père, je n'ai commis aucune action qui puisse intéresser les inquisiteurs du tribunal.

– Ne dis pas cela, Giacomo, tu ne peux pas savoir. Tu peux être accusé de crimes en te croyant innocent. Dès lors que tu intéresses les inquisiteurs, tu es en danger.

Crois-moi, Giacomo, on n'a pas besoin que tu aies réellement commis un crime pour t'arrêter. Je sais de quoi je parle, mon fils, j'ai été moi-même inquisiteur pendant quelques mois. La contrebande de sel n'était qu'un prétexte.

C'est toi qu'on visait, insista Matteo sur un ton pressant. Peut-être même a-t-on voulu t'alerter en venant chez toi pendant que tu étais absent pour te permettre de fuir. Sois persuadé, Giacomo, que les inquisiteurs savaient où tu étais, tu es certainement surveillé par leurs espions.

Tu dois quitter Venise pendant quelque temps. J'ai fait préparer une gondole qui te mènera à Fusine. De là, va à Florence et restes-y jusqu'à ce que je t'écrive qu'il n'y a plus de danger.

Casanova ne se sentait pas véritablement menacé. Après tout, son seul crime était d'aimer la vie, il n'y avait pas de quoi intéresser les inquisiteurs. Et puis, il n'avait pas envie de quitter Venise.

— Je n'ai absolument rien à me reprocher, mon cher Père, je ne risque rien, j'en suis persuadé. Si je partais, on dirait que je fuis parce que je suis coupable.

— Reste au moins un jour ou deux au palais, Giacomo. Ici, tu ne crains rien. Dandolo, Barbaro et moi sommes tous les trois des Case Vecchie, et ma demeure, comme celle de tous les membres de la vieille noblesse, est sacrée. Messer Grande et ses hommes ne viendront jamais te chercher chez moi.

Casanova le remercia chaleureusement, mais décida de ne pas suivre les conseils de Matteo Bragadin. Il était certain de ne rien craindre, mais il avait apporté le coffret contenant les documents qui pourraient servir à écrire ses Mémoires. Il demanda à Matteo de conserver ce coffret et de ne le rendre qu'à lui-même.

Le départ fut difficile. Les larmes aux yeux, Matteo lui dit qu'ils se voyaient peut-être pour la dernière fois.

Casanova rentra chez lui, un peu déprimé par la grande tristesse de son ami Matteo. Il retrouva son hôtesse et ses filles qu'il tenta à nouveau de rassurer.

Avant de se coucher, il rédigea un billet relatant tout ce qui s'était passé depuis le matin.

Jacques se réveilla en sursaut. Un personnage au visage sévère et à l'air impénétrable était dans sa chambre et le secouait énergiquement. Deux hommes se tenaient aussi près de la porte.

Il pensa aussitôt à Messer Grande. Il avait déjà entendu parler de ses méthodes implacables.

— Êtes-vous bien Giacomo Girolamo Casanova ?

— Euh...oui, répondit Jacques.

— Je vous prie de vous lever, de me remettre tous les documents écrits que vous avez et de me suivre.

— De quel droit m'ordonnez-vous cela ?

— J'agis sur l'ordre du Tribunal.

Pas de chance, pensa Jacques en se rasant sous le regard attentif du chef de la police. C'est bien ma veine que ce soit moi et pas Casanova qui vive ça. Il aurait sans doute été mieux armé que moi pour faire face à cette situation.

Messer Grande le laissa prendre tout son temps pour se préparer et se faire peigner par la fille de son hôtesse. Il ne fit pas le moindre commentaire quand il mit une chemise de dentelle et son plus bel habit. Jacques n'agissait pas ainsi par provocation, il était seulement totalement désorienté et agissait machinalement.

Pendant ce temps-là, les sbires de Messer Grande avaient mis dans des sacs de toile tout ce qu'ils avaient pu trouver comme écrits. Le chef de la police parut lui-même très intéressé par ses livres sur les sciences occultes comme la Clavicule de Salomon ou le Picatrix. Ils emportèrent tout.

En sortant, le nombre de policiers venus pour l'arrêter l'étonna. Ils étaient au moins trente.

« Casanova est-il donc si dangereux ? » pensa-t-il...

Messer Grande le fit monter dans une gondole avec quatre de ses agents.

Arrivés dans un endroit inconnu de Jacques, Messer Grande lui proposa du café avant de le laisser dans une chambre qu'il ferma à clé en partant.

Quatre heures plus tard, il revenait lui annoncer qu'il avait l'ordre de le conduire à la prison des Plombs.

Jacques reçut tranquillement la sentence. Il avait eu tout le temps de comprendre que c'était le moment de sa vie où Casanova connaîtrait la prison. Il gardait espoir car il savait qu'il serait le seul à réussir à s'en évader.

Il aurait seulement aimé ne pas vivre cela lui-même.

Bibliographie

Casanova de Seingalt, Jacques. Mémoires. Édition Garnier Frères, Paris, 1880.

Casanova, Histoire de ma vie. Robert Laffont, Paris, 2013.

Molmenti, Pompeo. La vie privée à Venise. Venise, 1897.

Monnier, Philippe. Venise au XVIIIe siècle. Éditions Complexe, Bruxelles, 2001.

À Propos de l'auteur

Daniel Devaux vit entre mer et campagne dans le pays de Caux, en Normandie. Il aime la langue française et Venise.

Déraisonnablement.

C'est donc dans la Sérénissime que les personnages de son roman vivent, aiment, et parfois meurent. Il est aussi fasciné par la notion de Temps.

Il définit volontiers ses romans à la manière des dialogues du vieux film culte, *Les Tontons Flingueurs* :

« Ce sont des romans...

« Des polars ?

« Y'en a…

« Fantastique ou S-F ?

« Y'en a…

« Historique ?

« Y'en a aussi ».

« Le paradoxe de Casanova » constitue le premier volume de la trilogie « Ailleurs... mais à Venise.

Printed in France by Amazon
Brétigny-sur-Orge, FR

29867939R00205